中国架空历史网络小说改编影视剧研究

孙海翎 ⊙ 著

中国广播影视出版社

图书在版编目（CIP）数据

中国架空历史网络小说改编影视剧研究 / 孙海翎著.
北京：中国广播影视出版社，2024. 11. -- ISBN 978-7
-5043-9280-0

Ⅰ. I207.35

中国国家版本馆 CIP 数据核字第 2024WN7913 号

中国架空历史网络小说改编影视剧研究

孙海翎　著

责任编辑	杨　扬
封面设计	元泰书装
责任校对	张　哲
出版发行	中国广播影视出版社
电　　话	010-86093580　　010-86093583
社　　址	北京市西城区真武庙二条9号
邮　　编	100045
网　　址	www.crtp.com.cn
电子信箱	crtp8@sina.com
经　　销	全国各地新华书店
印　　刷	北京厚诚则铭印刷科技有限公司
开　　本	710毫米×1000毫米　1/16
字　　数	268（千）字
印　　张	18
版　　次	2024年11月第1版　2024年11月第1次印刷
书　　号	ISBN 978-7-5043-9280-0
定　　价	69.00元

（版权所有　翻印必究·印装有误　负责调换）

序

十二年间，我从四川大学交换到台湾大学，又从伦敦大学学院回到四川大学，为我的本硕博求学生涯画上了圆满句号。在 UCL 完成比较文学硕士课程后，我考取了海外选调生，被分配到成都市政协办公厅工作，而后驻村打了三年脱贫攻坚战。村中岁月长，我时常看着窗外山坡上的云飘来飘去，觉得十分孤独寂寞。我想，一定要做些什么，才不算虚掷青春。感谢易丹教授的接收、指导，我如愿攻读艺术学理论专业的博士学位。导师儒雅宽厚、治学严谨，能拜在其门下是我的三生之幸。此外，还要感谢父母、文霞二姑等亲人对我的支持，感谢单位的悉心栽培，感谢一路上师母郭彦和曾明、罗梅、黎风、肖薇、王彬、马睿、苏宁、李明泉、刘广宇等老师，杨帆、庞一龙、罗孝全等同事，任佳、罗茹、张帅东、刘星、何艺等同学对我的关心帮助。

这个题目就是我读博的初衷。对 IP 改编的兴趣缘起于我的本科毕业论文《简论中国宫廷网络小说电视剧改编》。多年来，我一直以研究过于粗浅为憾，并持续关注 IP 改编的动态。读硕士时，我开始接触电影文本分析，从文学研究转向艺术学研究。2020 年开题后，三年里我收集摘录文献成文超百万字，最后又从 2022 年立冬写到今年夏初，终于完稿了。作为定向博士生，学习的战线不得不拖长，工作烦冗之苦、生活寂寞之苦、学习求索之苦交织在一起。我白天工作，晚上和周末写作，没有节假日。饶是如此，进度自然比同学们慢，到了第四年，看着同学们纷纷完稿毕业，即使没有就业压力，我还是暗自加紧进度、奋起直追了。写博士论文是一段孤独、痛苦又令人沉醉的旅程，也是对脑力、心力、体力、耐力的长久锤炼，我几乎放弃了所有的娱乐与社交，每天睁眼闭眼、心心念念都是这篇论文，甚至开始自闭，减少说话，沉浸在自己的世界里。

疫情三年，有了此文，也不算白活。望着书房窗外交子公园的阑珊灯火，又是一个寂静深夜。但今晚与众不同，我终于赶在二十几岁的尾巴完成了博士论文。到了而立之年，青春也便远去了。看网络小说是我青春时代的嗜好，念念不忘，必有回响，这也算是对我无数个深夜里偷偷看网络小说、影视剧的青春时光一个圆满交代吧。

吾生有涯而学海无涯，以有涯求无涯，殆矣。然寒窗苦读二十余载，总算走到了红袍加身的尽头。

纵观世界影视发展史，改编自小说的经典影视作品数不胜数。近十年来，随着消费社会的来临与互联网的快速发展，中国网络小说已成为闻名于世的文化新奇观，并成功出海受到热捧。网络小说的影视改编，是IP跨媒介开发的主要方式。在国外，IP开发已形成相当成熟的全产业链形态。在经济全球化和文学产业化的新时代语境下，中国网络小说IP浪潮强势来袭，从而推动网络小说跨媒介研究成为当下热点问题。

网络小说具有极强的类型化特征。其中，"架空历史"类型是改编的重要阵地，受到影视企业制作与投资、市场及观众的广泛关注，同时也引发了学界对此的探讨。架空历史类网络小说改编在整个网络小说改编中占据大量份额，拥有丰富的可研究文本、影视剧作品。目前，学界尚未对架空历史网络小说改编影视剧进行系统梳理、归纳总结、问题分析，使其理论研究体系化，形成特有的中国架空历史网络小说影视改编的理论构架。对架空历史网络小说改编影视剧进行类型化深入研究，有利于网络小说及其影视改编理论范式的建设，把握类型网络文艺的创作态势、发展线索，为当代历史剧研究拓展出新的理论空间。

本书聚焦中国架空历史网络小说影视剧改编。绪论部分阐述了中国架空历史网络小说改编影视剧研究这一论题的选题背景及意义，并从网络文学研究、改编研究、网络小说改编影视剧研究、历史题材影视剧研究、架空历史题材研究等多个层面对这一选题的国内外研究现状进行了梳理总结。总体而言，针对中国架空历史网络小说影视剧改编现象，类型研究还不够细致深入，研究缺乏理论深度，对人物情节和细节描写的批评多，对作者的历史观思考、历史社会问题的隐喻、架空叙事策略的批评少，尤其是对该类型文艺作品的发展危机还鲜有揭示；研究视角多从文学、传播学等领域出发，对由文字改编成视听图像后的变化及道具、服装、场景等视觉元素如何具体"落地"阐述较少，对影视剧本身区别于小说的视听特征关注度不够；并且没有与传统架空历史小说改编影视剧或国外架空历史网络小说改编影视剧进行比较分析；当前整个网络小说影视剧改编都将主要研究对象放在改编的电视剧上，对改编的网络剧、电影、网络大电影、微短剧、衍生视频等研究甚少。系统性批评尚未建立，研究亟待进一步发展。

绪论也对本研究所采取的研究理论与方法进行了介绍：新历史主义给予了本书贯穿全文的理论支持。长期以来，历史题材相关文艺作品始终关注文本是否与历史真实相符。但在IP消费中，历史成为被任何人在任何时候任意挪用、拆解和重构的商品化的编码符号。当下的架空历史类网络小说改编影视剧体现的是大众对历史的现实性消费。作为后经典叙事学的代表理论之一，跨媒介叙事是互文视角下的故事世界建构。多个媒介平台根据自身特性围绕同一故事世界进行叙事，互相补充。互文性理论亦是本书的重要理论依据。通过网络小说和网络小说改编影视剧寻找到文学研究与文化研究的沟通地带，揭示文本与文本之间的相互作用。

本书的研究重点主要从三条路径展开。首先，在文化研究路径方面，以网络文化、大众文化、消费文化、流行文化、粉丝文化、性别文化等视角，对中国架空历史网络小说改编影视剧的类型与发展轨迹、创作与叙事、传播、接受与批评进行整体梳理、总结、评价。其次，从文本研究路径角度，对中国架空历史网络小说改编影视剧之叙事时空的改变、人物情节的确立、视听艺术的"落地"、叙事视角、节奏、时序的转变等问题进行具体文本分析。最后，按照比较研究思路，对中国架空历史网络小说与传统历史小说改编影视剧的特征与异同进行比较研究，探讨历史消解的四个维度。本书研究创新主要在于加深中国网络小说改编影视剧类型研究、解析架空历史网络小说改编影视剧对历史消解的四个维度、在互文性思维下进行跨媒介叙事文化分析。

第一章为"半壁江山——架空历史网络小说的影视剧改编"。主要对"中国架空历史网络小说影视剧改编"的定义进行了阐释，指出网络小说与影视剧的类型互渗背景下架空历史网络小说改编的类型化，通过梳理此类型改编先台后网、台网分流、台网同步、网络独播四段发展历程，总结中国架空历史网络小说影视改编的现状、特点，对架空历史IP改编整体情况有了宏观掌握。

第二章为"架空世界的建构——历史消解与复归的维度"。从"历史真实"与"艺术真实"论争出发，站在新历史主义视角，指出架空历史网络小说影视改编过程中试图还原历史却又消解历史、试图构建新历史却又被旧历史框束的视听悖论，探讨从历史事实到历史叙述、从传统历史小说到架空历史网络小说、从主流历史正剧到架空历史网络小说改编影视剧四个维度的三次转变，对改编中的历史真实性的不断消解进行辨析。

第三章为"跨媒介之路——叙事框架的转码与叙事内容的改编"。在媒介变迁影响下讨论叙事时空的半架空戏说型、全架空逼真型、半架空模糊型、全架空全虚型四种转变模式，按照叙事内容主流改编方法对情节、人物的改编手段进行再现型、调整型、改写型三种类型总结分析。此外，对家国意识的重置与大主角的传奇成长叙事等叙事主题、从普罗普的功能说看游戏化的类型叙事结构、从单性别叙事到中性叙事的叙事视角转变来分析叙事元素的转码，探讨架空历史网络小说改编影视剧的模式与特点。

第四章为"从文字到影像——视听艺术的转向与呈现"。指出架空历史故事世界跨媒介叙事的重点在于视听艺术落地呈现对情节已知、缺乏悬念的补偿。结合趋实向、就虚向的服化造型，分析架空历史改编中人物形象的呈现特点，从视觉、听觉两个角度对情节影视化的古典特性进行探讨，通过研究场景道具、礼仪制度、习俗观念等物质、精神层面影视改编重点，挖掘历史氛围感的视听奇观营造之法。

第五章为"产业生态——跨媒介流行背后的发展逻辑"，从架空历史网络小说改编影视剧产业的生产、营销、消费的三重发展逻辑入手，回答架空历史网络小说IP改编之所以能占据古装剧大半份额、播出前中后期如何进行营销等问题，同时辨析"原著粉""明星粉""路人粉"受众的观看行为与心理。

后记部分进一步从架空历史网络小说改编的优势、局限、机遇与发展等角度，对本书进行回溯。IP改编革新了我国影视剧的创作、产出、营销模式，将流量引回反哺原著，最终实现了网络小说与影视剧的双赢。架空历史网络小说影视剧改编为当下影视剧创作拓宽了新的表现渠道，丰富了我国想象型历史题材影视剧创作类型，为历史题材注入了新鲜的话语方式。由于架空历史网络小说的类型化特征和创作模式的限制，难免在改编中存在人物塑造单一化、情节重复化、艺术手法模式化、服化道同质化等弊端。跨媒介叙事衍生周边生产缺乏持续投入，创新力、影响力有待加强。此外，架空历史网络小说创作之路受到改编制约后有丧失文学性、艺术独立性的风险。由于受众本位的过度化，架空历史IP难免忽视社会责任和文化品格，或多或少会影响受众对真实历史的认知。近年来，历史题材影视剧呈现出"知识考古"、减量增质、题材转向等趋势。面对新时代的机遇与挑战，架空历史网络小说改编影视剧成败关键在于内容建设，通过架空历史故事建构当代价值观，依托深厚的中华传统文化底蕴，充分利用符合当下观众的审美情趣和价值取向的故事，阐释中国历史文化的合理内核。

目 录

绪 论

第一节　研究背景及意义 / 003

第二节　研究现状 / 007

第三节　研究方法、难点与创新 / 028

第一章　半壁江山
　　　　——架空历史网络小说的影视剧改编

第一节　中国架空历史网络小说影视剧改编的界定 / 041

第二节　架空历史网络小说与影视剧的类型互渗 / 048

第三节　发展历程与现状特点 / 059

第二章　架空世界的建构
　　　　——历史消解与复归的维度

第一节　从历史事实到历史叙述 / 079

第二节　从传统历史小说到架空历史网络小说 / 085

第三节　从主流历史正剧到架空历史网络小说改编影视剧 / 100

第三章　跨媒介之路
　　——叙事框架的转码与叙事内容的改编

第一节　媒介变迁影响下叙事时空的四种转变模式 / 117

第二节　以原著为经：叙事内容的三种改编策略 / 141

第三节　叙事元素的转变特质 / 150

第四章　从文字到影像
　　——视听艺术的转向与呈现

第一节　情节展现与古典氛围的视听效果补偿 / 172

第二节　架空历史的奇观营造：环境的临场感 / 190

第三节　人物形象的视觉实现："考据风"服化趋向 / 201

第五章　产业生态
　　——跨媒介流行背后的发展逻辑

第一节　产业联动：流量驱动的审美选择 / 214

第二节　架空拟像：多元化、特色化、标准化营销 / 222

第三节　消费主体：显示屏前的受众 / 230

后　记 / 243

参考文献 / 250

附　录 / 268

绪 论

绪 论

第一节 研究背景及意义

中国影视剧经历了与文学联姻的发展历程,并且具有鲜明的时代特征:20世纪二三十年代流行改编《玉梨魂》等鸳鸯蝴蝶派小说和《春蚕》等左翼文学,新中国成立后革命题材文学作品和中国现代文学名著的改编成为主流。改革开放后,寻根文学、伤痕文学的影视改编纷纷出现在广大观众的视野中,随着第五代导演的成长,多元文化的普及使改编越来越具有商业性、娱乐性。而近10年来,随着消费社会的来临与互联网的快速发展,网络小说改编和IP的跨媒介叙事则成为潮流。

一、研究背景

随着互联网的发展,中国网络小说在经典化与主流化的路程上不断前行。自1999年我国网络小说开山之作《第一次的亲密接触》流行以来,我国网络小说已走过了20余年的历程。网络小说影视改编步伐紧随其后,2000年,同名电影搬上银幕,拉开了网络小说与影视跨媒介叙事的帷幕。有学者将网络小说影视改编浪潮称为"文学改编影视的第二次浪潮"[1]。

网络小说的影视改编,是IP跨媒介开发的主要阵地。"IP"即知识产权

---

[1] 中国现代文学馆:《2012年中国文学发展状况》,转引自易文翔、王金芝:《网络小说影视改编研究》,南方日报出版社,2019,第1页。

（Intellectual Property）的英文缩写，尹鸿认为 IP 指："那些具有高专注度、大影响力并且可以被再生产、再创造的创意性知识产权。"[①] 从法律意义上看，IP 主要作用在于明确智力劳动者对其成果依法享有的专有权利；在内容生产领域，IP 则代表了故事世界被授权进行跨媒介叙事，以及其他特许经营项目开发。在西方，IP 开发全产业链形态已经形成，例如哈利·波特 IP 开发就以小说为蓝本进行电影等文艺形态的改编，并衍生出服饰、游戏、主题乐园等其他相关周边产品。在国内，《西游记》等名著衍生的电视剧、动画、主题乐园等层出不穷，也属于中国人自己的现象级 IP。随着互联网技术的发展，"IP 不再仅仅是知识产权的简称，逐渐泛化为凝聚受众情感、市场需求、商业价值的产品符号及消费载体，更是成为大众流行文化的象征与体现。"[②] 在经济全球化和文学产业化的新时代语境下，得益于网络小说巨大的作品存量、爆发的内容增量、不断改善的文本品质和持续性的价值创新，网络小说 IP 浪潮强势来袭，网络小说跨媒体研究成为当下热点问题。

网络小说具有极强的类型化特征，其中，架空历史类是横跨男性向网络小说与女性向网络小说的重点类型。架空历史题材改编影视作品同时也是除都市言情、玄幻仙侠外，改编市场最流行也最成熟的类别之一。

华夏历史上下五千多年，国人对丰富历史及人物传奇有着极大的兴趣。历史题材向来是中国影视剧的主力类型，从《康熙王朝》《雍正王朝》的广受好评，到近年来的《长安十二时辰》《清平乐》《天下长河》等的大放异彩，无不昭示着历史题材之于中国影视的重要意义。在影视改编过程中，相较于其他题材，历史题材无论是生产数量、播出频率还是收视率都名列前茅。

近年来，"架空历史"网络小说影视改编成为一种趋势。2011 年，《帝锦》拉开了中国架空历史网络小说跨媒介改编的序幕。《倾世皇妃》《步步惊心》《甄嬛传》等电视剧紧随其后霸占荧屏。2015 年前后，网络小说影视剧改编进入了井喷式爆发期，出现了《琅琊榜》等现象级的剧作。此后，《知否知否应是绿肥

---

① 尹鸿、王旭东、陈洪伟、冯斯亮：《IP 转换兴起的原因、现状及未来发展趋势》，《当代电影》2015 年第 9 期。
② 王秋硕：《海外 IP 影视引进的逻辑起点》，《新闻论坛》2017 年第 5 期。

红瘦》《楚乔传》《天盛长歌》《庆余年》等剧继续掀起收视热潮。2023年,《安乐传》《长风渡》《灼灼风流》《宁安如梦》等剧竞相开播。架空历史类网络小说改编因其广泛性往往成为市场头部IP,因其历史性又往往成为主流评论关注的对象,受到市场与学界、观众与创作者的共同关注。

二、研究意义

在消费文化与大众文化风靡的当下,影视剧是我国目前最具有代表性的艺术形式之一。中国的影视剧既受到市场经济的影响,还受到国家意志的引导,不仅是当代中国媒介演变历程的缩影,也对当代中国文化潮流产生复杂和深刻的影响。

当下,网络小说影视改编占据了中国电影、电视剧、网络剧、网络电影、微短剧等视听形式的半壁江山。网络小说影视改编的作品积累与自2015年"IP元年"以来改编的快速发展,已经让如何构建网络小说与影视这两种艺术的理论和实践成为学术研究的热点。当下,IP改编已进入平稳发展期,新的现象及问题仍不断产生,持续对网络小说改编影视进行创新研究,是文学与影视两种艺术理论及其生产实践形态的内在所需。

现阶段本方向的研究多为就网络小说影视改编进行现象学、传播学、叙事学等方面的整体研究,多统一概述,缺乏差异化分类,未找准不同类型改编的特色与痛点。而网络小说及其影视改编都具有鲜明的类型化特征,在网络小说影视改编研究这个大方向中,找准切口进行深耕细作,有利于进一步深化研究,为我国网络小说与影视剧两种文艺形态的发展提供理论与生产实践的参考及启发。

中国历史源远流长,国人向来有重史的传统,历史题材影视、古装剧更是深受老百姓的喜爱。架空历史网络小说改编影视剧的源头是历史题材舞台剧、影视剧,备受学界关注。架空历史类型与丰富的历史文化的天然紧密联系,不得不让研究角度从艺术层面的探索上升到文化、社会层面的观照,相较于盗墓、仙侠、都市言情等题材,有着明显的学术优势。架空历史类网络小说改编在整个网络小说改编中占据大量份额，选取此类型作为研究样本是非常具有代表性的。此选题拥有丰富的可研究文本、影视剧作品，海量的第一文献为研究者选择、分析、讨论素材提供了坚实的基础，这对拓宽研究的广度极为有利。并且，在网络小说影视改编研究中，在古装大类，已有学者对仙侠、玄幻、武侠类型进行研究，但架空历史类、穿越类、宫廷类等相关类型尚未形成系统梳理，业界定义模糊，学界研究边界也不清晰，博士论文中更是无人涉及。已有的研究仅仅停留在一般性的评价上，对此类型的审美取向和创作探索还未做出更深层次的理性分析，批评的关注度和覆盖面还不够深、不够广。因此，对架空历史类网络小说影视改编进行系统梳理、归纳总结、问题分析，使其理论研究体系化、类型化，形成特有的中国架空历史网络小说影视改编的理论构架，能够弥补中国架空历史网络小说改编影视剧研究方向的空白，具有一定的开拓性、独创性和新颖性，既有助于网络小说及其影视改编理论范式的建设，把握类型网络文艺的创作前景、发展态势，又有助于为当代历史题材艺术研究拓展出新的理论空间。

第二节 研究现状

一、"网络小说与改编"研究

（一）中国网络文学研究

国内学界对网络文学已有丰富的研究基础。一是在理论建构方面，黄鸣奋、欧阳友权等学者取得的研究成果十分显著，黄鸣奋的《电脑艺术学》《超文本诗学》《比特挑战缪斯——网络与艺术》等专著，欧阳友权及中南大学网络文学研究团队的"网络文学教授论丛""网络文学新视野丛书""网络文学100丛书"，《网络文学本体论》《网络与文学变局》《网络文学词典》《网络文学研究成果集成》《中国网络文学二十年》《网络文学概论》等著作，为网络文学研究的学科建构以及研究数据库建设方面作出了极大贡献。此外，陈定家的《比特之境：网络时代的文学生产研究》、朱凯的《无纸空间的自由书写——网络文学》、王文宏的《网络文化研究》、姜英的《网络文学的价值》等文，也都有益于网络文学早期理论建构。二是在现象和作品研究方面，周志雄、马季等学者更为注重分析网络文学的文学史构建。周志雄的《网络空间的文学风景》对网络文学创作现象进行了分类研究。马季的《读屏时代的写作——网络文学十年史》对中外网络文学发展历程进行了梳理。李盛涛的《网络小说的生态性文学图景》、聂庆璞的《网络叙事学》等文也对网络文学的现象、叙事和文本倾注了大量关注。三是在文化研究和网络文学生产方面，北京大学邵燕君教授及其团队作为标准的"学者粉丝",所著《网络时代的文学引渡》《网络文学经典解读》等对网络文学生产活动、网络文学行业的周期性考察、小说文本、平台运营等问题进行了详细考察。禹建湘的《网络文学产业论》、金振邦的《新媒介视野中的网络文学》、苏晓芳的《网络与新世纪文学》等对文化产业的观察和批评也作出了一定建树。其他研究网络文学比较有代表性的学者群体还有张颐武、单小曦、夏烈、白烨等,为网络文学的多元化研究奠定了基础。

近些年来,虽然网文出海现象火热,但是国外关于中国网络文学的研究成果有限,研究深度和旨趣与国内研究有一定差距。研究者多为华人,主要集中在对中国网络小说整体概况和语言风格的讨论上,如 Jing Chen 的"Refashioning Print Literature: Internet Literature in China"对中国网络文学的历史进行了回顾,Jie Lu 的"Chinese Historical Fan Fiction: Internet Writers and Internet Literature"通过对穿越类网络小说的文本细读,分析了中国网络小说的后现代主义文学特点。

(二)改编研究

1. 国外研究

目前,国外影视改编研究成果已较为系统和深入,研究大致经历了以下三个阶段:一是在文学逻各斯中心主义影响下的"忠实性"改编研究;二是在后结构主义和文化研究的视野下,达德利·安德鲁(Dudley Andrew)、罗伯特·斯塔姆(Robert Stam)等人结合互文性理论和巴赫金(Bakhtin Michael)对话理论进行改编研究;三是琳达·哈琴(Linda Hutcheon)等人在跨学科融合背景下的改编研究。21世纪以来,"忠实性"标准特别是布鲁斯东(George Bluestone)所代表的传统改编观念备受攻击,改编研究进行了社会学转向,并注重将文艺研究与文化研究相结合。从内容上看,已有的研究主要集中在讨论文学与影视特性之间的比较、二者关系、改编方式方法等方面。

研究者首先关注的是文学与影视的关系研究。总体而言,影视改编与文学的关系主要有两种研究路径:一则以文学为本体,将影视改编视为"他者",一般围绕改编影片与原著的忠实性展开,如巴赞(André Bazin)倾向忠实于原著,认为影视是原著的"次生的作品"①;一则以影视为本体,将影视改编与文学文本并置,一定程度上摆脱了文学对影视的束缚,如波高热娃(Л.Погожева)的《从书到影片》便认为改编作品是改编者根据自己的理解创作出来的为时代和人们所需要的独立的电影艺术作品。

其次,在整体研究方面,已有理论家进行了详细探讨。德斯蒙德(John M.Desmond)和霍克斯(Peter Hawkes)的《改编的艺术:从文学到电影》为文学的电影改编提供了有效的方法论。乔治·布鲁斯东的《从小说到电影》从具体案例出发研究理论问题。卡尔科-马塞尔(Carco-Marcel)的《电影与文学改编》从法国电影改编的历史发展、改编作家对图像和语言差别的认识、改编的社会批评理论维度探讨改编相关情况。

研究者对改编的原则与方法进行了分类讨论。贝拉·巴拉兹(Béla Balázs)、乔治·布鲁斯东、约翰·劳逊(John Howard Lawon)、克莱·派克(Claire Parker)等人认为忠实的改编是不可能或者不必要的。罗姆(Mikhail Romm)的《论文学与电影》说明了文学改编电影作品的原则和不同手法。瓦格纳(Jeffrey Wagner)提出了广受学界认可的三分法:移植式、注释式、近似式②。此外,波热高娃将改编分为再现式、图解式和现代化式,达德利·安德鲁将改编概括为交叉式、借用式和转换式。西方研究者提出的改编模式大同小异,具有相似性。

此外,叙事研究也是国外影视改编研究的关注重点。安德烈·戈德罗(Andre Gaudreault)的《从文学到影片:叙事体系》以叙事学的视角研究改编,对电影叙事进行了整体性梳理和研究。雅各布·卢特(Jakob Lothe)的《小说与电影中的叙事》分析了小说与电影叙事的异同。西摩·查特曼(Symour Chatman)的《故事与话语:小说和电影的叙事结构》从"故事"与"话语"两大叙事范畴出发,着重比较分析二者的叙事结构的异同。

2. 国内研究

中国文学改编影视的理论研究基本参照西方理论的建构路径,引介了大量

---

① 安德烈·巴赞:《电影是什么?》,崔君衍译,中国电影出版社,1987,第129页。
② 杰·瓦格纳:《改编的三种方式》,陈梅译,《世界电影》1982年第1期。

的改编原则、方法等西方理论，在文学改编的文献整理、中国古代文学影视改编的考察、中国电视剧改编的考察等方面都还存在着不足。

第一，国内改编研究首先关注的是改编综合性研究，即对改编现象进行综合性分析，厘清文学与影视间的转换关系。周剑云、程步高的《编剧学》、陈犀禾的《电影改编理论问题》、汪流的《中国的电影改编》、赵凤翔、房莉的《名著的影视改编》、贺信民、魏玉川的《名著改编与影视剧创作》、张宗伟的《中外文学名著的影视改编》、孙柏的《摆渡的场景：从文学到电影》、尹邦满、王拉娣、张晶晶、赵静、贾云霞的《刚好遇见你——从小说到电影》、陈林侠的《从小说到电影：影视改编的综合研究》、庞红梅的《论文学与电影》、章颜的《文学与电影改编研究》、申载春的《影视与小说》等著作都对从文学到影视的改编转变进行了分析。

第二，诸多学者探讨了影视改编的方法。在改编方式上被普遍接受的是张凤铸的再现式、截取法、大动法、增删法四分法①。此外，汪流在《电影编剧学》中将改编方式分为六种："移植、节选、浓缩、取意、变通取意、复合"②。黄会林则提出了节选式、再现式、取材式、重写式四种电视剧改编模式。③ 谢铁骊的《尊重原著是改编之本》、田莹的《从文学到电影：改编的九种可能性》、赵庆超的《文学书写的影像转身：中国新时期电影改编研究》、朱怡淼的《改编——中国当代电影与文学互动》、姚馨丙的《忠实与创造：电影改编的原则》等著作都以不同方式探讨了改编方法。

第三，聚焦改编个案及类型进行分析研究，即对具体改编作品进行赏析，这些评论既有对个案的深度解析，也有对某种类型或时段改编作品的综合分析，代表著作有姚小鸥的《古典名著的电视剧改编》、傅明根的《从文学到电影：第五代电影改编研究》、常芳的《中国古典小说的视觉化再生产——从语言本位到影像本位》、八一电影制片厂的《枪手：从剧本到影片》、卢玮銮、熊志琴的《文学与影像比读》、黄新生的《侦探与间谍叙事：从小说到电影》、李欧梵的《文

---

① 张凤铸：《电视声画艺术》，北京广播学院出版社，1997，第526—529页。
② 汪流：《电影编剧学》，中国传媒大学出版社，2009，第256页。
③ 黄会林：《黄会林影视戏剧艺术论集》，北京师范大学出版社，2002，第99—105页。

学改编电影》、周根红的《新时期文学的影像转型》、陆柱国的《再创作：电影改编问题讨论集》、电视剧《白鹿原》剧组的《白鹿原一剧15年》等。

第四，针对改编中的叙事异同进行比较研究，如毛凌滢在《从文字到影像：小说的电视剧改编研究》中指出影视在叙事特征上与传统文学存在较大差异。其余如赵文国的《中国电影叙事学研究三十年》、刘云舟的《电影叙事学研究》等也指出两种文本叙事转换的异同。

第五，改编史论方向也受到研究者瞩目。李清的《中国电影文学改编史》是中国第一部电影文学改编史的研究专著，梳理了一百多年来中国电影文学改编的脉络、其间的重要流派和有过较大影响力的思潮以及擅长从事文学改编的导演和重要文本。沈维琼的《20世纪80年代中国电影的当代小说改编史研究》、刘彬彬的《中国电视剧改编的历史嬗变与文化审视》、岳凯华的《百年中国影视文学改编研究书目引论》、徐兆寿、刘京祥主编的《中国现当代文学电影改编概论》等专著都对中国改编史进行了历时性梳理。

（三）网络小说改编影视剧研究

1. 专著

因为网络小说改编影视剧[1]的时间相对短暂，所以针对网络小说改编影视剧的专门著作还有待进一步丰富。截至2023年2月12日，笔者整理了学界出版的10部相关论文集和专著，按照出版时间顺序梳理主要内容如下。

厉震林主编的《网络母题——戏剧影视文学的网络小说改编研究》是围绕"戏剧影视文学的网络小说改编研究"主题的论文集，该书涉及网络作品影视剧改编、网络时代的悲剧内涵和文本重构等问题的论述和批判。

邓树强在其所著的《网络文学及其影视改编研究》中用了两个章节介绍近年来中国网络小说影视改编的发展历程、基本概况、主题类型、改编策略、原因、展望等，多为介绍性话语。

---

[1] 需要特别说明的是，目前学界关于网络小说改编电影、电视剧、网剧、网络大电影、微短剧等视听形态的讨论较为笼统，暂未明确区分网络小说改编各类影视形式的异同，因此，本书将网络小说改编的各类视听艺术形式统称为"网络小说改编影视剧"。

王雪梅、陈翠云、郝雯婧合著的《"剧"说网络小说（IP）：改编剧发展供给侧研究》从发展供给侧的角度对网络小说改编进行研究，指出网络小说改编必须要在适度扩大总需求的同时，在生产端供给体系着重加强质量和效率，提升网络小说改编剧的要素生产力，从而避免过剩产能供给的数量增加。该书套用供给侧观念，从美学经济、全产业链发展等角度研究 IP，角度虽新但略显牵强。

郝雯婧、王雪梅、安静合著的《"剧"说网络小说（IP）：改编剧对外传播研究》从对外传播视角研究改编 IP 剧的主体、范围、类型等方面，并以五个 IP 剧做实例分析，由于成书时间较早，探讨的都是 2018 年以前的影视剧。

骆平等编著的《文学视域下的网络小说影视改编研究》系统性地研究了网络小说改编影视剧的缘起与发展，总结了我国网络小说改编影视剧流行的原因、价值、现状与局限，内容较为广博。

侯怡的《中国网络文学改编的电视剧研究》从叙事学角度探究了中国网络文学改编电视剧的主要原因、类型特点、叙事转换、审美取向、方式方法、效果与影响以及存在的一些问题，并提出了较有价值的建议。

李磊所著的《次元的破壁：网络小说改编剧的互文性研究》是本领域具有拓展意义的研究著作。该书从亚文化视角出发，通过类型化、民间化、性别叙事三个层面的分析，提出了在媒介融合的语境中通过改编行为将亚文化文本给予主流化等具体路径，研究角度较为新颖，对本书有较大参考价值。

潘怡彤的《新媒体时代网络小说电视剧改编创新研究——以典型宫廷 IP 剧为例》在梳理网络小说电视剧改编的发展历程、主要类型及特征、现状、问题等基础上，以《后宫·甄嬛传》《琅琊榜》《长安十二时辰》等为具体案例，分析了宫廷 IP 剧的叙事策略、营销策略、衍生价值、发展路径。虽然内容比较全面，但是主要针对现象进行概述，不够深入，缺乏批判价值。

易文翔、王金芝合著的《网络小说影视改编研究》也是结合案例统述网络小说影视改编原因、历程、优势、问题以及未来发展趋势，对网络小说影视改编进行了较为全面的综合性研究。

此外，还有孟中编著的《网络文学 IP 影视剧改编发展报告 2019—2020》论文集。该论文集是由北京电影学院中国电影编剧研究院、中国电影家协会编剧教育工作委员会联合发起的网络文学 IP 影视改编研讨会成果结集成文。其中较有参考价值的是由孟中建立的以用户评论为分析对象、以大数据分析为研究方式的评估体系，及立足"社会价值""艺术品质与体验"两个指标维度建立的网络文学、影视剧两大用户评论评价体系。

学界其他关于网络小说影视改编研究方向的成果多为与网络文学相关的课题，散落在各本专著的某一章节。如欧阳友权主编的"网络文学新视野丛书""网络文学教授论丛""新媒体文学丛书""网络文学 100 丛书"等对网络小说影视剧改编皆有所提及，但都是概述性总结现象。如周志雄的《网络空间的文学风景》等书中也分析了具体案例，指出内容改编呈现的重要性。唐迎欣的《网络文学及其批评研究》第六章认为丰富多元的网络文学题材类型改善了影视原创剧本匮乏的困境。

2. 博士学位论文

截至 2023 年 1 月 4 日，笔者在知网、维普、万方、国家图书馆等平台以"网络小说改编""IP"为关键词进行检索，约有 39 篇博士论文。总体而言，相关的博士论文从不同的视角探讨了网络文学、网络小说跨媒介改编等问题，但是对网络小说改编影视剧大多是一笔带过，对架空历史类或者某一分类的网络小说改编影视剧的研究更是不够深入，论文分析多是总结梳理、泛泛而谈，且因写作时间原因，实证用例较为老套，缺乏实效性。

这些论文大致可以分为四类。第一类是就网络小说改编角度而言，最贴近本研究课题的是吉喆的《中国网络文学影视改编研究》。该论文采取 SWOT 分析法确定网络文学影视改编所具有的优势、劣势、机遇及挑战，以《花千骨》为例探讨改编方式，最后提出发展建议。该论文的创新之处为以互文性作为研究的理论基础，总结改编特色及其意义取向。不足之处为切入点过于广泛，没有类型研究，改编的方式仅分为还原法、取意法，且实例研究过于单一。

第二类主要以探讨网络文学为主，研究内容提及改编。例如，林俊敏的《网络小说的生产机制研究》提及了 IP 的版权改编与价值转化。刘帅迟的《中国网络小说经典化》虽然没有涉及改编，但是在"网络小说的'架空范式'与主题创作"一章，探讨了人物架空、时间架空、空间架空等问题，于本书很有借鉴意义。其余如张晓萌的《网络文学出版研究》、张政的《虚拟时空的浪漫传承——中国网络小说中的传奇叙事》、杜玉洁的《"千禧一代"女作家小说创作研究》、王一戎的《网络文学作者群体的劳动与文化》、胡萱的《当代通俗小说阅读与市场运作机制研究》、王一鸣的《网络文学数字叙事研究》主要聚焦网络小说研究，对影视改编研究着墨不多。

第三类是从其他小说改编影视剧角度，兼谈了网络小说的改编。如杨雪的《中国IP影视产业国际竞争力提升研究》，探讨了中国IP影视产业演变轨迹、运作逻辑、存在的问题、成因及提升路径，谈及了网络小说改编方向。其余如张劲雨的《新世纪中国小说的电影改编研究》、杨天豪的《新时期以来小说改编电影的叙事困境研究》兼论了IP改编，但是较为浅显、笼统。这些文章虽然不是专门写网络小说改编的，但是对本书也有一定参考价值。

第四类是基于传播学视角对网络小说改编影视剧进行研究。齐永光的《媒介融合视域下的文学数字化传播》归纳了当前文学数字化传播的特点，反思了当下文学数字化传播中存在的问题并提出发展建议，文中涉及IP改编与"超级内容"产业链，为媒介融合下的文学数字化发展提供了一定的研究思路。陈忆澄的《中国现当代艺术传播中的媒介转化研究》少量提及作品改编与艺术IP的生成。梁媛媛的《跨媒介叙事领域下的IP运营模式研究》运用跨媒介叙事理论、行动者网络理论、粉丝文化理论等理论学说，探讨了跨媒介叙事的发展及IP运营模式的兴起、生成模式、开发模式、消费模式等问题，但是该论文主要是以《盗墓笔记》为案例进行分析，整体分析偏向产业化、商业化，基本没有进行文本细读。其余如王百娣的《新媒介文学生成与传播研究》、王月的《新世纪媒介场中的文学生产》主要集中在研究文学本身，对改编影视剧只是一笔带过。

此外，在"网络小说"关键词检索下，张遥的《当代中国网络影视评论研究》、王颖的《新传媒语境中文学传播的路径与价值嬗变》、黄亚妮的《消费时代的网络文学研究——以"腾讯文学"为中心的考察》、张文东的《传奇叙事与中国当代小说》、高允实的《从电视剧到网络剧——生产、消费方式的变化与新的"大众主体"》、石少涛的《互联网时代的跨界书写现象与文学研究的视域拓展》、王海燕的《移动终端社会化阅读研究》、林雯的《论北美华文网络文学的第一个十年》、陈晓华的《跨媒介使用中的女性文化传播——罗曼史网络社区文化现象研究》、崔宰溶的《中国网络文学研究的困境与突破——网络文学的土著理论与网络性》等博士论文，虽与本书研究关联不大，但为笔者提供了全面了解网络小说的文化语境，拓展了研究视野。

3. 硕士学位论文

截至 2023 年 1 月 10 日，笔者在知网、维普、万方、国家图书馆等平台以"网络小说改编"为关键词进行检索，约有 388 条检索结果，去除与本研究课题不相关的论文，共有 127 篇硕士论文。大体而言，这些硕士论文虽然数量众多，但多是针对现象进行总结梳理，论证辨析较为粗浅；改编理论使用较少，多是从文学或传播角度进行分析，聚焦于影视文本分析的论文偏少，没有深入挖掘改编的原理。

第一类是涉及古装、宫廷、历史、穿越等与本书"架空历史"关键词相关的类型研究。在已有的硕士论文中，有 5 篇与本书研究文本对象较为重合的论文，都选取架空历史相关网络小说题材，对该类型的改编进行梳理探究，总结其特点、规律。如郭增荣的《戏剧影视系列研究——电视类型批评网络小说改编古装剧批评研究》从艺术形象、叙事情节、叙事逻辑、主题批评等角度研究网络小说改编古装剧现象。田芳的《古装题材 IP 电视剧受众的使用与满足研究》通过问卷调查法，研究受众对古装 IP 电视剧的观看行为及态度。何佳欣的《基于"编码解码"理论的网络文学 IP 古装电视剧热播成因研究》以"编码解码"理论为框架，从故事主题、人物叙事、服饰道具、音乐语言、生活环境、当红演员等类目进行了编码解读。真晓娜的《我国网络穿越小说影视改编的审美特质研究》、杨娟的《宫廷 IP 剧的传播策略研究》在此方向也有一定探究。

第二类为聚焦于架空历史类改编个案的分析。这类硕士论文，大多使用个案分析法，对某部架空历史类网络小说改编影视剧进行研究，探讨其叙事内容、叙事技巧、改编策略等方面，如王潇的《融媒时代从文字语言到视听语言转向研究——以小说〈后宫·甄嬛传〉和电视剧〈甄嬛传〉为例》，以小说《后宫·甄嬛传》的文学小说与电视剧《甄嬛传》的分镜头脚本为研究对象，以符号学、视听语言学理论为支撑点进行场景分析。此类型还有常爽的《网络小说改编电视剧的策略研究——以〈后宫·甄嬛传〉为例》、李灵芝的《从互文性角度看改编电视剧〈琅琊榜〉》、明美的《电视剧〈锦心似玉〉在泰国的传播与接受研究》、韩冰的《网络 IP 剧整合营销传播研究——以〈知否〉为例》、高文婷的《中国网络小说电视剧改编的叙事研究——以〈琅琊榜〉为例》、沈鹭的《网络文学的 IP 狂潮——以〈琅琊榜〉为例》、方锦珠的《〈后宫·甄嬛传〉小说与影视文本的叙事比较研究》、孙爱哲的《〈后宫·甄嬛传〉网络热门小说改编影视剧分析》等文。此外，李欢的《文学生产视野下桐华网络小说研究》、李维杉的《网络作家猫腻的小说研究》等基于同一架空历史类型网络小说作者改编研究的论文也归为此类。

第三类，宏观上对网络小说影视改编现象进行总体性研究。此类研究主要集中在网络小说改编影视剧的热播现象以及发展策略方面，多为探讨改编原因、类型、策略、特点、优缺点等方面，是研究者研究最多的一个角度，包括谢宏娟的《中国网络小说影像改编作品研究》、何睿鹏的《中国网络文学改编电视剧研究（2010—2021）》、任秋子的《中国网络小说影视改编史研究 2000—2016 年》、张艳丽的《网络小说影视剧改编研究》、王颖的《2009 年以来网络小说电影改编研究》、王娅楠的《论网络小说电影改编的特色和文化意义》、毕琦琦的《IP 电视剧的现状及发展对策研究》、王冲的《近十年网络小说改编电视剧探索》、庞晓的《相通的艺术，不同的言说——论新世纪中国网络小说的电影改编》、王柳阳的《网络小说影视改编的文学社会学分析》、刘晓宇的《网络小说影视改编剧热播现象探析》、褚晓萌的《网络文学影视剧改编研究》、王颖的《网络书写里的光影世界——新世纪网络小说的影视剧改编》、王卓的《网络文学影视改编剧研究》、蒲海燕的《消费文化语境下的网络文学 IP 改编剧研究》、许爽的《新媒介语境下网络小说的影视改编研究》、张晓阳的《网络文学 IP 电影实践发展动向研究》、丁燕的《网络文学影视改编的产业链要素研究——以言情题材为例》、张欢的《新媒体时代网络大 IP 影视剧热反思》、范雯萱的《我国 IP 剧的发展现状与问题研究》、姚常玲的《网络文学改编电视剧研究》、王清的《文本创新与传播拓展——网络文学改编的影视剧研究》、魏婷的《网络小说改编电视剧热播成因分析》、周宇芳菲的《网络小说电视剧改编研究》、谢冰莹的《论中国网络小说影视的改编》、阎冰洁的《大众文化语境下的网络小说影视改编研究》、王蒙蒙的《网络小说改编电视剧研究》、方舒桦的《中国网络文学IP剧发展现状研究》、宋姣的《中国网络文学改编的影视剧研究》、侯娟的《网络小说的产业化研究》、孟艳的《中国网络小说影视剧改编研究》、杜筱颖的《网络小说改编影视剧研究》等。

第四类则涉及IP整体研究。IP改编不仅包含网络小说影视剧改编，还有歌曲、漫画、游戏等多种平台形式跨媒介叙事，此类研究虽将网络小说改编影视纳入，但是多偏向互联网背景下的产业化开发分析，聚焦IP产业属性，将网络小说影视剧改编作为IP开发的一个方面。该方向的硕士论文有乔丽的《互联网视域下网络文学生产及传播策略研究》、杨嘉晨的《"阅文集团"新媒介文艺及其产业化研究》、孙辉的《"爱奇艺"新媒介文艺及其产业化研究》、张梦云的《"互联网+"背景下国产IP电影的问题及对策研究》、徐金宝的《中国内地网络小说跨媒体合作之研究》、韩冰的《互联网传播视域下IP电影的发展研究及审美教育》、李宇潇的《网络小说的传播渠道及受众分析》、肖娟的《网络小说改编的影视剧衍生产品开发研究》、齐子平的《"互联网+"时代下IP电影发展研究》、王海静的《基于IP开发的网络剧发展研究》、吴筱筱的《大众文化视域下的中国IP电影研究》、沈吴莎的《当下我国影视IP改编热现象研究》、叶李蓉的《网络小说的IP运营研究》、王慧的《IP电影研究》、苏妍的《IP电视剧的转型与发展态势研究》、赵欢的《IP影视剧现存问题与对策研究》、谭依林的《IP影视开发模式与发展研究》、乐天茵子的《当下网络小说线下传播渠道研究》、陈龙的《中国电影IP开发研究》、刘然然的《网络自制IP剧的产业开发研究》、王思茂的《从IP资源到IP剧：互联网时代新的创作模式和运作模式》、周密的《泛娱乐环境下我国网络文学IP的运营模式》、刘振玲的《网络文学知识产权开发研究》、满圆娟的《中国"IP"概念电影产业研究》、刘娜的《中国出版网络文学IP运营研究》、王一博的《国产"IP电影"的文化研究》、许汐辰的《影视文化产业的新秀——IP剧品牌运营模式探析》、邓思贤的《我国IP影视改编的娱乐化问题及对策研究》、吴玲玲的《网络文学的产业链分析及其发展趋向》等。

第五类，有研究者在影视改编整体研究中提及了网络小说改编的研究，如刘卫丽的《2008年以来我国影视改编透视与分析》、单姗的《论传统小说和网络小说的电视剧改编》、石海琳的《影视化发展对我国当代文学作品的影响》、薄玉迎的《新世纪我国小说改编电影市场分析——以内地电影票房前20名为例》、孙姗姗的《当代流行文学作品与改编电影之接受关系研究》等，将网络小说的影视剧改编放在影视改编的大范畴内进行分析比较。

第六类，以叙事学视角对网络小说影视剧改编进行研究。此类研究对本书有一定的参考价值，特别是跨媒介叙事研究，如薄其彩的《网络小说改编电视剧叙事研究》、房丽娜的《网络小说电视剧改编的叙事策略研究》、高建琴的《消费时代的影像狂欢——网络小说改编的影视作品研究》、冷亚坤的《网络文学IP中的跨媒介叙事研究》、王琳楠的《网络文学IP电影的跨媒介叙事研究》、黄小青的《跨媒介叙事情境中IP改编的互动研究》、苏荣荣的《国内网络言情小说影视剧改编的叙事策略研究》、张云玲的《网络IP的跨媒介叙事研究》、江莎莎的《中国网络文学IP电影的跨媒介叙事研究》等文，为笔者明晰了研究方向。

第七类，传播学视角亦是不少研究者对网络小说影视剧改编研究的切入点。这些论文多采用"传播者、传播内容、传播渠道、受众和传播效果"5W传播要素理论，对网络小说改编影视剧传播现象进行阐释，包括朱永润的《基于4I原则对网络IP改编剧的整合营销分析》、黎娜的《IP剧的社会化媒体传播机制研究——以〈琅琊榜〉为例》、余旸的《媒介融合背景下网络小说影视改编剧传播策略研究》、赵越的《网络小说改编影视作品的传播研究》、王丽娜的《传播游戏理论视角下网络IP剧发展研究》、王妍的《网络IP改编剧传播策略研究与实践》、张良的《网络小说跨媒体改编文本的媒介影响研究》、田新宇的《粉丝经济视角下网络文学IP改编剧的传播策略研究》、马嘉潞的《网络小说改编剧中的青年亚文化的传播研究》、王晓玲的《融媒体背景下网络IP剧的传播策略研究》、岳丹丹的《消费文化视域下国产IP电影营销策略研究》、刘伯瑾的《粉丝文化视域下网络小说改编剧的传播策略研究》、覃思思的《网络小说的影视改编与传播策略研究》、王丽君的《中国网络小说的影视传播研究》、廖玉姣的《中国网络小说的电视剧改编研究》、李丹丹的《网络小说影视剧改编的文化与传播研究》、齐阳的《媒介生态视角下网络小说改编 IP 电视剧研究》等文。

第八类，还有学者试图建立网络小说改编影视剧接受评价体系。这些文章多为从接受美学视野或资产评估视野出发，利用算法分析数据，构建评价公式及体系，有一定的参考价值。如石康琦的《网络小说改编电视剧评价体系研究》、谢欢的《IP 剧的意义生产与粉丝的身份认同——基于"迷文化"理论视角》、王舒敏的《网络文学改编电影版权价值评估研究》、曾丽娟的《网络小说 IP 改编权价值评估研究——以网络小说改编电影为例》、魏超杰的《网络文学作品转化价值评估研究》、陈凌的《网络小说改编电视剧的受众期望与情感体验研究》、高萱萱的《我国网络小说改编剧受众研究》、宋楠的《受众对网络小说衍生剧创作的影响研究》、胡煜寰的《原著迷群在剧评活动中的身份认同建构——以网络小说改编剧的豆瓣评论为例》等皆在此列。

此外，性别研究特别是女性研究是近年来的热点。这些论文多是从女性文学、女性意识的角度分析网络小说的影视剧改编，包括黄佩佩的《网络女性小说的电视剧改编研究——以〈后宫·甄嬛传〉〈步步惊心〉〈何以笙箫默〉为例》、高梦蝶的《中国网络小说影视改编中的性别意识研究》、魏然的《网络女性小说改编电视剧中的女性形象塑造与传播研究》、王双印的《网络言情小说及其改编电视剧中的女性形象比较研究》、翁燕的《网络女性文学电视剧化研究》、菅文静的《中国女性网络写作的影视改编研究》等文。

4. 学术期刊

截至 2023 年 1 月 28 日，笔者整理搜集与本书内容较为相关的期刊有 420 篇。其中较为重要的有徐兆寿、巩周明的《网络文学二十年影视改编概论》，黄雯、宋玉洁、林爱兵的《知情受众的视听体验——中国网络小说改编电视剧的受众使用与满足研究》等文。其余文章内容均不出学位论文研究范畴。研究内容主要集中于三个方面：其一，关注网络小说改编影视剧总体现象，分析其现状、特点及成因；其二，以某部作品或某些类型作品为例开展辨析，比较改编前后的差异、优劣，如郭洋的《网络小说电视剧改编背后的粉丝、情感与资本：以〈庆余年〉为例》，王展昭、任徼的《浅析网络小说改编剧〈琅琊榜〉的热播原因——基于受众心理的研究视角》等；其三，研究者从 IP 版权、投资角度分析网络小说的改编。

其中有几篇专注架空历史网络小说改编的文章，对本书有一定的参考价值。李星莹的《"架空历史"类网络小说改编影视作品的传播策略分析——以〈琅琊榜〉为例》聚焦《琅琊榜》一剧，对架空历史类网络小说改编影视剧作品的传播策略进行了探讨。该文虽然提及了"架空历史"概念，但是只分析了《琅琊榜》一部剧作，基本是对单部作品的深入分析。游溪的《历史与想象：关于网络小说的古装剧改编》探究了对历史的想象性创作到底应该遵循何种标准和原则。邵将的《网络小说的古装电视剧改编问题》从以流行网络小说为蓝本、浓郁的快餐文化特点、游戏化的叙事设计、夸张的拼贴手法四个方面来阐释互联网思维下网络小说的古装电视剧改编。秦俊香、李婷的《网络小说改编剧的同质化现象批评——以权谋宫斗题材古装剧为例》探讨了权谋宫斗题材网络小说改编剧的缺点。李磊的《网络小说改编传奇剧的叙事建构》以《琅琊榜》《楚乔传》为例分析了网络小说改编古装传奇剧的叙事策略。别君红的《网络穿越小说的影视剧改编策略》重点梳理了穿越小说的改编难题和改编技巧，从内容重构和文化提升两大角度梳理穿越小说的改编策略。王悠茵子的《浅谈网络架空、穿越类宫廷小说走俏电视剧市场的原因》从观众的好奇心、俊男美女的搭配、错综复杂的纠葛、人物形象的特点以及受众新的心理需求等多方面阐释了此类小说IP改编受到火热追捧的原因。房莹的《"历史题材"网络小说影视改编的类型研究》，将改编为影视剧的历史类网络小说分为穿越剧、宫斗剧、年代剧三类，并分别举出典型代表作进行讨论。

5. 行业报告

由于网络小说日新月异，改编的影视剧也层出不穷，学界研究普遍滞后于当前的发展，因此，笔者也参考了一些时效性强的行业权威报告、管理机构的官方数据等，对本书相关情况有了一定的掌握。如中国传媒大学受众研究中心的《网络文学IP价值评估体系研究》，艾瑞咨询的《2015年中国网络文学IP价值研究报告》《2018年中国网络文学IP影响力研究报告》《2019中国文学IP泛娱乐开发报告》等，都为本书提供了数据参考。

截至2023年2月4日，笔者在知网以"网络小说改编"为关键词进行检索，

绪 论

共检索出 1338 条结果，根据检索结果进行计量可视化分析，建立知识图谱，梳理研究发展脉络，可知本课题研究现状总体趋势如下图所示。

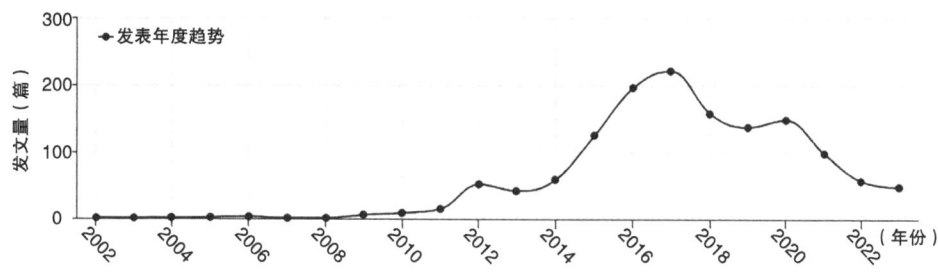

图绪.1 "网络小说改编"总体趋势分析①

图绪.1 展示了网络小说改编领域 1338 篇文献的历年分布情况，可以看出，自 2002 年起，20 年间，网络小说改编领域的相关文献总体呈现指数增长又消减的趋势，这与网络小说改编现实状况的走势趋同。学术研究在时间上通常会滞后于现象产生，本研究的第一个高峰为 2012 年，产生了 52 篇文献，这与 2011 年《步步惊心》《甄嬛传》等剧的热播直接相关。正是从网络剧元年（2014 年）和 IP 元年（2015 年）开始，网络小说 IP 改编火爆全网。2014 年起，研究趋势整体呈现爆发式增长，直到 2017 年登顶，仅 2017 年一年就有 222 篇文献研究。随后 IP 热度消减，网络小说改编进入稳定研究期，直到 2020 年，因《庆余年》等剧的热播，网络小说改编仍受到极大关注，年研究文献仍在百篇以上。自 2020 年后，也许是受影视寒冬及新冠疫情影响，研究热潮断崖式下跌，逐渐恢复到第一个热潮的 50 篇左右。

在这些研究中，研究主要集中在网络小说、网络文学、小说改编、影视改编、影视剧等关键词上，中国文学专业研究最多，占比 36.22%，戏剧电影与电视艺术专业研究次之，占比 35.88%，也有从文化经济领域、新闻与传媒、出版、民商法等角度进行分析研究的文献。其中，周志雄、骆平、别君红、张慧伦、张

---

① 中国知网检索数据来源：《总体趋势》，https://kns.cnki.net/kns8/Visual/Center，访问日期：2023 年 2 月 4 日。

煜等专家学者文献研究数量最多。[①]

总体而言,针对中国网络小说影视剧改编现象,学界已从宏观总体性、传播学、叙事学、生产消费、发展困境等角度进行了较为全面的探讨,但深入架空历史类网络小说影视剧研究,还留有巨大的探索空间。一是类型研究不够细致深入,聚焦点、切入点不够精准,研究大多集中在整个网络小说影视剧改编现状上,没有对架空历史类 IP 进行完整的、专注的梳理解析;二是研究视角多从文学、传播学等领域出发,分析多集中在现象、人物、情节等方面,对由文字改编成视听图像后的变化及道具、服装、场景等视觉元素如何具体"落地"阐述较少,细节关注度不高,多是从总体上泛泛而谈,案例场景分析匮乏,对影视剧本身区别于小说的视听特征关注度不够;三是没有从横向、纵向比较的视角分析中国架空历史类网络小说影视剧改编,已有研究既没有与诸如《红楼梦》等传统架空历史小说改编影视剧比对分析,又没有与《云画的月光》等国外架空历史网络小说改编影视剧对比;四是当前架空历史类网络小说影视剧改编甚至整个网络小说影视剧改编都将主要研究对象放在改编的电视剧上,对改编的网络剧、电影、网络大电影、微短剧、衍生视频等研究不足。因此,笔者认为中国架空历史网络小说改编影视剧方向仍有很大的研讨空间。

二、"架空历史"类型研究

(一)中国历史题材影视剧研究

我国历史题材文艺作品向来是学界关注的重点。在历史题材电视剧方面,已经有了比较成熟、完整的理论体系。第一,在整体研究、本体研究方面,李胜利、肖惊鸿的《历史题材电视剧研究》从概念、现状与问题、创作缘由、历史叙事传统特征等方面全方位地研究了历史电视剧。郝建的《中国电视剧文化研究与类型研究》探讨了主流古装正剧的类型特征与叙事策略。吴素玲的《电视剧艺术类型论》第二章对历史剧的概念及历史剧创作进行了探讨。

[①] 中国知网检索数据来源:《总体趋势》,https://kns.cnki.net/kns8/Visual/Center,访问日期:2023年2月4日。

第二，专家学者热衷于历史题材作品核心问题研究，诸如历史观、史料与历史剧的关系和历史真实与艺术真实的关系等核心问题的讨论是理论研究的焦点。陈云升的《历史剧核心问题研究》、包鹏程的《历史题材影视剧的"历史记忆"及形成机制研究》、盛宁的《新历史主义·后现代主义·历史真实》、北淮的《历史剧的历史化和非历史化》、王天帅的《电视历史剧的真实性与现实性》、尹惠的《当前我国古代历史题材电视剧虚构与重现研究》、村夫的《历史的"真实"与艺术的"虚构"》、孟庆龙的《历史题材电视剧的真实性与虚构性研究》、曹陆军的《论历史题材电视剧的历史真实与艺术真实》、张莉的《艺术的历史真实》、束秀芳的《虚实之间：历史题材电视剧的叙事维度》、周怡的《中国历史题材影视剧的文学渊源与继承关系》、郑铁生的《沉重的话题：历史真实与艺术真实》、张啬的《历史剧的虚实之维》等文就围绕历史真实和艺术真实等方面进行了辩证讨论，进而阐述艺术创作与史实之间的关系。

第三，在文化审美研究方面，吴玉杰的《新历史主义与历史剧的艺术建构》用新历史主义论证历史文本现实张扬的可能性，在分析认识历史剧的文本特性和审美特性方面有新角度、新进展。王昕的《在历史与艺术之间——中国历史题材电视剧文化诗学研究》探讨了中国历史题材电视剧本体特征和表现美学。杜莹杰的《中国历史电视剧审美研究》从中国历史电视剧的真实性、史诗性、陌生化、现代性等七个方面阐述中国历史电视剧的基本审美特征。陶冶的《历史题材电视剧与国家形象建构研究》从国家形象建构这一理论视角对我国历史题材电视剧展开了论述。李茂华的《历史题材电视剧创作与中华文化价值观构建研究》以构建中华文化价值观为切入点，从电视剧叙事与电视剧审美两方面提出历史题材电视剧构建中华文化价值观的标准与方法。其余还有李城、欧阳宏生的《历史题材电视剧的审美接受模式》、唐志平的《革命历史题材电视剧审美读》、杜莹杰的《论中国历史题材电视剧的史诗品格》、严红兰的《当前历史题材影视创作的价值观问题》、张利与张克宣的《略论新世纪以来古装历史剧的审美嬗变》、张晶的《论中国历史电视剧的基本美学特征》、孟丽花的《文化研究视阈中的历史题材电视剧》、刘汉文的《在古今对话中体现历史精神与时代主题的契合——新时代促进历史剧发展的思考》、付李琢的《论古装剧的"历史超空间"及其现实指向》、张喜红的《消费主义时代下的历史题材电视剧研究》、史春晖的《中国历史戏说剧的意识形态表达研究》等著作和文章，都从不同切入点探究了历史题材影视作品的文化审美表达。

第四，叙事学视角亦是历史题材影视剧研究的重要切入点。林风云的《中国帝王电视剧叙事研究》、李鹏飞的《中国历史电视剧叙事艺术》、衣凤翱的《当代中国革命历史题材电视剧中的复调叙事——以电视剧〈中国地〉为例》、张红军的《从教化到迎合：中国革命历史题材电视剧的商业化叙事策略》等著作和文章，从实践层面入手，从叙事策略的角度对个案或类型案例予以分析论述。

第五，在传播接受研究方面，黄山、余稷荣、崔童、张亦琪、李祎凝的《电视历史剧对当代青年历史认知影响探究——一个跨学科研究的探索》运用实证研究定量方法研究历史剧的影响力与性别、专业等因素间的关系，对历史剧之于青年的影响进行了具体分析。李力的《消费历史：历史题材电视剧的文化批判》对历史剧进行了消费视域下的批判。此外，还有蔡琳、盛兰的《大众传播中的历史再现与民族认同——对历史题材电视剧的几点思考》等文章，从传播接受视角研究历史题材影视剧的现状。

此外，类型研究和具体文本研究是历史题材影视剧不得不提及的研究方向。王俊秋的《当代影视剧中的"清宫戏"研究》对清宫戏盛行的原因、受众意识及历史观、叙事模式、类型化特征、符号体系的演变等进行了深入的探讨。田义贵的《历史形态与文化表征——川渝方言影视剧研究》、周伟莉的《历史剧中的悲剧女性形象研究》、赵君秋的《东北历史题材电视剧中地域文化论析》、刘圆的《"穿越"题材影视剧研究》、申薇的《大陆穿越剧多维度叙事阐释与受众分析》、潘钰卿的《"清宫戏"与当代大众文化思潮》等文分析了不同类型的历史剧，着重概念梳理与类别界定，对各类历史题材剧种的特点进行了归纳总结。

总体而言，学界对历史题材影视剧的观照还集中在本体论、创作论、接受论等方面，主要从历史题材影视剧的文化背景、盛行原因、叙事研究、创作观念等方面进行讨论、阐释，系统化研究较少，理论研究不够深入。

（二）架空历史题材研究

在"架空历史"题材文艺作品方面，学界研究还处于起步阶段，主要是针对架空历史小说进行了四个方面的探索。

首先，研究者对架空历史类型进行概述与现象总体探析，分析其起源、发展与困境。上海大学许道军对此方向贡献最大，其博士论文《历史记忆：建构与模型——中国现代历史小说类型研究》对历史架空叙事进行了详细阐述，其与导师葛红兵合著的《叙事模式·价值取向·历史传承——"架空历史小说"研究论纲》详细梳理了架空历史小说的起源、发展与分类，对本书概念确立提供了重要依据。喻子千的《当代中国架空历史小说研究》就中国架空历史小说的创作概况、分类、叙事特征、传播以及接受问题进行了探究。李英杰的《架空历史小说研究》通过对其源流的探究、特征特点的把握以及与西方经典历史小说的比较三个方面来对当下架空历史小说的创作进行归纳总结。严迎春的《传统历史小说、新历史小说与网络历史架空小说之比较》从为什么写、谁来写、怎么写、写什么、写给谁看五个方面厘清网络历史架空小说的基本特点。张楚卿、周伦的《论新时代中国网络架空历史小说发展的四大困境》简述了网络架空历史小说的起源、发展与困境。杪椤的《繁荣兴盛的生态格局——2018网络文学历史类和其他类型概述》就当年历史类型网络小说进行了总结。许子东的《架空穿越：第三种虚构历史的文学方法》以《琅琊榜》为例，探讨架空历史小说与国家意识形态及民众社会心理之间的关系。喻晓薇、赵丛的《梦的境象——架空历史小说时空分析》指出架空历史小说中构造的时空大致可分为三类：真实存在于历史中的时空、完全虚拟的时空以及不同性质时空之间的穿越。薛书凝的《媒介技术视角下架空历史网络剧生产传播研究》从传播学角度分析了网络技术在架空历史网络剧的生产、发展等过程中的作用，提出了要创作具有商品与文化双重属性的架空历史类型作品的观点。

其次，研究者热衷于对"架空历史"类代表作品或某一作者进行分析。许道军的《〈新宋〉一部优秀的架空历史小说》《历史、成长与架空——对酒徒网络历史小说〈家园〉的类型学分析》借架空历史小说名作《新宋》《家园》来探讨架空历史小说的类型模式。陈伶俐的《从穿越小说的虚构时空看当代网络小说创作的历史认知——以〈极品家丁〉为例》以架空历史小说《极品家丁》为案例,阐释了当代网络小说作者对历史的认知。吴长青的《网络历史类型小说创作的史传传统重建——以曹三公子的网络历史类型小说为例》认为网络历史类型小说既有对传统史传小说的继承与发扬,也有对史传小说的合理改写。

再次,不少研究者从受众、接受美学角度来分析架空历史类型作品。于开拓的《架空历史小说概议》指出了历史架空小说的繁荣背后深刻的社会文化心理。喻晓薇、赵丛的《欲望的伪装——架空历史小说欲望叙事》指出架空历史小说以塑造的时空人物镜像为显露内容,用伪装的形式掩盖了小说背后情色、物质、权力的欲望。徐珞琰、唐文怡的《从网络架空历史小说的流行窥探青少年心理》从架空历史小说受到青少年追捧的现象入手,探究青少年阅读架空历史小说所反映的对才智、成就的期望,对历史、文学知识的趣味求知以及家国民族情怀。龙柳萍的《网络架空历史小说的欲望叙事和接受心理》从欲望叙事角度考察架空历史小说对读者的权力欲望、对安全感缺失的焦虑、对物质的欲望追求的满足。唐浩源的《网络历史小说评论的特征及影响研究——以流量评论为样本》聚焦读者评论,归纳分析了网络历史小说评论的特征、影响、作用,对网络历史小说的评价标准有更为多元的认识。

最后,也有研究者从创作方法、观念、范式上探讨架空历史类型。许道军、张永禄的《论网络历史小说的架空叙事》指出身体或观念的"穿越"是虚拟进入历史空间的方式,虚拟地改变历史是"架空"的目的。王凡的《论架空历史小说创作的历史观问题》从历史题材精英文化和主流历史文化的影响、向中国传统的人本主义历史观回归等方面探析架空历史小说创作的历史观。葛娟的《论网络历史小说的文本范式和诗性建构》指出在文本与历史的关系上,架空历史小说以想象和虚构历史的话语实践,体现小说和历史之间的"互文性"。刘帅池的《网络历史小说的架空范式》总结了架空历史小说形成的人物架空、时间架空与空间架空模式下的写作范式。蒋卡春的《新世纪架空历史小说叙事策略研究》从叙事逻辑、叙事结构、叙事视角与语言特征四个角度分析架空历史小说的叙事策略。

总体而言，已有的批评多停留在架空历史小说一般性的评价上，除前序提及的架空历史网络小说改编影视剧研究外，较少对架空历史类影视作品进行整体研究。另外，已有研究缺乏理论深度，读者自发性批评多，专业性批评少，对人物情节和细节描写的讨论多，对作者的历史观思考、历史社会问题的隐喻、架空叙事策略的辨析少，尤其是对该类型文艺作品的发展危机还鲜有揭示，系统性批评尚未建立。

第三节　研究方法、难点与创新

一、理论与方法：新历史主义、跨媒介叙事与互文性理论

（一）新历史主义

新历史主义给予本书贯穿全文的理论依据。新历史主义产生于20世纪80年代的英美文化和文学界，这个概念由史蒂芬·格林布拉特（Stephen Greenblatt）首先提出。新历史主义是一种区别于历史主义的文学批评方法，带有明显的批判性、消解性和颠覆性等后现代特征，实现了文艺批评话语新的嬗变。传统历史主义主张历史即客观存在，它以一种必然的发展方式演进，但新历史主义对历史性质和历史史实有了再认识和再创作，认为没有绝对的客观历史。新历史主义的思想内涵和基本特点，主要体现在以下几个方面：文本的历史性和历史的文本性；单线历史的复线化和大写历史的小写化；客观历史的主体化和必然历史的偶然化；历史和文学的边缘意识形态化。[①]

"新历史主义"主要代表人物有史蒂芬·格林布拉特、海登·怀特（Hayden White）、路易斯·蒙特洛斯（Lousis Montrose）等。蒙特洛斯提出了"文本的历史性和历史的文本性"的互文性界说，认为二者是互为条件、相互转换的。一切文本都具有特定的社会性和文化性，但是"如果没有保存下来的文本，我们

[①] 张进：《新历史主义文艺思潮通论》，暨南大学出版社，2013，第70页。

绪 论

就无法了解一个社会的真正的、完整的过去",并且这些文本在"成为历史学家撰写历史的基础的时候,它们本身将再次充当文本阐释的媒介"①。

海登·怀特则指出了历史真实的话语虚构性质,于历史学家而言,"历史事件只是故事的因素",事件"通过所有我们一般在小说或戏剧中的情节编织的技巧——才变成了故事"②。他认为重要的是文本形式而不是内容,历史修撰与其他形式的写作一样,而形式本质就是语言,因此,历史是"叙事性散文话语形式中的一种言辞结构"③。历史事件必须被叙述,"这种叙述是语言凝聚、替换、象征和某种贯穿着文本产生过程的二次修正的产物……历史文本的客观性使历史具有可知性和可认识性"④。历史叙述不可避免叙事的"虚构性",只不过比起文学讲述的想象建构的事件,历史讲述的是"真实的事件,实际发生的事件,而不是虚构的事件,不是叙述者发明的事件"⑤。

与传统历史观认为历史真实是客观的、始终存在的不同,20世纪后现代思潮的新发展极大质疑了历史的客观性和确定性,"历史"被认为是由历史学家选择和叙述的。在文学本质问题上,传统的历史主义认为,文学是对历史生活的机械反映,历史事实的真实性优先于文学的想象性。而新历史主义却将这个关系打破,强调文学塑造历史的能动力量。

此外,新历史主义还注重历史与现实的关系,认为历史远不是封闭式的已完成状态:"历史是历史学家跟他的事实之间相互作用的连续不断的过程,是现在跟过去之间永无止境的回答和交谈。"⑥"一切真历史都是当代史"的著名论断就出自克罗齐(Bendetto Croce)的《历史学的理论和历史》。新历史主义强调历史的当代性,强调特定的时代属性。克罗齐说:

---

① 盛宁:《人文困惑与反思——西方后现代思潮批判》,生活·读书·新知三联书店,1997,第156页。
② 张京媛主编《新历史主义与文学批评》,北京大学出版社,1997,第163页。
③ 海登·怀特:《元史学:十九世纪欧洲的历史想像》,陈新译,译林出版社,2004,第1页。
④ 海登·怀特:《评新历史主义》,见张京媛《新历史主义与文学批评》,北京大学出版社,1993,第100页。
⑤ 海登·怀特:《形式的内容叙事话语与历史再现》,董立河译,文津出版社,2005,第35页。
⑥ 爱德华·卡尔:《历史是什么?》,吴柱存译,商务印书馆,1981,第28页。

> 历史是活的历史，编年史是死的历史；历史是当代史，编年史是过去史；历史主要是思想行动，编年史主要是意志行动。一切历史当它不再被思考，而只是用抽象词语记录，就变成了编年史，尽管那些词语曾经是具体的和富有表现力的。①

相比新历史主义在西方学界的发展，国内新历史主义研究从20世纪90年代初才起步，理论研究水平相对比较滞后。国内译介和研究新历史主义的著作与文章有韩加明的《新历史主义批评的兴起》《新历史主义批评的发展及启示》、王逢振的《今日西方文学批评理论》、杨正润的《文学研究的重新历史化——从新历史主义看当代西方文艺学的重大变革》、赵一凡的《什么是新历史主义》、张京媛的《新历史主义与文学批评》、盛宁的《新历史主义》、王岳川的《后殖民主义与新历史主义文论》、张清华的《十年新历史主义文学思潮回顾》、张进的《新历史主义与历史诗学》《新历史主义文艺思潮通论》、卢絮的《新历史主义批评与实践：基于西方文论本土化的一种考察》等。

目前，国内有一些学者从新历史主义视角来阐释分析影视剧，如吴玉杰的《新历史主义与历史剧的艺术建构》、曾耀农的《新时期影视中的新历史主义》、于淑娟的《新历史主义视阈中的国产青春偶像剧》、赵若雪的《新历史主义视阈下中国大陆近现代家族题材传奇电视剧研究（2001—2018）》、王晓通的《新历史主义与新历史电影》、郭小槽的《新历史主义走向文学和电影》、范志忠的《新历史主义视野下的当代电影》、杜彩的《新历史主义"历史若文学"的辩证分析——兼论目前历史题材的电视艺术创作》、杜莹杰的《新历史主义与中国历史电视剧诗性叙事》、张慧敏的《文述与演述——论历史与历史剧的关系》、杨扬的《新世纪十年中国"三代"新历史电影研究》等。这些研究从新历史主义角度对当代历史题材影视剧进行了深刻的剖析，能够结合中国文化、政治现实分析文本，但是系统性不足，须进一步发展完善。

---

① 克罗齐：《历史学的理论和历史》，田时纲译，中国社会科学出版社，2018，第8页。

绪　论

　　需要特别指出的是，本书虽采用新历史主义理论来研究当下的架空历史网络小说改编影视剧现象，但是本书坚定地站在马克思主义的唯物主义历史观立场上，将新历史主义与历史虚无主义等思潮区分开来。长期以来，历史题材相关文艺作品始终关注文本是否与历史真实相符。但在 IP 消费中，历史成为被任何人在任何时候任意挪用、拆解和重构的商品化的编码符号，当下的架空历史类网络小说改编影视剧更多体现的是大众对历史的消费。当然，架空历史题材只是诸多题材分类中的一块拼图而已，主流历史题材文艺作品仍旧占据不容置疑的主要地位。

（二）跨媒介叙事

　　叙事学是从西方引进的一个概念，早在 1928 年，普罗普（Vladimir Propp）的《故事形态学》就已提出角色功能项的时间排列顺序问题。直到 1969 年，托多罗夫（Tzvetan Todorov）正式提出了"叙事学"这一专有概念。热拉尔·热奈特（Gerard Genette）的《叙事话语》被称为叙事学的奠基之作，除此之外在国内比较有影响力的还有米克·巴尔（Mieke Bal）的《叙述学：叙事理论导论》、华莱士·马丁（Wallace Martin）的《当代叙事学》、戴卫·赫尔曼（David Herman）的《新叙事学》等。国内较为著名的相关文献研究有杨义的《中国叙事学》、赵毅衡的《广义叙述学》、谭君强的《叙事学导论：从经典叙事学到后经典叙事学》、祖国颂的《叙事的诗学》、罗钢的《叙事学导论》、聂庆璞的《网络叙事学》、申丹和王丽亚的《西方叙事学：经典与后经典》等。

　　在影视叙事学方面，安德烈·戈德罗和弗朗索瓦·若斯特（Francois Jost）的《什么是电影叙事学》、安德烈·戈德罗的《从文学到影片：叙事体系》、西摩·查特曼的《故事与话语——小说和电影的叙事结构》、尹兴的《影视叙事学研究》、刘云舟的《电影叙事学研究》、刘婷的《影像叙事》、杨新敏的《电视剧叙事研究》、兵娟的《电视剧叙事：传播与性别》、宋佳玲的《影视叙事学》、卢蓉的《电视剧叙事艺术》、李胜利的《电视剧叙事情节》、张智华的《电视剧叙事艺术研究》等均从不同角度对影视叙事学进行了详细丰富的分析。这些研究主要延续经典叙事学的理论框架，选择适合自身研究内容的诸如叙事人物、叙事情节、叙事时空、叙事结构等元素进行深入研究。正如后经典叙事学对经典叙事学的批判一样，经典叙事学认为话语形式的变化对故事没有什么影响，目前的研究内容也忽略了对文本以外的文化、社会、受众等因素的考量。

作为后经典叙事学的代表理论之一，跨媒介叙事是互文视角下的故事世界建构。美国著名媒介研究学者亨利·詹金斯（Henry Jenkins）在《融合文化：新媒体和旧媒体的冲突地带》中正式提出了"跨媒介叙事"（Transmedia Storytelling）理论。詹金斯将"跨媒介叙事"解释为：

> 这样一个跨媒体故事横跨多种媒体平台展现出来，其中每一个新文本都对整个故事做出了独特而有价值的贡献。跨媒体叙事最理想的形式，就是每一种媒体出色地各司其职，各尽其责——只有这样，一个故事才能够以电影做为开头，进而通过电视、小说以及连环漫画展开进一步的详述；故事世界可以通过游戏来探索，或者作为一个娱乐公园景点来体验。①

詹金斯所说的跨媒介叙事，是指多个媒介平台根据自身特性围绕同一故事世界进行叙事，互相补充。跨媒介叙事与跨多个平台传播有本质区别，跨多个平台传播的是同一个故事，而跨媒介叙事则是不同媒介对同一个故事内容进行重构、衍生、拓展。

詹金斯总结了跨媒介叙事七大原则：可传播性和可钻研性，连续性和多样性，沉浸性和可提取性，扩充故事世界建构，媒介生成系列性，丰富故事主体性，注重受众的参与。②此七大原则对跨媒介叙事框架进行了梳理，学界在此基础上开始了进一步研究。目前已有的研究主要集中在应用研究及定义研究、跨媒介叙事的互文性问题等方面，以及对具体案例的分析。在网络文学 IP 跨媒介

---

① 亨利·詹金斯：《融合文化——新媒体和旧媒体的冲突地带》，杜永明译，商务印书馆，2019，第157页。
② Henry Jenkins, "The Revenge of the Origami Unicorn: seven principles of transmedia storytelling," accessed May 10, 2023, http://henryjenkins.org/2009/12/the_revenge_of_the_origami_uni.html.

叙事研究方面，国内学界目前有四个关注重点。其一，以跨媒介叙事为切入点探究网络小说影视剧改编路径，如蒋建华的《新媒体语境下网络小说影视改编的跨媒介叙事研究》、孟隋的《论网络玄幻小说 IP 改编剧的误区：基于"跨媒介叙事"的视角》、李晶的《浅谈接受美学视野下网文 IP 影视改编的叙事策略》等。其二，对网络文学 IP 跨媒介叙事模式与叙事实践进行分析，包括祝光明的《试析跨媒介叙事的两种路径：以角色为中心与以故事世界为中心》、赵鹏、米高峰的《跨媒介叙事视角下的 IP 运营及策略》、金韶、涂浩瀚的《出版 IP 的跨媒介叙事和运营策略研究》、卞芸璐的《网络剧的跨媒介叙事实践：从碎片拼贴到构筑世界》、陈维超的《跨媒介视角下 IP 网剧生产机制的新趋向》等。其三，有学者对跨媒介叙事的故事文本进行了划分，如张晶、李晓彩在《文本构型与故事时空：网络文学 IP 剧的"跨媒介"衍生叙事》一文中认为跨媒介叙事的故事文本可分为改编型、延展型、圆融型三种。其四，对我国网络文学 IP 与西方 IP 作品进行比较研究，如郝婷的《美国跨媒介叙事运作机制对我国文化 IP 开发的启示》认为美国跨媒介叙事作品在生产、流通、消费各环节的运作实践对我国在文化 IP 开发方面具有借鉴意义。当下网络小说 IP 跨媒介叙事的研究重心在于跨媒介叙事现象和各种媒介叙事的合法性与可行性研究，结合跨学科理论视角，为网络小说 IP 跨媒介叙事的发展提供新思路。跨媒介叙事理论为我国网络小说 IP 跨媒介叙事提供了理论参考，即充分发挥各媒体平台的优势共同打造故事世界，利用粉丝黏性传播故事世界，打造具有影响力的超级 IP。

（三）互文性理论

互文性理论亦是本研究的重要参考理论。互文性，又称文本间性，指文本、文本间显现或潜藏的互动。互文性理论分为广义互文性和狭义互文性。广义互文性可以称为解构的互文性，包括罗兰·巴特（Roland Barthes）提出的可写的文本转向读者研究，沿着德里达（Jacques Derrida）的解构主义方向延续宽泛互文，新历史主义与女性主义框架下解读互文性等方向；狭义互文性可称为建构的互文性，主要包含热拉尔·热奈特和米切尔·里法泰尔（Michael Riffaterre）的诗学、修辞学方向。

"互文性不仅是一种广义的理论,同时也是一种方法。"[1] 目前,有学者将互文性引入网络小说影视改编研究领域,给网络小说影视改编研究提供了新的视角和观点启示。李磊在《次元的破壁:网络小说改编剧的互文性研究》中指出:"改编研究的互文性就是建立在语言文本基础上两个文本及其背后语境大文本的互文关系。在网络小说改编剧中,既有网络小说和电视剧这两个独立的语言体系内的文本交流,又有网络文化与影视大众文化之间的变化沟通。"[2] 要通过网络小说和网络小说改编影视剧寻找到文学研究与文化研究的沟通地带,揭示文本与文本之间的相互作用。

实践互文即互动,文本解读离不开受众的参与。互文性理论对受众的重视给架空历史网络小说影视剧改编带来了启示,即要重点关注粉丝在创作、传播、接受中的能动作用。互文性理论特别是狭义互文性理论对文学文本转换为影视文本具有启示作用,热拉尔·热奈特在《隐迹稿本》中提到的"超文性"——"经简单转换(简称转换)以及间接转换(简称模仿)于已有文本内再衍生出一篇文本"——就类似于跨文本类型的影视改编概念。[3] 既可针对叙事元素、叙事内容等展开不同文艺形态下的转换比较分析,亦可扩大至架空历史类网络小说改编影视剧的文化研究等领域进行外部研究。

自21世纪的第二个十年起,介质变迁带来的学科交流合作越来越频繁。西蒙·穆雷(Simone Murray)认为应在媒介融合视角下对改编研究的分析视点和方法论进行革新:"应该从对著作资源的美学评价转向社会学研究,应将其作为'产品'置于当代物质化、商业化的产业语境中运用媒体政治经济学、文化理论、书籍史等混合研究方法进行研究。"[4]

本书的研究对象为"中国架空历史网络小说影视剧改编",涉及艺术学、文学、影视学、传播学等诸多学科。思及本研究选题具有的跨学科特点,因此在

---

[1] 王瑾:《互文性》,广西师范大学出版社,2005,第135页。
[2] 李磊:《次元的破壁:网络小说改编剧的互文性研究》,中国社会科学出版社,2020,第13页。
[3] 李森:《论超文本叙事理念的源起》,《新疆大学学报》(哲学·人文社会科学版)第43卷第2期,2015年3月。
[4] Simone Murray, *The Adaptation Industry: The Culture Economy of Contemporary Literary Adaptation* (New York: Routledge, 2012), p.17.

研究过程中也转为在媒介融合视野下，运用改编理论、传播学、文化学等跨学科理论，采取问题研究法、类型研究法、对比分析法等多种研究方法，将美学研究与文化研究结合、理论研究与数据分析结合，力图使文本研究逻辑周密、论证有据。

在大量搜集架空历史类网络小说改编影视剧的相关期刊、著作、论文以及互联网等文献的基础上，充分了解研究方向和当前研究的进展状况，并在掌握一些评估机构收集的数据资料基础上，本书立足小说文本与影视文本，选取自2011年以来有较大影响力的架空历史网络小说作品及其改编的影视剧案例进行文本细读，通过类型研究法对该现象进行类型学考察与分析，总结其基本创作规律与审美特征，从新历史主义、经典叙事学、跨媒介叙事、互文性、类型研究、性别研究等视角出发，归纳出架空历史类型网络小说改编影视剧创作的人物、功能、视听等叙事策略及创作、传播、接受的特点，进而总结出不同文艺模式在互文转换上产生的特点。此外，本书亦试图探索架空历史类网络小说影视剧改编的优势、局限以及所面临的机遇与挑战，为网络小说跨媒介叙事的良性持续发展以及当代历史剧在研究上拓展新的理论空间做出努力。

二、难点与创新

本书将主要研究内容聚焦于文化研究、文本研究、比较研究三个方向，以文化研究为总体框架，用比较的方法对一些作品进行文本细读，既从宏观又从微观视角探索架空历史网络小说改编影视剧的脉络走向。其一，从文化研究路径方面，以网络文化、大众文化、消费文化、流行文化、粉丝文化、性别文化等视角，对中国架空历史网络小说改编影视剧的类型与发展轨迹，创作与叙事，传播、接受与批评进行整体梳理、总结、评价。其二，从文本研究路径方面，对中国架空历史网络小说改编影视剧之叙事时空的改变、人物情节的确立、视听艺术的"落地"呈现、叙事视角、节奏、时序的转变等问题进行具体案例分析。其三，从比较研究路径方面，对中国架空历史网络小说与传统历史小说改编影视剧改编的特征与异同进行比较研究，探讨历史消解的四个维度。

本书除绪论和后记外，计划分为五个章节。第一章总览全局，对该现象进行宏观描述，随后根据研究类型层层递进，第二章分析架空历史特性，第三、第四章具体探讨跨媒介改编，第五章从产业角度摸索架空历史网络小说改编影视剧的发展脉络。这样的分章布局，既有利于全面把握架空历史网络小说改编影视剧脉搏，又有利于深化架空历史类型跨媒介叙事特征研究。

绪论部分阐明本选题的研究背景及研究意义、研究现状与文献综述、研究理论方法与探索思路、研究内容的创新与难点等问题。

第一章"半壁江山——架空历史网络小说的影视剧改编"分三节讨论，主要从研究对象定义、类型、发展历程、现状特点梳理中国架空历史网络小说影视改编基本情况，对架空历史IP改编整体情况有了宏观掌握。

第二章"架空世界的建构——历史消解与复归的维度"从新历史主义视角，指出架空历史网络小说影视改编过程中试图还原历史却又消解历史、试图构建新历史却又被旧历史框束的视听悖论，探讨从历史事实到历史叙述、从传统历史小说到架空历史网络小说、从主流历史正剧到架空历史网络小说改编影视剧四个维度的三次转变，对改编中的历史真实性进行辨析。

第三章"跨媒介之路——叙事框架的转码与叙事内容的改编"，在媒介变迁影响下讨论叙事时空的半架空戏说型、全架空逼真型、半架空模糊型、全架空全虚型四种转变模式，按照叙事内容主流改编方法对情节、人物的改编手段进行再现型、调整型、改写型总结，此外对家国意识的重置与大主角的传奇成长叙事等叙事主题、从普罗普的功能说看游戏化的类型叙事结构、从单性别叙事到中性叙事的叙事视角转变来探讨叙事元素的改编。

第四章"从文字到影像——视听艺术的转向与呈现"从视觉、听觉两个角度对情节影视化进行探讨，通过研究场景道具、礼仪制度、习俗观念等影视改编重点，挖掘历史氛围感的视听奇观营造之法，结合趋实向、就虚向的服化造型设计，分析架空历史改编中人物形象的呈现特点。

第五章"产业生态——跨媒介流行背后的发展逻辑"，从架空历史网络小说改编的生产、营销、接受的三重发展逻辑入手，以此回答为什么架空历史小说IP改编能占据古装剧大半份额、如何进行营销等问题，同时探析受众类型画像、观看行为及其"使用与满足"心理。后记部分进一步从架空历史网络小说改编的优势、局限、机遇与发展等角度,对本书进行回溯。

(一)研究难点

本书的难点显而易见,由于网络小说改编影视剧数量日益增多,选择架空历史类作品的考量标准需要严格把控。鉴于 IP 研究热潮和跨学科多层次分析的繁荣,如何利用前人的研究成果和多学科理论体系进行创新也成为一个难题。此外,需按照艺术学理论专业要求,时刻从网络小说改编角度而非网络小说本身角度、从架空历史类型而非网络小说整体特点的角度来进行分析研究,厘清边界。

具体而言,要探讨两组难点问题。其一,在消费社会商业化环境下,架空历史类网络小说如何实现小说与影视剧之间的改编转换,即在改编发生的外部因素客观制约下,改编的内在变化逻辑是如何操作运行的?如何将小说文本转换成视听文本,其服装、道具、建筑、台词、表演等方面如何具体呈现?

其二,在讨论架空历史类网络小说改编影视剧时,如何从历史真相到历史记叙、传统历史小说书写到架空历史网络小说书写、主流历史剧到架空历史类 IP 改编等多重维度探讨架空历史网络小说的影视改编是否呈现历史真相、如何进行历史消解等问题。

(二)研究创新

本书的研究创新主要在于深化中国网络小说改编影视剧类型研究。开展类型学批评,既在理论上对中国网络小说改编影视剧史有宏观观照,又在实践上对文化产业化发展有重要的现实意义。本书通过对架空历史类 IP 定义、发展历程、现状特点的完整深入梳理、总结与探讨,掌握中国架空历史网络小说改编影视剧的创作、传播、接受整体情况,对改编的叙事主题、结构、视角等要素有更深入的把握,解析从架空历史小说文本到影视文本的视听艺术呈现法则。在以往的研究中,学者多对架空历史网络小说类别进行探讨,没有对"半架空""全架空"不同类型的架空历史形态影视剧改编进行区分。因此,本书对中国架空历史类网络小说改编影视剧进行叙事时空半架空戏说型、全架空逼真型、半架空模糊型、全架空全虚型四种转变模式和叙事内容框架改编再现型、调整型、改写型三种模式的分类探讨，对家国意识的重置与大主角的传奇成长叙事等叙事主题、从普罗普的功能说看游戏化的类型叙事结构、从单性别叙事到中性叙事的叙事视角转变来分析叙事元素的转码。同时指出架空历史故事世界跨媒介叙事的重点在于视听艺术落地呈现对情节已知缺乏悬念的补偿。并结合趋实向、就虚向的服化造型，分析架空历史改编中人物形象的呈现特点，从视觉、听觉两个角度对情节影视化的古典特性进行探讨，通过研究场景道具、礼仪制度、习俗观念等物质、精神层面影视改编重点，挖掘历史氛围感的视听奇观营造之法。本书结合改编实际总结出不同架空历史形态 IP 的特有改编方法，是对该领域理论研究的拓展创新。

其次，本书在纵向上以更为宏观的视角研究网络小说改编影视剧现象，与传统历史小说改编影视剧进行比较研究，解析从历史真实、历史叙述、传统历史小说、架空历史网络小说、主流历史正剧到架空历史网络小说改编影视剧这一嬗变中历史消解的四个维度，探讨中国架空历史网络小说改编影视剧的优势、局限与发展。

此外，在具体文本分析之外，本书结合网络文化、大众文化、消费文化、流行文化等角度，对架空历史网络小说改编影视剧进行跨媒介叙事文化分析，探究背后的改编语境与文化内涵，对网络文化与影视文化的互文进行了进一步思考。

第一章

半壁江山
——架空历史网络小说的影视剧改编

第一章　半壁江山——架空历史网络小说的影视剧改编

第一节　中国架空历史网络小说影视剧改编的界定

"架空历史网络小说影视剧改编"是由"架空历史""网络小说""影视剧改编"三个关键词框定概念范围，它虽归根结底是影视剧，但既要在分类上体现"架空历史"的题材类型，又要在本质上体现"网络小说"的特性，还要在方法上体现"影视剧改编"的特征，缺一不可，所以此研究也是各方面内容都要兼及。

一、网络小说：新的文学形态

网络文学是继口头说唱、纸质印刷后的新型媒介文学形态。网络文学的含义可以分为广义及狭义两种界定。从广义层面上看，网络文学又可划分成三类：一是印刷纸质文学作品的数字化或电子化，二是在各种文学网站、博客、论坛等网络媒介首次发表的原创文学作品，三是由互联网生成的超链接技术文学作品。狭义层面的则即网络原创文学。本书选取狭义的网络文学概念，即："由网民在电脑上创作，通过互联网发表，供网络用户欣赏或参与的新型文学样式，它是伴随现代计算机特别是数字化网络技术发展而来的一种新的文学形态"[1]。

网络文学当然不只包括网络小说这一形态，网络诗歌、博客杂谈等形式也

---

[1] 欧阳友权主编《网络文学概论》，北京大学出版社，2008，第21页。

属于网络文学范畴,但是网络小说是网络文学的主体形式和市场担当,甚至在很多时候可以代指网络文学。《中国大百科全书·中国文学》将小说定义为:"文学体裁之一。以散体文的形式表现叙事性的内容,通过一定的故事情节对人物的关系、命运、性格、行为、思想、情感、心理状态以及人物活动的环境进行具体的艺术描写,是小说的基本特征。"[①] 多年来网络小说并没有一个很明确的定义,但公认的网络小说的实质是在沿袭传统小说定义的基础上,前缀"网络"二字以凸显互联网视野下小说的"当下性"写作,以及有别于传统文学的创作、传播和阅读方式。[②]

二、架空历史:"虚践"的世界

中国是个重史的国度,《三国演义》等以历史演义为代表的传统历史小说备受国人欢迎,但是历史演义或历史戏说小说并非普遍意义上的架空历史小说。架空历史小说虽也掌握着少量的历史资料,以帝王将相为主角,以政治、军事斗争为主要情节,但是多创造出虚构的新的历史世界或在原有历史时空中以明显的现代化意识讲述虚构故事。

在当前学界讨论中,"架空"一词虽然多用于网络文化语境下的讨论,但并非网络小说领域内的独创。在《辞海》中,"架空"本指凌空,指建筑学上房屋、器物下面用柱子等撑住而离开地面。唐太宗的《置酒坐飞阁》一诗中便有"高轩临碧渚,飞檐迥架空"之句,王周的《路次覆盆驿》、陆游的《明州》中也有同义。后引申为凭空捏造、没有事实依据或没有基础的言行。如刘禹锡的《答饶州元使君书》中有言:"非游言架空之徒,喜未尝不至抃也。"而至发展成比喻性的释义,形容文艺作品的虚言假说,则有黄六鸿的《福惠全书·莅任·考代书》"止要据事明白直书,不许架空装点"。鲁迅的《中国小说史略》第十八

---

① 中国大百科全书总编辑委员会:《中国大百科全书·中国文学》,中国大百科全书出版社,1988,第 1085 页。
② 张政:《虚拟时空的浪漫传承——中国网络小说中的传奇叙事》,博士学位论文,东北师范大学中国语言文学系,2019,第 7 页。

篇指出《封神演义》："较之《水浒》固失之架空，方《西游》又逊其雄肆。"① 在这里，"架空"逐渐演变成由神话传说或历史片段生发出的幻想故事。从这一概念的历时性演变中，"架空"由最初建筑学上的结构描述逐渐延伸到专指那些由史实生发却又不合现实经验的幻想性文学创作。

在这样的思维嬗变中，六朝志怪、清代神魔小说等都被融入"架空"叙事之中，国外如《权力的游戏》和中国当代作家江南等构建的"九州"玄幻世界也在此列。托尔金（John Ronald Reuel Tolkien）的《魔戒》中的"中土世界"便是西方架空小说故事世界创作的典型范式。托尔金将现实世界看作"第一世界"，架空世界即"第二世界"则是故事创造者虚构幻想出来的小说世界。"在这个世界里，他的叙述就是真实的：符合现实世界的法则。"②架空世界虽然是幻想创建、脱离现实真实的，却要遵循自身特殊设定的运行规律和秩序，并且，这样的秩序也反映出现实世界中的相关生存经验。

不同的是，上述架空叙事为对现实世界的架空玄幻、架空奇幻等叙事，而本书要探讨的架空历史则属于架空的另一种形式。故而本书研究的影视作品不包括《九州海上牧云记》《九州缥缈录》《醉玲珑》《斛珠夫人》等改编架空奇幻影视剧，《诛仙》《武动乾坤》《大主宰》等改编架空玄幻影视剧，《雪中悍刀行》《斗破苍穹》《莲花楼》等改编架空武侠影视剧，也不包括《花千骨》《三生三世十里桃花》《香蜜沉沉烬如霜》《琉璃》《苍兰诀》等改编架空仙侠影视剧。

"架空历史"叙事古已有之。毛宗岗在《琵琶记总论》里谈到拟作屈子还魂、燕太子丹雪耻、诸葛亮灭魏等十余种故事，开创了"架空历史"叙事创作观念。明代《如是观》叙岳飞大破金兵，迎还徽、钦二帝，揭露了秦桧私通金国的阴谋，《小英雄》述宋高宗访岳飞后代及牛皋打退金兵等初具"架空历史"形态。③《红楼梦》在时空设定上便是一部"无朝代年纪可考"的架空历史小说，书中所述朝代虽影射清朝，但是服饰、住宅以及其他环境的描述与清朝特征有着很大

---

① 鲁迅：《中国小说史略》，上海古籍出版社，2006，第107页。
② John Ronald Reuel Tolkien, *The Monsters and the Critics*（London: Harper Collins Publishers, 1997），p.132.
③ 许道军：《历史记忆：建构与模型——中国现代历史小说类型研究》，博士学位论文，上海大学文学院中国现当代文学专业，2010，第91页。

的不同。

随着网络小说的发展,《明》《新宋》《梦回大清》《楚氏春秋》《琅琊榜》《回到明朝当王爷》等一批架空历史类型网络小说在网上流行开来,才使"架空历史"这一标签固定化。

在学界,许道军认为所谓"架空历史小说"是指"一种新世纪以来首先在网络兴起、主要以虚践的形式对既定历史进行推理的小说",并对"架空历史小说"情节模式进行了总结,即主角("主要写现代人或明显具有现代意识的人")"通过时空穿越的方式进入或本身就'在'一个不属于自己的时空(主要是历史空间),在时间错置和观念并置的矛盾中试图通过自身知识、技术、理念和智慧的优势去改变历史发展轨迹的故事"[1]。许道军主要是针对2010年前《中华再起》《明》《新宋》等一类对历史发展的可能性做出不同推演发展,并试图以"虚践"的形式加以改变的网络小说进行界定,这类架空历史网络小说颇具"救亡流"的"正史"气质。

然而,随着网络小说的不断发展,"架空历史"内涵不断丰富,"架空历史"不仅包含穿越时空或身处不属于自身时空的形式。笔者认为,只要是具有现代意识推理历史,所述"历史时空""历史人物""历史事件"三者至少有其一为虚构的网络小说,都可归为"架空历史网络小说"范畴。因此,在前人研究的基础上,笔者对本书所探讨的"中国架空历史网络小说"做出如下界定:即在中国内地(大陆)及港澳台地区网络媒介平台上首发的,凭借着少量历史资料创造出的、具有现代意识推理历史,"历史时空(如是真实时空则为辛亥革命前)""历史人物""历史事件"三者至少有其一为虚构的小说。

需要指出的是,如《未央·沉浮》《后宫·如懿传》《长安十二时辰》《大唐后妃传之珍珠传奇》《孤城闭》《燕云台》等作品,虽然都是历史类网络小说范畴,也实现了影视剧改编,但是它们不同于《独步天下》《大唐明月》等穿越到历史人物身上的网络小说,主人公既没有现代意识,又不对历史进行主观更改,而是完全描述真实历史时空中有历史人物原型的故事,笔者认为这些作品只是首

---

[1] 许道军:《历史记忆:建构与模型——中国现代历史小说类型研究》,博士学位论文,上海大学文学院中国现当代文学专业,2010,第39页。

发在网络平台的历史戏说小说，故而不在本书研究的"架空历史网络小说"范围之内。

三、影视改编：再阐释与再创作

对"改编"的定义，学界一直在实践过程中不断丰富发展。贝拉·巴拉兹认为改编是"把原著仅仅当成未经加工的素材，从自己的艺术形式的角度来对这段未经加工的现实生活进行观察"[1]。安德鲁则认为在很大程度上改编"是对一种先已存在的文本的意义的阐释"[2]。《影视艺术教程》则将"改编"定义为"运用电影、电视剧独有的思维方式，遵循影视艺术的创作规律与特性，将其他体裁的文艺作品改写为电影或电视剧"[3]。总而言之，大多数学者认为改编是对已有前文本内容的再阐释与跨平台转换。

后现代主义理论家琳达·哈琴在《改编理论》中从跨学科融合背景视角对改编的定义在前人基础上有所延伸，即："对已知的其他作品或作品们的公认的转换。富有创造性和解释性的挪用、挽救行为。对被改编作品的一次扩展的互文性的参与。因此，改编本是非衍生的衍生物——是第二次而不是次要的作品。是它自己的重写本。"[4] 她认为改编在本质上是一个自我的重写本，改编后的作品虽然和原著有关，但是已成为另一个独立的艺术品。她认为的转换是媒介或体裁上的，而挪用与挽救是再阐释与再创造，受众体验到的改编是一种重写和扩展内容的互文形式。

对融媒体时代的内容创意理念，亨利·詹金斯更进一步用"跨媒介叙事"涵盖文学改编影视剧的行为。在消费主义和"互联网+"等后现代语境下，网络小说IP改编正贴合此意。侯小强谈道："一部小说变成一个影视剧，就是在跨

---

[1] 贝拉·巴拉兹：《艺术形式和素材》，陈犀禾选编《电影改编理论问题》，中国电影出版社，1988，第146页。
[2] 杜德莱·安德鲁：《改编》，陈犀禾选编《电影改编理论问题》，中国电影出版社，1988，第334页。
[3] 王光祖、黄会林、李亦中主编《影视艺术教程》，高等教育出版社，1992，第144页。
[4] 琳达·哈琴、西沃恩·奥弗林：《改编理论》，任传霞译，清华大学出版社，2019，第6页。

界,就是在主流化,因为影视是今天最有力量的媒介。"[①]跨媒介叙事是小说、漫画、电影、电视、动画等多种媒体平台围绕一个故事而展开的叙事形态。它主张在不同的媒介平台根据用户的审美和体验需求,创造形式上相互独立、内容上高度关联的文化产品,共同丰富故事世界建构。

网络小说虽然同样作为"文字的艺术",其本质是"印刷文明的遗腹子"[②],但是网络小说的网生特质使网络小说与网络中的游戏、动画等其他文艺形式具有一定的联通性。在大众狂欢的互联网新媒介时代,动漫、游戏等二次元文化最先盛行。如果不是与影视、动漫、游戏等文艺形态跨媒介融合,以文字为载体的网络小说注定被边缘化。幸而在互联网浪潮下,网络小说找准了自己的定位,成为 IP 泛娱乐产业链的源头与孵化器。相比传统文学,网络小说仍处于亚文化地位,而网络小说的影视化、游戏化、动漫化则极大扩大了网络小说的受众群体,循环往复地走进大众生活,开始"主流化"。欧阳友权将网络小说跨媒介叙事的本质用"全版权运营"来表达,全版权运营是指:"采用不同媒介的多种版权方式全方位运营,即把网络作品转让给电视、电影、广播、手机、纸媒、网游、动漫等不同传媒领域,通过文字、声音、影像、表演、视频等各种表现手段,对作品进行全方位、多路径、长链条的版权经营。"[③]

目前网络网文平台 IP 的全版权运营已经形成了一条从签约写手、付费阅读、下载出版、有声书制作、影视改编、网游改编、动漫改编、转让海外版权等一系列的稳定产业链。网络小说通过跨媒介不同形式的改编叙事,不仅可以使粉丝持续参与到文本故事世界建构中,保持、延续、提升作品热度,还能够获得更广泛的潜在受众,拓宽作品的影响范围,进而打造并完善 IP,进一步实现增值,推动整个网络文学产业的繁荣。

借鉴各方观点,本书将"影视剧改编"看作由改编者以原著为原型,通过各种影视媒介特有的表达手法进行艺术再阐释、再创作的过程,最终创作出一

[①] 侯小强、邵燕君:《"主流化"就是"跨界",IP 就是网络文学+》,《文学报》2017 年 11 月 23 日第 5 版。
[②] 邵燕君:《网络时代的文学引渡》,广西师范大学出版社,2015,第 129 页。
[③] 欧阳友权:《当下网络文学的十个关键词》,《求是学刊》2013 年第 3 期。

第一章 半壁江山——架空历史网络小说的影视剧改编

部源于原著却有独立性的共同丰富故事世界建构的影视形式作品的行为。

综上所述，本书探讨的中国架空历史网络小说影视剧改编特指对网民在中国内地（大陆）及港澳台地区网络媒介平台上首发的凭借着少量历史资料创造出的、具有现代意识推理历史，"历史时空（如是真实时空则为辛亥革命前）""历史人物""历史事件"三者至少有其一为虚构的小说，进行共同故事世界再阐释、再创作的建构，转换成电影、电视剧、网络剧、网络大电影、微短剧等影视形式的行为。本书提及的架空历史 IP 影视剧，即指由拥有大量粉丝基数的热门架空历史网络小说为启发原型，进行跨媒介再阐释、再创作的影视剧。

第二节　架空历史网络小说与影视剧的类型互渗

亚里士多德（Aristotle）认为"类型"是指"一系列贯彻同一种内在确定性的文本"①。在叙事学中，"类型"代表着固定的、抽象的框架结构与叙事模式。吴素玲将电视剧"类型"界定为："在一个国家或区域，一定的时期内自然形成的，在制作、播出、收看时具有一定固定模式的，电视剧文本在内容和形式上有一定共同且相对稳定特征的大批电视剧的集合所形成的规则系统。"②

观众会对类型片产生情节、人物、场景等具体元素的参数联想。因此，类型片成为公式化、标准化生产的影视产品，为受众提供有保证的产品。类型是沟通作者与读者的重要桥梁，类型化是研究网络小说改编影视剧的重要视角。作为大众化娱乐形式，类型化是影视剧产业发展成熟的标志。架空历史网络小说改编的影视剧既有影视剧类型化的特征，又有网络小说类型化的特征，架空历史网络小说的影视改编带有明显的类型互渗特征。类型研究可以探得不同类型发挥出的文化效应，也可以发现文本之间的相互关系，既有小说之间的互文，如传统历史小说、新历史小说、架空历史网络小说的互文，又有类型的演变，如从历史正剧到戏说剧再到架空历史网络小说改编剧的变化，还有背后旧历史主义与新历史主义、大众文化与网络文化的互文。

---

① 拉尔夫·科恩：《文学理论的未来》，中国社会科学出版社，1993，第416页。
② 吴素玲主编《电视剧艺术类型论》，中国传媒大学出版社，2008，第18页。

一、影视剧的类型化发展

随着互联网技术的发展和消费主义的盛行，视听节目形态越发多样化。除传统的电影、电视剧外，网络电影、网络剧、微短剧等视听形态逐渐流行开来。目前业界各方使用的"网络剧"的含义主要有两种：

> 一是从传播渠道角度来界定，即以互联网作为传播渠道的连续剧、系列剧；二是从管理方式角度来界定，即由制作机构作"重点网络剧"立项备案，规划信息由广播电视主管部门审核通过，成片经广播电视主管部门内容把关，并按要求报送相关信息的剧情类连续剧、系列剧作品，以及由制作机构或网民个人制作，主要在网络视听节目服务机构播出，并由播出平台对节目内容履行审核责任的剧情类连续剧、系列剧作品。[1]

在这一界定当中，突出的描述是网络剧的传播、接受方式：即在传播渠道以网络为主，受众可以倍速播放、自由看剧，并且通过弹幕、评论等方式进行实时有效的互动反馈。

本书认为，不管是何种视听形态，或许在传播、接受方式上有差异，但是在题材分类上，基本是趋同的。影视剧的类型化生产是影视产业化成熟的标志。好莱坞电影率先把"类型"这一概念引入影视创作中，采用制片厂制度、制片人中心制与"明星制"等模式，形成了早期的类型电影。类型化不仅是对影视作品的归类，也是对不同阶层、环境的人，不同文化观念、审美心理的影射。影视剧的类型化虽然不可避免会造成雷同、重复，但是它为该类型影视剧提供流程化的操作范本，减少创作周期和成本，也能迅速吸引对同类型感兴趣的观众。

---

[1] 中国文联网络文艺传播中心：《中国网络文艺发展研究报告2020—2021》，社会科学文献出版社，2021，第55页。

根据国家广电总局《电视剧拍摄制作备案公示管理暂行办法》，我国电视剧题材可以划分为当代题材、现代题材、近代题材、古代题材和重大题材几个大类。其中，年代背景发生在辛亥革命以前的称为古代题材剧，可具体分为古代传奇题材、古代宫廷题材、古代传记题材、古代武打题材、古代青少题材、古代其他题材。[1] 除电视剧、电影外，国家广电总局也要求自2020年7月起，重点网络影视剧上线备案时要新增公示"年代""题材"等具体信息。2022年6月1日后，国家广电总局对网络剧开始正式发放行政许可，对题材报备的要求也日渐严格。

虽然题材不等同于类型，不能涵盖类型所能指代的风格要求，但是题材可以反映文艺作品表现的社会生活的某些领域、社会现象的某些方面，"为类型的形成指明了相应表现区域"[2]。由此，才可以在题材与类型之间窥探到架空历史网络小说改编影视剧的本质特征。

观众常将架空历史网络小说改编的影视剧归入"历史剧""古装剧"等概念范畴。"历史剧"在20世纪60年代还仅仅代指吴晗、李希凡、王子野、茅盾、郭沫若等探讨的历史题材戏剧——"根据题材内容划分的戏剧种类之一。指取材于历史事件和历史人物的剧目。"[3] 随着新传播媒介的产生，"历史剧"演变为历史题材电视剧，而互联网短视频和网络视频平台的发展，使"历史剧"的含义扩展到网络剧、微短剧等视听节目形态。《电视辞典》对历史剧的定义是："以历史事件和人物为基本材料而创作的电视剧。"[4] 历史剧可以适当虚构，但主要人物和主要事件必须符合历史史实。曾庆瑞扩大了历史剧外延，认为历史剧当然是"以历史人物和事件即历史上的社会生活为题材的电视剧"[5]，但是作为"艺术文本"的历史剧，应与"史实文本"区分开来，因此他将虚构的历史题材电视剧也纳入范畴。王昕将广义上的历史题材电视剧分为电视历史剧、电视历

---

[1] 国家广播电视总局：《电视剧拍摄制作备案公示管理暂行办法》，2006年4月11日，http://www.nrta.gov.cn/art/2006/4/11/art_2107_37388.html，访问日期：2023年2月23日。
[2] 李磊：《次元的破壁：网络小说改编剧的互文性研究》，中国社会科学出版社，2020，第89页。
[3] 中国大百科全书总编辑委员会：《中国大百科全书·戏剧》，中国大百科全书出版社，1989，第239页。
[4] 林秉林：《电视辞典》，湖北辞书出版社，1989，第55页。
[5] 曾庆瑞：《守望电视剧的精神家园（第二辑）》，中国传媒大学出版社，2005，第147页。

史故事剧、电视神话神魔剧三个大类,并将电视历史故事剧分为"真实追求中的真人假事"类型、"真实追求中的假人假事"类型、"游戏追求中的真人假事"类型(主要指电视戏说剧)、"游戏追求中的假人假事"类型,[①]承认了戏说、神魔等虚构型历史电视剧的历史题材地位。李胜利、肖惊鸿则在前二者的基础上,从忠于历史的程度将历史剧分为戏说历史剧、演义历史剧、狭义历史剧等类型。[②]

由上可知,对历史题材电视剧的界定由最初的主体符合史料真实,到旗帜鲜明提出艺术文本区分,再到将戏说、神魔等虚构历史剧纳入其中,历史剧外延随着影视新形式的发展不断更新,理论视野不断扩展。可以看出的是,理论家对历史剧的种种分类,无一不是建立在旧历史主义对历史忠实的评判标准上的,历史剧不论对历史真实的遵从度有何区别,其虚构的本质没有不同。张进跳出"史"与"剧"的纠缠,根据海登·怀特的思路,将目光从历史题材分类转向情节建构模式分类,"将历史剧分为传奇、悲剧、喜剧和闹剧"[③]。这四种模式本是用来论证历史学家将编年史中的事件变成故事或者建构成历史叙事的过程,虽然有一定的新颖性,但是难于实际操作。

而"古装剧"却是更为宽泛的概念,主要指向剧中的人物服饰、场景设定。高安福等人在《电视剧制片管理艺术》中指出,"古装剧一般指以民国以前的故事为题材的影视剧。"[④]曲德煊认为古装剧不仅包括中国传统文化、戏文故事、经典事件等题材,还应包括仅以古代为背景、纯属虚构的古装剧。[⑤]张智华也认为古装剧不一定有历史记载,可以是人物穿着古装,借古人表达现代人的思想感情,并服从于现代社会的审美趣味。[⑥]

[①] 王昕:《中国历史题材电视剧的类型与美学精神》,《当代电影》2005年第2期。
[②] 李胜利、肖惊鸿:《历史题材电视剧研究》,中国传媒大学出版社,2006,第8—14页。
[③] 张进:《新历史主义文艺思潮通论》,暨南大学出版社,2013,第289页。
[④] 高福安、张明智、宋培义:《电视剧制片管理艺术》,中国传媒大学出版社,2006,第52页。
[⑤] 曲德煊:《从古装剧及相近类型看电视剧类型化发展》,《中国电视》2007年第3期。
[⑥] 张智华:《论古装剧的主要特征》,《中国电视》2008年第7期。

二、网络小说的类型与架空历史的热门标签

特殊的文化体制使我们在印刷文明时代的类型小说、商业小说一直不发达，通俗文学发展长期受到压制，如鸳鸯蝴蝶派等虽红极一时，却很快受到新文学革命的影响，金庸武侠小说的文学价值也曾引发专家学者的巨大争议。时移世易，在互联网技术的支持下，作为通俗文学种类之一的网络小说反弹式爆发。特别是在文学网站施行了VIP付费阅读制度后，网络小说走向了类型多样化与细分化的道路，如2002年《从春秋到战国》开创了军事架空；2003年《中华再起》开创了历史穿越；2004年《新宋》为历史穿越小说注入文官元素；2004年《梦回大清》为清穿言情文的鼻祖；2006年《唐朝好男人》开创了历史生活流。面对不可胜数的网络小说，如何让读者迅速找到感兴趣的、愿意为之付费的作品成了网络小说网站必须解决的难题。网络小说类型化与关键词标签化应运而生，成为提高网络小说点击率的重要手段。夏烈指出，网络小说创作的"类型意识"是区分网络文学发展阶段的重要标志。[①]

邵燕君谈及网络小说"类型文"时说："中国网络文学发展十几年以来，产生的'类型文'的丰富性是古今中外前所未有的。"既有奇幻、穿越、耽美等舶来发展的，又有武侠、官场等从中国古典小说继承的，更有盗墓、宫斗等本土原创的类型。[②] 但是与传统文学不同，划分网络小说类型的不是学界研究者，而是对读者消费需求密切关注的网络小说网站，是消费主义影响下文学网站的产业孵化模式。可以说，数字化传媒技术催生了网络类型小说的崛起。葛娟认为网络类型小说就是"在网络平台上发布的大量相同题材及相似创作手法，并具有明确类别区分的商业化小说"[③]。这些网络文学商业网站在消费文化带动下，为了满足读者需求，通过细分功能实现网络小说的分类。

---

① 夏烈：《网络文学三期论及其演进特征》，《文艺报》2009年11月26日第3版。
② 邵燕君：《网络文学的"网络性"与"经典性"》，《北京大学学报》（哲学社会科学版）2015年第1期。
③ 葛娟：《亚文学生产与消费研究》，人民出版社，2013，第137页。

第一章 半壁江山——架空历史网络小说的影视剧改编

虽然各大文学网站并没有形成统一的类型划分标准，但是主流文学网站对网络小说的分类有异曲同工之处。中国社科院文学所研究员白烨对网络小说进行了十大类型总结：官场/职场、架空/穿越、武侠、仙侠、玄幻、科幻、神秘/灵异、惊悚/悬疑、游戏/竞技、军事/谍战、都市/情爱、青春成长。[1] 2011 年，盛大文学推出中国网络文学分类标准，将网络文学分成奇幻、玄幻、武侠、仙侠、

图 1.1　起点中文网首页[2]

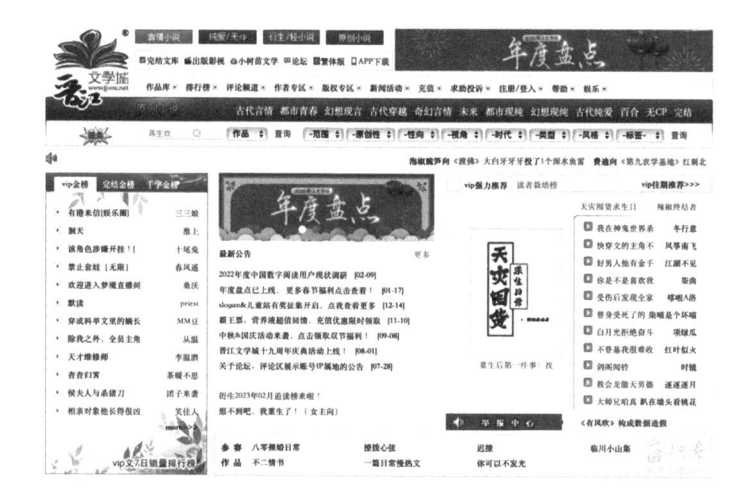

图 1.2　晋江文学城首页[3]

---

[1] 白烨:《文学类型化意味着什么？》，《光明日报》2010 年 9 月 7 日第 5 版。
[2] 起点中文网：首页，https://www.qidian.com，2023 年 2 月 24 日，访问日期：2023 年 2 月 24 日。
[3] 晋江文学城：首页，https://www.jjwxc.net/fenzhan/yc/，2023 年 2 月 24 日，访问日期：2023 年 2 月 24 日。

言情、都市、历史、军事、游戏、竞技、科幻、悬疑、灵异、同人、图文、剧本、短篇、博客及其他19个类别。[①] 从起点中文网和晋江文学城两个最有代表性的文学网站首页可看出网络小说的显著分类（见图1.1、图1.2）。

需要说明的是，虽然在各大文学网站上，网络小说的分类是平行的，但是某些类别其实不能并列。因为这些大类划分依据并不相同，网络小说的分类应该是树状的。

类型化是网络小说最为显眼的特征，文学网站的分类是层级式的，在内容上可由"类型+子类型+标签"组成。类型是已经在网络小说领域形成的稳定创作类别，而标签是对作品内容特色的突出提醒，这是在商业市场推动下为读者更为精准服务的体现。如在起点中文网下，"历史"类型下还有"架空历史""秦汉三国""上古先秦""历史传记""两晋隋唐""五代十国""两宋元明""清史民国""外国历史""民间传说"等子类型，并赋予"穿越""重生""豪门""废柴流""群穿""腹黑""软饭流""铁血""种田文"等标签。此外，如晋江文学城等网站，除各种榜外，读者还可以根据"范围""原创性""性向""视角""时代""风格"等分类标签快速查询找到感兴趣的作品。这样的分类标签在帮助读者的同时，也在塑造读者的审美情趣与接受模式，由此规定着网络小说阅读的价值取向。

"网络文学在一段时间内会呈现出集中于某个题材或风格的特征。"[②] 以"穿越"文为例："穿越"是架空历史类型最重要的标签，也是时空穿梭的主要手段。穿越概念由来已久，其内涵是指某人或某物因为某原因，经过某过程，从所处时空穿梭到另一时空的行为。早在先秦时代，《庄子·盗跖》便已开"穿越"先河。南朝《述异记》中王质烂柯、《幽明录》刘阮遇仙等故事已有了穿越元素，明末董说的《西游补》亦有跌入"万镜楼台"穿越到异世界的情节。清末民初吴趼人的《新石头记》、陈冷的《新西游记》以及马克·吐温的《在亚瑟朝廷里的康涅狄克州美国人》等便是近代穿越小说的雏形。而至当代，李碧华的《秦

---

① 欧阳友权主编《网络文学词典》，世界图书出版公司，2014，第30页。
② 李磊：《次元的破壁：网络小说改编剧的互文性研究》，中国社会科学出版社，2020，第117页。

俑》、黄易的《寻秦记》与席绢的《交错时光的爱恋》开启了穿越风潮,《尼罗河之鹰》《风花风葬》《中华再起》等网络小说承继穿越书写。此后,《梦回大清》《步步惊心》《瑶华》等清朝穿越文,《回到明朝当王爷》《明》《窃明》等明朝穿越文,迅速席卷网络,2007年被称为"穿越年"[1]。穿越只是跨越时空的手段,穿越者可能穿越到固定时空,如《回到明朝当王爷》《新宋》《步步惊心》等"清穿明越"[2]文,穿越真实历史时空而又架空历史;也可能是穿越到完全架空时代,如《庆余年》《赘婿》《极品家丁》等,现代人穿越到虚拟仿真历史时空。穿越者穿越方式不尽相同,但基本为车祸、溺水、坠崖等天灾人祸偶然性事件,如《潇然梦》;或者时光机、介质等带来的机缘,如《不负如来不负卿》。穿越者穿越到新时空,或是"身穿"即直接穿越到异时空;或是"重生"回到以前,如《坤宁》;或是"魂穿"即灵魂穿越附身到异时空本有的人肉身上,或婴儿或成人,或同性或异性皆有可能,比如《太子妃升职记》主角即是现代男儿身穿越成为架空王朝太子妃,满足读者猎奇心理。穿越文或改变既有历史救亡图存,或到虚构时空过上梦寐以求的生活,给读者带来了十足的刺激感、新鲜感、满足感。

在穿越网络小说改编成影视剧前,"穿越"元素早在20世纪80年代末期就被搬上了银幕,《古今大战秦俑情》是中国内地穿越题材影视作品的开山之作,随后,《寻秦记》《穿越时空的爱恋》《神话》等陆续播出。2011年,桐华的《步步惊心》的改编更是掀起穿越小说IP的创作和改编高潮。

三、架空历史网络小说影视改编的类型化

架空历史网络小说类型经过长时间的演变,已经发展为网络小说中一种相对成熟的具有多条类型分支的文学类型和小说题材,这是网络小说发展主题丰富化、类型化和自由化的必然需求。总体而言,架空历史网络小说因其内容中关于文学虚拟和历史真实的融合方式、程度不同,可分为"全架空"与"半架空"

---

[1] 王东、刘媛、刘金华:《新媒体时代的网络小说研究》,江苏大学出版社,2020,第161页。
[2] 陈定家主编《网络文学作家论》,中国社会科学出版社,2022,第202页。

两种类型。与区分传统历史剧历史真实的"人事两假""假人真事""真人假事"不同，架空历史类型网络小说在此基础上还增加了"历史时空"是否真实这一更具有决定性意义的变量，主要依据"历史时空""历史人物""历史事件"三个概念的架空程度来划分。

表1.1 架空历史网络小说架空类型分类表

历史时空 / 历史人物 / 历史事件	真		假	
	真	假	真	假
真	非架空 历史真实	非架空戏说 穿越则为半架空	半架空	半架空
假	非架空戏说 穿越则为半架空	非架空戏说 穿越则为半架空	半架空	全架空

"半架空"历史作品中"历史时空""历史人物""历史事件"三者至少有一者为真、一者为假。既可以描写穿越到真实时空中真人的假事，如《独步天下》讲述了女摄影师步悠然穿越成为明末女真族叶赫部布喜娅玛拉的故事，《秀丽江山》描绘了大学跆拳社高手管丽华穿越成为汉光武帝皇后阴丽华的故事，《绍宋》讲述了工科生赵玖穿越成为宋高宗赵构的故事。也可以描写真人到虚拟时空中发生的假事，如《谋嫡诱色》讲述了康熙八阿哥胤禩知晓历史发展进程后成功登上皇位的故事。也可以描写虚拟人物在真实时空发生的事情，如《回到明朝当王爷》讲述了乌龙九世善人郑少鹏回到大明正德年间后发生的故事，这类人物在真实时空中发生的事情大部分为虚构故事，也有可能将真实故事安置在这个虚构人物上，让其推动历史进程。在重生文中，历史时空已为虚构假设，不论主人公是否有历史原型，或是否穿越重生，都有可能再次经历已发生的真事。值得注意的是，在历史时空为真的前提下，如果没有穿越、重生等对时空的改变，传统的假人假事、假人真事、真人假事只能被认定为是对历史真实的戏说，因此，《未央·沉浮》(《美人心计》原著)、《后宫·如懿传》(《如懿传》原著)、

第一章　半壁江山——架空历史网络小说的影视剧改编

《燕云台》《六朝纪事》(《大明风华》原著)、《孤城闭》(《清平乐》原著)、《长安十二时辰》等在网络上首发的历史类型小说，在本书的界定中不能被认定为架空历史网络小说。

而"全架空"历史作品则完全不受限制，由完全虚构的"历史时空""历史人物""历史事件"构成。这类架空历史小说的时空背景、环境等都是完全虚构的，包括背景虚拟影射于某个时代但本身并非真实存在的小说。有些"全架空"网络小说在人物语言、背景、服装、制度等的设定上能看出借鉴于某个朝代，如《知否知否应是绿肥红瘦》原小说是存在于一个架空的大周朝，影射明代社会的生活，改编影视剧后放置在北宋时期。还有的作品将部分历史环境、礼仪制度、风俗习惯等杂糅在一起，构建更丰富的异世界架构，如《鹤唳华亭》中服化道符合宋代时期，但是朝廷官职、典仪制度与南齐时期相符。

在媒介融合的大背景下，在网络小说类型与影视类型的双重作用下，架空历史网络小说改编发生了交叉与变形。架空历史网络小说改编的互文性使网络小说与影视之间以及各自内部之间开始相互类型渗透，架空历史网络小说的介入使传统历史剧的类型发生变化，更多体现着网络小说的类型特征，丰富了历史题材影视的表现领域和世界观设定。人们逐渐用"架空剧"（如《庆余年》）、"穿越剧"（如《步步惊心》）、"宫斗剧"（如《甄嬛传》）、"重生剧"（如《宁安如梦》）、"权谋剧"（如《琅琊榜》）等题材标签代替"戏说剧"概念。与此同时，架空历史网络小说在改编中，也不得不受到影视类型规则的制约，根据主流文化进行修订、整改，发生相应的转码与被编码。

目前播出的架空历史网络小说影视改编，大概可以分为宫廷宫斗、宅院生活、朝堂权谋、传奇探案四大类。宫廷宫斗数量最多，是架空历史IP改编时间最长、改编运营最成熟的类型，这类型作品主要是对封建帝国后宫生存中的权力争斗、男女纠葛、人性撕扯进行类型化演绎，如《帝锦》《步步惊心》《倾世皇妃》《甄嬛传》《太子妃升职记》《秀丽江山之长歌行》《兰陵王妃》《锦绣未央》《孤芳不自赏》《双世宠妃》《独步天下》《凤囚凰》《芸汐传》《东宫》《白发》《梦回》《女世子》《浮世双娇传》《上阳赋》《周生如故》《嘉南传》《浮图缘》《花琉璃铁闻》《安乐传》等作品。

随着现代社会的压力不断增加，宅院生活类型近年来热度持续攀升，此类作品多讲述男女婚嫁等家族生活，或柴米油盐、家长里短等种田故事，描绘世间百态，如《唐朝好男人》《极品家丁》《花间提壶方大厨》《知否知否应是绿肥红瘦》《将军家的小娘子》《我就是这般女子》《风起霓裳》《赘婿》《锦心似玉》《国子监来了个女弟子》《玉面桃花总相逢》《祝卿好》《星汉灿烂·月升沧海》《卿卿日常》《择君记》《田耕纪》《长风渡》《为有暗香来》等作品。

朝堂权谋类虽改编数量不多，但是多为大投资、大制作，且多出口碑佳作，代表作有《琅琊榜》《天盛长歌》《唐砖》《回到明朝当王爷之杨凌传》《鹤唳华亭》《庆余年》等。

传奇探案类型节奏快、反转多，在近年来受到粉丝的极大欢迎，播放量也很高，如《刑名师爷》《纳妾记》《识汝不识丁》《楚乔传》《不负如来不负卿》《大唐女法医》《两世欢》《长相守》《青青子衿》《我在六扇门的日子》《通天书院》《御赐小仵作》《君九龄》《且试天下》《君子盟》《九义人》等。

第三节 发展历程与现状特点

一、网络小说IP改编溯源

从2000年开始,网络小说影视改编已经历24年历程,其发展变化是在社会体系中政治、经济、文化各种要素影响下共同推动的。已有不少学者对网络小说IP改编历程进行归纳,如杨雪将网络小说IP改编分为新兴阶段、趋近阶段、震荡阶段及共存阶段,[①] 也有其他研究者从萌芽、发展、爆发、稳定、新变等角度来界定分期。综合各位专家学者的意见,可将网络小说影视改编分为萌芽期、成长期、爆发期、成熟期四个演变阶段。

萌芽期自2000年开始,《第一次的亲密接触》开启了网络小说影视剧改编先河,随后,《蝴蝶飞飞》《爱上单眼皮男生》《夜雨》《蜗居》等依次踏上改编道路。这一时段的改编多为偶像言情,宣传策略、渠道比较单一,以传统电视、广播、报纸、杂志方式为主。

2010年起通常被认为是网络小说影视剧改编的成长期,《美人心计》《泡沫之夏》《和空姐一起的日子》《来不及说爱你》《山楂树之恋》等改编作品相继出现。2011年后,IP改编迎来第一个高峰,《步步惊心》《甄嬛传》《失恋33天》《搜索》《杉杉来了》《致我们终将逝去的青春》等诸多作品好评如潮。同时,盛大、

[①] 杨雪:《产业演变理论视阈下我国IP影视产业发展再思考》,《传媒》2018年第8期。

腾讯、百度等布局网络小说泛娱乐产业链，网络小说 IP 改编初现端倪，营销渐入佳境。

2015 年为"IP 元年"，是公认的网络小说改编爆发期的开端。2015 年后，《寻龙诀》《何以笙箫默》《盗墓笔记》《鬼吹灯》《琅琊榜》《花千骨》《芈月传》《太子妃升职记》《三生三世十里桃花》《锦绣未央》《青云志》《欢乐颂》《余罪》等网络小说改编影视剧如火如荼，获得了不俗的反响。中国泛娱乐产业大爆发，集团化、全产业链运作方式应用到了网络小说 IP 跨媒介叙事。一时间 IP 一词炙手可热，大批资本涌入，业界忙于囤 IP、抢 IP，起点中文网、晋江文学城排名前 100 的网络小说影视版权多数已售罄。IP 价格水涨船高，走上了非 IP 改编不火，非 IP 改编不拍的道路。在 2012 年，即便是最热门的匪我思存、顾漫、辛夷坞等一线网络小说作家，版权费用也不过三四十万元，而 2020 年以后一般热门小说的版权费用动辄上百万元。2020 年墨香铜臭《天官赐福》更卖出 4000 万元改编版权费的天价。

2017 年后，网络小说影视剧改编进入了成熟期。随着《择天记》《斗罗大陆》等改编作品的遇冷，"大 IP+ 大流量主角"的模式失灵。2018 年起，市场逐渐回归理性，在经历了"IP 至上""IP 过时"等起伏之后，IP 开发也进入再评估的新阶段，呼唤"内容为王"，注重降本提质增效。互联网企业的泛娱乐布局使整个行业产业链开始横向联合，网络文学全版权运营取得了长足发展。网络视频平台迅速崛起，网络小说改编 IP 进入常态化成熟状态，出现了《都挺好》《九州·海上牧云记》《如懿传》《知否知否应是绿肥红瘦》《扶摇》《镇魂》《陈情令》《大江大河》《庆余年》《沉默的真相》《香蜜沉沉烬如霜》《隐秘的角落》《长安十二时辰》《开端》《风吹半夏》《长相思》《莲花楼》等佳作。

二、架空历史网络小说影视剧改编历程

架空历史网络小说作为网络小说的重要类型，其影视剧改编的历程与网络小说改编总体情况一脉相承、息息相关。本书对架空历史网络小说改编影视剧做了梳理（见附录），该表主要统计了自 2011 年《帝锦》播出以来截至 2023 年

第一章 半壁江山——架空历史网络小说的影视剧改编

11月22日，架空历史网络小说改编的电影、电视剧以及在爱奇艺、优酷视频、腾讯视频、芒果TV、搜狐视频等视听服务平台播出的网络剧、网络大电影、微短剧等。按照前文定义所述，附录不包含如《美人心计》《倾城绝恋》《风中奇缘》《大汉情缘之云中歌》《寂寞空庭春欲晚》《夜天子》《芈月传》《如懿传》《成化十四年》《大唐荣耀》《燕云台》《大明风华》《清平乐》《长安十二时辰》等原著中未含有现代穿越、重生元素的历史戏说类网络小说改编的影视剧，也不包含因各种原因未能播出的《锦衣夜行》《蔓蔓青萝》《簪中录》等作品。

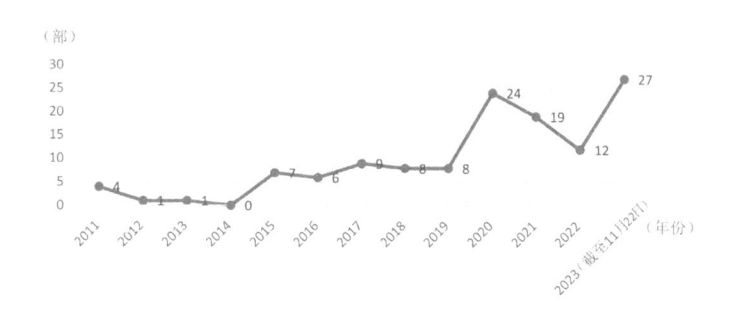

图1.3 架空历史网络小说改编影视剧数量（不完全统计）

由附录和图1.3可知，自2010年《美人心计》第一部古装历史题材网络小说改编电视剧成功以来，架空历史网络小说也走上了影视改编的道路。中韩合拍剧《帝锦》拉开了架空历史网络小说改编的序幕，随后，架空历史网络小说改编各种形式的影视剧逐渐增多。架空历史网络小说改编历程整体随着网络小说改编总体态势阶段而起伏，但是带有明显的类型特点。该类改编因传播介质、渠道不同而划分为先台后网、台网分流、台网同步、网络独播四大阶段，这是与架空历史特性及国内影视审查制度息息相关的。

第一阶段是先台后网阶段。在2013年前，架空历史网络小说改编影视剧多为宫廷宫斗剧。2011年，作为架空历史网络小说改编的开端——《步步惊心》

《倾世皇妃》《甄嬛传》等剧火爆荧屏。并且，由《步步惊心》翻拍的《步步惊心·丽》成为首个被韩国翻拍的电视剧，剪辑后的美版《甄嬛传》成为首部在美国主流电视台播出的中国电视剧，创造了新的影视纪录。宫廷剧虽然叫座，但是《步步惊心》《宫锁心玉》等穿越剧受到点名批评，时任国家广电总局电视剧管理司司长李京盛表示："穿越剧毫无历史观可言，整体思想内涵没有提升，只是好玩好看、新奇、怪异，而人物设置更是天马行空，这类穿越题材对历史文化不尊重，过于随意，这种创作主张不足以提倡。"[1]"半架空"穿越题材昙花一现，此后，穿越题材就再难上星播出了，而是以其他形式改头换面进行改编，或者在网络平台与观众见面。《甄嬛传》火爆后，资本闻风而动，宫斗戏扎堆争奇斗艳。2012年8月，国家广电总局提出电视剧创作"六项要求"，其中包括古装历史剧不能捏造戏说，不提倡网络小说改编。[2]盛大文学对此进行了回应，召开"文学改编影视的第二次浪潮"论坛，将网络文学改编称为继20世纪90年代改编热潮后的"第二次浪潮"。"六项要求"的提出，在一定程度上对架空历史IP改编题材内容提出了规范化的要求，制约了其野蛮无序生长。2013年，国家广电总局下发《卫视综合频道电视剧播出调控管理办法》22条规定要求，卫视黄金档的现实题材占电视剧总集数50%以上，古装题材年度和月度播出的总集数都不得超过总数的15%，原则上两部古装剧不能接档播出。[3]

这一阶段改编影视剧多是在电视频道首播，而视频平台仅作为影视作品的网络播放器而已。如《甄嬛传》这一现象级电视剧，于2011年11月17日起陆续在中国大陆20余个地方台播出，并于2012年3月26日在安徽卫视、东方卫视上星首播，随后在江西卫视、天津卫视、河北卫视接连播出。

第二阶段是台网分流阶段。2013年至2016年，在IP概念火爆前后，架空历史网络小说改编迅速乘着东风发展，由2014年的0部增长到2015年的7部与2016年的6部。2014年是极为重要的一年，业界称为"网络剧元年"。当年，国家新闻出版广电总局宣布新的电视剧播出方式：同一部电视剧黄金时段联播

---

[1] 陈颖：《广电总局：暂不批准翻拍"四大名著"》，《华西都市报》2011年4月2日第10版。
[2] 史建国：《网络小说影视改编调查研究》，《当代文坛》2015年第6期。
[3] 林艳雯：《古装剧集数受限 黄金时段鼓励"现实"》，《青年报》2013年6月5日第B12版。

第一章 半壁江山——架空历史网络小说的影视剧改编

的卫视综合频道不得超过两家,同一部电视剧在卫视综合频道每晚黄金时段播出不得超过两集,该政策被简称为"一剧两星"[①]。在"一剧两星"政策出台之后,政策倒逼制播双方重新洗牌,电视台与互联网视频网站之间的竞争格局得以改变。电视台购买电视剧的成本大大上升,资本投资市场进一步优化,互联网大厂快速崛起,互联网广告、付费会员呈几何倍数增长,视频网站拥有了雄厚资本,开始与电视台竞争视听媒介的市场份额。视频网站更倾向选择具有明显网络属性的、受年轻观众欢迎的影视作品,大力扶持仙侠、玄幻、架空历史等无法上星但又为观众喜闻乐见的题材改编播出。2015年,"互联网+"概念在政府工作报告中被提出,百度、阿里巴巴、腾讯等互联网企业全方位深度布局影视产业。同年,《关于繁荣发展社会主义文艺的意见》第16条明确指出:"大力发展网络文艺,让正能量引领网络文艺发展。"[②] 从此,包括架空历史IP在内的网络文艺开始井喷式发展。

这一阶段诞生了第一部架空历史网络小说改编的网络剧——《唐朝好男人》。在台网分流阶段,《琅琊榜》《秀丽江山之长歌行》《锦绣未央》等上星剧,与《太子妃升职记》《兰陵王妃》《极品家丁》等网络剧在投资成本、演员阵容、审美意趣方面呈现两极分化,在这一阶段,目标上星剧与目标网剧从拍摄、制作、宣发等环节都有极大差别,网络剧在各方面都没有竞争力。

第三阶段是台网同步阶段。2017年至2018年,互联网视听服务平台开始与电视平台分庭抗礼,台网开始同步互动。《孤芳不自赏》是第一部台网同步播出的架空历史网络小说改编剧,随后,《凤囚凰》《天盛长歌》《知否知否应是绿肥红瘦》等都选择了这一播出方式。在此阶段,仍旧是大制作选择台网同步首播,小成本在网络平台播出。值得关注的是,由《凰权》改编,陈坤、倪妮主演的全架空大IP《天盛长歌》成为Netflix以最高级别收购的第一部中国古装大剧,刷新了历史纪录。

2018年4月,时任国家广播电视总局局长聂辰席在全国电视剧创作规划会

[①] 滕乐:《"一剧两星"推动内容自制》,《出版人》2014年第5期。
[②] 孙丹:《十八大以来党对网络文艺发展的正确引导及其成效》,《北京党史》2021年第6期。

上明确指出:"坚决反对历史虚无主义、随意戏说曲解历史、贬损亵渎经典传统、篡改已形成共识和定论的重要历史事件和历史人物。玄幻、仙侠、架空演绎的古装剧也不能为增加娱乐性、吸引眼球而胡编乱造。"[①]2018年,国家广电总局陆续下发《关于进一步规范网络视听节目传播秩序的通知》《关于进一步加强广播电视和网络视听文艺节目管理的通知》[②],对网络剧创作进行提质升级。架空历史IP也顺势走上了提质增效的新道路。

第四阶段是网络独播阶段。2019年后,爱奇艺、优酷视频、腾讯视频等互联网视频平台全面崛起,首播了诸如《东宫》《鹤唳华亭》《庆余年》《上阳赋》《赘婿》《锦心似玉》《周生如故》《星汉灿烂·月升沧海》《卿卿日常》《浮图缘》等爆款剧,仅有《青青子衿》《风起霓裳》《玉面桃花总相逢》《风起西州》四部剧首播登陆卫视实现台网同步。

2019年适逢新中国成立七十周年大庆,8月25日,"优秀电视剧百日展播"工作启动。直到2019年底,古装题材开始回暖,话题收视爆款不断,跨年播出的网络小说大IP《大明风华》赢得了年度收视冠军,《长安十二时辰》等网络小说改编剧霸榜热搜,《鹤唳华亭》《庆余年》等架空历史IP开始陆续拉高"去库存"。

从2020年开始,随着互联网视听平台的快速成长和超媒体技术的深入发展,架空等题材的网络小说进行影视改编时制作水平得到了显著提高。网络平台自制剧异军突起,架空历史IP影视剧更是水涨船高,数量激增。2020年架空历史网络小说改编数量飙升至24部,随后在2021年、2022年稳定在两位数。2020年中国网络剧占剧集总数的73%,网络独播剧占比为72%,网剧联播占比10%。[③]从2019年底起,飞天奖、金鹰奖、白玉兰奖等电视剧奖项相继宣布将范围扩大至网剧,网剧至此与上星剧一同参与奖项评选。

在2021年、2022年,革命题材、现实题材大量排播,古装题材式微,大

[①] 张楠:《最严"限古令"来了?火热的古装剧今年要凉凉?》,《扬子晚报》2019年3月24日,https://www.yangtse.com/content/686788.html,访问日期:2023年3月1日。
[②] 中国文联网络文艺传播中心:《中国网络文艺发展研究报告2018—2019》,社会科学文献出版社,2019,第81页。
[③] 产业信息网:《2020年中国电视剧行业发展现状分析:网络剧发展迅速,已成为具有影响力的艺术形式之一》,2021年3月20日,https://www.chyxx.com/industry/202103/939649.html,访问日期:2023年3月1日。

第一章　半壁江山——架空历史网络小说的影视剧改编

量架空历史IP积压到2023年播出。截至2023年11月22日，《择君记》《君子盟》《花琉璃轶闻》《春闺梦里人》《春家小姐是讼师》《长风渡》《安乐传》《灼灼风流》《为有暗香来》《田耕纪》《风起西州》《乐游原》《宁安如梦》等率先播出，《阿麦从军》《烽火流金》《倾城又清欢》《永安梦》《折腰》《半城花雨伴君离》等架空历史IP竞相待播。2023年，架空历史IP同《长相思》《莲花楼》《长月烬明》《玉骨遥》《重紫》《尘缘》《护心》等仙侠、玄幻、武侠大IP争霸荧屏，重振古装市场。

值得注意的是，2022年8月发布的《广播电视和网络视听节目制作经营管理规定（征求意见稿）》第二十二条要求，"广播电视播出机构、网络视听节目服务机构等不得播放未取得《广播电视节目制作经营许可证》或者《广播电视播出机构许可证》的机构制作的节目，不得播放未取得发行许可的电视剧、电视动画片、网络剧片。"[1]明确指出将网络剧及网络视听节目按照"网上网下一个标准、一体管理"的要求进行管理。随着网络视听平台审查制度的逐步系统规范，架空历史IP呈现减量增质趋向。今后，架空历史IP还能否如过去十年一般乘着网络视听平台的东风大力发展还未可知。

此外，短剧、微短剧等新形态值得引起重视。2020年，国家广电总局确定了微短剧的制式标准："单集时长不足10分钟；具有影视剧节目形态特点和剧情、表演等元素；有相对明确的主题，用较专业的手法摄制的系列网络原创视听节目等。"[2]在管理方面，国家广电总局也将网络微短剧纳入管理范围，将其与传统网络影视剧内容审核同一标准、同一尺度。[3]2022年中国互联网络信息中心发布的第49次《中国互联网络发展状况统计报告》指出，"网络文学＋短剧"成为网络文学IP改编的热门赛道。[4]根据国家广电总局重点网络影视剧信息备

---

[1] 国家广播电视总局：《广播电视和网络视听节目制作经营管理规定（征求意见稿）》，2022年8月8日，http://www.nrta.gov.cn/art/2022/8/8/art_158_61166.html，访问日期：2023年3月1日。
[2] 李笑萌：《网络微短剧再火，优质内容才是关键》，2021年9月8日，https://baijiahao.baidu.com/s?id=1710280765914744479&wfr=spider&for=pc，访问日期：2023年3月1日。
[3] 孙晖：《微短剧创作在量质提升中前行》，《国家广电智库》2022年11月24日，https://baijiahao.baidu.com/s?id=1750390466611971898&wfr=spider&for=pc，访问日期：2023年3月1日。
[4] 魏沛娜：《"网络文学＋短剧"，你看好吗？》，《深圳商报》2022年6月6日，https://baijiahao.baidu.com/s?id=1734885374677916173&wfr=spider&for=pc，访问日期：2023年3月1日。

案系统数据显示，2022年上半年，机构制作微短剧数量相较2021年同期实现了超500%的增长，[①] 网络微短剧成了新的增长极。

米读、疯读、七猫等免费网络文学平台纷纷下场开发IP，以"短剧"的模式在抖音、快手等短视频平台播出，随后又在"爱优腾芒B"等其他长视频端口二次分发，扩大全网影响力。网络小说大多内容平易通俗，节奏密、冲突强、爽点多，跟1集10分钟以内的短剧节奏相吻合。短剧的孵化周期短、制作成本低，能够顺应受众观看视听文艺社交化、碎片化发展的需求，因此，网文平台、短视频平台等争相进入布局。例如，2020年米读旗下《权宠刁妃：王爷终于被翻牌了》改编的《权宠刁妃》从筹备到上线只用了两个月，每集1分半钟，播放量却突破4亿次。2022年6月18日，由喜马拉雅与芒果TV、达盛传媒共同开发的《传闻中的陆神医》成为国内首次在音频、视频双平台同步联播的短剧。《谷远山上有书院》《绝品王妃》《霜落又识君》《独女君未见》《惹不起的公主殿下》《皇妃为何那样》等架空历史网络小说改编微短剧，多为女性向的下饭甜宠剧，与"S+"等大制作网剧不可同日而语，制作相对初级，同质化严重，整体格调不高，商业变现模式也待开发。2022年12月26日，国家广播电视总局印发《关于推动短剧创作繁荣发展的意见》的通知，[②] 阿里、腾讯、字节跳动等互联网巨头也纷纷开始"短剧+计划"。无论何种播出模式，平台、时长等界限不再是首要的标准，也许今日之短剧恰如昨日之网络剧，互联网与影视行业发展日新月异，今后能否颠覆行业、重塑视频内容生态仍需拭目以待。

三、架空历史网络小说改编的现状特点

通过梳理架空历史网络小说影视剧改编历程，可以发现该类型改编在数量、传播渠道上是与网络小说改编历程总体趋势相同的。

[①] 孙晖：《微短剧创作在量质提升中前行》，《国家广电智库》2022年11月24日，https://baijiahao.baidu.com/s?id=1750390466611971898&wfr=spider&for=pc，访问日期：2023年3月1日。
[②] 国家广播电视总局：《关于推动短剧创作繁荣发展的意见》，2022年12月26日，http://www.nrta.gov.cn/art/2022/12/26/art_113_63041.html，访问日期：2023年2月27日。

第一章 半壁江山——架空历史网络小说的影视剧改编

首先，在架空历史网络小说改编数量上，架空历史网络小说改编受到网络小说 IP 改编整体趋势影响，并在每一个阶段都表现突出、扛起范式大旗。在网络小说改编成长期的第一个高峰，《步步惊心》《甄嬛传》等架空历史 IP 吹响了网络小说改编的冲锋号；在网络小说改编爆发期的第二个高峰，《琅琊榜》《太子妃升职记》等架空历史 IP 引发全民热议；在网络小说改编的成熟期，《知否知否应是绿肥红瘦》《庆余年》等架空历史 IP 成为年度剧王。

其次，架空历史网络小说改编带有明显的传播渠道、播出平台的转向，也同网络小说整体改编一样经历了先台后网、台网分流、台网同步、网络独播四大阶段，并出现了先网后台的新趋势，架空历史网络小说改编因其题材类型受限，此转向趋势最为明显。近十年来，国产电视剧在媒介融合趋势和外部调控手段的共同作用下，电视剧总部数、平均集数减少（见表 1.2），备案网络小说改编电视剧占比逐渐增加（见表 1.3），历史题材占比大幅下降（见表 1.4）。

2019 年后，即使是如章子怡主演的《上阳赋》、张若昀主演的《庆余年》、钟汉良主演的《锦心似玉》、杨洋主演的《且试天下》等 "S+" 大制作也不追求是否上星首播。在媒介不断整合的趋势下，台网在创作、传播等方面持续共融共生，网络视听服务平台制作水准不断提高，其创作内容开始反哺电视台。2019 年《东宫》更是在上星失利后开始先网后台播出模式，并于次年在一线卫视湖南卫视播出。平台自制或定制剧集在付费会员增速放缓后，分销版权进行二次营收，反向登陆央卫频道及实力不足的二、三线电视频道的剧场，如《庆余年》《周生如故》等架空历史改编网剧便打破了台网偏见。这些经典优质改编剧自带长尾效应，其收视号召力成为上星通行证。传播渠道与播出平台的转向背后是互联网视频平台的迅速崛起，IP 台网之争早已白热化，上星吸引力减弱，网播平台逐渐掌握话语权，更有爱奇艺、优酷视频、腾讯视频、芒果 TV 等大型视频平台自产自销进行独播，更加关注当代大众的喜好，制作受众喜欢的内容，进行精准投放。一线卫视库存资源骤减，"一剧两星"后，二、三线平台成为二轮剧和积压剧的消化仓。

最后，架空历史 IP 题材丰富，女频成为主流。在题材方面，从权谋、宫斗、探案、民间生活到美食、甜宠虐恋、耽美言情各个关键词都有涉及。显而易见

表 1.2　2012 年至 2021 年获准发行电视剧数量[①]

年份	2012	2013	2014	2015	2016	2017	2018	2019	2020	2021
部数	506	441	429	394	334	314	323	254	202	194
集数	17703	15770	15983	16540	14912	13470	13726	10646	7450	6722
平均集数	35	36	37	42	45	43	42	42	37	35

表 1.3　2010 年至 2021 年备案网络小说改编电视剧相关数据[②]

年份	备案电视剧数量	备案网络小说改编电视剧数量	备案网络小说改编电视剧在备案电视剧中的占比
2010	1204	5	0.41%
2011	1435	3	0.20%
2012	1515	14	0.92%
2013	1111	11	0.99%
2014	1073	17	1.58%
2015	1146	49	4.27%
2016	1234	53	4.29%
2017	1170	55	4.70%
2018	1231	54	4.38%
2019	905	51	5.63%
2020	670	33	4.92%
2021	498	32	6.42%

表 1.4　2012 年至 2021 年获准发行电视剧题材比例[③]

题材	项目	2012 年	2013 年	2014 年	2015 年	2016 年	2017 年	2018 年	2019 年	2020 年	2021 年
现实题材	部数	284	242	243	202	188	190	204	177	144	144
	占比	56%	54.88%	56.65%	51.27%	56.97%	60.51%	63.16%	69.69%	71.29%	74.2%
	集数	—	8143	8335	8608	8555	7597	8270	7004	5032	4777
	占比	—	51.64%	52.15%	52.04%	57.93%	56.49%	60.25%	65.79%	67.31%	71.1%
历史题材	部数	216	192	178	185	136	118	116	73	52	39
	占比	43%	43.54%	41.49%	46.95%	41.21%	37.58%	35.91%	28.74%	25.74%	20.1%
	集数	—	7366	7383	7627	5992	5663	3546	3475	2168	1508
	占比	—	46.71%	46.19%	46.11%	40.57%	42.04%	38.94%	32.64%	29.10%	22.4%
重大题材	部数	6	7	8	7	6	6	3	4	6	11
	占比	1%	1.59%	1.86%	1.78%	1.82%	1.91%	0.93%	1.57%	2.97%	5.7%
	集数	—	261	265	326	221	210	110	110	276	437
	占比	—	1.66%	1.66%	1.97%	1.50%	1.56%	0.80%	1.57%	3.69%	6.5%

---

① 戚雪：《电视剧书写历史与时代的文艺华章》，《中国广播电视学刊》2022 年第 11 期。
② 高宪春、张彬琪：《网络小说改编电视剧的价值取向研究》，《现代视听》2022 年第 8 期。
③ 戚雪：《电视剧书写历史与时代的文艺华章》，《中国广播电视学刊》2022 年第 11 期。

第一章 半壁江山——架空历史网络小说的影视剧改编

的是，女频架空历史 IP 远超男频改编，这与影视剧女性受众占比更多、男频 IP 改编难度大有直接关系。男频网络小说多为玄幻、奇幻、魔幻类型，改编难度大，动辄几百万字的男性向架空历史网络小说篇幅过长，故事架构过于庞大不利于操作。

架空历史 IP 改编电视剧、网剧多，电影、网络电影少，投资成本两极分化。这是由网络小说原著长度特性所决定的。电影篇幅容量有限，普遍上百章的架空历史网络小说要改编成电影，只能截取部分情节或者对主要部分进行压缩，效果通常不佳，如《新步步惊心》对《步步惊心》空留名头式的改编，《修罗新娘》对《帝王业》的改编更是只保留人名式的魔改，难以取得佳绩。此外，电视剧审查机制严、制作成本高、"一剧两星"等因素，促使架空历史 IP 网剧质量齐增，网络剧既可以进行小成本投资操作，又可以按照既定电视剧的规格进行精良大制作。架空历史 IP 既有如《天盛长歌》等大手笔，又有如《花间提壶方大厨》等小成本剧，制作成本覆盖面广，适合网络生态。大 IP 占领古装剧头部，其余同质化的特别是甜宠向架空历史网络小说占领短剧改编市场。

综上所述，本章的主要内容在于对中国架空历史网络小说改编影视剧整体情况进行宏观描述，对何谓"架空历史"类型进行清晰界定，指出中国架空历史网络小说影视剧改编特指对网民在中国内地（大陆）及港澳台地区网络媒介平台上首发的凭借少量历史资料创造出的、具有现代意识推理历史，"历史时空"（如是真实时空则为辛亥革命前）、"历史人物"、"历史事件"三者至少有其一为虚构的小说，进行共同故事世界再阐释、再创作的建构，转换为电影、电视剧、网络剧、网络大电影、微短剧等影视形式的行为。同时，对架空历史网络小说影视剧改编进行"半架空""全架空"的类型细分，并通过溯源网络小说 IP 改编历程而对架空历史网络小说改编先台后网、台网分流、台网同步、网络独播四大发展阶段及其现状特点进行总结，全面掌握架空历史 IP 改编总体情况。

第二章

架空世界的建构
——历史消解与复归的维度

第二章 架空世界的建构——历史消解与复归的维度

一直以来,不论在戏剧还是影视剧研究中,在"历史剧""历史题材"影视剧或"古装剧"这一名类下,"历史真实"都是绕不过去的重大探讨话题。中国架空历史网络小说改编影视剧呈现出试图还原历史却又无法还原历史、试图建构新世界却被旧世界框束的视听悖论趋向。

所谓"历史真实",有两层含义:一是指生活真实,即生活中发生过的事情,这种本体真实是一切过去发生事情的总和;二是指客观真实,即被普遍认可的最接近历史本体的历史叙事。"如果说历史文本中'历史现象的真实性'大致指的是历史事件、历史人物方面的准确性、可信性,'描述了历史过程的个别方面';那么,'历史本质的真实性'则主要指的是以唯物史观为指导、以历史现象研究为基础所归纳出来的历史生活和历史运动规律意义上的真实性,是'社会关系体系发展的客观规律性'。"[①] 前者是归纳、总结出后者的基石,这便要求客观准确掌握历史材料的真实情况。但是,作为影视剧这一艺术门类,则要以艺术的要求进行创作。

董学文、张永刚的《文学原理》对艺术真实的解释是:"艺术真实是以生活真实作为基础,通过概括集中、加工提炼、变形想象等手法创造出来的具有审美效应的具体生动的艺术状态,它表现出社会生活的某些本质、意蕴和规律,包含着客观真实和主观真实两个基本方面。"[②] 童庆炳认为艺术真实不同于生活真实或科学真实:"艺术真实是文学创造的基本原则之一,它要求作家以主观性感知与诗艺性创造,在其营构的假定情境中表现对社会生活内蕴、特别是那些本质性、规律性东西的认识与感悟。"[③] "艺术真实"既然是以艺术的形式表现特定历史时期的人物和事件,必定是有某种程度上的虚构。"从本质上说,历史真

[①] 王昕:《在历史与艺术之间:中国历史题材电视剧文化诗学研究》,中国传媒大学出版社,2008,第47页。
[②] 董学文、张永刚:《文学原理》,北京大学出版社,2001,第73页。
[③] 童庆炳主编《文学理论教程》,高等教育出版社,1998,第141页。

实是客观的真实,而艺术真实是主观的真实(意识形态化的真实)。"① 二者必有冲突,在历史文学、戏剧、影视剧等历史艺术的创作中,创作者必然面临着就此舍彼的选择,研究者也必须面对研究视角的偏向。时至今日,在历史艺术创作中,"历史真实"与"艺术真实"应该得到有机统一的观点是普遍认可的,但"历史真实"与"艺术真实"谁更应该占据主要位置、该如何统一二者关系却仍争论不休。

古往今来,剧作家、评论家对真实与虚构都进行过论证。明代孔尚任、孙郁等皆倡导真实观。真实观一是要求历史剧符合客观真实历史生活细节的基本规律;二是按剧索隐;三是主张历史剧所反映的具体历史精神要真实可信。此外,古代戏剧家如尤侗等持虚构观的也不少,认为虚构有以寓言传词、借史抒怀、批判史实、使剧作更为独特丰富等作用。② 而自明代李贽始,开始明确反对真实、虚构两极对立现象,"戏则戏矣,倒须似真,若真者反不妨似戏也。今戏者太戏,真者亦太真,俱不是也"③,要求虚实统一,戏似真,真似戏。

及至20世纪40年代,郭沫若提出了"失事求似"的观点。他认为:"历史研究是'实事求是',史剧创作是'失事求似',史学家是发掘历史的精神,史剧家是发展历史的精神。"④ 郭沫若的史剧观概括起来即:历史剧的文学构成(即情节结构)务求完整;为了情节结构的完整,不必拘泥于历史事件的本来面目,"求似"则可;史剧家可以主观地"发展"历史精神,而不仅是客观地"发掘"历史精神。

郭沫若的主张引发了20世纪60年代关于历史剧的三次大论争,论争的焦点便是"历史真实"与"艺术真实"的统一问题,而解决二者统一问题的前提便是达成强调"历史性"与强调"艺术性"的分歧的和解。

第一次论争以1960年吴晗的《谈历史剧》为开端,到1961年茅盾的《关于历史和历史剧》一文止,主要围绕历史剧定义、历史真实与艺术真实等问题

---

① 李胜利、肖惊鸿:《历史题材电视剧研究》,中国传媒大学出版社,2006,第104页。
② 孙书磊:《中国古代历史剧研究》,南京师范大学出版社,2004,第286—298页。
③ 李贽:《琵琶记》第八出《文场选士》总批,转引自秦学人、侯作卿编著《中国古典编剧理论资料汇辑》,中国戏剧出版社,1984,第52页。
④ 郭沫若:《历史·史剧·现实》,《沫若文集》第13卷,人民文学出版社,1959,第16页。

第二章 架空世界的建构——历史消解与复归的维度

开展讨论。作为历史学家的吴晗一派,更多的是坚持以历史的标准来要求历史剧的创作,认定历史题材艺术创作必须要有"历史根据",人物、故事都要有史可依。当然,吴晗也看到了历史与历史剧的区别:"假如历史剧完全和历史一样,没有以艺术处理,有所突出、夸张、集中,那只能算历史,不能算历史剧。"[①] 吴晗认为剧作家要在不违背时代真实性原则下,为达到艺术的完整性进行故事虚构,做到现实主义与浪漫主义的结合。

而作为作家的茅盾则更侧重于"艺术真实",即艺术虚构的事在历史中有可能发生。在茅盾看来,只要是取材于历史的戏剧都可以称为历史剧,他旗帜鲜明地指出:"历史剧当然是艺术品而不是历史书"[②],"历史剧中一切人和事不一定都要有牢靠的历史根据"[③]。更进一步,茅盾把历史剧中艺术虚构分成三种:真人假事、假人真事和假人假事。茅盾强调,就算是主观杜撰的艺术虚构,也需从现实基础上生发,遵循时代条件制约和人物内在发展逻辑:

> 假人假事固然应当是那个特定时代的历史条件下所可能产生的人与事,而真人假事也应当是符合于这个历史人物的性格发展的逻辑而不是强加于他的思想或行动。如果一部历史题材的作品能够做到这样的虚构,可以说它完成了历史真实与艺术真实的统一。[④]

第二次论争集中在 1962 年,吴晗、李希凡、王子野就如何继承传统剧目的创作经验、史实根据和艺术虚构的关系、研究历史剧和普及历史知识等问题进行讨论。李希凡指出了吴晗观点的局限,认为历史是过去时代事实的记录,而历史剧是文艺作品,是反映历史年代的戏。[⑤] 虽然李希凡在历史剧的定义上比

[①] 吴晗:《谈历史剧》,《戏剧报》编辑部编《历史剧论集》第 1 集,上海文艺出版社,1962,第 267—269 页。
[②] 茅盾:《关于历史与历史剧》,《茅盾评论文集(下)》,人民文学出版社,1978,第 227 页。
[③] 茅盾:《关于历史与历史剧》,《茅盾评论文集(下)》,人民文学出版社,1978,第 190 页。
[④] 茅盾:《关于历史与历史剧》,《茅盾评论文集(下)》,人民文学出版社,1978,第 190 页。
[⑤] 李希凡:《"史实"和"虚构"——漫谈历史剧创作中的历史真实与艺术真实的统一》,《戏剧报》编辑部编《历史剧论集》第 1 集,上海文艺出版社,1962,第 292—293 页。

吴晗更广，但他所阐释的界定方法难以找到统一的标准。

王子野眼中的历史剧则比李希凡更加广义，他认为历史剧"更准确一点应当称作历史题材的戏剧，以区别于现代题材的戏剧和民间传说，神话故事题材的戏剧"。王子野指出历史剧是艺术范畴，不应因历史取材特殊性而改变艺术的性质，历史剧与历史的关系本质上是"艺术与生活的关系"。在创作中剧作家"可以违反真人真事的真实，但是不能违反历史的内在规律"[①]。

在1962—1963年的第三次论争中，历史剧的本质和作用、历史剧的共性和个性等问题成为关注的焦点。在讨论中，大家普遍认为：历史剧是艺术作品，在符合历史真实的原则下，允许作者根据剧情进行创造性的想象、虚构、集中、概括，塑造出历史人物的典型形象。[②] 但是对历史真实与艺术真实二者究竟哪个更重要的问题，吴晗与李希凡持不同意见。吴晗注重历史事实的真实，而李希凡则强调忠实于历史本质（精神）、历史生活的真实。

总体而言，20世纪60年代三次论争后，比较普遍的观点认为，"历史真实"与"艺术真实"是否统一是检验一部历史剧成功与否的重要标准。20世纪80年代以来，学界对如何实现"历史真实"与"艺术真实"的统一进行了进一步探讨。余秋雨就如何遵循"历史真实"原则提出了著名的虚构的七种限制：

一、著名历史事件的大纲节目一般不能虚构；二、历史上实际存在的重要人物的基本面貌一般不能虚构，当他们成为剧中主角时更应慎重；三、历史的顺序不能颠倒，特定的时代面目、历史气氛、社会环境须力求真实；四、剧中纯属虚构部分的内容，即所谓"假人假事"，要符合充分的历史可能性；五、"真人假事"，其事除了要符合历史的可能性外，还应符合"真人"的性格发展逻辑；六、"假人真事"，即虚构一个人物来承担历史上真有过的事件，必须让这个"假人"的性格与这件事具有内在的统一性；七、对于剧中非虚构的部分，即"真

[①] 王子野：《历史剧是艺术，不是历史》，《戏剧报》1962年第5期。
[②] 吴秀明、刘起林主编《历史题材文学系列研究（第四卷）中国当代历史文学的创造与重构》，北京师范大学出版社，2014，第29页。

第二章 架空世界的建构——历史消解与复归的维度

人真事"的处理,不要对其中有历史价值的关节任意改动。①

余秋雨认为艺术的美学要求会对历史事实进行突出、夸张、集中、删节、简略、掩盖、虚构,从人物与外在环境之间的逻辑关系出发,在理论高度总结"历史真实"与"艺术真实"达成统一的方法。

由上可知,老一辈的文艺工作者立足当时的历史题材文艺创作给出了对如何进行"历史真实"与"艺术真实"统一的具体思路。但是,总体看来,这样的讨论大都是建立在传统历史主义认为历史是绝对客观的基础之上,而文学是对历史生活的反映,不可能脱离历史事实、环境等条件的制约进行凭空想象。这种传统的历史主义观点,导致了老一辈文艺工作者对历史的多样性认知的局限性。

20世纪80年代以来,"新历史主义"的兴起为研究者打开了新的思路。它将历史看作一种关于史实性材料的创作,是"以叙事散文话语为形式的语言结构"。既然历史剧依据的历史是值得商榷的,那么在旧历史主义基础上来讨论的历史真实与艺术真实的关系也因此缺乏基础支撑。

随着时代的变迁,如果说21世纪初的影视剧仍有"羽翼信史而不违"的信仰的话,那么自2010年以来,当下的一些历史题材影视剧,似乎不再纠结于是否要真实地再现历史、追求历史真实,更多的是在"一切真历史都是当代史"的口号下进行"新历史创作",甚至在架空历史网络小说改编影视剧这一新兴业态下,开始了从架空历史到回归历史的"反潮流"。那么,这样的"反潮流"真的是对"历史真实"的复归吗?

童庆炳提出的"历史1、历史2和历史3"的概念对本问题有极大的参考价值。其中"历史1"是无法达到的历史本身,"历史2"是史学家笔下的历史文本,"历史3"则是文艺工作者创作的历史题材文艺文本[2]。王昕由此引申,提出:

---

[1] 余秋雨:《历史剧简论》,《文艺研究》1980年第6期。
[2] 童庆炳:《历史题材文学创作重大问题研究》,经济科学出版社,2011,第69页。

如果把实际发生过的客观历史称作历史1，把历史学家撰写的历史学著作称作历史2，那么我认为可以把遵循亚里士多德诗学原则书写的、主要事实于史有征的历史题材文艺称作历史3，把具有自由幻想特征的狂欢化民间故事民间传说称作历史4。①

本书认为，历史1、历史2是无可争辩的，但是王昕认为的历史3和历史4实质上是在同一维度的，只是对历史真实的遵从度多寡而已。因此，本书认为历史3还是倾向于历史题材文字文本，到了历史4再是正统或戏说历史题材影视文本。因为不管历史4是不是改编作品，它总是先要有剧本这一文字文本奠基，之后再通过影像手段形成视听艺术，总是又增添一个层次的想象、创造与变形。从某种程度上说，历史3是历史4的前置形态。毋庸置疑的是，从历史1到历史4，它们虽然都是以历史作为叙事对象，但是其历史真实程度是递减的。

在探讨中国架空历史网络小说如何改编影视剧之前，本章拟借上述视角，指出网络小说影视剧改编过程中试图还原历史却又消解历史、试图建构新世界却被旧世界框束的视听悖论，探讨从历史事实到历史叙述、从传统历史小说到架空历史网络小说、从主流历史正剧到架空历史网络小说改编影视剧四个维度的三次转变，对改编中的历史真实性的不断消解进行辨析。

---

① 王昕：《在历史与艺术之间：中国历史题材电视剧文化诗学研究》，中国传媒大学出版社，2008，第266页。

第二章　架空世界的建构——历史消解与复归的维度

第一节　从历史事实到历史叙述

要形成一部传统的历史题材文艺作品，第一步就是确立历史事实的取材。但是，从历史事实到史料成书，至少要经历历史记忆的选择储存、历史叙述的输出表达等几个阶段。在这个阶段的每一个过程中，历史事实之真均呈现出不断被消解、降维的特点。那么，客观存在的历史事实经过了记忆、叙述、创作几层维度的消解后，还剩下多少历史的真实含量？

对普罗大众而言，真实性理所当然是历史最基本的特征。但是对历史学家而言，绝对真实是其终极的理想追求。英国历史学家爱德华·霍列特·卡尔（Edward Hallett Carr）曾指出："那种相信历史真实有一个牢固的核心，它客观、独立地存在于历史学家的阐释中的想法，是荒诞的谬见。但是这种谬见难以根除。"[1] 这种论点的产生，要从历史的形成说起。

一、历史记忆对历史真实的筛选

历史是如何形成的呢？历史事实想要留存下来，主要途径是进入大脑成为历史记忆。从记忆发生的心理机制看，所谓"记忆"就是人对经验的识记、保

---

[1] 阿雷恩·鲍尔德温：《文化研究导论》，陶东风等译，北京大学出版社，2006，第20页。

持和应用过程，是对信息的选择、编码、储存和提取过程。[①] 在历史事实发生之后，在历史叙述形成之前，历史记忆便对"历史真实"进行了消解。历史叙述之真实是建立在历史记忆之真实基础上的，然而亲历者（当事人、见证者、受访者、整理者等）在发掘、采集、整理与保存历史记忆时，就已经运用想象、选择性记忆、事后虚饰等手段对"历史真实"进行了消解，历史记忆之真便不能等同于历史本体之真。

按照左玉河的观点，历史本体之真是全息的，但从历史本体之真到历史记忆之真，经过了亲历者将历史事实存储为历史记忆的过程："这个过程中间因记忆的特殊机能而使历史事实有所变形，并非全部的历史真实都存储为历史记忆。"[②]

人脑对记忆生成的过程本身就是一个对历史事实筛选阻隔的过程。记忆既依赖于外界信息的被动输入刺激，又是大脑刻录存储编码功能的主动选择。由于大脑识别的局限性，并非所有的外界信息都能通过大脑识别系统的筛选，没有认知的事物会成为大脑记忆识别系统的盲点，而这些盲点便会导致大脑记忆的不完整性，历史真实便在这个"筛选"过程中变得残缺。

除主动筛选外，大脑记忆存储的不可靠性、不完整性还在于大脑会对历史事实进行重新排序与建构。大脑通过图像、文字等介质将历史事实进行排列组合，但这样的排列组合并不是进行原封不动的刻录，而是受制于大脑记忆的表达逻辑的。大脑记忆的表达逻辑是一个主观化的、人与人不尽相同的内在机制。在整理记忆的时候，大脑会根据自己的表达逻辑进行整理、排序、重构，甚至会加入某种想象和推测成分进行加工，因此，又进一步对历史事实的真实性进行了消解。

此外，当存储在大脑中的历史记忆没有被外界唤醒时，它始终处于一种可能被后来记忆干扰、覆盖的情境下。如果长时间没有被调取，这段记忆便会出现遗忘、变形、模糊等情况。

---

① 钱茂伟：《史学通论》，浙江大学出版社，2012，第39页。
② 左玉河：《历史记忆、历史叙述与口述历史的真实性》，《史学史研究》2014年第4期。

第二章　架空世界的建构——历史消解与复归的维度

在记忆被唤起及调取阶段，历史真实仍在不断被消解。当存储在大脑中的记忆被唤醒，变成"回忆"时，亲历者只会以"我"为立足点进行回忆，与自己无关的历史事实便会被无意识地遗忘。"回忆是经过分析后的重新储存，是一种记忆的归纳与整理。"[1] 回忆是对大脑记忆的再加工，亲历者不仅是机械地调取存储在大脑中的历史事实，而且运用上了大脑的"思考"功能，这便会渗透进亲历者的主观价值判断。大脑不断回忆历史事实、调取历史事实的过程，其实也是大脑主观化不断思考、不断加工、不断重构的过程。因此，由于亲历者的主观能动性，历史事实永远不可能被历史记忆复原。即使是同一个大脑，在不同的情境下，被唤醒的记忆也可能不同，因为大脑唤醒具有有限性、主动选择性，而这样的特性，导致了历史记忆真实的有限性。

由此，我们可以看出，在历史事实成为历史记忆时，由于人的大脑的主观能动性，在输入记忆、存储记忆、保持记忆、唤醒记忆、调取记忆的过程中，历史真实已经经历了一系列的被选择、整理、排序、重建的变形。并非所有的历史事实都会被大脑存储，也并非所有被存储的记忆都会被唤醒调取。这样看来，历史记忆之真距历史本体之真就已有了不小的差距，这便形成了历史记忆失真现象。

二、历史叙述文本对历史真实的整理

存储在大脑中的历史记忆会随着时间的推移而遗忘，甚至因为大脑的死亡而完全消失。因此，只有将存储在私人空间的大脑历史记忆借助媒介工具保存下来，才能将历史事实真实地带入公共认知领域，以供后人知晓，成为所谓的"历史"。

从某种意义上说，后人因为时空的阻碍，不可能接触到实际的历史人物和历史事件，只能接触到通过各种媒介输出的遗留态历史或叙述态历史，如出土文物、历史遗址等遗留态历史为后人提供佐证，史书、历史故事、民间传说等

---

[1] 钱茂伟：《史学通论》，浙江大学出版社，2012，第41页。

叙述态历史表达、传播历史真实。

历史叙述就是一个用各种媒介将历史记忆表达、输出、呈现出来的过程。历史叙述想要通过媒介工具还原历史真实，必将筛选、整理历史记忆。因此，历史叙述记载下来的历史真实，只是一部分的历史记忆真实，或者进一步说，是更小范围内的历史事实真实。

仲呈祥指出："历史不是别人而是历史学家'制造出来'的；写历史就是制造历史的唯一办法。"历史记述必然不可能对人类发展全过程进行全方位记述，因此，它便由特定的人带着特定的目的在特定的历史环境条件下进行记述。虽然历史本真不以人的意志为转移，但是历史记述可以被人主观改变。"无论是历史学家'写历史'也好，还是文艺家'写历史'也好，都不过是在一定的历史观即历史意识的指导下能达到的对历史本体的历史认识和艺术再现，而决不是永恒、客观的历史本体本身。"①

学者们都提及，在历史事实转变为叙述态历史的过程中，叙述结果会受到叙述者（亲历者、见证者、受访者、整理者、撰写者等）不同程度上的制约，甚至"制造"。首先，历史叙述会受到叙述者个人因素制约。在生理上，不同体质、年龄、记忆力的叙述者对历史记忆的叙述呈现会产生偏差，这是人类生理自然的局限，无法避免。在心理上，叙述者的心境、动机、立场、认知能力等都可能影响历史叙述内容。在历史记忆输出为历史叙述的过程中，不可避免地伴有人为的想象、分析、价值判断等主观性因素，叙述者叙述出来的历史，很可能带有主观情感色彩。另外，叙述者在对历史场景进行呈现时，往往虚构人物的动作、语言、情态等细节，且越是生动、详细的描写，就越可能带有想象、虚构、夸张的成分，越是偏离最初的历史真实。

具体而言，汤因比曾指出仅仅把事实加以选择、安排和表现，就是一种虚构方法。②叙述者选择什么史料内容来叙述、选择多少内容来叙述，极大程度上取决于叙述者本人。正如沃尔什所言，历史学论著是部门性的、选择性的，因

---

① 仲呈祥：《艺苑问道》，北京广播学院出版社，2004，第158页。
② 阿诺德·汤因比：《历史研究》，曹未风等译，上海人民出版社，1986，第55页。

第二章 架空世界的建构——历史消解与复归的维度

为"一个历史学家只能把他的注意力集中在过去的一个方面或者有限的若干方面",历史学家"必须选择某种事实作为特殊的重点,而把其他的统统略去"①。叙述者在选择史料的时候,便对历史记忆进行了裁剪、取舍。

叙述者除了在史料选择上因个人心理因素消解了历史真实,在史料安排上,特别是叙事时间上,也发挥极强的主观能动性来改动历史真实。在叙述时,叙述者将立体化的故事时间转化为线性的可供阅读的文字叙事时间,就得控制叙事时间的速度和调节叙事时间的顺序。叙述者在取舍史料时,往往只选择重大历史事件、重要历史人物进行叙述,这种取舍会造成史著历史时间与叙事时间的不对称,"历史时间越长而文本长度越短,叙事时间速度就越快;反之,历史时间越短而文本长度越长,叙事时间就越慢",这就改变了原本历史事实的真实情况。如《史记》总共52万余字,但论及汉代的字数近26万,叙述先秦时期的历史往往一笔带过,司马迁明显"厚今薄古"。叙述历史人物时也是突出其关键事情,其余快速省略。"史传的叙事时间速度,本质上表现了史家对历史叙事的介入程度。史传的叙事时间速度变化越丰富,则史传叙事就更具有史家的主观性;而史传的叙事时间速度变化越简单,那么史传叙事就更贴近于客观事实。"②此外,叙述者一般采用顺序来叙事,如果采用倒叙、插叙、补叙等时序来穿插、组织情节,那么叙述者对历史真实的改动就更大、主观参与程度就更深,如司马迁《刺客列传》将上下五百年的刺客列为一章就是在主观调节叙事时间顺序。司马迁对叙事时间速度的控制和对叙事时间顺序的调节,也侧面反映了他"成一家之言"的历史观。

其次,历史叙述会受到叙述者所在社会环境的制约。历史叙述的呈现与叙述者所处的"当下"息息相关。"当下"的主流意识形态、价值观导向都会使历史叙述出现偏差,或趋利避害,或掩盖真相。"任何历史学家都无法摆脱他所处的时间和空间的限制,排除主观偏见的影响,撰写出纯粹客观的历史。"③叙述

---

① 沃尔什:《历史哲学导论》,何兆武、张文杰译,广西师范大学出版社,2001,第100页。
② 李真瑜、郭英德主编《历史题材文学系列研究(第二卷)中国古代历史文学的传统与经验》,北京师范大学出版社,2014,第19—21页。
③ 阿诺德·汤因比:《历史学家的选择与偏见》,《大学活页文库(第6辑)》,华中师范大学出版社,1998,第11页。

者记忆功能与思维功能同步启用,遵从历史真实与屈从社会因素同时交织,主观与客观同时呈现。叙述者既有可能夸夸其谈、下笔千言,也有可能闪烁其词、刻意回避。这样叙述出来的历史真实,又是进一步被叙述者变形、扭曲、重构的历史真实。

再次,历史记忆在被媒介呈现的时候,还受到媒介整理工具特性的制约。语言、文字、图片等媒介工具不可避免地会出现词不达意、文过饰非等情况。并且,不同时代、不同素养的叙述者,其表达风格、语言等皆有差异。如司马迁在撰写《史记》时,虽然写的是三皇五帝时的历史,但用的是汉代时的叙述方式。正是因为历史真实永远不能被完全复原,只能被无限接近,所以历史才会不断被不同时代的叙述者重构,不断重写。

因此,历史事实内容必然多于历史记忆内容,更多于历史叙述内容。历史事实之真,由历史记忆之真到历史叙述之真,又进行了一个维度的递减。当然,不能因为历史叙述对历史记忆的选择、安排、表达就否定其真实性,历史记忆未变形、历史叙述未虚构的部分,仍保留了历史事实的部分真实。

由此看来,历史事实经历了历史记忆的输入、存储、回忆和历史叙述的整理、表达、撰写等维度的过滤、筛选、阻隔。到了史料成书这一维度,历史真实已不断被消解,离历史事实的客观本真已有了质的差别。

在历史记忆生成阶段,并非全部的历史真实内容会筛选输入成为历史记忆,并非所有的历史记忆都能存储到被输出至公共空间的时候,而能被保持的历史记忆又只能被部分唤醒、调取,在经历了一系列被选择、整理、排序、重建的变形之后,历史记忆之真已然不是全部的历史事实之真。

在历史事实由记忆输出为语言、文字等叙述材料之时,历史记忆由私人空间转向成公共认知领域。在这个过程中,历史记忆被叙述者选择、整理、编辑、输出、表达,叙述者受到生理、心理等个人因素的制约,对历史事实的选择、安排、表现会带有人为的想象、分析等主观性因素影响。此外,主流意识形态、价值观导向等社会环境因素限制和语言、文字等媒介的筛选、阻隔,都会导致历史记忆之真进一步被变形、改动,历史事实之真进一步遭受消解。

第二节　从传统历史小说到架空历史网络小说

对从历史事实到历史叙述过程中历史真实的消解问题的讨论是站在历史学科角度出发的，转换到文学角度，历史事实之真经由传统历史小说、新历史小说、架空历史网络小说逐步发展、解构、重构，创作历史观由"以史为经""史蕴诗心"到历史虚无，历史真实是如何在叙事和话语过程中逐渐被消解的呢？

一、传统历史小说对历史真实的发展

1902年，梁启超在中国文学史上首次采用"历史小说"的概念，认为"历史小说者，专以历史上事实为材料，而用演义体叙述之"[1]。齐裕焜对传统历史小说进行了总结。首先，传统历史小说的指导思想是旧历史主义理论，文学创作只能在此基础上通过描绘逐步接近客观存在的历史。"作品中主要的历史事件和主要人物应有史实的依据；作品中的文化心理、社会风尚、生活细节应有一定的历史阶段性。"[2] 其次，历史小说在主体不违背历史事实的前提下，可以"按照艺术创作的规律进行典型化的概括；对历史材料重新进行组织"[3]。

---

[1] 梁启超：《中国唯一之文学报〈新小说〉》，《新民丛报》十四号（1902年），转引自陈平原、夏晓虹编《二十世纪中国小说理论资料》（第一卷），北京大学出版社，1997，第62页。
[2] 齐裕焜：《中国历史小说通史》，江苏教育出版社，2000，第21页。
[3] 齐裕焜：《中国历史小说通史》，江苏教育出版社，2000，第22页。

从历史叙述到传统历史小说，历史真实又经历了质的消解、变形。欧阳健说："从根本上说，历史小说是一种特殊的小说文体，它首先是小说而不是历史书，但又与历史书有着密切的关系，要辨明历史小说的文体性，离不开对史书文体的密切关注。"[1]

廖群在著述《中国古代小说发生研究》中详细演述了中国古代小说孕育、滋长、成熟的过程，她论述道：《左传》全知视角的描写手法、不受时间顺序限制的叙述手段等准小说笔法，《战国策》拟托文凭空杜撰人物和故事的准小说创作，《史记》"纪传体"对人物心理、对话、举止等想象性摹写虚构的近传记小说写法等都为小说的发生、成熟做各方面准备。历史真实性被进一步削弱，进入了文学表现的领域。[2]

此外，《燕丹子》《越绝书》《吴越春秋》等汉代杂史，是据真实发生的历史事件演绎而成的文本，比之正史吸收了更多渠道的"世言""俗说""小说家言"的夸张渲染，已经含有历史小说创作的某些因素，可视为历史小说创作的雏形。而《东方朔传》《列女传》等汉代杂传与人物传记，因其传闻性、附会性、增饰性甚至虚构性，也初步具有了人物传记小说品格。[3]总之，先秦两汉史著或多或少已呈现消解历史真实、虚构创作的倾向，为魏晋六朝小说、唐宋传奇、宋元话本、元明清章回小说和文言小说等体裁的历史题材文学作品的发生打下了基础。

其实，传统历史小说之所以被称为"历史小说"而非他类，"历史性"与"小说性"，或者说，"真实性"与"虚构性"是其主要特点和标志。历史题材文艺作品叙事是介于历史叙事与文学叙事之间的，它要受到来自两个方面的制约。传统历史小说，是在诸如历史典籍等历史叙述的基础上进行的艺术创作。

从"真实性"角度来看，中国向来有"重史轻文""以史为贵"[4]的传统，甚至是唐传奇出现之后，中国纪实叙事理论仍旧滞后，创作者仍以史传叙事的纪

---

[1] 欧阳健：《历史小说史》，浙江古籍出版社，2003，第14页。
[2] 参见廖群：《中国古代小说发生研究》，山东教育出版社，2015，第127—255页。
[3] 参见廖群：《中国古代小说发生研究》，山东教育出版社，2015，第305—326页。
[4] 参见倪爱珍：《史传与中国文学叙事传统》，中国社会科学出版社，2015，第13页。

第二章 架空世界的建构——历史消解与复归的维度

实性叙事为经,借史传来抬高小说。《三国志通俗演义》等历史演义是小说而非历史,这在如今看来是天经地义的观点,其实在清末前很多人持反对意见。尚实一派认为历史演义并非文学创作,而是通俗版的史著,它以史传之真为根本,以史传的教化功用为功用。"羽翼信史而不违"是明代中叶后文学评论家认同的历史演义小说的最高境界,也是诸多历史演义小说作者的创作原则。明代张尚德(修髯子)在《三国志通俗演义引》中高度评价《三国志通俗演义》"是可谓羽翼信史而不违者矣"[1]。所谓"羽翼信史",是明代一些文人对历史题材文学创作的主张,即文学作品要尽量忠于正史所载,在著述方面可以适当地修饰、渲染,但不能篡改、捏造、歪曲历史,也不要虚构人物和历史事件。这样,文学作品就成了"信史"的解说词或者补充材料,即所谓的"羽翼"。[2]

这样的观点也不无道理。第一,在内容上,传统历史小说大多以史著为基调。不论历史叙述带有多大程度上的主观成分,它总是提供了大致的历史走向、人物经历、时空界限。历史小说创作者正是在这一前提基础下进行艺术加工的,区别只在于创作者虚构部分的多寡,而"不是主观的随心所欲和杂乱无章的领域"[3]。

以传统历史小说代表作《三国志通俗演义》为例,《三国志通俗演义》是明代通俗演义中成书最早、影响最大的作品之一。《三国志通俗演义》的形成就是一个世代积累的过程,经历了从三国史实、民间传说,由"说三分"、元杂剧到《三国志平话》,再到《三国志通俗演义》的成书的历程。早在魏、蜀、吴三国还未形成时,王粲《英雄记》便记录了曹操、董卓、吕布等事。到了魏晋时代,产生了许多记载三国人物的稗史,如《九州春秋》《曹瞒传》《魏武故事》《英雄记》等,绝大部分已经失传。直至刘宋时期陈寿和裴松之作《三国志》及《三国志注》,陈寿对三国重要人物生平事迹叙述得比较详尽,裴松之又博采稗史杂录,以文字形式保存三国史实和传说资料。因此,在裴松之的《三国志注》中,

---

[1] 修髯子:《三国志通俗演义引》,丁锡根编《中国历代小说序跋集》,人民文学出版社,1996,第888页。
[2] 李真瑜、郭英德主编《历史题材文学系列研究(第二卷)中国古代历史文学的传统与经验》,北京师范大学出版社,2014,第100页。
[3] 吴秀明:《论历史真实与艺术假定性的类型》,《社会科学研究》1992年第1期。

三国题材已有了从正史进入传说的痕迹。隋唐时期，在口头创作和舞台演出中出现了三国相关杂戏、"说话"。而至宋代，出现了专门聚焦三国故事说话的科目"说三分"和皮影戏。金元时期，三国故事大量写成戏剧，如《赤壁鏖兵》《襄阳会》《骂吕布》《关大王独赴单刀会》《刘先主跳檀溪》等。元代长篇话本《三分事略》《全相三国志平话》的出现是三国故事发展的重要转折。《全相三国志平话》是在《三分事略》基础上发展而成的，内容从汉帝赏春开始，写至孔明病故终，相当于毛宗岗一百二十回本《三国志通俗演义》前一百〇四回。罗贯中就是面对这些繁复的三国资料，开始了自己的创作。罗贯中十分重视历史真实性，史料主要取材于《三国志》《三国志注》，如《三国志平话》的司马仲相断狱和"为报高祖杀头冤"的因果报应开头等违背历史真实的、荒诞不经的材料就舍弃不用，他笔下的三国时代的历史风貌、历史发展进程、主要人物基本面貌也是参照史实。他将一个传统题材写成中国最早的长篇小说，并且取得了杰出的艺术成就，成为历史演义小说的扛鼎之作。[①] 当然，从史著到小说，其历史真实性逐步降低，其虚构性逐步增强，但是它的主要历史人物、历史事件是不可否认地以史著为基调的。

第二，从体裁上看，传统历史小说，特别是历史演义小说多数采用"按鉴演义"的模式。所谓"按鉴演义"，是指按《资治通鉴》和《资治通鉴纲目》的时间顺序来铺排历史人事。在《资治通鉴》出现之前，如《史记》般纪传体将历史事件分割在不同的章节里，后人很难把握一个事件的全貌。而《资治通鉴》的出现为历史演义小说创作提供了叙事模板，年经事纬的叙述结构方式更有利于创作出规模宏大、首尾完整的长篇历史小说。而后《资治通鉴纲目》的先立事"纲"摄括大要、再以"节目疏之于下"具体记述的叙事模式，更便于作者按"纲""节""目"理顺故事脉络，创作出长篇历史小说。余象斗认为历史演义小说可以将史著"条之以理，演之以文，编之以序"[②]，把历史条理化就是这个道理。因此，如历史演义般传统历史小说虽然是小说，是文艺作品，但仍保留

[①] 马瑞芳：《中国古代小说构思学》，山东教育出版社，2015，第307—311页。
[②] 余象斗：《题列国序》，丁锡根编《中国历代小说序跋集》，人民文学出版社，1996，第862页。

第二章 架空世界的建构——历史消解与复归的维度

了部分的历史真实。

第三，从创作精神上看，以历史演义为代表的传统历史小说创作者在创作历史题材文艺作品的时候，怀抱的是严肃的历史态度。创作者试图用小说来寄托其历史感悟，抒发思古幽情，总结历史规律，反思治乱兴衰的历史经验。如罗贯中创作《三国志通俗演义》，"考诸国史，自汉灵帝中平元年，终于晋太康元年之事，留心损益，目之曰《三国志通俗演义》。文不甚深，言不甚俗，事纪其实，亦庶几乎史。"[①]这种"庶几乎史"的评价是对历史演义的最大肯定。清代毛纶、毛宗岗也赞赏《三国志演义》的真实性，托名金圣叹所作的"序"认为《三国志演义》："据实指陈，非属臆造，堪与经史相表里。""无所事于穿凿，第贯穿其实事，错综其始末。"[②]历史演义小说创作者怀抱着严肃的态度处理历史材料，更有甚者，创作时不仅秉持"庶几乎史"的信念，有些甚至还对史籍进行补充。如陈继儒《叙列国传》中曾称历史演义小说为"宇宙间一大账簿"，指出虽"野修无系朝常，巷议难参国是，而徇名稽安，亦足补经史之所未赅"[③]。熊大木在《大宋武穆王演义序》中也指出历史演义小说足以补"稗官野史实记正史之未备"[④]。可见，创作者是有把历史演义小说当作正史补充的创作愿景的。

与"真实性"角度相对应的，传统历史小说毕竟是小说，"虚构性"也是它不可被忽略的特征，或者说，"发展历史"是传统历史小说不可或缺的一面。所谓"发展"，就是"以历史事实为基本依托，在历史框架和时限中，通过虚构、描写、夸张、铺陈、渲染等展现出艺术的风采来。"[⑤]在本章第一节中曾提到，叙述者在将历史记忆输出为文本的时候，无法避免自身的主观性。在历史小说的创作中，作者也是如此。

历史题材小说创作者会面临这样的两难选择，尊重历史真实和充分发挥想

[①] 庸愚子：《三国志通俗演义序》，丁锡根编《中国历代小说序跋集》，人民文学出版社，1996，第887页。
[②] 罗贯中：《三国志通俗演义·序》，毛宗岗评订，齐鲁书社，1991，第1—2页。
[③] 陈继儒：《叙列国传》，丁锡根编《中国历代小说序跋集》，人民文学出版社，1996，第862—863页。
[④] 熊大木：《大宋武穆王演义序》，丁锡根编《中国历代小说序跋集》，人民文学出版社，1996，第981页。
[⑤] 童庆炳主编《历史题材文学系列研究（第一卷）历史题材文学前沿理论问题》，北京师范大学出版社，2014，第49页。

象力将情节虚构描写得更加细致生动通常不是一致的。从某种程度上讲，中国古代传统历史小说凭空虚构的较少，多为借史实进行详略渲染，或运用倒叙、插叙、预叙等小说化叙事手法进行创作，主体上对重要历史人物、历史事件是遵从的。

仍以《三国志通俗演义》为例。严格说来，《三国志通俗演义》也并非全然符合"张尚德们"的标准，其中杜撰虚构的故事情节也很多。明代胡应麟曾对《三国志通俗演义》发出"案《三国志》羽传及裴松之注，及《通鉴》《纲目》，并无此文，《演义》何所据哉"[1]的批评。罗贯中确实抱着"七实三虚""据正史，采小说，证文辞，通好尚"[2]的创作态度。在内容选择上，罗贯中对人物之间有着尖锐对抗的故事、民众喜闻乐见的情节就选择多着笔墨，如曹操杀吕伯奢全家、吕布辕门射戟等。为了突出人物，罗贯中采取艺术手段，把草船借箭移花接木安置到诸葛亮头上，又将"空城计"这个《三国志注》中已证明是子虚乌有的故事大加渲染，甚至还把大量民间传诵的幻想故事，如诸葛亮借东风也写进了小说。目的就是表现诸葛亮的神威，"状诸葛亮多智而近妖"。罗贯中不是对三国史料的堆砌，而是在此基础上进行铺写创作，铸造出长篇小说艺术精品。

这一阶段，在传统虚实观念的影响下，历史小说的理念是真实的。"承认虚构合理与遵从史传性真实，这两类观念并不矛盾，它们也不是并列关系，而是从属关系，即在遵从史传真实的前提下，再承认虚构合理。"[3]传统历史小说即使凭空编造，也是依照真实逻辑，达到历史理念真实与故事虚构的统一，不至于过分虚无。如《三国志通俗演义》中的"空城计"就是真人假事，但这个"假事"是符合历史的可能性，并且按照诸葛亮和司马懿的性格内在逻辑可能会发生的，这就达到了所谓的"历史真实"与"艺术真实"的统一。

由此观之，没有历史叙述的背景，创作者无法进入特定的历史语境；但是没有虚构描写加工，历史题材文艺作品就无法区别于历史典籍了。二者结合起来，才能产生所谓"历史真实"与"艺术真实"的统一。

---

[1] 胡应麟：《少室山房笔丛》，上海书店出版社，2009，第432页。
[2] 高儒：《百川书志 古今书刻》卷六《野史》，古典文学出版社，1957，第82页。
[3] 吕玉华：《中国古代小说理论发展研究》，山东教育出版社，2015，第78页。

第二章 架空世界的建构——历史消解与复归的维度

历史事实经历史记忆、历史叙述跨度到历史小说，已经从历史范畴飞跃到文学艺术的范畴，本质上有了变化。这样的"加工"是对历史真实的本质的消解，如果说历史事实之真从历史记忆之真到历史叙述之真只是经历了不完整的变形的话，那么，历史题材文艺作品之真则是本质意义上对历史真实的消解。

二、新历史小说对历史真实的重塑

随着时代的发展，诸如《三国志通俗演义》等传统历史小说在历史事实基础上进行有序虚构，创作者在创作时查阅史料进行考证的客观真实反映论写法，已无法满足受众的期待视野。现代的历史小说观念与古代的小说观念相比有重大差别，此时期的历史小说明确了虚构和艺术的第一性，扩大了历史材料来源，增加了叙事主题多样性，对历史记载做出现代的解释。

而到了20世纪八九十年代，以莫言、苏童、刘震云、余华等为代表的20世纪六七十年代出生的作家，不再将焦点放置于"历史真实"，而是秉持着"一切历史皆文本""一切真历史都是当代史"的观念，开始了由传统历史小说向新历史小说[1]的转变。

新历史小说既包括发生在民国时期的历史故事诸如《白鹿原》《活着》《红高粱》等，也包括《武则天》《我的帝王生涯》等古代历史题材的作品。它的基本内涵是："不以再现历史真实为创作目的，仅以'历史'作为背景、情调或者氛围，在历史观念上与现代本质论历史观念相对抗或者相悖反的小说。"[2]

"西方新历史主义有关历史话语与文本话语同一的理论主张"是新历史小说的思想艺术起源之一。[3] 新历史小说虽然出现在西方新历史主义引进之前，却也深受这种观念的影响。尽管新历史小说创作仍取材于历史，但是在新历史主义

---

[1] "新历史小说"与"新历史主义小说"都是话语建构的产物，本书选取文论界约定俗成的、使用更为广泛的"新历史小说"，指代受新历史主义理论影响，颠覆传统历史观念的新小说。

[2] 陈娇华：《当代文化转型中的"断裂"历史叙事：新历史小说创作研究·绪论》，中国社会科学出版社，2012，第32页。

[3] 吴秀明、刘起林主编《历史题材文学系列研究（第四卷）中国当代历史文学的创造与重构》，北京师范大学出版社，2014，第79页。

等后现代思潮影响下,新历史小说以迥异于一元化正统历史观的创作理念来处理史料,把重写传统历史小说作为自己的创作愿景。

历史观是历史题材小说创作的灵魂,历史观的改变势必带来历史题材作品创作的根本性改变。按照以往传统历史小说创作的客观真实反映论的历史观,历史小说创作是对客观真实的无限逼真反映,要为大众提供认识教育和宣谕资鉴作用。如《李自成》等历史小说,相信既有客观存在的历史真实,又能再现历史,古为今用,警醒后世。由此导致以往传统历史小说创作过于拘史、凝实。然而受新历史主义、存在主义、结构主义等后现代思潮影响,新历史小说创作者虽取材于历史,却否定客观存在的历史真实,立足当代对历史进行再叙述与再阐释。

新历史小说的主题由传统历史小说的宏伟叙事转向对家族的兴衰、个人的命运的关注,通过"大写历史小写化""客观历史主观化"及"必然历史偶然化"等特征来颠覆和重塑正统历史观念。

首先是"大写历史小写化"。新历史小说以"放大碎片、拆解整体"的理念用日常化、民间化的"小历史"碎片颠覆"大历史"的整体。政治意识形态的影响被极力消解,"野史"成为作家关注的主要题材。创作者关注的焦点也由代表国家意志的"英雄人物"、王侯将相转为土匪、小妾等小人物,甚至是完全虚构的人物。新历史小说描写小人物的日常生活及其在"大历史"中的沉浮,用被"大历史"遮蔽的民间意识和个体价值对公共化的正史观念和主流价值观进行颠覆,揭示个人命运的生存之真。

其次是"客观历史主观化"。新历史主义强调历史的"文本性",承认主体的能动性和方法论上的自我意识,将历史定位为一种个人叙事话语,一种历史学家对历史事件的叙述。新历史小说据此找到了重构历史的充足理由,对历史进行虚构和想象。在创作时,新历史小说完成了一次从"一切历史都是阶级斗争的历史"到"一切历史都是欲望的历史"的颠覆。[①] 传统历史小说追求再现历史真实、服务现实社会和传承历史文化,新历史小说则强调从个人立场出发叙

---

① 曹文轩:《20世纪中国文学现象研究》,北京大学出版社,2002,第220页。

述历史往事，以个人视野和民间视野颠覆正史意识、重构历史，历史往往被打上个人化、主观化印记。一个明显的标志是出现大量的以"我"为中心的自述作品，替代了传统历史事实的客观化叙事。

最后是"必然历史偶然化"。与线性传统历史的目的性和不可逆转性不同，新历史主义理解的历史是一种偶然性、随机性、即兴式的历史。"他们尤其表现出对历史记载中的零散插曲、逸闻趣事、偶然事件、异乎寻常的外来事物、卑微甚或简直是不可思议的情形等许多方面的特别的兴趣。"与传统历史小说截然相反，新历史小说几乎把所有的一切都建立在了偶然性的基础上。任意、偶然成为情节的转折点。①

就具体写作手法而言，新历史小说一则用"开放式""当下式"叙事视角消解历史的客观性。传统历史小说往往采用全知叙述视角，以隐含叙述者、历史亲历者的视角客观叙述真实、完整的历史故事。而新历史小说一反全知叙事的封闭已完成状态，将往事面向当下敞开，通过个人化主观叙述肆意穿行于历史与现实之间，打断历史故事的整体线性发展状态，用对历史的想象、泛化和重构来消解历史的客观性和确定性，使历史现实化、当下化。

二则通过"戏仿"消解历史。戏仿即"模仿一部严肃的文学作品的内容或风格，或者一种文学类型，通过其形式、风格和其荒谬的题材的不协调而使得这种模仿十分可笑"②。戏仿是新历史小说消解历史的重要叙事手段，通过不庄重、不严肃的语言、格式对经典历史文本、历史故事、叙事成规等进行瓦解、降调，获得滑稽感和幽默感，例如，对历史人物的创作采取反英雄式的戏仿，打破英雄神话，颠覆英雄形象。

三则用"拼贴"重塑历史想象。在传统历史小说中，故事发展基本遵循严格的叙事发展模式，一般要经历发生、发展、高潮、结局这一流线型发展趋势。但是新历史小说解构了宏大叙事，将随机、偶然的事物碎片式拼贴在一起，利用"考据性"的资料制造看似真实的历史假象氛围。

---

① 张京媛主编《新历史主义与文学批评》，北京大学出版社，1993，第106页。
② 王先霈、王又平：《文学批评术语词典》，上海文艺出版社，1999，第212页。

前文提到，历史事实之真是客观的，但是历史叙述之真不可避免地受到主观因素影响。正因如此，新历史主义和新历史小说呈现出了新的历史意识，重塑历史想象是其最本初的创作意图，历史变成了一个任由阐释的巨大文本。这也是互文性理论对新历史主义的渗透，新历史小说被视作一种虚构想象的文本历史主义下的作品。历史话语与文本话语的虚构特性使其界限变得模糊，历史的文本性与文本的历史性相互影响、相互塑造，从而构成互文。新历史小说由此成为后现代思潮在文学领域的又一次重要话语实践。

从积极意义上看，中国传统历史小说由于过分追求还原史实的史诗性和古为今用现实价值，创作者多侧重关注历史生活和现实题旨本身的力量，新历史小说改变了传统历史小说长期以来艺术性不足的通病。[①] 此外，新历史小说打破了"宏大正史"的统治地位，确定了民间的历史话语权，发展了历史的多样性叙事。

但从某种程度上说，"新历史小说"因"新历史主义"理论本身缺乏系统性而陷入了历史虚无主义和相对主义窠臼。新历史小说虽切入传统历史主义的盲区，但"那种随心所欲地对历史的书写，过大的自由度以及放纵的感情介入，使得历史反倒成了空壳，历史在新历史小说那里，成了一个非历史性的叙述要素"[②]。新历史小说在创作中陷入了"小写历史"与"大写历史"的相对消解悖论之中，在宏大叙事被颠覆的同时，民间历史观价值也即被否认。

在20世纪90年代中期以后，由于没有更为深刻的思想支撑和历史空间的拓展，新历史小说家陷入了叙事快感，不顾逻辑和情理的制约，开始取悦大众并走近大众消费，发展越发媚俗化和游戏化，与娱乐片争相戏说历史。新历史小说经历了"从重审历史（正史）到重塑历史（历史真实）再到历史的陷落（游戏与戏仿）"[③]的演变，渐至衰败与终结。

[①] 吴秀明、刘起林主编《历史题材文学系列研究（第四卷）中国当代历史文学的创造与重构》，北京师范大学出版社，2014，第81页。
[②] 邢建昌：《世纪之交中国美学的转型》，河北教育出版社，2001，第231页。
[③] 马友平：《新历史主义小说创作的文化审视》，《文艺争鸣》2007年第10期。

三、架空历史网络小说对历史真实的假想

随着数字媒介时代的来临,文学审美方式和文化生态系统开始了裂变和转向。特别是在以网络文学为代表的大众文学、通俗文学的生态系统中,媒介参与了作品的生产、传播、消费和反馈的整个链条。网络媒介的介入,使个人经验、个人情感、个人幻想可以被自由书写,中国传统文学的宏大叙事、集体经验被解构,朝着多元化、多样化、差异化的方向发展。可以相互参照的是,当代史学研究的一大转向就是从宏观历史的叙述与关注,向微观历史的细分化空间转移。因为微观历史与个体的存在更为贴近,也更容易引起由有机个体构成的集体记忆的呼应及共鸣。

"当代小说的危机是地地道道的历史危机,叙事的破碎化和对内心的兴趣便是历史作为一个整体之不可表现的表征。"[1] 如果说,传统历史小说是在遵从史传真实的前提下进行的合理虚构,尚存有"以史为经"的创作理念、戴着"历史真实"的创作镣铐,新历史小说尚有颠覆"大历史"重构"小历史"的愿景的话,近十年流行开来的架空历史网络小说凭借少量历史资料创造出新的虚构的历史世界,便是对历史真相的完全分化、破除、消解,是对历史事实之真的根本解构与重新假设想象。虽说架空历史网络小说与新历史小说都是对正史的解构,但是新历史小说主要表现为对传统历史小说的颠覆、质疑,而架空历史小说则无意于质疑历史的真实性,主要表现为对历史的假象、构建,是借历史的躯壳让读者沉浸在幻想之中。

就网络小说的特性而言,架空历史网络小说作为网络小说的一个类型,势必带有网络小说大众化、消费化、传奇化的特征。创作者的意图,既不是像传统历史小说一般为了还原史实或者古为今用,也不是如新历史小说一般重塑历史。架空历史网络小说的历史观,就是为了服务故事情节,只是借用古代历史背景演绎当代权谋、爱情叙事,满足创作者和读者的心理需要。历史真实在这

---

[1] 马克·柯里:《后现代叙事理论》,宁一中译,北京大学出版社,2003,第154页。

里完全被大众娱乐解构,"文大于史"已不足以概括架空历史小说中文学与历史的地位关系,历史在这里已完全被文学支配,或者说被作者和受众的欲望支配,变成随意裁剪、分化、拼贴的工具。

架空历史网络小说带来的首先是历史大众化的变革。在我国文学发展史上,以唐宋传奇话本、明清仙侠志怪、近现代"鸳鸯蝴蝶派"小说、"铁幕"小说等为代表的通俗文学始终被排除在精英文学、主流纯文学之外。但随着大众文化的狂飙突进和传播媒介的日新月异,互联网的快速普及推动着网络小说成为万人追捧的"香饽饽"。网络小说从"另类""二次元"的位置向主流文化舞台中心迈进。自由、开放、匿名的网络书写让大众将文学拉下神坛,开启了话语权由精英向民间的回归。如果说,传统历史小说和新历史小说仍是精英文学,是由有一定文化、历史、艺术素质修养的作者创作出来的历史题材文艺作品,那么架空历史小说因其草根文学、大众文学的特质,便更富于民间意识与群体想象,构建着普通人的真实感知与相关性诉求。

网络小说与传统小说的本质不同在于没有传统小说的发表、出版、发行的编辑、修改、整理机制。网络小说作者在书写过程中,会不受束缚地将自己的情感、欲望、价值、追求等因素融入历史时空架构当中。架空历史的内涵本质上是作者对自己喜恶的世界的描述,大部分都是现实的部分映射、分支、拓展,在潜移默化中反映了当前社会的主流价值观与群体意识。网络小说的创作、传播、接受有着明显的民间底色,网民常以"废柴"等自居。在架空历史网络小说中,作者常将自己的网络术语、"黑话"内化到主角身上,如穿越者通常会在真正的古人面前"暴露"他们闻所未闻的现代网络用语。在情节中,宫斗、权谋等题材也会影射现代职场,与当代普通人生活形成互文。

其次是历史消费化。作为互联网文化产业的一部分,网络小说的消费性不言而喻。随着国力增强,消费文化的流行与网络小说的消闲娱乐功能不谋而合。日益焦虑的现代人难以在严肃文学上找到释放压力的出口,而通俗易懂、娱乐性强的网络小说则为现代人喜闻乐见。如果说新历史小说"表征了中国当代文学摆脱过去的历史语境和意识形态的重压与束缚,取而代之为更轻松、更隐蔽

第二章 架空世界的建构——历史消解与复归的维度

的消费文化的现实话语和时尚意识形态这一根本性变革"[1]，架空历史网络小说则在消费社会的根深蒂固的影响下，进一步在娱乐狂欢的道路上狂飙突进。

作为消费文化扩张的结果，2010年，中国网络小说因盛大公司的收购案开启了集团化发展的路径。消费文化对网络小说生产体制最大的影响就是实行VIP付费阅读制度，网络小说从作者兴趣创作转变为货真价实的以读者为中心的意义生产，而读者打赏行为等文学网站机制更加加剧了这一倾向。由此，在架空历史网络小说中，历史完全变成了被消费的符码，成为作者吸引读者的工具，服务于欲望的想象性满足。

最吸引读者的，是读者能在架空历史世界中被自由满足白日梦，架空历史带来的苏感、爽感推动粉丝经济爆发。与新历史主义不同，消费主义催生着读者的幻梦，创作者则为了金钱满足读者的白日梦。历史在创作者手里主要是背景资料，是可以被随意拼贴、推动故事情节的工具。如果说"半架空"历史网络小说还有真实发生的历史时空或人物事件，是叙事主体背后现代性主体对前现代历史的想象与改造，那么，"全架空"历史网络小说就是不受限制地假想、模仿、拼贴史料。创作者根据读者的期待视野和欲望随意虚构历史故事，文本不必对呈现历史真实和追求文化内涵负责。因为网络小说创作的目的是消费、狂欢、愉悦，让读者获得代入感、爽感，以增加阅读量与打赏金。历史在架空历史网络小说中被制作为特殊的符号供人消费，读者与创作者一道通过一种虚幻的方式逃离现实，透过作品中人物形象寄托自己的情感和满足心理需求，完成一场"替代旅行"。

再次是历史传奇化，传奇化是架空历史网络小说的重要美学特征。架空历史网络小说的传奇性体现在"人物的多重身份与历史感的交织上"，通过"古风与网趣的结合"[2]，提高作者与读者想象历史、消费历史的兴趣。

在"半架空"历史中，2003年中华杨的《异时空——中华再起》开启了男频小说中穿越救国的"救亡流"，随后《铁血帝国》《篡清》《回到明朝当王爷》

---

[1] 马友平：《新历史主义小说创作的文化审视》，《文艺争鸣》2007年第10期。
[2] 李磊：《次元的破壁：网络小说改编剧的互文性研究》，中国社会科学出版社，2020，第132页。

等作品竞相挽救国家于危难,主角走上升官发财、戡乱平叛的传奇人生。2004年金子的《梦回大清》堪称女频清穿小说的鼻祖,随后《步步惊心》《独步天下》《清穿日常》等小说主角在一众皇子阿哥中历经爱情传奇。在"全架空"历史网络小说中,既有《庆余年》《赘婿》等在异世界的风生水起,又有《且试天下》《11处特工皇妃》等人物命运的跌宕起伏。传奇意味着故事情节曲折多变、引人入胜,人物形象饱满鲜明、代入感强。平铺直叙式的"全架空"历史自然是毫无张力的,而没有历史转折点的"半架空"历史也是难以吸引读者的。《后宫·甄嬛传》《倾世皇妃》等描绘尔虞我诈的宫斗小说,《琅琊榜》《庆余年》等正反两派斗智斗勇的权谋小说,《楚乔传》《君子盟》等故事情节百转千回的传奇小说,《新宋》《窃明》等主人公力挽狂澜的救亡小说,其传奇性都让读者苦等更新、欲罢不能。而历史,就在这样的审美想象中传奇化。

架空历史小说因为现代意识的凸显,形成了古代与现代的错杂,时空的游戏化、碎片化转换,它采用人为机械的预设手法,以便于情境的转化,生成新的语境,进而影响并主导叙事。总体而言,架空历史网络小说也如新历史小说一般,消解历史的必然性、客观性,突出历史的偶然性,特别是主角对历史的影响。如《独步天下》中就竭力凸显女主角在清朝初期起到的重要作用,将个人行为在历史进程中的作用放大,突出历史的偶然性。

与新历史小说不同的是,架空历史网络小说的主角一般不是小人物,而是当代网络小说中霸道总裁、明星等高光角色在古代或者架空世界投射的人物设定,如帝王将相、皇子公主、侯爵盟主,等等。不管是朝堂还是后宫,读者想看的是赢家的故事,是英雄的传奇成长。这是因为大众已在日复一日的日常生活中消磨了对现实世界的激情,渴望在网络世界中实现做"大男主""大女主"的白日梦,故而那些小人物、小角色只能在架空历史网络小说中做配角。即使主角在前期是贫民布衣、平凡小人物,后期也多会发现其传奇显贵的真实身世,或者大开"金手指",一路升级打怪逆袭为扬眉吐气、翻云覆雨的大人物,以获得"打脸"的快感,满足观众读者的欲望。

从本质上讲,如果说从历史记忆之真到历史叙述之真仍停留在历史学科范畴的话,传统历史小说之真就已经进入了文学讨论的范畴。传统历史小说虽有

第二章 架空世界的建构——历史消解与复归的维度

内容、体裁、创作精神上的历史真实性,但是从根本上说,小说文体的虚构性让其与历史叙述产生了跨越维度的差异。传统历史小说对历史的"发展",使历史事实之真经历了本质意义上的消解。

新历史小说进一步消解了历史真实,新历史小说将"大写历史小写化""客观历史主观化""必然历史偶然化",用"开放式""当下式"叙事视角、戏仿、拼贴等叙事手段来颠覆正统历史观念,确定民间的历史话语权,重塑历史想象。

架空历史网络小说则比新历史小说在消解历史真实的道路上走得更远,它破除、分化、解构了历史,将历史视为满足现代消费欲望的工具,使历史大众化、消费化、传奇化,历史事实之真被彻底瓦解、毁灭,历史成为网络文化中充满想象的符码。

第三节　从主流历史正剧到架空历史网络小说改编影视剧

要谈历史题材影视剧的历史真实，不得不先从历史题材戏剧讲起。历史戏剧是历史影视剧文本形式转向视觉形式的奠基者、先行者。总体而言，元代历史剧对历史材料的处理较为大胆，作家主观意愿强烈。明代的虚实观则经历了一个"有意驾虚"到"若良史焉"的转化过程。而到了清代，《天宝曲史》《桃花扇》《芝龛记》等剧作所代表的"曲史观"则使"尚实"成为主体倾向。[①]

在传统历史戏剧领域，不论是原创或是改编，对历史真实与艺术真实之间的关系这个话题，诸位大家都已经发表了高见，比较统一的观点是，历史真实与艺术真实之间的关系是辩证的，"历史剧的虚构是自由性与有限性的统一"[②]。

郭沫若认为对传统历史戏剧创作，"史剧作家既要尊重历史文本的客观性，保证严肃的创作态度，又要体现历史文本的主体性特征，保证史剧创作的个性化特征"[③]。当然历史事实是不可能完全被复原的，只能发挥主观能动性，把文本放在原有的历史当中进行把握，尽可能贴近历史。历史戏剧本质是艺术，离不开虚构，或者按郭沫若语，离不开对历史的发展："古人的心理，史书多缺而不

---

① 参见李真瑜、郭英德主编《历史题材文学系列研究（第二卷）中国古代历史文学的传统与经验》，北京师范大学出版社，2014，第162—166页。
② 吴玉杰：《新历史主义与历史剧的艺术建构》，中国社会科学出版社，2005，第199页。
③ 吴玉杰：《新历史主义与历史剧的艺术建构》，中国社会科学出版社，2005，第50页。

第二章 架空世界的建构——历史消解与复归的维度

传,在这史学家搁笔的地方,便须得史剧家来发展。"[①] 历史人物的心理在史书上多不记载,进入史剧领域就需要对人物心理冲突给予一定的分析、描画。故而"发展历史的精神"要求历史戏剧在符合历史真实逻辑的基础上进行艺术虚构。由于历史题材的特性,历史戏剧虽然是艺术,但与其他艺术体式的虚构不同,它要受到历史真实、历史人物性格、史剧作家倾向、史剧观众等的限制,获得更逼近的真实,从而达到艺术真实。

由于大众传媒的兴起和影视技术的进步,观看影视剧逐渐替代观看戏剧成为老百姓的日常娱乐方式。相较于现实题材影视剧,历史题材在处理上更为安全自由,可以让创作者有极丰富的材料和自由叙事的空间,远离当代的敏感现实,回避当代本身的质疑。

中国历史题材影视剧在一定程度上可以被认作中国历史小说、戏剧在影视剧领域的发展延伸。上文提及的王昕的历史3、历史4的分法也不无道理,虽然在传统历史主义的视角下,传统历史正剧的重要评价标准就是是否遵从"历史真实",这样的评价标准似乎在新历史主义视角下已然失效。但是,相较于其他题材的影视剧,历史题材的区分仍确实要从"历史"二字上下功夫。一方面,中国历史题材影视剧承继着传统历史题材文艺作品的创作精神;另一方面,受西方新历史主义、大众文化、消费主义等思潮的影响,其创作理念、手法日趋多元。早期的历史题材影视剧较为写实,在表现手法上以再现型和表现型为主,尊重历史真实与艺术真实的统一。20世纪90年代后,戏说剧风靡国内,给传统历史剧带来了巨大的冲击。迈入21世纪后,随着网络小说的盛行,IP剧特别是架空历史网络小说改编影视剧成为新的潮流。

从传统历史正剧到戏说影视剧,再到架空历史网络小说改编影视剧,历史真实走在不断被瓦解的道路上。到了架空历史网络小说改编影视剧这一维度,历史作用却在"触底反弹"。在改编中,由作者想象的世界要还原成真实的视听世界,导演就不得不将原著中的细节特别是"全架空"历史网络小说中不存于世的制度、服饰、环境等视听元素还原出来。这在某种程度上可以说是对历史

---

① 张澄寰编选《郭沫若论创作》,上海文艺出版社,1983,第501页。

的"复归",即便这样试图还原历史却又无法还原历史的"复归"是假象的复归、视听的悖论。

一、传统与主流:历史正剧的书写

20世纪60年代,在现实主义主流历史观的指导下,如《甲午海战》《宋应星》等基本遵照历史的影片应运而生。20世纪80年代后,我国历史正剧进入鼎盛时期,这类剧目多以古代历史为背景、刻画重要历史人物、表达重大历史事件,探索历史规律、总结历史教训,诸如《末代皇帝》《三国演义》《雍正王朝》《康熙王朝》《汉武大帝》《贞观之治》《大明王朝1566》《大秦帝国》等历史正剧以宏大的叙事尽可能地向观众呈现历史本貌。

"大事不虚、小事不拘"是这类历史正剧创作的精神要求。曾庆瑞就曾从"艺术文本"与"史实文本"的辩证关系入手,对历史题材影视剧的虚实关系进行了详细的探讨。他的探讨可谓是在郭沫若、余秋雨等人理论基础上对传统历史正剧创作的进一步总结。他认为,一方面,"史实文本"制约着"艺术文本"的内容,历史上的重要人物、重大事件不能随意改变;另一方面,"艺术文本"又丰富了"史实文本",可以在心态动作、人物关系、情节细节、环境氛围等"特定的方面进行尽可能合理的虚构"。[①]

传统历史正剧多是这样在重要人物、事件上遵从史实,合理虚构某些情节、心理、环境、语言,可谓之"戴着镣铐跳舞"。在对史书有记载的重要历史人物、事实与其所处的历史大环境进行还原的方面,历史正剧是要以"大事实之"的理念如实拍摄的。如《汉武大帝》就是以《汉书》《史记》为底本,对汉武帝时期七国之乱、儒道之争、张骞出使、汉匈和亲、远征漠北等历史大事件进行恢宏呈现。《唐明皇》主创人员到敦煌、西安等地考察历史遗迹、出土文物和文献资料,剧中的主要人物其事皆有史可稽,剧中的主要历史事件也大体符合历史叙述。而对细节的描摹、桥段的构造等,传统历史题材正剧则是以"小事虚之"

[①] 曾庆瑞:《守望电视剧的精神家园》(第三辑),中国传媒大学出版社,2006,第153页。

第二章 架空世界的建构——历史消解与复归的维度

的态度进行合理想象，塑造出活灵活现的人物形象，赢得受众认可，实现"历史真实"与"艺术真实"的辩证统一。如在电视剧《新三国》中，曹丕在曹操临死前坚决抵赖，否认杀死曹冲，被曹操认为其有成为帝王所需要的心理素质，因此决心传位于曹丕。这一段演绎在史书中只有寥寥几笔的记载，具体细节早已消逝在历史的长河中，主创团队便在曹操确实传位于曹丕的大前提下，进行了对传位细节的合理想象。

历史正剧虽多以作品风格严肃庄重、尊重史实著称，但这样的标榜便与那些一开始就注明"本故事纯属虚构"戏说剧不同，会将观众、批评者引入误区，用历史学家的眼光苛求历史正剧遵循"历史真实"，拿着放大镜找碴儿，对不符合史著叙述的细节口诛笔伐。

历史正剧作品最常被观众诟病的问题之一便是"穿帮"。"穿帮"大体体现在人物设定、语言台词和环境道具三个方面。人物的"穿帮"主要包括本应该出现在其他历史时空的人物被安排出现，人物的妆造朝代不统一、前后不一致等情况。历史人物性格大变同前相比都算是不那么"低级的失误"了。饶是这样，如在《雍正王朝》中的雍正被塑造成勤勉为民、志向高远的形象，仍被评论家指责是不顾历史地为暴君翻案。语言的"穿帮"主要表现在现代人比较熟悉的词汇、术语滥用、古人说出不符合当时人物的地位、身份、性格逻辑的话。比如《康熙王朝》中太皇太后老是自称"我孝庄"如何如何，"孝庄"是"孝庄仁宣诚宪恭懿至德纯徽翊天启圣文皇后"的简称，是她驾崩后由皇帝和大臣议定的谥号，在她有生之年自然不会如此称呼。环境的"穿帮"主要包括物品出现在不该出现的历史环境中、物品摆放前后不一致等情况，如出现电线杆、手表等镜头的明显失误。

"穿帮"当然应受到批评指正，但是排开制作的失误，对一般观众而言，这种批评的出发点是朴素的历史主义态度，即站在历史本体论的角度将历史凌驾于艺术之上，承认历史史实的真实性优先于文学艺术的想象性和虚构性，创作的目的是寻求历史真实，评价标准是是否符合历史真实。

张进曾谈到，创作历史剧的关键，"既不在于如何忠于历史事实的原貌，也不在于如何出色地运用艺术手段，而在于如何对历史作出丰富的、生动的、深入的阐释上。"① 本书认为，历史剧既然已是艺术作品范畴，它的历史性便在于历史意识与历史创作观。"历史剧的艺术真实性主要指的是一种与客观历史发展规律有机结合的历史精神、历史规律、历史感层面的意蕴/意义真实性，而主要并不是指历史细节描写、历史史实取舍多寡、历史含量多少层面的真实性。"② 历史精神、历史意蕴的真实性虽然建立在叙事真实、艺术形象塑造真实基础上，但对历史剧的评价不应以是否贴合史实作为评价标准。

本书认为我们既要避免同一历史正剧下古今混用，也没有必要非得字字考据，使用佶屈聱牙、冷僻艰深的古语，更没有必要深究细节错处，只要前后一致、风格相同，不致今古不纯、虚实相乱即可。

二、新历史主义语境中的戏说历史影视剧

自20世纪90年代起，戏说剧、秘史剧便与历史正剧分庭抗礼，这些戏说剧取材自历史，通过对历史人物故事的游戏化叙事获得娱乐效果，并在一定程度上揭示和影射社会现实，具有一定的艺术特征和审美特征。如《戏说乾隆》《康熙微服私访记》《还珠格格》《铁齿铜牙纪晓岚》《大明宫词》《大汉天子》《孝庄秘史》等戏说剧、秘史剧一时风靡大江南北，其中不乏由小说改编的影视剧，引领着影视生产与消费的潮流。

虽然古代题材中由新历史小说改编的影视剧不多，但是新历史主义在20世纪八九十年代对中国影视文本特别是戏说类、秘史类影视剧影响颇深。卢絮曾给新历史电视剧下这样的定义：

> 只要在一定程度上具备和西方新历史主义理论相似的历史、文学观念，对历史真实和规律性持怀疑态度，采取历史叙事的民间立场和边缘视角，试图对主流历史进行补充或颠覆的影视作品，其中历史事

---

① 张进：《新历史主义文艺思潮通论》，暨南大学出版社，2013，第281页。
② 王昕：《在历史与艺术之间：中国历史题材电视剧文化诗学研究》，中国传媒大学出版社，2008，第60页。

第二章 架空世界的建构——历史消解与复归的维度

件和人物可以是真实可查，也可以虚构想象，都可以称为新历史电视剧。①

从这个定义来看，《戏说乾隆》《铁齿铜牙纪晓岚》《孝庄秘史》等戏说剧、秘史剧便颇有新历史主义"大写历史小写化""客观历史主观化""必然历史偶然化"的特征，通过狂欢化、戏剧化、言情化的故事，简化权力斗争、兴衰征战等残酷历史，满足观众实现社会认同或本能欲望的白日梦。

传统正统历史剧多为"宏大叙事"，强调历史整体理性，尽量贴切再现人物、故事的本来面貌，忽视真实的人性或个人生存体验。戏说影视剧却暗合海登·怀特的"逸闻主义"主张，从一些边缘化的稗官野史、逸闻趣事视角，用细节描写和人性欲望、偶然性在历史进程中的作用，挖掘其故事表面下蕴含的深层历史文化，质疑正统历史阐释。新历史主义影视剧将视角从英雄人物的叱咤风云转向小人物的荣辱悲欢，即使主角是皇帝、大臣等大写人物，也不再专注其丰功伟绩，而是转而表现隐于历史事件背后的人生体验、人性人情，用小写化、欲望化、偶然化的新历史主义叙事，逐步替代以往宏大叙事对历史必然性和规律及本质的解释。

与传统历史剧不同，戏说类、秘史类影视剧的特点是消解崇高、游戏历史，侧重的是娱乐消遣功能、审美功能，逐渐淡化历史剧的教育功能。新历史主义提出了"历史诗学"的观点，正如海登·怀特所言，"历史的内容在'创造性'的意义上可以被视为'诗学的'。"②本书认为，历史题材影视剧本身就不属于历史范畴，而属于艺术创作的"诗学"范畴，因此更重要的是历史题材影视剧作者的审美想象和艺术创作。

曾耀农曾对新历史主义影视剧有"在文本上是一种无深度的平面文化，在传播上是一种追求平等的泛市民文化，在功能上则是一种游戏性的娱乐文化"③

---

① 卢絮：《新历史主义批评与实践：基于西方文论本土化的一种考察》，中国社会科学出版社，2016，第227—228页。
② 张京媛：《新历史主义与文学批评》，北京大学出版社，1993，第103页。
③ 曾耀农：《新历史主义语境下的中国新时期影视》，《新疆艺术学院学报》2005年第1期。

的评价，本书认为这样的评价虽切中肯綮但有过于贬低之嫌。正史话语和民间话语都只是代表了一种理解历史的角度，任何一方都没有凌驾于另一方之上的权利。戏说剧把历史的解说权从精英手里交给大众感官的直觉活动及其娱乐性满足，通过历史的文本化注入创作主体的想象和虚构，将历史简化为大众消费的游戏，空间性历史显现，时间性意义深度的历史退隐。

对历史的功能而言，不论是教化、审美还是消费、娱乐，历史存在的意义都是为了满足现实世界选择利用的需要。本书并不认为历史题材影视剧能肩负起历史教科书的育人使命，并且按前文分析，历史事实之真早已在历史叙述阶段就已经开始消解，所以历史题材影视剧不应也没有必要以追寻历史真实的本相为目的，况且也永远追寻不到。

每一代人都有当代对历史的解释权，对历史的"戏说"可以被看作历史的戏剧化表述和阐释，是现代人借以表达其意识的工具和方式，不应过于苛责。正如卡尔·波普尔所言："不可能有一部'真正如实表现过去'的历史，只能有各种历史的解释，而且没有一种解释是最后的解释，因此每一代人都有权去作出自己的解释。"[1] 不同时代的人有权为历史赋予不同的目的与意义。

新历史主义以其强烈的当代性，在娱乐、消费之中回望历史、观照人性。卢絜认为新历史主义影视意图在于"以反讽手段对现有社会结构模式或当代人的心理情感模式进行深层解读与嘲弄，同时对被历史淹没的个体生命予以前所未有的重视"[2]。戏说剧、秘史剧艺术手法的运用决定了其必然要体现时代的审美趣味，对历史进行当代阐释。王岳川认为新历史主义重建了历史与现实的关系，历史"是在不断的连续与断裂中，对当代做出阐释性的启发文本"[3]。新历史主义影视剧在历史的主体性和互文性建立中，挖掘出了其特有的当代性命题。

一直以来，站在旧历史主义的专家对戏说剧、秘史剧等游戏历史的批评不绝于耳。究其本质，是在全球消费资本市场场域下，西方新兴文化与中国传统

---

[1] 朱立元：《当代西方文艺理论》，华东师范大学出版社，2005，第394页。
[2] 卢絜：《新历史主义批评与实践：基于西方文论本土化的一种考察》，中国社会科学出版社，2016，第124页。
[3] 王岳川：《后殖民主义与新历史主义文论》，山东教育出版社，1999，第179页。

文化的权力博弈。"历史题材电视剧中历史真实与艺术虚构问题,已不是在传统历史主义基础上的承认历史客观性、整体性、连续性的争鸣问题,而是传统历史主义与后现代历史主义的交锋,是传统文化与现代文化的交锋。"[1] 而这样的博弈,几乎被新一代架空历史网络小说改编影视剧夺去风头,被互联网 IP 流量大潮吞噬湮没。

三、消费主义推动的架空历史网络小说改编影视剧

在后工业时代,人们从商品社会步入消费社会。鲍德里亚(Jean Baudrillard)在《消费社会》的开篇中写道:"今天,在我们周围存在着一种由不断增长的物质和服务所构成的惊人的丰盛现象……富裕的人们不再像过去那样受到人的包围,而是受到物的包围。"[2] 鲍德里亚指出"这个崭新的时代埋葬了传统的历史,但这些历史却被制作为特殊的符号供人消费",这种历史"不是产自一种变化的,矛盾的,真实经历的事件、历史、文化、思想,而是产自编码规则要素及媒介技术操作的影像"[3]。

改革开放带来了中国社会的转型,消费不仅成为满足群众物质需求的主要手段,还逐渐变成丰富国民精神需求的重要渠道。在国家文化向市场文化过渡的大环境下,改编影视剧的消费意义越发显著。随着消费主义的盛行和资本的入侵,自 2010 年起,古装 IP 改编影视剧盛行于世,宫斗、穿越、玄幻等古装影视剧类型的兴起,将历史正剧挤压到市场的边缘,出现高投入、低热度、高门槛、低口碑、高风险、低回报的倒挂现象。在历史题材方面,资本与创作方也涌向了架空历史 IP 改编领域,囤积居奇,哄抢大 IP 版权,走出了正剧、戏说剧以外的第三条路子。

鲍德里亚认为符号的消费已经成为当前社会的主要消费形态。大众媒介通过后现代符码的"仿真与拟像",采取能够批量生产的仿真技术重新定义"真实"

---

[1] 李茂华:《历史题材电视剧创作与中华文化价值观构建研究》,四川大学出版社,2020,第 61 页。
[2] 让·鲍德里亚:《消费社会》,刘成富、全志钢译,南京大学出版社,2000,第 1 页。
[3] 让·鲍德里亚:《消费社会》,刘成富、全志钢译,南京大学出版社,2000,第 100 页。

的传统观念。影视艺术利用媒介技术的融合使用，构建出了一个仿真的现实世界。架空历史网络小说改编成影视剧的本质就是一种典型的符号消费，网络小说作者创建架空的历史架构，影视制作主体和视听服务平台将小说中架空世界"落地"呈现。通过改编将架空历史网络小说中的架空历史充分"变现"，对网络小说IP进行全方位仿真和拟像。

当下，影视消费很大程度上被用作一种逃离现实社会压力、休闲娱乐的方式。在当代社会文艺消费的"泛娱乐化"背景下，人们对新奇刺激的未知事物带来的感官体验充满好奇。而通过影视视听技术的转码，观众能够立体化体验架空历史IP这种新奇事物带来的精神刺激。

历史在文化工业时代变为可被消费的材料，架空历史网络小说改编的影视剧更是属于娱乐范畴。"历史功能"不再被提及，教育功能、认知功能受到了抑制，被着重强调的是娱乐功能、游戏功能和感官刺激功能。提供娱乐是架空历史网络小说改编影视剧主要的生产目的，享受娱乐是观众观看架空历史网络小说改编影视剧的主要消费目的。大众沉湎于或真假混杂，或虚构架空的历史，在娱乐与狂欢中忘却质疑。

架空历史网络小说的大众化、消费化让其改编的影视剧也天然带有当代大众的内心焦虑、欲望诉求与精神指向。"当以现代意识进入历史时空后，重新讲述某个历史时期或建立一个虚构的古代社会也是借古喻今的过程。"[1]架空历史IP主题基本契合绝大多数当代人的"集体无意识"，如对唯美爱情的向往、对权力的渴望、对正义的认同，等等，影视艺术让现代人经历一场"白日梦"，在被塑造的架空历史梦境中，男人功成名就，女人得到了白马王子。貌似肤浅的通俗创作，蕴含着流行背后从边缘过渡到主流的原因。架空历史的作品看似站在真实历史世界的对立面，但其实深耕在与当代受众幻想、情感、精神很亲近的土壤中。

与新历史主义影响下的影视剧不同，架空历史改编影视剧并不关注用文本与文化历史语境的互文性关系来解释文本，"新历史主义剧对传统历史的解构采

---

[1] 李磊：《次元的破壁：网络小说改编剧的互文性研究》，中国社会科学出版社，2020，第115页。

第二章 架空世界的建构——历史消解与复归的维度

用的是私人叙事，而穿越剧对历史宏大叙事的解构策略是青春叙事。"[①] 新历史主义更倾向于构造一个他者去歌颂封建帝王的丰功伟绩，而架空历史题材却大多抱着"游戏"的态度试图改变历史，或者如《步步惊心》般被同化，在架空后的世界里如鱼得水。历史自我化是网络时代的特征，展现的是创作者一人对着电脑时的幻想。架空历史作品既"不像新历史主义作品，意在重新书写历史的真实性，也不像后现代主义的戏说作品，借用历史素材拼贴当代故事，它更愿意停留在自我世界里想象历史"[②]。

在消费主义影响下，架空历史网络小说影视剧改编过程呈现出了试图还原历史却又消解历史、试图建构新世界却被旧世界框束的视听悖论。一方面，论及架空历史网络小说影视剧改编对历史的处理特点，首先便是对历史的架空。"架空"是架空历史题材文艺作品的第一特征，不论是"半架空"还是"全架空"，都是凭借着少量的历史资料创造出虚构的新的历史世界，让故事情节在这个新的历史世界里延展演绎。因此，时间的碎片化、空间的游戏性转换是架空世界不可避免的表象特征。

在"半架空"网络小说改编影视剧中，历史背景因为有了一定"实"的约束，所以对人物、情节、环境、礼制等有或多或少的限制。但总体而言，创作者利用了观众无法核实的历史真相，进行了故事世界的建构，其本质是对历史的游戏与虚践。受制于消费意识形态的规约，历史人物和历史故事成为承载意义的消费符号能指。

在"全架空"类改编作品中，"历史"终于摆脱了镣铐而纵情于娱乐的自由，创作终于得到完全解放。全架空历史既可以让想象不受限制，节约考据史实的时间成本，又可以规避现实风险，迎合粉丝内容需求。通过"置换历史""套改人物""增加史实""视听转码"等一系列手段，将创作者需要或偏好的历史碎片任意组合、拼贴在一起，或在自我世界里充分发挥想象力，仿制成一个可以凸显人物形象、推动故事情节的背景框架，并用逼真的视听元素营造历史感氛

[①] 李磊：《次元的破壁：网络小说改编剧的互文性研究》，中国社会科学出版社，2020，第122页。
[②] 李磊：《次元的破壁：网络小说改编剧的互文性研究》，中国社会科学出版社，2020，第123页。

围。创作者不再拘泥于历史的还原和再现，而是创造为情节所服务的背景框架，来讲述当下的更贴近时代的人文精神。只要不违背事物自身运转逻辑，创作者完全可以构建出一个新的历史世界。

从本质上看，不论是"半架空"历史IP还是"全架空"历史IP，历史都变成了当代人表达人物、情节的工具、材料，成为营造虚构世界的元素。创作者将现实中无法表达和无法完成的事情在虚拟时空内编造完成，随意发挥不受历史真实约束，让受众享受视觉奇观感的同时，被诱导进入虚幻梦境之中。

李普曼早在20世纪20年代就提出了"拟态环境"的概念。所谓的"拟态环境"即信息环境，是传播媒介通过对象征性事件或信息进行选择和加工、重新加以结构化以后向人们展示的环境。① 影视等高速度、高覆盖率、高受众的传播载体和媒介，向大众建构了虚拟的架空历史时空，营造了历史维度的"拟态环境"。

正如鲍德里亚认为的，影像符号能带来"超真实"的感知。"影像不能让人想象现实，因为它就是现实。影像也不能再让人幻想实在的东西，因为它就是其虚拟的实在。"② 虚构的历史"拟像"在架空历史影像的呈现中转化为一种似真亦假的镜像，在视听艺术和心理认知上激发历史氛围感。如果说主流历史正剧、戏说剧、秘史剧等仍是对历史真实的反映，架空历史IP影视剧则是与历史真实断绝关联的超空间。"拟像"历史取代现实历史，历史空间成为"一个多式多样、无机无系，以（摄影）映象为基础的大摹拟体"③。

架空叙事运用"拟像"将"半架空"IP的"既定的历史"变为"可能的历史"，将"全架空"IP的"不存在的历史"变为"已发生的历史"。历史彻底被去政治化了，架空历史网络小说改编影视剧试图视觉还原历史，却无法还原被彻底解构的历史真实，由此，架空历史网络小说影视剧改编"伙同制片商和观众一起将历史的虚无性渐渐合法化"④。

---

① 郭庆光：《传播学教程》，中国人民大学出版社，2011，第113页。
② 让·鲍德里亚：《完美的罪行》，王为民译，商务印书馆，2002，第8页。
③ 詹明信：《晚期资本主义的文化逻辑》，张旭东编，陈清侨等译，生活·读书·新知三联书店，2013，第373页。
④ 陈厚诚：《西方当代文学批评在中国》，百花文艺出版社，2000，第508页。

第二章 架空世界的建构——历史消解与复归的维度

罗兰·巴特认为:"任何文本都是互文本;在一个文本之中,不同程度地并以各种多少能辨认的形式存在着其他文本:例如先前文化的文本和周围文化的文本。"[1] 当然,另一方面,不得不承认,架空历史作品在文字想象和视听呈现中,都会潜意识受到已有世界观架构的束缚和历史上服装、道具、场景等真实元素的限制。架空历史网络小说改编影视剧试图建构新的故事世界,却在规章制度、视听语言等方面受到旧世界历史背景、历史传统与历史真实的影响。

由于创作者历史观、笔力以及篇幅等的局限性,创作者很难在一本小说里驾驭大写的宏观历史叙事,很难如同《权力的游戏》《九州》系列一般架构一个体例完备、逻辑严密、细节翔实的架空世界,故而多运用想象挖掘精彩野史或者架空新的历史。架空历史 IP 模仿真实历史的兴衰征战、宫廷斗争、庙堂风云故事,塑造王侯将相、公主千金等形象,但是人物、事件皆为虚假杜撰。虽然极力架空历史,但是在背景故事设定上,大多受到已有世界历史的影响。

本书在第一章已将架空历史网络小说改编影视剧分为"半架空""全架空"两大类。更进一步,按照改编后的对叙事时空的转变模式,又可以细分为半架空戏说型、半架空模糊型、全架空全虚型、全架空逼真型四种对历史的不同处理方法。总体而言,本书依据这四种类型改编对历史的处理走向列出下图,如图 2.1 所示,半架空戏说型、全架空逼真型改编是"虚做实",尽量将虚构的原著往历史传奇剧、戏说剧方向发展。而半架空模糊型、全架空全虚型改编则是"实改虚",将本来还有部分历史真实的原著改为完全虚构,或者完全朝着更加虚构的方向前行。

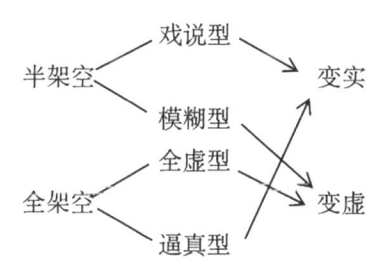

图 2.1 架空历史网络小说影视改编叙事时空的四种处理方式

---

[1] 罗兰·巴特:《文本的理论》,转引自王瑾:《互文性》,广西师范大学出版社,2005,第 40 页。

在"半架空"历史 IP 中,创作者首先会对要改写的历史进行考证,掌握大事年表、风俗文化、历史人物生平、国家人口、疆域面积、行政划分、政治制度、官僚制度、外交态势、科技水平等具体情况,让观众了解了故事背景之后,再开始进行架空叙事。

在"全架空"历史 IP 中,创作者将我国历朝历代的规章制度、风俗人情结合作为基石,充分调动主观能动性,构建新的历史时空架构。创作者将现代意识附着在这种假定历史时空的主人公身上,进行现代人的历史"虚践"。创作者有意或无意都会受到当下已有意识形态、规章制度等的影响,即使戏仿历史架构,也无法自创出完全不见历史真实影子的背景设定。"全架空"时空环境于是成为不符合现实和历史世界却"符合人们认知、甚至有历史渊源和现实因素的虚构的镜像空间"[①]。在这类 IP 中,"历史"元素和影视剧类型本身皆已成为一种"漂浮的能指",历史与玄幻、传奇、穿越等元素跨界融合、边界融化,偶像、言情被泛化。

如果说文字想象还可以天马行空,那么影视技术则更容易受到限制。影像叙事由于其直观性,必然对历史书写和建构形成更大挑战。特别是在视听艺术呈现上,或许架空历史网络小说可以用语句来描绘架空世界,但是受到资金、技术等种种限制,场景难以搭出满意的效果,美术效果无法实现。

从本质上说,架空历史网络小说影视剧改编对历史真实的处理,"实改虚"是在历史真实瓦解后的进一步消亡,而"虚做实"则是对历史真实的复归,但这种"复归"是对真实感的复归,是一种假象复归。"历史真实"早已在"架空"中消逝得无影无踪,复归的只是创作者创造出来的受到已有程式限制的"主体性真实"和"艺术真实"。架空历史 IP 的"艺术真实"追求的不是构建小说结构的历史材料的真实,也不是历史人物形象的真实,而是视听感官上的历史氛围的真实。作为接收者的观众则接收的是创作者烘托出来的历史感的假象氛围与"艺术真实"。"所谓历史感是与现实感相对而言的,是指人们对一种本身并没有经历过的久已逝去的生活世界的感受和体验……是文学作品传达的历史信

---

① 王珏殷、欧阳宏生:《2017 年历史题材电视剧述评》,《中国电视》2018 年第 2 期。

第二章 架空世界的建构——历史消解与复归的维度

息与接收者现实生活体验相触发的产物……一种'视域融合'的结果,是'效果历史'。"[1] 历史感是历史真实的重要证据,一部作品即使有很多与历史记载相左之处,但它营造出了严肃、厚重的历史感,也会给观众带来历史真实的错觉。"半架空"改编即改写一部分历史,在半真半假间让观众的历史真实体验更生动。"全架空"改编则是用一帧帧模仿历史真实的视听场景,给观众的视觉、听觉、感觉带来以假乱真般的"历史感"。

总而言之,从历史正剧的"大事不虚、小事不拘"到历史戏说剧的消解崇高、游戏历史,架空历史网络小说改编影视剧在消费主义影响下营造历史感的假象氛围,呈现出了试图还原历史却又消解历史、试图建构新世界却被旧世界框束的视听悖论。

正如郭沫若所言:"史学家是凸面镜,汇集无数的光线,凝结起来,制造一个实的焦点。史剧家是凹面镜,汇集无数的光线,扩展出去,制造一个虚的焦点。"[2] 经历了从历史到文学,从文学到影视艺术的学科跨度,历史事实之真也显现出了从逐步消解、本质异化到假象复归的过程特征。到了架空历史IP阶段,虽然要区别于其他题材网络小说改编,仍应体现自身的历史特性,但是,因为架空历史的本质历史虚假,是否符合历史真实这一历史题材重要评判标准被瓦解了。当历史真实退潮,改编真实涌现出来。从某种程度上说,架空历史IP由"以史为经"转向"以原著为经","历史真实"与"艺术真实"的统一让位于原著真实与改编真实的统一。那么,鉴于架空历史的特性,怎样在改编中围绕历史核心进行改编?有怎样的叙事时空转变的特点与方法?将在后面的章节深入探讨。

---

[1] 童庆炳主编《历史题材文学系列研究(第一卷):历史题材文学前沿理论问题》,北京师范大学出版社,2014,第130页。
[2] 张澄寰编选《郭沫若论创作》,上海文艺出版社,1983,第501页。

第三章

跨媒介之路

——叙事框架的转码与叙事内容的改编

第三章　跨媒介之路——叙事框架的转码与叙事内容的改编

正如卡尔·贝克尔（Carl Becker）所言："在历史学家创造历史事实之前，历史事实对于任何历史学家而言都是不存在的。"[①]20世纪后现代思潮涌现以来，"历史"被认为是由历史学家选择和叙述的。

在影视剧对历史反映的问题上，金丹元认为："问题的关键，不在于是否忠实于史实（仅仅是一堆史料，也无法构成艺术作品），而在于如何表现历史，编导者是以何种历史观、审美观去再现或重构历史的，并向观众展示了一种什么样的审美文化。"[②]

莱辛早在《拉奥孔》中就论述了各类艺术的共同规律性与特殊性。在影视这"第七艺术"形式诞生之后，其与其他形式艺术的异同也被专家学者广泛关注探讨。电影艺术自发明以来，就与文学息息相关。文字叙事与视听叙事有跨媒介的差异，从小说到影视剧作品的改编，最主要的就是叙事框架的转码与叙事内容的改编转换。其中，叙事时空的重新设定，情节、人物的调整取舍，叙事主题、结构、视角的转变都是叙事框架与内容改编的重中之重，本章将以此作为出发点，探讨架空历史网络小说改编影视剧的模式与特点。

第一节　媒介变迁影响下叙事时空的四种转变模式

乔治·布鲁斯东认为："小说采取假定空间，通过错综的时间价值来形成它

[①] 严建强、王渊明：《西方历史哲学》，浙江人民出版社，1997，第197页。
[②] 金丹元：《电视与审美——电视审美文化新论》，学林出版社，2005，第232页。

的叙述；电影采取假定时间，通过对空间的安排来形成它的叙述。电影和小说的界限和差别，使得根据小说改编的影片必然会'毁坏'原作。"[1]

笔者在前文中依据"历史时空""历史人物""历史事件"三个变量的架空程度，将架空历史网络小说分为"全架空"与"半架空"两种类型，其中，"历史时空"是否真实是具有决定性意义的变量。"半架空"历史作品中"历史时空""历史人物""历史事件"三者至少有一者为真、一者为假，而"全架空"历史作品则不受限制，三个要素皆是完全虚构。

在第一章中，本书提及架空历史网络小说改编影视剧播出方式明显地从电视卫星频道转向网络视听服务平台。这样的媒介变迁带来了叙事时空改编方式的不同与转变。根据改编后对原著小说历史真实虚构程度的改编方式不同，本书将叙事时空的四种改编模式分为：半架空戏说型、全架空逼真型、全架空全虚型、半架空模糊型四种类型予以阐述辨析。

表3.1 架空历史网络小说改编影视剧叙事时空转变模式

叙事时空转变方式 架空历史分类	变虚	不变	变实
半架空	半架空模糊型	半架空戏说型	半架空戏说型
全架空	全架空全虚型	全架空全虚型	全架空逼真型

正如上一章节所分析的，半架空戏说型、全架空逼真型改编是将叙事时空"虚做实"，尽量将虚构的原著往历史传奇剧、戏说剧方向发展。而半架空模糊型、全架空全虚型改编则是将叙事时空"实改虚"，将本来还有部分历史真实的原著改为完全虚构，或者将完全架空的叙事时空朝着更加虚构的方向前行。其中，半架空历史网络小说改编成影视剧后若维持原有时空背景设定，如穿越历

---

[1] 乔治·布鲁斯东：《小说的界限和电影的界限》，陈犀禾选编《电影改编理论问题》，中国电影出版社，1988，第168页。

史类型,则由于其历史时空的真实存在前提,因此将其归为半架空戏说型。而全架空历史网络小说改编成影视剧后若维持原有时空背景设定,则因为其原有历史时空的虚假性,仍将其划归为全架空全虚型。

值得强调的是,架空历史网络小说 IP 改编作品众多,形态复杂。目前学界并未有学者对此进行区分,但是此种现象值得探索归纳。此四种对叙事时空的转变模式是本书为进一步讨论而总结出来的,虽然在逻辑组合排列上较为严密,但是并不能涵盖所有架空历史网络小说改编影视剧的叙事时空处理方式。并且,这些叙事时空处理模式在同一改编影视剧作品中可能互有交叉、渗透,显示出不同作品独有的特质。

一、半架空戏说型改编对时空的穿越

在架空历史网络小说改编影视剧的初期,电视台与影院占据了主要的播放渠道,关于这一新兴业态的影视审查机制尚未完善,半架空戏说型模式改编较为常见。之所以称之为"戏说型",是因为这种改编模式的叙事除了穿越元素以外,与以往《还珠格格》等戏说剧有异曲同工之处,都是化今人为古人,充满现实主义精神。半架空戏说型改编通常原著人物、事件或背景环境至少一方是有历史原型的,这样的影视化其实可以看作传统历史题材的正剧或戏说、秘史类改编的变种。这样的改编对历史的处理如前所述,是对历史真实的进一步消解。

该模式对叙事时空的处理方式,多针对穿越到真实历史时空的"半架空"历史网络小说,影视工作者在进行改编创作的时候,直接将故事时空展现出来。这类改编 IP 有《步步惊心》《刑名师爷》《唐朝好男人》《纳妾记》《秀丽江山之长歌行》《兰陵王妃》《独步天下》《凤囚凰》《唐砖》《回到明朝当王爷之杨凌传》《大周小冰人》《梦回》《大唐女法医》《凤起霓裳》《凤起西州》等。"穿越"类元素是半架空戏说型区别于传统戏说剧、秘史剧改编的特别之处,也是架空历史类网络小说的重要关键词。

在穿越方式的体现上,虽然按照霍金(Stephen William Hawking)在《时间简史》中的论述,"研究爱因斯坦方程的科学家们已经找到了广义相对论的确容许逆时旅行的其他时空"[1],"虫洞"[2]可以实现逆时旅行,"时间旅行意味着超光速旅行……如果你能以不受限制的速度行进,你也能够逆时旅行。"[3]但是,对我国架空历史网络小说而言,主动凭借时光机等科技手段穿越到历史时空的方式并不占主要渠道,主角主要还是通过车祸、迷路等意外机遇穿越回到历史时空。

2011年,《步步惊心》打响了半架空戏说型改编第一枪,直接将穿越元素展现在电视荧屏上,并使穿越剧成为当年最火的电视剧类型,引领了之后穿越小说改编影视剧的风潮。《步步惊心》的开头,就是典型的半架空戏说型改编模式对历史时空的处理方式,以表3.2为例:

表3.2 《步步惊心》小说与电视剧分镜头文本比较

小说	电视剧分镜头文本
第一章 梦醒处,已是百年身	第一集第一场
正是盛夏时节,不比初春时的一片新绿,知道好日子才开始,所以明亮快活,眼前的绿是沉甸甸的,许是因为知道绚烂已到了顶,以后的日子只有每况愈下。正如我此时的心情。已是在古代的第十个日子,可我还是觉得这是一场梦,只等我醒来就在现代社会,而不是在康熙四十三年;	若曦(迷迷糊糊梦呓):"这是哪儿啊?医院?哪里的医院,环境这么奇怪?连护士的制服也这么奇怪?" 若曦醒后下床照镜子惊讶道:"怎么……怎么会这样?做梦……做梦,睁开眼就没事了。" 巧慧:"二小姐,小姐你醒了就好,来人哪。" 若曦受惊:"哎呀!" 巧慧扶住若曦:"二小姐,你才刚刚好,我扶你上床休息。" 若曦甩开手:"二小姐?你才二呢,你是谁啊?" 巧慧:"我,奴才是巧慧啊。" 若曦:"巧慧?这是哪儿啊?" 巧慧:"这是你的房间啊!" 若曦:"我什么地方的房间啊?" 巧慧:"八……八贝勒府第的房间啊。" 若曦:"八贝勒府第?什么八贝勒府第啊,贝勒!清朝?" 巧慧:"嗯!" 若曦冲向巧慧,到处翻找:"开什么玩笑,你以为你穿成这样,说什么就什么呀!整人节目是吧?摄影机呢?摄影机呢?你什么栏目组的?这种玩笑不能开,你知道吗?"

---

[1] 史蒂芬·霍金、列纳德·蒙洛迪诺:《时间简史》,吴忠超译,湖南科学技术出版社,2006,第96页。
[2] 史蒂芬·霍金、列纳德·蒙洛迪诺:《时间简史》,吴忠超译,湖南科学技术出版社,2006,第99页。
[3] 史蒂芬·霍金、列纳德·蒙洛迪诺:《时间简史》,吴忠超译,湖南科学技术出版社,2006,第96页。

第三章 跨媒介之路——叙事框架的转码与叙事内容的改编

续表

小说	电视剧分镜头文本
仍然是芳龄二十五的单身白领张晓，而不是这个才十三岁的满族少女马尔泰·若曦。十天前，我下班后，过马路时没有注意来往车辆，听到人群的尖叫声时，已经晚了，感觉自己向天空飞去，却看到另一半身体仍挂在卡车上，恐惧痛苦中失去了意识，等醒时已经在这具身体前主人的床上了。据丫鬟说，我是从阁楼的楼梯上摔了下来，然后昏迷了一天一夜，而对我醒后一切都忘记了的"病情"，大夫说是惊吓过度，好好调养，慢慢就能恢复。走了没多久，我的额头上已经见汗。姐姐的陪嫁丫鬟巧慧在旁劝道："二小姐，我们回去吧，虽说已经过了正午，可这会儿的地热气才最毒，您身体还没有完全好呢！"我温顺地应道："好！姐姐的经也该念完了。"	巧慧吓得瘫坐："二小姐？你……你在说什么呀？" 若曦生气："还装是吧？现在什么时候。" 巧慧："这……这会儿刚过午时。" 若曦大声道："我不是问你这个！我问你什么时候？" 巧慧瑟缩："奴……奴才没有骗您，是刚过午时嘛！" 若曦抓住巧慧摇晃："我问你什么年月！什么年月呀！" 巧慧："小姐，我不知道你要说的是什么时候。" 若曦拍着巧慧肩膀："清朝是吧？现在的皇帝是谁？" 巧慧捂嘴："康康康……康熙爷。" 若曦："那我呢？" 巧慧："二小姐呀" 若曦："二什么！名字！" 巧慧："马马……马尔泰……若若曦。" 若曦："马马马尔代夫？" 若兰："是马尔泰·若曦啊。" 巧慧："夫人哪！夫人哪，小姐是醒了，但是，她问我是谁，你说会不会是脑袋摔坏了？" 若兰走向若曦："不准乱说。大夫。你没事吧？若曦，我是姐姐，有什么事，有我在，不要害怕。" 大夫："来，把个脉。夫人，从小姐的脉象上看，小姐是受到了过度的惊吓，神志有些糊涂，不过，服些药调养调养，过些时日，小姐会好起来的。" 若兰："谢谢你大夫，巧慧！" 巧慧："在！" 若兰："带大夫出去开药方。" 巧慧："是，请！" 若兰："若曦，吃了药，休息一下就没事了。不要太担心。" 若曦指着自己："马尔泰·若曦？" 若兰点头。若曦又指了若兰。 若兰："马尔泰·若兰。" 若曦："姐姐？那你能告诉我，发生什么事了吗？" 若兰："你从阁楼上摔了下来，已经昏迷一天一夜了。" 若曦："阁楼上摔下来……" 若曦内心独白："我明明是被车撞到。" 闪回现代车祸场面： 工人挂《清初文物展》广告牌："这是什么啊！高压线啊！弄不好要出人命的！" 黄棣追张晓："张晓，张晓！" 工人："你们几个手脚麻利点！" 黄棣："张晓，晓晓，你听我跟你说！" 张晓甩开手："有什么好说的！我在公司加班，你在出轨。" 黄棣："什么出轨呀！你别说得那么难听行不行！你也别侮辱人行不行！" 张晓："我侮辱体了？我亲眼看到的，我深度近视，但还没瞎！" 汽车开过鸣笛："别挡道！" 黄棣："哎什么哎你，你也看到了，我只是跟梅梅吃一顿饭而已。"

· 121 ·

续表

小说	电视剧分镜头文本
我现在的名字是马尔泰·若曦，而这个白得的姐姐叫马尔泰·若兰，是清朝历史上颇有点名气的廉亲王八阿哥允禩的侧福晋。不过，现在八阿哥还未封王，只是个多罗贝勒，而且也未需避讳雍正的名字而改名，所以应该叫胤禩。①	张晓："梅梅叫得多亲哪！" 黄棣："这是她的名字。" 张晓："她叫小梅，不叫梅梅！" 黄棣："可是我一直这么叫她的。" 张晓："是啊！她是你的干妹妹嘛！" 黄棣："所以呢？你也认识她的呀。" 张晓："我认识她比你认识她还早。" 黄棣："所以啊，有什么问题啊？" 张晓："问题是你们怎么样！" 黄棣："我们怎么样了？" 张晓："吃饭要牵着手吗？" 黄棣："那是她拉的我呀！" 张晓："肩膀要托她头吗？" 黄棣："那也是她靠过来的呀！" 张晓："那她嘴巴也是自己贴过去的？" 黄棣："是！" 张晓大怒，扇黄棣巴掌。 黄棣拉住张晓："你就没有看见她在哭吗？" 张晓："黄棣！你以为你真是皇帝呀？你以为你在古代呀？三妻四妾，一拖二，我告诉你，我张晓不吃你这一套！" 黄棣："可是我……" 工人："吵架去别处吵好不好，我们在工作。你踩到我的线了！" 张晓："我哪有踩到你的线啊！滚开！" 工人："你还骂人？！活该你男朋友脚踩两只船，你自找的，你知不知道？" 张晓将矿泉水水瓶扔出去，水洒在电线上："我男朋友怎么样关你什么事啊！" 工人："你这个泼妇，你还动手动脚！" 张晓抬脚："我动手动脚怎么样？我还没动脚呢！我现在就动脚！" 高压线电光火石间燃烧起来，张晓被汽车撞到了广告牌上的一个女性形象上。 画面回到古代： 若曦内心疑问："怎么变成从阁楼上摔下来？到底发生什么事了？" 画面闪回现代： 张晓在广告牌上被高压电流冲击，灵魂出窍。 画面回到古代： 若曦："明白了，撞击。强烈的撞击，把脑电波都撞出来了，我穿越了！" 在现代遭到撞击后的张晓滚落，与古代的若曦从阁楼上滚落交叉蒙太奇，张晓穿越到若曦身上。②

① 桐华：《步步惊心（上）》，湖南文艺出版社，2011，第1页。
② 笔者根据《步步惊心》第1集整理。李国立：《步步惊心》第1集，优酷，https://v.youku.com/v_show/id_XMzAyNDYzNjUy.html?source=baidu&refer=sousuotoufang_market.qrwang_00002944_000000_QJFFvi_19031900，访问日期：2023年3月9日。

第三章 跨媒介之路——叙事框架的转码与叙事内容的改编

在《步步惊心》中，影视画面向观众展现了来自现代的白领张晓因与男朋友黄棪吵架将水洒到高压线上，又被车撞击到《清初文物展》的广告牌上，脑电波被撞出后附身在清朝同样被撞击滚落的清朝贵族少女马尔泰·若曦身上的整个过程。在原著中，桐华用简洁的叙述交代了主人公穿越前后的身份及穿越的原因。到了电视剧《步步惊心》中，一开场，镜头快速切换，在女主角迷迷糊糊醒来前，从2分3秒到2分49秒短短几十秒闪过16个镜头，其中交错使用了主观镜头、客观镜头、旋转镜头，平衡构图、不平衡构图，采用了全景、近景、特写等景别，甚至使用了在常规宫斗剧中不常见的手持摄影方式，并用带有西域色彩的配乐烘托神秘气氛。随后利用主角追问、丫鬟讲解来展现时空，将时空交代融入情节中。这样呈现的优点是方便观众尽快入戏，但讲述内容具有局限性，不能全部交代，缺失部分需要用其他技巧进行补充。

值得注意的是，"当穿越剧中的角色穿越到过去时以后，当他（她）'回忆'起'现在'时，反倒是一种'闪回'（即'倒序'）。"[1] 以《步步惊心》为例，女主角张晓车祸后灵魂穿越到马尔泰·若曦身上，身体仍在医院病床上躺着。故事时间（虚构的时间）在线性中推进，当若曦"回忆"起"现在"（穿越后的"过去"）穿越的原因时，倒是一种真正意义上的闪回，叙事时间还是遵循故事时间的虚拟流程。

在早期，穿越题材是可以出现在电视屏幕上的，但是引发了全民热议。并且，穿越题材也带来了不少负面影响，因其架空穿越的新奇性与视觉营造的真实性，即使有"本故事纯属虚构"的提示，不少学生等历史常识不足的民众仍信以为真，影响观众正确历史观的建立，甚至出现了故意去模仿穿越影视剧主角投湖、坠崖等行为以求穿越的事故。受监管部门限制后，穿越题材不再出现在电视上，转向监管较为宽松的网络视听服务平台播出，如《唐朝好男人》《纳妾记》《回到明朝当王爷》等都是例子。

掌阅文学总经理谢思鹏认为："历史类型作品质量好、作者会用心写故事，它的门槛相对比较高。"如月关的《回到明朝当王爷》等皆被改编，根据月关的

---

[1] 宗俊伟：《电视剧叙事的时间之维》，中国传媒大学出版社，2014，第153页。

经验，历史题材网络小说尽量慎重选择穿越元素，"千万不要大改历史""那种一穿越就改造历史的小说基本没有什么改编余地"[①]。

对半架空戏说型改编，穿越元素是把"双刃剑"。虽然穿越元素能让受众获得爽感，继而赢得票房或收视率，但是，由于创作者可能存在历史知识的局限性、历史立场不正确等问题，容易导致半架空戏说型改编的作品被禁播、下架，投资付之东流。近年来，穿越真实历史时空题材过时，为规避风险，许多改编作品将穿越元素去除，直接将主角置放在真实历史时空中进行叙事，如《大周小冰人》《风起霓裳》等。2021年湖南卫视播出的《风起霓裳》，原著《大唐明月》女主角本因为写题为《论唐代的染织图案演变与西域文化》毕业论文而穿越成为唐高宗永徽年间的库狄琉璃，而剧中直接将穿越元素删除，演绎了极具制衣天赋的胡女库狄琉璃与仕途不顺的裴行俭之间的爱情故事。在此类原著中，穿越元素除了在最开始出现，后面对整个故事推进没有太大作用，这样的改编符合时宜，适合偏正剧向、目标上星的影视作品更改。

李磊在《次元的破壁：网络小说改编剧的互文性研究》中批评穿越文穿越的意义不大、触发机制不够有说服力。穿越设定触发机制较为偶然，改编后直接改编为古代背景开始，情节只能用架空或者失忆圆谎。重生文的触发机制则要更为合理。如《宁安如梦》原著《坤宁》，女主角便是因为遗憾前世，死后如《牡丹亭》还魂一般重活一世、重启人生。但是，也许正是因为穿越的触发机制没有重生等类型那么有逻辑性，它才给万千读者做"白日梦"的机会。否则如果主角都要去经历一世苦痛才能重生，又怎么能给受众带来代入的"爽感"？穿越的偶然性带给了读者代入的可能性，让读者更能感同身受地幻想，让网生代"YY"（网络用语意淫的简称）的门槛变得更低，这就是网络小说区别于经典文学的魅力。无怪乎穿越小说改编剧流行后，无数少男少女都梦想着去故宫一觉醒来就如同《梦回大清》一般穿越。

在"半架空"原著中，对历史事件的拼贴和裁剪依赖作者的喜好和偏爱。但在戏说型改编中，如何尽可能呈现历史真实，是主创团队的重要任务。编剧

[①] 任晓宁：《历史类IP价值重估》，《中国新闻出版广电报》2017年8月16日第7版。

需要将故事中除穿越主人公以外的人物的行为、思想、台词与历史相衔接，使情节合理化。如在《步步惊心》《独步天下》《梦回》这些清穿剧中，会围绕皇太极建立大清、康熙朝九子夺嫡等重大历史事件来推进故事主线发展，并对所处时代的风土人情、社会风貌进行全方位展示。在上星剧中，这一要求则更加严格，如《秀丽江山之长歌行》演绎了光烈皇后阴丽华的故事，便着墨于东汉中兴的伟业。《凤囚凰》讲述山阴公主刘楚玉的传奇故事，便对刘宋时期的风俗制度进行了描绘。

相较而言，此类有历史人物原型的"灵魂穿越"小说比《回到明朝当王爷》等"身体穿越"小说更易于改编。因为历史人物有既定的历史发展轨迹，只需要在历史真实基础上发挥一定想象力，这比凭空捏造一个人物，并将其与历史巧妙糅合更加便宜。此类作品通常会挑选底色较为严肃、有一定考证基础的架空历史网络小说原著IP，主角们的言谈举止都尽可能与真实历史相吻合。在原有的史实基础上，作家和编剧进一步发挥对这一时代的想象，将剧情细节化呈现。在真实历史的大背景下，将虚构的故事情节夹杂其中，让读者和观众更加沉浸在故事世界之中。

从叙事时空上看，半架空戏说型改编是对"历史时空"与"心理时空"的联结，主人公自己未知的命运与已知的历史走向的矛盾冲突促使观众代入当今文化心理进行解读。例如，《步步惊心》中合体后的张晓参与了九子夺嫡的历史，因为来自未来的张晓知道历史发展的走向，她便试图改变历史，阻止纷争与杀戮。虽然最终没能改变历史进程，却让观众在环环相扣、跌宕起伏的故事中欲罢不能。

不论穿越元素是否直接呈现出来，主角是来自现代还是移植于古代，半架空戏说型改编本质上是以现代人的视角去参与历史，它借助穿越对现代精神进行述说，以穿越主人公个人亲历的历史真实挑战官修史书的历史真实，在狂欢化的历史时空里表现现代人的思想意识。

二、全架空逼真型改编对时空的置换

全架空逼真型是将时空、人事完全虚构的"全架空"历史网络小说改编成真实历史时空发生的故事的改编模式。此类改编模式主要运用在架空历史网络小说改编早期,是影视改编团队为了上星播出、应对历史题材审查而采取的办法。最近几年,自网络剧、网络电影兴起后,架空历史网络小说改编逐渐将阵地转移到网络视听服务平台,此类改编模式逐渐减少。

从 2011 年《倾世皇妃》播出起,《甄嬛传》《失宠王妃之结缘》《锦绣未央》《极品家丁》《孤芳不自赏》《将军在上》《楚乔传》《替嫁医女》《锦心似玉》《御赐小仵作》等影视作品纷纷对此类改编模式进行了实践与探索。

全架空逼真型模式需要将完全虚构的故事移植在真实历史时空中,不同于"半架空"历史网络小说戏说型改编,后者是先设定了一定历史背景,主人公通过穿越等手法对历史进行了改变或构建,在改编过程中,此背景设计仍旧延续不变;而前者在改编的过程中,是先完成了故事情节设定,再去找寻合适的朝代进行"套改",更难将人物、情节落到实处,更不容易贴合历史真实。投入资金多,投资风险高,改编难度大,改编力度强,需要精巧的构思、细致的考证才能达到历史真实与原著真实的统一,是架空历史网络小说改编影视剧四种时空处理方式中最难的一种。因此,此类改编影视剧通常是由有实力的主创团队进行重点项目打造。同时,此类改编也是最容易出现热播剧王的模式。时至今日,《甄嬛传》《楚乔传》等仍旧位列全网播放量排行榜单前列,热度不减当年。

要将"全架空"历史网络小说改编成时代背景、人物、环境有所依据的影视剧,"置换历史""套改人物""增加史实""视听转码"是其关键手法。"置换历史"就是将本不存在的历史时空"落地"到历史上真实存在过的朝代,"套改人物"是指将原著主角根据置换后的历史时空,找到能够贴合对应的历史人物,将原著中人物故事、性格等套改在改编后的影视剧角色中。在情节方面,因为原著时代、主要人物已经有了套改,则需对原著情节进行较为贴合的承继演绎,基本是改为真人假事型。这样在情节故事上,原著故事主线得以最大限度地保

第三章　跨媒介之路——叙事框架的转码与叙事内容的改编

留,如需增加历史感,就只能增加置换后的真实朝代的史实。通过增加史实的手段,能更大限度地让观众产生逼近真实的错觉。由于明确了人物背景、时空环境,视听艺术就有了可以参考的具体标准,美术、服化道、背景音乐、语言等视听元素就有了可以依据转码的方向。朝这个方向做深做细,就会让观众"心服口服",将虚幻打造成真实。

在此类改编中,较为简单直接的方式是将虚拟的时空置换到魏晋南北朝、五代十国等时期。这些朝代通常更迭频繁、史料散佚,最具乱世氛围感、传奇感、故事感,是最方便着手进行"移植"的时空。乱世氛围感的历史时空,更便于书写如《倾世皇妃》中三大王朝储君与公主之间的爱恨情仇,描绘《锦绣未央》中国破家亡、报仇雪恨的斗智斗勇,成就《楚乔传》中奴隶楚乔建立新政权的传奇。《失宠王妃之结缘》《孤芳不自赏》《替嫁医女》等也都是选择此时代作为叙事的故事背景,以便主创团队能够更合理地平衡历史真实性与小说虚构性之间的关系。

关于如何展现置换后的历史时空背景,最简易的办法即使用地图、宫殿等空镜头,并配合画外音交代朝代背景。这使"全架空"历史网络小说改编的影视剧可以在真实的历史文献中达成有效互文,解决了原著中没有史料根基的世界建构设定。以在阳江公共频道首播的《失宠王妃之结缘》为例,该剧原著为雪灵之的《结缘》,改编后将虚拟的翥凤王朝改为五代十国时期的天淄国,开篇第一集第一个镜头便是一个宫殿的空镜头,同时开始画外音叙述:"中国历史上的五代十国,实为唐朝晚期藩镇割据局面的延续。割据一方的藩镇有些自立为帝,有些奉五代为宗主国。天淄国便是在此生态下奉后唐为宗主国而存活的一个小国。"[1]

又如空空的原著小说《替嫁公主》,本来讲述虚拟架空的大魏太傅之女柳婧作为替嫁公主嫁给昌邑国君主拓跋正的故事。在进行朝代置换后,改编为南北朝陈高宗时期,陈国太傅之女与北周武帝宇文邕和亲的故事。同样也在第一集第一个镜头用一张地图直观地向观众展示了故事的背景。

---

[1] 胡意涓:《失宠王妃之结缘》第1集,爱奇艺,https://www.iqiyi.com/v_19rrfjsr6o.html,访问日期:2023年3月8日。

钟汉良等主演的《孤芳不自赏》则将原著中虚构的东林、归乐、云常、北漠四国改为燕、晋、白兰、北凉四国，又在剧集开篇用竖体字幕交代架空后的历史时空和背景故事，营造历史氛围感。

这样的呈现方式较为简单明了，能将观众瞬间带入所置换的历史时空情境之中，但是此种方式难免生硬，更为灵活的办法是将时空背景介绍融入故事情节之中予以展现。以《锦绣未央》为例，原著《庶女有毒》开篇为大历废后李未央重生成为二十三年前的相府三小姐，而改编成电视剧后，则先叙述了北凉归降大魏、凉王被冤杀后其女心儿公主被李未央所救，最终顶替被杀死的李未央回到尚书府的身份背景。虽然电视剧花了近两集才将原著第一章的情节捋清衔接好，但是这两集为观众铺垫了时空背景与女主人公复仇的行为动机，可以称作成功的叙事时空改编实践。

在全架空逼真型改编对叙事时空的置换处理之中，如何将完全虚拟的人物套改在真实历史人物身上，又保留原著人物性格、命运的完整性，则更是难上加难。流潋紫的《后宫·甄嬛传》为宫斗小说集大成之作，也是"全架空"历史网络小说改编不可不谈的重要作品。"浸淫于新历史主义文学态度中的网络后宫文学，并未将还原官修史书所记载的后宫史实视为写作目的，而是希望借助于自身的文化趣味与艺术想象，'重写'后宫历史。"[①]《后宫·甄嬛传》便是对中国后宫历史进行颠覆传统思维的艺术想象与形式构建。

在改编备案之初，国家广电总局要求《甄嬛传》备案类别为"历史"类，因此不得出现"架空"年代，必须选择合适的年代进行移植。原著中架空的大周朝吏部侍郎甄远道之女甄嬛的宫斗故事，被改编为确定的和既有的历史时段（清朝）、人物（孝圣宪皇后钮祜禄氏）、情节（后宫争斗），剧中的历史撰述是"作为被影响和被改变的对象而存在"[②]，而原著中的人物、情节也会根据改编后影视剧所"落地"的朝代的已有史实进行更改，以求做到历史真实与原著真实的平衡。之所以将叙事背景改到清朝，导演郑晓龙表示是因为"清朝的嫔妃制度

---

① 侯怡：《中国网络文学改编的电视剧研究》，上海人民出版社，2018，第91页。
② 许道军、张永禄：《论网络历史小说的架空叙事》，《当代文坛》2011年第11期。

第三章 跨媒介之路——叙事框架的转码与叙事内容的改编

是最禁锢严格的,后宫女子的命运也最为悲惨,人性也是最易被扭曲的。再者,清代雍正年间是中国封建制度中央集权和专制体系达到顶峰的一个时期,将时代背景设置在此是最具批判性的"[1]。

全架空逼真型将故事发生时间置换在真实的历史朝代中,小说中的人物也必然改头换面。在人物的"安置"方面,《后宫·甄嬛传》塑造了159位各式各样的人物。影视剧改编要"落地",首要任务就是将这些小说人物合理、巧妙地"安置"在真正的历史人物身上。原著作为"全架空"小说,人物在历史上并没有直接的原型,在改编后,原著人物的人生轨迹也不可能与清朝历史完全吻合,只能最大限度与原型人物进行贴合。由于《后宫·甄嬛传》刻画人物众多,本书仅将有记载的重要历史人物形象整理如表3.3所示。

表3.3 《甄嬛传》小说人物、电视剧角色、历史原型对应

小说人物	电视剧角色	历史原型及生平事迹
甄嬛	甄嬛、钮祜禄·甄嬛（菀常在—菀贵人—菀嫔—莫愁—熹妃—熹贵妃—圣母皇太后）	清孝圣宪皇后,康熙三十一年十一月二十五日生,乾隆四十二年正月二十三日崩逝。钮祜禄氏,满洲镶黄旗人,四品典仪官凌柱之女。
玄凌	爱新觉罗·胤禛（雍正帝）	清世宗雍正帝,康熙十七年十月三十日生,康熙帝第四子,母为孝恭仁皇后,即德妃乌雅氏。康熙六十一年十一月十三日康熙帝薨逝后继承皇位,雍正十三年八月二十三日驾崩。
玄清（清河王）	爱新觉罗·允礼（果郡王—果亲王）	和硕果亲王允礼,康熙三十六年生,乾隆三年卒,康熙帝第十七子,雍正元年封郡王,雍正六年进亲王。养子弘曕（雍正帝第六子）袭爵。
朱宜修（继皇后）	乌拉那拉·宜修（皇后）	清孝敬宪皇后,康熙二十年五月十三日生,雍正九年九月二十九日崩逝。乌拉那拉氏,满洲正黄旗人,内大臣步军统领云骑尉费扬古之女。
朱柔则（纯元皇后）	乌拉那拉·柔则（追封纯元皇后—追封孝敬皇太后）	

---

[1] 阿丽:《吴雪岚:〈甄嬛传〉"托"起的才女编剧》,《职业》2012年第7期。

续表

小说人物	电视剧角色	历史原型及生平事迹
慕容世兰、胡蕴蓉	年世兰（华妃—华贵妃—年妃—华妃—年答应—追封敦肃贵妃—追封敦肃皇贵妃）	清敦肃皇贵妃年氏，湖广巡抚、后雍正朝太傅、一等公年遐龄之女，原授一等公、抚远大将军、川陕总督年羹尧之妹。雍正三年薨。
慕容迥（慕容世兰之父）	年羹尧（年世兰之兄）	年羹尧，清雍正时期四川总督、川陕总督、抚远大将军，加封太保、一等公。雍正三年十二月被雍正帝削官夺爵，赐令自尽。
朱成璧	乌雅·成璧（皇太后）	清孝恭仁皇后，乌雅氏，名玛琭，康熙帝妃嫔，雍正帝生母，满洲正黄旗人，包衣护军参领、加封一等公威武之女。雍正元年五月二十三日崩逝于永和宫。
浣碧	浣碧、钮祜禄·玉隐（果郡王侧福晋，甄嬛义妹，甄嬛同父异母妹）	果亲王允礼嫡福晋钮祜禄氏，果毅公钮祜禄·阿灵阿与孝恭仁皇后之妹乌雅氏次女。
尤静娴	孟静娴（沛国公之女，果郡王允礼侧福晋，元澈生母）	孟氏，果亲王侧福晋，达色之女。
玄济（汝南王）	爱新觉罗·允䄉（敦亲王）	敦亲王允䄉，康熙帝第十子。生于康熙二十二年十月十一，生母是温僖贵妃钮祜禄氏，雍正二年被雍正帝圈禁革爵，乾隆六年九月初九病死。
玄洵（岐山王）	爱新觉罗·允祺（恒亲王）	恒亲王允祺，康熙帝第五子，宜妃郭络罗氏所生。
玄汾（平阳王）	爱新觉罗·允禧（慎郡王）	慎郡王允禧，康熙帝第二十一子。雍正八年晋封贝勒，雍正十三年晋封慎郡王，乾隆二十三年五月二十一日病故。
汤静言、陆昭仪	齐妃	雍正帝齐妃李氏，弘时生母，乾隆四年四月二十四日病逝。
予润	爱新觉罗·弘历（乾隆帝）	清高宗弘历，康熙五十年八月十三日生，雍正十三年八月，雍正帝去世后弘历即位。嘉庆四年正月初三薨逝。
予涵	爱新觉罗·弘曕	果恭郡王弘曕，雍正帝第六子，母谦妃，果亲王允礼继子。
予潾	爱新觉罗·弘时	雍正帝第三子，母齐妃李氏。雍正四年二月十八日，过继给允䄉。雍正五年被削除宗籍。雍正五年八月初六抑郁而终。

第三章 跨媒介之路——叙事框架的转码与叙事内容的改编

"孔尚任认为历史真实,首先是历史上的重大事件和重要人物都不能虚构。"[①]《甄嬛传》作为朝正剧向尝试的宫廷剧,主创团队也尽量遵从这样的创作规约。从表3.3中可以看出,在改编过程中,前朝重要的男性角色都较容易找到历史原型的详细记载,自由发挥的空间较小。在原著中,玄凌年少登基,相貌清俊,醉心风月,朝政无大的丰功伟绩。而在真实历史上,雍正帝45岁才登基,"以勤先天下""朝乾夕惕",勤于政事,毫无声色之娱。电视剧中陈建斌扮演的雍正帝勤政老成、多疑猜忌、刻薄寡恩,符合了大众对历史上雍正帝的既定想象,也消解了书中对皇帝的浪漫形象的不实想象,远离了爱情叙事。

相比而言,女性角色因为虚构、糅合的成分较多,改编的空间比男性角色更大。后宫中的女性,除皇太后、皇后等高位后妃在史书上有零星的记载外,剩下的人物如沈眉庄、安陵容等,皆是中华五千年后宫女性的缩影而已。正如作者流潋紫说:"中国的史书是属于男人的历史,作为女性,能在历史中留下寥寥数笔的只是一些极善或极恶的人物,像丰碑或是警戒一般存在,完全失去个性。"[②]在《清史稿》中,记载女主原型人物孝圣宪皇后的笔墨相较其他后妃而言已颇多,可也仅有三段而已,其在雍正朝十三年的事迹仅用"雍正中,封熹妃,进熹贵妃"[③]十个字便有了总结。如果不是因为母凭子贵,"以天下养",钮祜禄氏在今人看来不过是一个姓氏罢了。

作为"全架空"网络小说改编的影视剧,《甄嬛传》人物毕竟和正史记载有较大出入,只能把历史作为消费对象,将人物进行"强行置换"。至于主人公甄嬛如何"安置"在孝圣宪皇后钮祜禄氏身上,编导巧妙利用第55集雍正与皇后讨论如何迎甄嬛回宫来向观众进行了解释。

由表3.4可知,为了掩人口实,也为了符合历史真实,编导直接将封妃、赐姓、抬旗、送子、迁宫、改年龄等手段以对话方式暴露在观众面前,解释其荒谬性。再加上第66集雍正赐甄嬛之父四品典仪的闲职,甄嬛就与孝圣宪皇后

[①] 郑铁生:《沉重的话题:历史真实与艺术真实》,《文艺研究》2009年第6期。
[②] 孟静:《后宫里的历史观》,《三联生活周刊》2012年第1期,2011年12月29日,http://old.lifeweek.com.cn//2011/1229/36144.shtml,访问日期:2023年3月5日。
[③] 高占祥主编《二十五史》卷十五《清史稿·下》,北京线装书局,2007,第1270页。

表 3.4 《甄嬛传》小说与电视剧分镜头文本对照

小说	电视剧分镜头文本
第四册第十八章《如意娘》	第五十五集第三场
我微微垂下眼睑，看着自己逐渐养起来的指甲，道："那么旁人呢？皇后可是六宫之主。"芳若轻轻扬起嘴角，露出得体的微笑，道："危月燕冲月乃是不祥之兆，皇后连日来头风病发得厉害，起不了床。皇上也吩咐了不许任何人拿宫里的琐事去打扰皇后，只叫安心养着，所以大约还不知道。娘娘是有着身孕回宫的，又有谁敢拿皇嗣的事作反呢。"①	皇后替皇帝宽衣："前日臣妾说要为菀嫔新建宫殿的事情，可已定夺？" 皇帝转身朝床走去："嗯，不提这事便罢，一提这事叫人生气。" 皇后将衣服拿给剪秋，走向床与皇帝坐到一起，问："怎么会这样呢？" 皇帝拍了拍大腿："今日朕在前朝把此事一提，这众大臣就跟商量好了似的，全都跳出来反对。" 皇后假意不解，叹气。 皇帝："说什么，西南水灾国库吃紧，为了迎一个妃子入宫便大兴土木，只恐民心失稳，小题大做。" 皇后宽慰皇帝："大臣们向来如此，总是小题大做，皇上自己拿主意便是了。" 皇帝："群臣反对，此事硬做亦是不妥。朕已经想好了，让内务府把永寿宫整修出来，谅他们也不好再说什么。" 皇后略加思索："这样也好，只要菀嫔不觉得委屈就好了。" 皇帝："不过让他们这么一提，朕倒觉得此事还得再下别的功夫。" 皇后不解。 皇帝："他们反对朕迎废妃入宫，不外是说甄氏是罪臣之女，是汉军旗下五旗出身。出身既不高贵，又不曾诞育皇子，就连腹中的孩子也未知男女。" 皇后试探："如此种种，看来眼下的确不宜接菀嫔回宫。那不如……" 皇帝："朕心已决。既是汉军旗下五旗出身，朕就给她抬旗，升为满军旗上三旗，赐大姓钮祜禄氏。" 皇后大惊劝道："此事皇上可要三思啊，皇上若要赏甄氏脸面，要赐姓，可以在甄姓的后面加一佳字，抬为甄佳氏即可呀。" 皇帝："赐姓之后，便不再是罪臣甄远道之女了。既无皇子，后宫里有得是没有额娘的阿哥。" 皇后大惊："皇上是指四阿哥？可是四阿哥出身微贱。" 皇帝拍了拍皇后手："正因为出身微贱，所以才需要一个有身份的额娘。从今往后，四阿哥的生母便不再是宫女李金桂了，而是朕的妃子钮祜禄·甄嬛。" 皇后争辩："可是菀嫔才二十二岁，跟四阿哥只差了七岁，怎么能做四阿哥的额娘呢？" 皇帝摆手："这事不难，就当嬛嬛是生了四阿哥，才离宫为国祈福。这样便不算是废妃，年龄的事更是小事，就是添上十岁，称作三十二岁又有何妨。" 皇后一脸不可置信，叹道："皇帝执意如此，臣妾也无法了。只是怕堵不住那悠悠之口。" 皇帝："人言何所畏惧，他们愿意议论也好，不愿意也罢，朕已决议要给嬛妃位。" 皇后面色凝重。 皇帝抬手："这个菀字不好，为了从前的事生出许多风波来。朕要给她改个封号。往事暗沉不可追，来日之路光明灿烂，就取个熹字，为光明灿烂之意，如何？" 皇后面色严肃，顿了顿假笑握皇帝手道："臣妾觉得极好。" 皇帝笑，反握住了皇后手。②

---

① 流潋紫：《后宫·甄嬛传》第四册，浙江文艺出版社，2015，第 159 页。
② 笔者根据《甄嬛传》第 55 集整理。郑晓龙：《甄嬛传》第 55 集，乐视，https://www.le.com/ptv/vplay/1569505.html?ch=baidu_ffdsj&from=baidu_so&site=baidu_all，访问日期：2023 年 3 月 10 日。

钮祜禄氏的真实身份基本"吻合"了。这样的强加手法，虽然能自圆其说，但显得颇为牵强。这样的改编，无疑是将历史作为消费符号，可以根据原著的艺术想象被随意消费、"截用"、拼贴。

从本质上讲，"全架空"历史网络小说讲述了完全由作者按主观意愿和臆想编写的历史故事，历史真实在这些作品中化为乌有，这样的创作方式带来了艺术创作的进一步解放。但是，全架空逼真型改编模式将完全虚构的人物故事嫁接到真实时空、真实人物上，虽是无奈之举，但极有可能导致观众对真实历史认知的谬误。

需要指出的是，全架空逼真型改编呈现的对历史的再现、复归是一种假象。这种再现是一种艺术的再现，是真实感而非真实性的复归。"作品呈现的经验与接受者的经验以及在此基础上的可能的联想范围能够契合，至少是部分契合乃是真实性效果产生的原因。接受者觉得似曾相识或虽未曾相识却能够理解、体会、认同的经验内涵就会被判断为真实的。"[①] 这样的真实感是一种感性体验，不是"对不对"的问题，而是"像不像"的问题，改编创作团队用"置换历史""套改人物""增加史实""视听转码"等一系列手法增加原著缺失的历史真实，给观众营造出一种视听感官上的真实错觉。

三、全架空全虚型改编对时空的建构

全架空全虚型改编是架空历史网络小说近年来的主流改编方式。随着穿越到真实历史时空的故事设定的热度退潮，"全架空"历史网络小说成为架空历史网络小说的主流类型。而在消费主义影响下，网络视听服务平台的异军突起，则给了全架空全虚型改编模式充分展现原著本真的舞台。

此类改编模式既有《琅琊榜》《知否知否应是绿肥红瘦》《天盛长歌》《东宫》《鹤唳华亭》《庆余年》《上阳赋》《周生如故》《赘婿》《星汉灿烂·月升沧海》《且试天下》等获奖提名的口碑佳作，又有《帝锦》《太子妃升职记》《识汝不识丁》

[①] 李春青：《在审美与意识形态之间——中国当代文学理论研究反思》，北京大学出版社，2006，第76页。

《白发》《长相守》《君九龄》《玉面桃花总相逢》《祝卿好》《浮图缘》《君子盟》《长风渡》《安乐传》《灼灼风流》《为有暗香来》《田耕纪》《乐游原》《宁安如梦》等高热度、大流量的 IP 改编剧，还有数量众多如《花间提壶方大厨》《双世宠妃》《艳骨》《萌妻食神》《芸汐传》《少主且慢行》《两世欢》《师爷请自重》《山寨小萌主》《女世子》《青青子衿》《三嫁惹君心》《将军家的小娘子》《如意芳菲》《我在六扇门的日子》《我就是这般女子》《通天书院》《国子监来了个女弟子》《皎若云间月》《公子何时休》《嘉南传》《许纯纯的茶花运》《潇洒佳人淡淡妆》《谷远山上有书院》《花琉璃轶闻》《春闺梦里人》《春家小姐是讼师》《在下李佑》《九义人》等网剧、短剧。

架空历史网络小说完成了自由世界的构建和时空秩序的重塑，但是媒介则需要更多地考量这种随意组合的现实性与历史观的合法性。在全架空全虚型改编中，大制作正剧向或上星的作品仍旧试图将原著的"全架空"历史背景改为虽然没有明确指向但是影射某个朝代的时空。例如，《琅琊榜》电视剧中的大梁影射南北朝时期的梁朝，皇帝萧选影射梁武帝萧衍。《上阳赋》原著《帝王业》更是以南朝刘宋开国皇帝宋武帝刘裕为原型来散发想象，书写寒族出身的萧綦与王谢世家贵女王儇先婚后爱、守护家国的故事。剧中也对门阀世家与寒族武将的斗争冲突大书特书，调动观众潜意识，让观众不自觉联想到南北朝时期的世俗风气。在《上阳赋》的专家研讨会上，与会专家学者围绕"历史真实、朝代真实和文化真实孰轻孰重"这一命题，展开了讨论。李京盛指出不具象的架空历史是为了更大的创作空间，"把'历史架空'理解为一种写作手法、写作风格，更利于文学创作，更有利于观众去品鉴这类剧作。"杨乘虎认为《上阳赋》"将文化想象中的历史和历史想象中的文化结合在一起，通过表现中华文化的历史感和中国历史的文化感，让观众获得精神滋养"，并指出这种架空历史作品"应当将重点放在文化的想象力和美感上，在历史的时空里传递人性温度和完成价值书写"[1]。由此可知，专家们认同全架空全虚型改编模式对拓宽中国影视形式的意义，但是优秀的架空历史古装剧应懂得如何将中华美学精神融入历史故事

---

[1] 孙菊蕊：《文化想象中的历史和历史想象中的文化怎样结合？》，《中国艺术报》2021 年 2 月 3 日第 4 版。

第三章 跨媒介之路——叙事框架的转码与叙事内容的改编

创作内核中。

在更多的全架空全虚型改编中,改编者将朝代、制度、服饰、风土人情等能体现时代印记的元素杂糅在一起,让观众置身在似曾相识的时空架构之中,建造出更为丰富的异世界。在这些作品中,历史元素完全成为消费符号,被作者、导演、编剧等创作人员拼贴、集合,成为完全架空的时代。钦提奥认为,"虚构的情节往往比真实的历史情节更能吸引观众,引人入胜。"[1] 这是因为观众对真实历史早已烂熟于心,难以拍摄出新意,但是观众对虚构的情节带有未知的渴望,故而能引起观众的翘首关注。

这类正剧向虚构作品,注重的是历史氛围的复归与历史问题的揭示。例如,在《天盛长歌》研讨会上,王伟国认为该剧的"历史精神和历史趋势反映了那个时代的历史氛围,把握了历史的真实情况"[2]。李准指出,《天盛长歌》"在阐释有关帝王权力问题上,寻找到了历史和现实的连接点、民族和世界连接点"。该剧展现了皇权斗争中两个重要的本质表达:"一个是对明君、对清明盛世的呼唤,一个就是对皇权绞杀人性、扭曲人性的批判。"[3] 仲呈祥对此类架空历史网络小说改编影视剧制作形式表示肯定:"这种创作在中国电视剧百花园里应该有一席位置,因为它能给人以认识的启迪和美的享受,也可以吸引观众。"[4]

除拼贴已知历史元素外,"全架空"改编通常会加入完全虚拟的、自创的元素,如《庆余年》中的鉴察院、《琅琊榜》中的悬镜司、《祝卿好》中的金鳞卫等虚构的官僚机构。需要指出的是,由于真实历史的前置化潜意识影响,作者很难自创出没有任何历史影子的新事物,主创人员或多或少会对已有真实历史元素进行"戏拟"和"仿作",创作出来的新设定也与中国传统文化和现代大众文化息息相关。如鉴察院、悬镜司、金鳞卫等带有锦衣卫、东西厂等纠察、特务机构的影子;《琅琊榜》中男主角梅长苏被誉为得之可得天下的麒麟才子,则

---

[1] 程孟辉:《西方悲剧学说史》,中国人民大学出版社,1994,第89页。
[2] 一申:《用虚构历史书写历史真实——电视剧〈天盛长歌〉专家研讨会综述》,《中国电视》2018年第12期。
[3] 一申:《用虚构历史书写历史真实——电视剧〈天盛长歌〉专家研讨会综述》,《中国电视》2018年第12期。
[4] 一申:《用虚构历史书写历史真实——电视剧〈天盛长歌〉专家研讨会综述》,《中国电视》2018年第12期。

有诸葛亮"卧龙、凤雏，二者得一，可安天下"的印迹；《东宫》中西洲九公主与丰朝太子的联姻则让观众联想到汉朝与匈奴的和亲。这样的"戏拟"和"仿作"，便形成了"全架空"历史与真实历史的互文。而如《赘婿》般在影视剧中注入了商战、"拼多多"经营模式等当代元素，则形成了"全架空"历史与当代大众文化的互文。正如郑丹琪所言，架空历史的故事世界设定使创作有了更大的想象空间，"它表面上是架空，即它不指向任何一个朝代，任何一个具体的历史人物，这使得它能够随意拼贴所需要的历史事实碎片来辅助叙事，而实际上，叙事框架的原型和细节皆从真实历史中而来"[①]。

此外，在如《双世宠妃》《我就是这般女子》《嘉南传》等影视作品中，历史背景更被祛魅。此类情感向网络小说本就是在古代时空演绎现代人的情感，因此，改编时采取的是最大限度去时间化的手法，模糊背景，用古代人演现代戏。如此便可解放作者与编剧的想象力，让创作者无拘无束地书写爱情、事业等方面的欲望与追求。创作者也青睐投资或者创作此类更具娱乐性且风险较小也容易拍摄的，用全架空全虚型模式改编集聚偶像明星的古装偶像剧，从而提高回报率。

在全架空全虚型故事背景的交代方式上，由于是"全架空"故事世界建构，改编后的影视作品通常不会如全架空逼真型一般先对朝代背景进行阐述，而是直接展开故事，尽力去时空化。在此类改编中，涉及穿越到异时空的桥段时，改编者会将穿越以改造升级的方式避开审查限制，如《庆余年》《赘婿》等 IP 就运用了这样的处理方式。在《庆余年》原著中，开篇为重症肌无力患者青年范慎死后穿越到一个地球毁灭后重新建立的封建朝代，成了一名刚出生的婴儿，而剧版《庆余年》则改为中文专业学生张庆为了向导师证明"现代思想与古代制度的碰撞"这一观点，决心写一部名为《庆余年》的小说。小说里，范家私生子范闲的意识与记忆来自现代社会，可本人却身处一个封建时代，围绕着他身世与这个时代的谜团纷纷向他抛来，而他也用自己的现代智慧一步一步揭开谜团。在影视的改编中，编剧加入了"穿书"这一情节，这种"戏中戏"的情

---

① 郑丹琪：《从〈琅琊榜〉热播看电视剧创作的新思路》，《中国电视》2016 年第 4 期。

节让剧版《庆余年》比原著多了一重时空：张庆的小说，即穿书时空。这样的设置合理规避了穿越的情节，此后《赘婿》等影视剧也同样采用此方法通过审查，同时也给了剧情合理的戏剧支撑，满足了观众的期待。

四、半架空模糊型改编对时空的虚化

半架空模糊型是四种叙事时空处理方式之中出现时间最晚、数量最少的类型。它将"半架空"历史网络小说改编为完全虚构的时空的故事，与半架空戏说型和全架空逼真型反其道而行之。究其原因，这是规避审查与市场导向共同影响下的新实践。目前本书能做参考的有《不负如来不负卿》《偷心画师》《浮世双娇传》《卿卿日常》四部作品。

《不负如来不负卿》原著本是写女主角艾晴多次进入时空穿越机穿越到东晋十六国时期，与高僧鸠摩罗什之间发生的故事。或许是为避免引起民族宗教争议，改编后的影视剧将所有真实名称虚化，龟兹国改成裕孜国，鸠摩罗什改成罗坻，但是整体内容不变。

《偷心画师》原著讲述的则为女主角熊熙若穿越到南唐与南唐元宗李璟长子文献太子李弘冀之间的爱恨纠葛。改编后地理位置变为虚拟的地处西南边境的云瑶郡，李弘冀则改为云瑶掌权人李氏乐安公长子李弘彬，以避免是否符合历史真实的争论。

《浮世双娇传》也是同理。原著《十国千娇》讲述的是现代的刘强穿越到五代十国后周柴荣时期郭绍身上后发生的故事。改编后将周世宗柴荣改成灵阳薛荣，郭绍改为江绍，整个故事重心调整为他们与有"符女帝后"传言的符氏金盏、玉盏两女之间的故事。五代时期符彦卿三个女儿分别为周世宗、宋太宗的皇后，此"浮世双娇"便是"符氏双娇"的谐音。

架空历史网络小说改编为了更好地保留原著精髓、展开想象，会在一定程度上模糊和弱化故事时间。这样化实为虚的时空处理办法不是架空历史网络小说改编独有，这种虚化模糊时空的方式可以避免不必要的争端。其他由小说改编的影视剧，如《风中奇缘》《与君歌》等皆是如此。飞花小说《剑器行》改编

的《与君歌》将唐武宗李炎的故事改编为大兴王朝齐焱的故事。而《风中奇缘》更是曲折，原著桐华的《大漠谣》因对历史人物的改编有不符合史实的杜撰，经过三次改名、几次对故事线索的修改，整个后期制作改了三万多处，历经三年之久才登上湖南卫视。① 朝代背景改到了南北朝时期，对原著中真实历史人物的姓名也进行了虚化处理，失去了部分原著的味道，但是观众仍旧可以从故事情节中找出历史的蛛丝马迹。

如果说《不负如来不负卿》《偷心画师》《浮世双娇传》都是比较简单地将真实名称虚化，那么 2022 年底播出的《卿卿日常》则体现了架空历史改编的进步。《卿卿日常》原著为多木木多的《清穿日常》。自《步步惊心》《宫》等清穿剧泛滥后，九子夺嫡时期的清朝题材便被观众腻烦，"限宫令"更是对穿越、宫斗题材多加限制。2019 年清穿三座大山之一的清穿小说鼻祖《梦回大清》改编的《梦回》尚被嫌弃故事设定俗套、老旧，遑论在一众清穿小说中知名度不高、粉丝基础不厚的《清穿日常》。

令人意外的是，《卿卿日常》开播仅 7 天，播放平台爱奇艺热度破万，打破了爱奇艺热度值破万最快纪录，② 并多次登上微博热搜，达成猫眼 2022 喜剧年冠的好成绩。被《人民日报》评价："在人人渴望'慢节奏'的时代背景下，《卿卿日常》以修缮和打理家宅、家庭成员聚会吃饭这一系列最为日常的事情，抓住大众的审美心理和文化需求，打破古装剧同质化、类型化的藩篱。"③

究其成功之因，主要是延续了《清穿日常》轻松风格，以最轻松逗趣、最"反套路"的方式传递鼓舞观众的力量，从"小"处着手，一步步走出"大"格局，在贴近观众、满足观众的娱乐需求的同时，传递积极正向的价值观念。

---

① 新浪娱乐：《〈风中奇缘〉后期改三万多处 雪藏成本大》，2014 年 11 月 6 日，http://ent.sina.com.cn/v/m/2014-11-06/11034236425.shtml，访问日期：2023 年 4 月 3 日。

② 徐美琳：《白敬亭、田曦薇新剧〈卿卿日常〉打破爱奇艺热度值破万最快纪录》，《新京报》微博，2022 年 11 月 17 日，https://baike.baidu.com/reference/62177448/ca76Qrp92SIA5Iy4PuVNmmSHK9FHuqlDB5yPCCgXWyAOP-UumFNOEqIeZxThFgA89n9LwVET3JewmlB1jTViZXF3bWugYhSwKTLjc3fnpfL7InFsQq-0DR44eg，访问日期：2023 年 3 月 12 日。

③ 北青网：《〈卿卿日常〉温暖告别 热度口碑"高开疯走"见证暖冬爆款"小日常"》，2023 年 1 月 10 日，https://baike.baidu.com/reference/62177448/8cfdcWBGXA3WsLRpGjw9jTi7AmNLgYfKc8Pd6ejSbSDSixsd38VL7ZK3BbHowcqTjFIG2Fp0MMsteKsC_pp_13Ei6PW1l9Lx4ssskjA，访问日期：2023 年 3 月 12 日。

第三章　跨媒介之路——叙事框架的转码与叙事内容的改编

此外，叙事时空的改编功不可没。原著《清穿日常》讲述了女主角穿越成为四阿哥胤禛（即雍正）的侧福晋李氏（即齐妃）的故事。而改编后的《卿卿日常》，彻底摒弃清朝的时空设定，将叙事时空重构，给人耳目一新之感。《卿卿日常》的第一个镜头仍旧不免俗套地用地图对设定时空进行背景介绍，但是其卡通动画的画面与儿童口述的旁白画外音，与其他改编的严肃刻板的叙事时空介绍截然不同，奠定了其轻喜剧叙事风格的基础。第一集开篇便介绍道：

> 天下共分九川，风土人情皆有不同。北方的墨川兵力强盛，牧民散居。西北的苍川干燥贫瘠，物资稀缺。中部的黛川山脉纵横，矿产丰富。南部的烟川地小物薄，但盛产花卉和水果。东南的莹川雨量充沛，四季常青。九川多以男子为尊，西南的霁川却奉行一夫一妻，男女平等。人人嗜辣的丹川则由女子掌家，女子泼辣豪爽，多招赘上门。东部的金川沿海，贸易兴盛，世代经商逐利，以多金者为尊。新川为九川之首，也最讲求嫡庶有别，男尊女卑。九川混战数年，直至新川得胜，订立百年和盟，由各川选送适龄女子，与新川少主缔婚为盟，不得有违。①

随后进入实拍空镜，将环境与矛盾逐一介绍。这样的好处就是让观众尽快消除观看壁垒，迅速交代时空架构，了解剧情，构建人物性格特点。缺点是太多客观视角，直接将大量信息塞给观众，令观众难以入戏。

《卿卿日常》讲述了因为九川联姻擢选，新川六少主尹峥与霁川李薇结缘，之后与其他性格和命运迥异的兄弟姐妹一同成长的故事。剧中时空背景的设定，虽然仍旧带有历史的影子，如以九川模仿九州，联姻则模仿清朝阿哥选秀，但是，这样的设定比之前半架空模糊型其他叙事时空的朴素机械改编已有了进步。不仅摆脱了原有朝代的框束，还凸显了各川代表角色的人物性格，并使主角在不同地区"换地图"式地推动剧情发展。这种"换地图"式剧情发展模式是网

---

① 赵启辰：《卿卿日常》第1集，爱奇艺，https://www.iqiyi.com/v_1z1joox3i38.html?vfm=2008_aldbd&fv=p_02_01，访问日期：2023年3月12日。

· 139 ·

络小说"升级流"的典型套路,在以往的架空奇幻类网络小说改编影视剧如《扶摇》《九州》等系列中均有此设定。主角通常会在不同地域历险、成长,重复功能叙事,使网络小说能够一直永动连载下去。在架空历史网络小说改编影视剧中,主角会在架空世界中更换数次地理位置,以触发新的情节功能。

  赫尔曼指出"故事世界"是"由叙事或明或暗激起的世界……'是被重新讲述的时间和情景的心理模型'"①。同一世界可以跨媒介支撑起多个人物和多个故事,在半架空戏说型和全架空逼真型改编中,故事世界被限定成既有的历史。但在全架空全虚型和半架空模糊型中,故事世界则是完全虚构的架空世界。

  通过本节对叙事时空的四种改编模式分析可知,在媒介变迁、审查制度与市场导向的多重影响之下,半架空戏说型、全架空逼真型改编是"虚做实"。相反,半架空模糊型、全架空全虚型改编则是"实改虚"。从历时的角度来看,架空历史网络小说改编影视剧前期,因为电视剧审查的限制,"虚做实"是主流,随着网络剧、短剧、网络电影等形式的影视改编样态兴起,"实改虚"或者保留"全架空"IP 之原本形态成为新趋势,但这样的趋势能流行多久,极大程度上取决于网络视听服务平台播出的影视剧审查是否允许。此外,对试图上星的正剧向大制作而言,"变实"抑或注重历史真实仍旧是决定其口碑的关键,历史真实、氛围感真实仍旧是历史题材的王牌。《清平乐》《大明风华》等原本都有网络小说原著,但最后都往正剧方向做了几乎另起炉灶的改编,最终呈现的作品游移在古装大女主剧与历史剧之间,两边不讨好。而《天下长河》以"人民是历史的创造者"的历史观成为历史剧低潮的回勇之作,这样的口碑分化值得反思。

  横向比较四种交代叙事时空的模式,旁白自述或者地图空镜配旁白的方式难度较低,传达信息较为快速简洁,直观明了,但是缺乏设计感,呈现的效果也比较生硬。最自然的方式还是融入情节当中,通过剧情冲突表现,使用台词解释叙事时空的架构,不过这种方式十分考验编剧改编的功底。

---

① 尚必武:《叙事学研究的新发展——戴维·赫尔曼访谈录》,《外国文学》2009 年第 5 期。

第二节　以原著为经：叙事内容的三种改编策略

在架空历史网络小说改编过程中，以垂直互文性的视角探究艺术形态转换方式，关键就是从历史的或当代的角度找到小说文本与改编文本之间的渗透关系。

叙事内容的改编，主要是针对原著人物、情节等元素的改编。在这方面，中外学者已有较为深入的研究。波高热娃说："影片，这首先是情节的视觉再现。"[1] 布鲁斯东认为改编者"改编的只是小说的一个故事梗概——小说只是被看作一堆素材。他并不把小说看成一个其中语言与主题不能分割的有机体；他所着眼的只是人物和情节，而这些东西却仿佛能脱离语言而存在"[2]。在改编过程中，情节与人物的取舍是否妥当是改编能否成功的关键。改编者依据影视剧的主题、主要冲突和主要线索对情节进行取舍。小说中人物的语言、心理描写可以细碎冗长，但是改编成影视剧时台词要简洁、生活化，凸显动作行为，不适宜用影音表现的细节需要删略缩减。对非作者的编剧而言，原著只是素材，要发挥编剧的主观能动性进行跨媒介叙事。

"从经典文学改编到畅销小说改编，再到网络小说改编，改编史与电视剧史同构，创作理念与实践经历了从围绕'忠实性'到围绕'市场化'，再到围绕'IP''产业化'的变化。"[3] 在很长的一段时期内，影视剧改编多是以原著为中心的

---

[1] 波高热娃：《从书到影片》，中国电影出版社，1962，第9页。
[2] 乔治·布鲁斯东：《从小说到电影》，高骏千译，中国电影出版社，1981，第67—68页。
[3] 李磊：《次元的破壁：网络小说改编剧的互文性研究》，中国社会科学出版社，2020，第29页。

"忠实性"改编,"忠实性"作为改编的第一原则,其所引起的讨论也是围绕着"如何去忠实改编""如何理解忠实性"展开思路与方法。从本质上看,这种评价方式是"以原著为经",常以是否遵从原著来判定改编的优劣,难免落入文学中心主义窠臼。正如琳达·哈琴所言,在改编研究中使用"忠实度",是将改编置于粉丝文化忠诚的语境中,而不是作为一种改编策略的质量评价。"在当今跨媒体的时代,一部改编作品是否'成功'再也不会根据它与任何单一的'原文'的接近度来决定,因为这已经不可能了。也许是时候将流行性、持久性或者甚至传播的多样化和程度等视作成功标准了。"[①] 随着消费主义的盛行和市场化的改编理念发展,单一讨论"忠实原著"已是过时。从编剧中心主义过渡到导演中心主义、制片中心主义,原著变成只是可供挑选的原始素材库,情节、人物等元素都是可以被分解、整合、重新创造的,"忠实"从基本原则变成了同"戏说"一样的改编方式之一。

来到 IP 时代,创作者的观念进一步解放,创作者创造出来的仅是故事世界,它可以在不同媒介下共同开展叙事,不再有是否忠实的评判理念,改编"进入了一个互文指涉和变异的旋涡"[②]。网络小说作者甚至在创作时已为影视剧改编打好基础,在选题、结构安排、故事情节、语言表达等方面的设置、使用上都自觉地向影视化靠拢,避免使用一些夹叙夹议甚至长篇大论的抒情写作技巧。

架空历史网络小说改编时,对原著的改动多少不应作为评判影视剧改编质量的好坏,但是最终影视文本与小说文本的差异大小可以用来划分改编方式。以此探究改变者究竟以怎样的方式开展内容转换与取舍,为后来的架空历史网络小说改编提供市场参考。

针对改编带来的技法性探讨,中外学界已有较为成熟的讨论。安德烈·巴赞把改编分为"仅从原著猎取人物和情节""不但表现了原著的人物和情节,甚至进一步体现了原著的气氛或诗意"以及"把原著几乎原封不动地转现在银幕

[①] 琳达·哈琴、西沃恩·奥弗林:《改编理论》,任传霞译,清华大学出版社,2019,第二版序言,第13—14页。

[②] 毛凌滢:《美国改编研究的历史沿革与当代发展》,《现代传播》2013年第9期。

第三章　跨媒介之路——叙事框架的转码与叙事内容的改编

上"三种类型①。波高热娃概括出三种电影改编方式：图解式、再现式、创造型改编。②瓦格纳提出了移植法、注释法、近似法三种改编方法。③张凤铸则将改编分为再现式、截取法、大动法（取材式、改写式）以及增删法四种方式。④张宗伟认为情节的基本改编方法无外乎三个方面：删、增、改。⑤无论是"三分法"还是"四分法"，这些改编方式无外乎是对原文本保留程度不同、改编者自我意识介入程度不同进行的区分，从改编程度上看，主要是大变、不变和少变三种方式。

情节、人物是叙事类文艺作品中的基本构成要素，对故事的发展至关重要，同样也是受众最关注、最影响观看积极性、持久性的叙事内容。架空历史网络小说进行影视艺术跨媒介叙事时，对情节、人物等内容的增加、合并、删减、分解、交叉、浓缩和调整等方式都是改编所采用的常规手段。

结合架空历史网络小说的特点，对内容的改编方式应该做到"以史为经"与"以原著为经"的平衡，即在历史真实、原著文本、影视审查、期望视野等各要素之间找到结合点进行跨媒介叙事，共同建构故事世界。需要指出的是，这里的"忠实"并未含有道德意义暗示，只是讨论文本关系的学术话语，不再具有评介含义。本书也反对用"篡改""歪曲""不忠"等带有强烈说教意味的词来有意贬低、攻击小说文本的影视改编。

参照诸位专家学者的分类讨论，本书将架空历史网络小说改编影视剧内容改编模式分为三类：再现型、调整型、改写型。这三种类型并不能与叙事时空四种转变模式——对应，虽然不同叙事时空转变模式的改编作品可以选择任意一种叙事内容改编方式，但是一般而言，由于对叙事时空改编的介入程度不同，半架空戏说型与全架空全虚型对人物、情节改动较小，而半架空模糊型与全架

---

① 安德烈·巴赞：《非纯电影辩——为改编辩护》，载陈犀禾：《电影改编理论问题》，中国电影出版社，1988，第244页。
② 波高热娃：《文学作品的改编》，载陈犀禾：《电影改编理论问题》，中国电影出版社，1988，第285页。
③ Geoffrey Wagner, *The Novel and Cinema* (Rutherford: Fairleigh Dickson University Press, 1975), p.222.
④ 张凤铸：《电视声话艺术》，北京广播学院出版社，1997，第525页。
⑤ 张宗伟：《中外文学名著的影视改编》，中国广播电视出版社，2002，第113页。

空逼真型对人物、情节改动较大，即实改实、虚改虚的转变较小，实做虚、虚做实的转变较大。

当然，叙事内容改编的这三种分类只是为了在本书中更方便分析架空历史网络小说改编影视剧的普遍规律。架空历史网络小说改编影视剧层出不穷，不一定都能明确使用这三种模式进行内容改编，也不一定能涵盖所有作品和现象，并且，随着改编经验的累积，同一 IP 可能运用多种模式进行原著的转化。因此，本书的分类是在前人的研究基础上，基于架空历史的题材特性作进一步细化和规整。

一、不变：再现型改编

按照前文对叙事时空变实、变虚、不变的分类归纳，全架空全虚型和半架空戏说型都有叙事时空不变的可能。叙事时空不变的前提下，情节、人物转变的可能性就会减少。近年来，穿越类半架空戏说型渐渐受到各种限制，而全架空全虚型改编受限制较小，可以直接就小说文本做出适应影视特性的调整和变动，基本上就是将小说中的语言用画面呈现出来，但是对原著的故事结构框架和作品风格都会进行保留。改编者"以原著为经"的再现型改编，能创作出从形式到内容都与原著相统一的影视作品。此种改编方式与原著最相符并且省时省力，不易出错，更不会受到"原著党"的指摘，属于安全系数最高、编剧最擅长使用的改编方法，虽然它对原著的篇幅、戏剧冲突等要求较为严格。另外，此类改编方式还能调动观众的积极性，可以使已读过原书的观众情不自禁地在脑海里将情节、台词一一确认，获得将脑海中的假设形象落实到具体真实形象的喜悦，抒发出"主角活了"的赞叹。

比如，《琅琊榜》就采用了这种改编方法，并得到了"飞天奖"的肯定，值得作为分析案例。《琅琊榜》以林殊平反赤焰旧案、扶持靖王上位、去疴除弊、重振山河作为故事发展的主线，主要包括几桩大案、誉王谋逆、夏江复仇、林殊再踏南境征程等情节。

整体而言，改编后的电视剧《琅琊榜》与原著人物、情节差异不大，较为"忠实原著"。但是再现型改编模式也会根据影视特色适当增加、删除、改写。影视艺术更强调故事的轻重交错与人物形象的立体化，《琅琊榜》改编时将部分故事情节、人物角色行为进行了丰富和扩充。如剧版《琅琊榜》大大强化了夏江这个角色在故事后半段的推进作用，针对人物的对立关系进行了情节的细化和填充，扩充展现了誉王谋逆的整个过程，凸显情节的完整性与表达的流畅性。

同时，剧版《琅琊榜》对无关紧要的叙事内容进行了删减，保证主干情节的逻辑清晰。制片人侯鸿亮表示，改编"拍摄肯定要根据主线去往前发展，太多的枝节反而对大家的欣赏会有一定影响"[①]。因此，原著中的支线情节、人物诸如靖王与林殊相认的多方交谈、与霓凰有情的聂铎等都被删除，萧景睿身世背景介绍被浓缩成 30 秒的镜头，适当弱化原著中的情感成分如誉王与秦般弱、萧景睿与云飘蓼的感情线，突出"权谋"故事的主题，将情节叙事的时间进行了有效的控制，保持了故事整体节奏的紧凑。

此外，为了观众对情节的发展、人物的关系有更清晰的认知，调整了静妃、靖王等人物的出场顺序、梅长苏因榛子酥被拆穿身份、梅长苏沙场病逝等情节，突出了人物之间、情节发展的戏剧冲突。《琅琊榜》的开场也根据不同艺术形式的特质历经了几次转变，在最初网络小说的版本中，故事从萧景睿的身世开始讲述，引出主要故事；在纸质版本中，开场改为以经典的现代小说叙事方式来描写梅长苏入京；在电视剧中，开场则变成"梅岭战役"的场景，用梦境片段方式展现关系全剧所有人命运的关键战役，而梅长苏的大梦惊醒，暗示着他破茧重生的复仇之路，这种处理更适合影像呈现。

整体而言，《琅琊榜》因为是原作者海宴亲自操刀做编剧，整体变化不大。重点突出的是电视剧叙事语言的表现，对情节叙事进行了少量较为有效的变动。虽然部分情节略显单薄，但是整体上看，合理有效的情节、人物增减改变有利于将文字文本转换成更具有视觉表现力和艺术张力的动态叙事内容。

[①] 侯鸿亮、李雪：《做不到最好，干脆不如不做》，《搜狐娱乐访谈》2015 年 10 月 4 日，http://ent.sina.com.cn/2015-10-14/doc-ifxirmqc5122341.shtml，访问日期：2023 年 5 月 10 日。

二、少变：调整型改编

调整型改编模式同前类改编模式有所不同，此类模式多针对全架空逼真型、半架空模糊型架空历史影视剧改编。出于对审查制度相关要求的遵守及受众的喜好偏向的考虑，调整型改编模式对原著中不合时宜、不利于影视表达的内容进行改编。这种改编模式既能根据叙事时空转变后的实际情况删去长篇小说的支线人物、情节，使主题更为简易明晰、观众更易接受，又能将更多的拍摄空间留给主线的人物、情节，使艺术风格、主题、人物形象等展现得更为细腻传神、贴合原著。

《甄嬛传》便是其中翘楚。将长达200万字的《后宫·甄嬛传》改编成76集的《甄嬛传》，无疑需要极大的改动，整个剧情必须删繁就简、浓缩精华。总体而言，原书前4册都是较为完整的置换改编，而后3册有着较大的删改。

电视剧《甄嬛传》在改编人物时，对置换到真实历史中的主要人物没有进行过多的修改，但对次要人物，编导则为了贴合史实运用了糅合、删减等手段进行大幅度改动，如将类型重复的胡蕴蓉、慕容世兰合并成华妃年世兰，惠妃汤静言、陆昭仪、祺贵人糅杂又分离成齐妃与祺贵人等，使人物形象更加集中、鲜明。同时，删去了甄嬛之兄甄衍的角色及其与安陵容的感情线等，使剧情更合逻辑、主题更加突出。此外，电视剧还删除了甄玉姚、瑞贵人、和睦帝姬、傅如吟、顾佳仪、徐燕宜（危月燕星之事改在甄嬛身上）、淑和帝姬、刘令娴、杨芳仪、荣选侍（误害孟静娴之事改为剪秋所做）、瑃常在、真宁长公主、雪魄帝姬、汪贵人、韵贵嫔等，砍掉了后3册的大量人物。这样对人物角色大肆删减的改编，一是为了顾全电视剧的篇幅长度与结构分配，将后半部分的重心放在了甄嬛复仇上，二是为了贴合史实，毕竟历史上雍正的后宫本就单薄，不可能出现太多的嫔妃。

就情节而言，整体情节总体上仍旧是主人公甄嬛选秀入宫、受宠流产、扳倒华妃、出宫修行、与果郡王相爱、回宫复仇、圈禁皇后、扶持幼帝登基成为太后的故事，但是改编后原书前4册的情节都得以较为完整地呈现，而通过对后3册较大的删除，对故事发展脉络进行了合理的规划。改编后的电视剧大量舍去了与主题不太相关的甄嬛与沈眉庄等人抽花签、赏菊大会、安陵容绣"寒鸦图"、新人选秀入宫、甄嬛甘露寺四年诸事、舒贵太妃与浣碧之母摆夷人身份、甄嬛玄清同游上京、众人骑射、熊咆、玉姚和亲等情节，腾出空间来突出对主要线索的描摹，使整个情节更为紧凑、严密、清晰，保证了电视剧环环相扣的连续性和矛盾冲突的戏剧张力，加深了对封建王朝专权统治与后宫倾轧的批判。

三、大变：改写型改编

一般而言，小说改编为影视作品，或多或少要遵循相似性原则，无论改编者如何对原著进行删改，最基本的人物性格、情节事件等，都会与原著相似。然而，改写型改编模式却反其道而行，改编者根据自己的创作需求，借原著之壳发挥改编者的意念。从原著小说中挑选出一部分拥有相对完整的人物、情节、戏剧冲突，对原著进行了自由取材、大幅度删改，或借用原著基本轮廓、大体框架重新进行构思、组合和再创作，共同建构故事世界，它与原作的差距很大，甚至是另外一部全新的作品。这类改编模式在架空历史网络小说改编电影、网络大电影中比较常见，如由《步步惊心》改编的电影《新步步惊心》，由《倾城囧妃》改编的《我的野蛮囧妃》，由《帝王业》改编的网络大电影《修罗新娘》，由于电影时长的限制，只能截取部分章节，并强行加入搞笑无厘头、惊悚探险等电影或网络大电影热卖元素，可谓"魔改"得面目全非。特别是《修罗新娘》，只借用了原著的人物设定与人物关系，并增加了"修罗"的概念，把权谋宫斗类小说改编为东方惊悚爱情类型网络大电影，以博取网络大电影受众的眼球，与同样作为原著小说改编的网络剧《上阳赋》天差地别。此类改写型改编最容易受到原著粉的攻击，但是之所以存在，还是受到投资方"娱乐至死"理念与蹭热点IP获得巨额收益的影响。

以《新步步惊心》为例，该电影是在《步步惊心》改编的电视剧走红之后，由窦骁等主演的同名IP电影。在情节上，电影基本是另起炉灶。虽然保留了女主角穿越成为马尔泰·若曦后与康熙朝诸位阿哥的故事主线，但是由于电影篇幅原因，不得不将情节删繁就简。电影将九王夺嫡宫斗情节大肆弱化修剪，只描绘了太子与四阿哥的斗争，夺位结局变成了康熙传位于十四阿哥、十四阿哥再让位于四阿哥。情感线得以突出，却失去了原著的韵味和爱而不得的悲伤感的解读，并且删去了很多意蕴丰富的细节。在人物关系上，电影对复杂的人物关系进行了简化，删去了八阿哥、九阿哥、十阿哥、十三阿哥等大量角色和人物关系纠葛，并让各人物之间的关系重组，从而展开新的故事情节。在女主人公人物形象方面，书中和剧版的马尔泰·若曦前期性格豪爽倔强、后期隐忍细腻，心理活动十分丰富，而电影版的女主角却天真烂漫、卖萌之外一无所长。电影为了对珠玉在前的小说与电视剧进行创新，特意增加了洛可可风房间、旋转木马等西式视觉奇观与奇幻搞笑、浪漫纯情等商业元素，力求打造中西合璧的爱情喜剧。这样的颠覆性改编让电影面目全非，被大多数观众批评抵制，评价多为负面。

　　此种改编方式因对原著改编量太大，相当于再创作，容易博人眼球。改写型改编需要前后通达的大局观和化腐朽为神奇的创造性，极受小说结构和影视结构样式的制约，所以对导演、编剧的配合默契度要求最高，二者必须对原著的主题、人物、艺术风格等有很大的把握后才能创作出优秀、出彩的影视剧作。此类改编模式风险甚大，毕竟能超越原书水准的改编影视剧作寥寥无几，大多数改编的影视剧还是走上了为迎合收视率、票房而对原著乱加删改的道路，这样不仅会对原著造成巨大伤害，还易受到小说读者的强烈批评、抗议，《帝锦》《清宫绝恋》也是如此。

　　其实，就架空历史网络小说影视剧改编而言，不论是再现型、调整型改编还是改写型改编，都是对原著情节、人物等叙事内容不同程度的修改，以达到"以史为经"与"以原著为经"的协调平衡。此三种对叙事内容的跨媒介改编模式并无优劣之分，正如布鲁斯东指出的，当一部电影在财政上或评论上取得成功时，人们几乎就不考虑它的忠实度问题。[1] "影视剧本的改编方法多种多样，

---

[1] 琳达·哈琴、西沃恩·奥弗林：《改编理论》，任传霞译，清华大学出版社，2019，第二版序言，第5页。

第三章 跨媒介之路——叙事框架的转码与叙事内容的改编

并无完全固定的标准与模式。选择改编方式时,应当根据原作的特点、改编者的创作目的、自身条件以及对未来影视成品的总体设想,经过慎重考虑后作出决定。"①

---

① 黄会林:《黄会林影视戏剧艺术论集》,北京师范大学出版社,2002,第105页。

第三节　叙事元素的转变特质

按照经典叙事学的定义,"故事"独立于它所借用的媒介和技巧,一个故事能被多种方式表达。"话语"是采用诸如叙事者、叙事时序结构、叙述声音、人物语言等手段演绎故事的表达方式。在架空历史网络小说改编影视剧中,叙事主题、叙事结构、叙事视角的转变与特质值得探究。

一、叙事主题：家国意识的重置与大主角的传奇成长叙事

鲍德里亚认为,在后现代社会中,包括影视艺术在内的整个文化主题就是复制。[1]在文化工业时代,复制在影视行业的一大表现就是"类型化"。类型化是市场细分的必然结果,通过标准化、模式化的生产方式批量生产影视剧产品。影视剧是大众文化,必然会为了迁就受众的最大化而在美学上趋于惯性化,"而惯性化的结果就是题材、人物、人物关系和人物命运的类型化。因为类型本来就是创作者与接受者在长期的互动中形成的常规和习惯"[2]。

2003年后,网络小说收费阅读制度的建立和完善促使相对固定的阅读分众体系逐渐形成,各大文学网站的标签分类昭示着通俗阅读群体的市场化导向。

---

[1] 周宪：《20世纪西方美学》,南京大学出版社,1997,第19页。
[2] 曲春景主编《中美电视剧比较》,上海三联书店,2005,第337页。

第三章 跨媒介之路——叙事框架的转码与叙事内容的改编

网络小说带有明显的类型化特征,"架空历史"类是网络小说的一个重要类型,而架空历史网络小说改编影视剧也有明显的"历史类型化"特征,分化出了《步步惊心》《梦回》《太子妃升职记》等"穿越"类架空历史影视剧,《琅琊榜》《天盛长歌》《鹤唳华亭》等"权谋"类架空历史影视剧,《甄嬛传》《倾世皇妃》等"宫廷宫斗"类架空历史影视剧,《庆余年》《楚乔传》等"传奇"类架空历史影视剧,《知否知否应是绿肥红瘦》《锦心似玉》等"宅斗"类架空历史影视剧,主题分类趋于成形。

架空历史网络小说是一种类型文学。它的叙事主题多为叙说王朝兴废、宫廷斗争、传奇破案等风云故事。在改编中,叙事主题会满足读者"白日梦"的升级打怪、谈情说爱等欲望。权谋争斗会拔高到符合铲除奸佞、为民除害等当代社会主流价值观,其中家国意识的重置也会成为叙事主题聚焦点。在此类作品中,历史成为承载现代审美意向的叙事工具,满足部分观众超脱现实的精神需求。

家国意识的重置是架空历史网络小说改编影视剧叙事主题的着力点,原著中的相关元素会被提炼、放大。架空历史类不聚焦小人物,"兴废争战""治乱兴替"依旧是核心,"家国梦想""修齐治平"的思路较为主流。比如,《11处特工皇妃》中的特工楚乔穿越至古代后由女奴成长为将领。改编后的《楚乔传》将主题升级成为废除奴隶制度的丰功伟绩,使原著中推动故事情节发展的楚乔个人复仇动机拔高到人类文明发展与历史进步的层面,"大女主"网络文化与忠诚、奋斗等主流文化融合,完成了家国意识的重置。又如《琅琊榜》将平反冤案、扶持明君、重振山河作为主线,逆袭、复仇等网络小说元素为激浊扬清、保卫家国的主流叙事提供了新的类型基础。[①]

改编后的架空历史网络小说,在主题上需要符合当代主流价值观。以《知否知否应是绿肥红瘦》为例,小说内核是"庶女奋斗史",在重点描写爱情、婚姻的同时,展现了政治斗争、家族斗争的血雨腥风。而改编后的《知否知否应是绿肥红瘦》则弱化了原著宅斗、党争、弄权的要素,改为从闺阁后宅生活出

---

① 李磊:《网络小说改编传奇剧的叙事建构》,《当代电视》2018年第8期。

发,勾勒朝堂政治、社会百态等北宋时期生活画卷。如顾廷烨谋杀盛明兰母子、盛家与墨兰减少来往、王老太太纵女杀人、朝廷发生多次政变等不利于正向发展的情节均被改动,从后宅女子也应奋发向上等个人层面到收复燕云十六州等国家层面都与当今社会主流价值观相呼应,遵循了歌颂光明、鞭挞丑恶、引人向善等创作导向。

架空历史网络小说聚焦传奇叙事,以塑造帝王将相、公主王妃、才子佳人等人物形象的成长为主。郭海荣认为,"以成长作为故事内核的作品"已经成为中国网络小说"创作的主流"①。不论主角是不是穿越人物、是否拥有现代意识,"大女主"和"大男主"通常会发挥自我优势,凭借自己的本领和机缘,成为改变历史、搅动风云的大人物。有学者将此类型创作叙事手法总结为:"少年进入了一个复杂的、充满危机的场域,他/她或战胜敌人并获取权力地位、或为爱情历经磨难;不管怎样,他/她都适应、掌握了这一领域的原则,变得与初时不同。"②

一般"女频文"的类型分为以恋爱为主的言情文与以成长为主题的女尊文。"女频文"改编的影视剧多为"大女主"剧,即以女性角色作为绝对核心,以女性成长故事作为叙事主体,以女性视角为叙事出发点,女主角经历事业、感情等波折之后获得成长蝶变的类型化影视作品。这类作品中女性不再是封建朝代相夫教子的背景板,相反萌发出强烈的女性意识。这些大女主可分为乱世大女主、宫廷大女主等类型。如《甄嬛传》《楚乔传》《上阳赋》等"大女主"剧的风靡,从某种程度上体现了中国当代女性政治、经济、社会地位的提高。自西方三波女性主义运动兴起后,全球范围内开始进行整体的文化批评,女性意识的崛起使其在网络文化中形成欲望空间。中国正统的历史记载多为男性视角,而网络小说却把目光投向女性人物的地位提升方面,在作者主观能动性的反向塑造推动中重新演绎、创造历史。"大女主"IP是在女性主义视角下,借用古代或者架空时代叙事时空,满足女性受众的欲望。

《美人心计》《花千骨》等剧开启了"大女主风"。"大女主"通常拥有传奇

---

① 郭海荣:《网络小说中成长叙事的成因与生产策略》,《中原文化研究》2020年第8期。
② 付李琢:《论古装剧的"历史超空间"及其现实指向》,《现代传播(中国传媒大学学报)》2021年第5期。

第三章　跨媒介之路——叙事框架的转码与叙事内容的改编

身世和出色特质，如《独步天下》的女主角布喜娅玛拉为女真第一美人，《孤芳不自赏》女主角白娉婷为"天资聪慧一代女诸葛"。"大女主"性格多为刚柔并济、敢为天下先，人生轨迹则需要经历重重考验，渡过种种难关，才能觉醒反抗、成就自我，从天真烂漫走向独立坚强、善于谋断、格局远大。在"大女主"影视作品女性主导的叙事环境下，女性反面人物被扁平化、同质化，男性人物被符号化，担负着金钱、权力、专一等期待的象征功能。男性通常会成为女主角成长的辅助力量，爱情故事模式化，常落入"满朝文武都爱我"的"玛丽苏"窠臼，甚至某些作品依然停留在"通过征服男人来征服世界"的原始价值观。

"玛丽苏"（Mary Sue）是同人文《星际迷航》的女主人公，她人美心善，受到所有异性的爱慕，最后为拯救苍生感染病毒。① 与"玛丽苏"相关联的就是"YY""自我代入式""对完美的自我的不加克制的幻想"② 等具有自恋心理的意味。在"大女主"影视剧"众男追一女"的叙事意图中，女主角掌握了婚恋关系上的主导权、选择权。从本质上说，"大女主"是附会了女性成长的"玛丽苏"。对现代女性来说，玛丽苏的心理背后折射出来的是她们对现实的焦虑。在此类作品中，言情成为古装剧的故事核心。历史人物与现代爱情观的串联，尤其以"皇帝谈恋爱"的桥段最盛，其实质是"霸道总裁爱上我"的小说元素的架空历史变体。

莱辛（Gotthold Ephraim Lessing）认为"性格不能是矛盾的，必须始终如一，始终相似。性格可以由于事态的影响，时而表现得强些，时而表现得弱些，但是这些事态却不可以强大到足以令其由黑变白的程度"③。架空历史网络小说在改编中需要重塑人物，有一个弊端是将主角不符合主流价值观的性格和行为改掉，致使主角千人一面。例如，《上阳赋》原著女主角王儇本是身上流着世代权臣冷酷血液的郡主，杀伐果断，决绝无情，而改编之后为凸显女主角的纯真善

---

① 刘慧英：《走出男权传统的樊篱——文学中男权意识的批判》，生活·读书·新知三联书店，1996，第60页。
② 管雪莲：《超级IP制造时代的"玛丽苏式神话"》，《探索与争鸣》2016年第3期。
③ 莱辛：《汉堡剧评》，张黎译，上海译文出版社，1981，第179页。

良,屡次将不合理的"圣母""玛丽苏"行为安置在女主角身上,引发弹幕的集体刷屏吐槽。例如,王儇竟然为了堂妹王倩不远嫁忽兰,向皇帝和曾经劫持伤害过她的贺兰箴求情,不仅不符合原著走向,也不符合人物行为逻辑。在第40集的弹幕里面,观众疯狂刷屏:"净在这瞎编,她不可能前来""编剧智商呢?真的是强行编看不下去了""改得不好""王妃越来越傻白了,没一点脑子""越看越气""蠢,小时不是挺聪明伶俐的吗?""自己爹都没求情""玛丽苏神剧想尽一切办法衬托女主的善良高尚"……又如改编后的第65集把原著中王儇将苏锦儿下狱改为放归江南,引发观众集体吐槽:"真无语这剧情""也是无语了""白莲花""这种人还让她活?这剧还能看吗?""害死亲人放过仇人,我的天,白莲花""人设坍塌太出戏了""编剧喝醉了、喝醉了"……虽然是架空虚构的故事,却既不符合原著人物性格,又不符合人物本身性格发展的内在逻辑,致使口碑崩盘。

同样,在网络小说改编影视剧中,大男主通常是现代"高富帅"的化身,一般都具备一定的封建高级别身份,即使前期不具备,后期也会逐渐逆袭,强大起来。"男频文"的核心是成功学,寄予了男性升级打怪的"白日梦",主要讲述男主由弱变强的成长历程和人生理想实现的"欲望得逞"过程。这样的成长行为具有鲜明的叙事特征,主要体现为"主角身份的底层化、叙事情节的成长化、情节设计的升级模式、过关升级的金手指功能"[①]。这种欲望想象形式带给受众强烈的代入感和满足感,特别是给予了一些身处生存困境的当代男性青年幻梦似的精神抚慰和补偿。

架空历史作品中男性角色因为处在封建朝代,不受现代婚姻法约束。如李强在评价月关的《回到明朝做王爷》中女性角色的功能时曾言:

> 月关笔下的女性并非丰满的女性个体,而是"直男癌"幻想的投射,"她们"的意义是依附于男性才存在的。"她们"的作为,或是为了支持男主角的宏图大业,或是为了满足男主角(准确地说是男性读

---

① 郑焕钊:《网络文艺的形态及其评论介入》,《中国文艺评论》2017年第2期。

者）的观看欲望。在历史穿越小说里，女性是男性向小说的快感机制的重要组成部分。[1]

又如《庆余年》，书中范闲"穿越"到古代遭遇各种有关家族、江湖、庙堂等人生经历与生存考验的故事。其间遇到的单纯女、心机女、权力女、中庸女等各类女性均属于从属地位。

在男性向成长叙事之中，历史机缘成为推动主角成长转变的契机。主角通过"换地图"的模式不断解决新问题、获得新成长，故事也在不断的"新机缘""新地图"模式下得以永动连载、继续更新。在网络文化中，主人公的通关成长是现代职场互联网"拟态环境"中的职场晋级。架空历史IP通过"穿越""重生""系统"等标签对中国古代历史加以拣择重构出新的异世界，以超越真实的方式再造历史时空，为读者观众制造"爽感"。

除成长主题外，言情主题也是架空历史网络小说，特别是女频类改编影视剧的永恒主题。如《寂寞空庭春欲晚》《东宫》《嘉南传》等改编作品皆是言情主题。此类作品主要走情感发展路线，用情感推动情节，满足观众对纯美爱情的需求，"纯化"历史，将帝王将相变成放弃一妻多妾制度、向往一生一世一双人的痴情人。即使在家国意识强烈和传奇成长主题明显的改编作品中，爱情都是不可或缺的主题。言情被泛化成与权谋、江湖、探案、宫斗等元素相结合的架空历史基石。

值得注意的是，自大主角戏被受众厌烦后，近几年由于生活压力增大，观众更加喜欢甜宠文、种田文、美食文等改编的轻喜"下饭剧"，如《卿卿日常》《花琉璃轶闻》等。这类网剧一般成本小，演员为青春偶像派，面向群体为年轻都市女性，多是由爱奇艺、优酷视频、腾讯视频等网络平台自制及播出，短小轻松，历史基本无涉，多为全架空全虚型改编。

---

[1] 邵燕君主编《网络文学经典解读》，北京大学出版社，2016，第150页。

二、叙事结构：从普罗普的功能说看游戏化的类型叙事

严前海指出："怎么说故事比故事本身重要。"[①] 叙事结构是叙事内容搭建的框架基础，合理有效的叙事结构能够使叙事内容更有吸引力。套嵌式结构、交织式对比性结构以及线性结构等是较为常见的叙事结构。其中，线性结构在网络小说与影视剧中运用较为普遍。线性结构又可分为多线索交叉式结构与因果式线性结构。大多数网络小说改编影视剧会采用以事件的起因与结果的逻辑关系串联整部作品的因果式线性结构。此类作品按照时间顺序叙事，结构连贯完整。

网络小说的一个极大不足就是因为连载而产生的叙事结构问题。因为网络文学网站与读者对作者每日更新字数的要求与催促，目前网络小说作者日更三千字是各大网站的基本要求，起点中文网等网站有些小说作者甚至每日保持万字以上更新。因此，网络小说很难做到有精密的、值得推敲的叙事结构。网络小说改编影视剧遇到的第一大难题就是重新调整、梳理叙事结构。像《庆余年》这样的架空历史网络小说叙事结构其实是单线的，改编时只能做成"公路片"叙事模式。把结构单一、情节重复的男频网络小说改编成好看的影视剧，是一件极其考验编剧功底的难事。

对动辄几百万字的清水文，改编必须赋予剧集更加紧张的戏剧情境和更加高频的戏剧能量。将叙述结构较为松散的小说改为影视剧时需要增加矛盾冲突，集中戏剧性，营造戏剧效果。大主角剧通常采用串珠式线性结构，但是不会对主角一生的事迹进行赘述，一般采用强干弱枝的手法将主角一生中的重要事件按照时间先后次序联结起来，环环相扣，承上启下，展现主角的成长历程。

普罗普的《故事形态学》将民间故事中最基本的情节成分拆解为最简单的无法再继续拆解的叙事元素。普罗普指出："变化的是角色的名称（以及他们的物品），不变的是他们的行动或功能。由此可以得出结论，故事常常将相同的行

---

① 严前海：《电视剧艺术形态》，复旦大学出版社，2009，第141页。

第三章 跨媒介之路——叙事框架的转码与叙事内容的改编

动分派给不同的人物。这就使我们有可能根据角色的功能来研究故事。"[1] 而"功能"指的是"从其对于行动过程意义角度定义的角色行为"[2]。普罗普将功能总结为三十一种,事件以一定的原则顺序串联起来,大致分为准备、复杂化、转移、斗争、返回、认出六大阶段。不论是大男主还是大女主改编作品,虽然不一定将这三十一个功能全部涵盖,但基本都频繁使用普罗普所叙的第二(对主人公下一道禁令)、三(打破禁令)、四(对头试图刺探消息)、十二(主人公经受考验、遭到攻击等)、十六(主人公与对头正面交锋)、十八(对头被打败)、三十(敌人受到惩罚)、三十一(主人公成婚并加冕为王)的历程。普罗普的功能说完全可以覆盖类型化的架空历史网络小说改编影视剧叙事模式,如楚乔成为奴隶违反禁令,甄嬛被后宫诸人陷害,梅长苏成功洗刷冤屈,李未央最终成为执政太后等,都是在这样的功能模式中完成内容叙事的。

徐秀明对比了中西方成长小说的叙事语法,他将"懵懂自然""知时顺命""特立独行""求索皈依"四种中国成长小说类型语法,[3] 与西方成长小说进行了比较,他认为西方成长小说"天真—诱惑—出走—迷惘—考验—失去天真—顿悟—认识人生和自我"的叙事结构相对模式化。[4] 但是,就架空历史网络小说改编影视剧而言,主角成长的模式还是偏西方模式。主角通常经历天真、困顿—出走流亡、遇到初级考验—失去天真—遭遇更大挫折、磨难—恋人或亲朋好友献祭—黑化、反抗、奋斗—成功结局(收获幸福爱情、复仇成功、登上权力巅峰)的叙事模式,其间夹杂着初恋纯爱、多角虐恋的交织。

在故事准备阶段,主角在童年时期通常较为困顿、天真,如李未央、马馥雅、盛明兰、范闲等幼年都处于孤苦无依的状态;在复杂化阶段,则开始了种种斗争,如盛明兰在家宅里的明争暗斗;在转移阶段,主角准备出发寻找答案,离开熟悉的环境,开始英雄出走功能,转移战场,如范闲回到庆国帝都;在斗争阶段,主角开始与对头正面作战,如楚乔进行了数次征战;在返回阶段,主角

---

[1] 弗拉基米尔·雅可夫列维奇·普罗普:《故事形态学》,贾放译,中华书局,2006,第17页。
[2] 弗拉基米尔·雅可夫列维奇·普罗普:《故事形态学》,贾放译,中华书局,2006,第18页。
[3] 徐秀明:《遮蔽与显现——中国成长小说类型学研究》,中国社会科学出版社,2013,第175页。
[4] 徐秀明:《遮蔽与显现——中国成长小说类型学研究》,中国社会科学出版社,2013,第173页。

改头换面打败敌人,如甄嬛回宫斗倒皇后;在认出阶段,主角取得爱情、事业上的成功,如梅长苏被靖王认出、报仇雪恨。特别是在大主角类型叙事中,大主角的经历,如盛明兰与齐衡的初恋、甄嬛离宫前往甘露寺、刘连城为救马馥雅中箭身亡、李未央击败叱云家族助拓跋俊登上皇位等情节,尤其明显符合该模式天真—出走—献祭—黑化—成功的套路,展现了个人的成长和对命运的抗争。

普罗普按照角色将功能项分成:对头、赠与者、相助者、公主及其父王、派遣者、主人公、假冒主人公7类①,格雷马斯在普罗普7种人物行动圈基础上归纳出了主体与客体、发送者与接收者、帮助者与反对者6种行动者。架空历史网络小说改编影视作品通常会设定帮助者式异性和对头式同性。如大女主剧中对主角痴心不改、坚定守护的男主角、男配角(通常为位高权重、才貌双全的男性),和处处与女主作对的女配角(包括嫉妒的、恶毒的、非理智的女性)。《锦绣未央》中拓跋俊、李常茹,《楚乔传》中燕洵、元淳公主,《知否知否应是绿肥红瘦》里的顾廷烨、康姨妈,就是典型的帮助者和加害者。类型化的人物塑造已成为此类小说改编影视剧的模式。其本质符合男权文化秩序对男性的一贯定义和期待,特别是男配角屡屡挺身而出英雄救美、舍身献祭,将男性光辉形象推向制高点,污名化女性气质,此性别关系的构建侧面反映了架空世界中男女性别的不平等。

值得注意的是,在互联网时代,因为网络小说的大众文化特性,也因为网络小说与游戏的互文性,架空历史网络小说的主人公成长之路都有模拟带通关性质的"升级打怪"游戏的成分。在游戏机制互文下,"游戏的快感机制内化到小说的快感机制中"②,网络小说及其改编影视剧的叙事模式也逐渐开始侧重于游戏化的结构趋势。在游戏化的叙事结构中,特别是在探案悬疑类架空历史改编中,影视剧的叙事结构不同于以往的线性叙事,更多地呈现出任务化的情节方式,变成了串珠式的、碎片化的、多条线索的叙事方式。整个故事情节呈现

---

① 弗拉基米尔·雅可夫列维奇·普罗普:《故事形态学》,贾放译,中华书局,2006,第73—74页。
② 邵燕君:《传统文学生产机制的危机和新型机制的生成》,《文艺争鸣》2009年第6期。

第三章 跨媒介之路——叙事框架的转码与叙事内容的改编

出对某种任务的完成或对某种真相进行探索的模式,在每一集中都设置障碍等待人物去挑战,并留下悬念以更好地引起观众对后面剧集的兴趣。《御赐小仵作》《君子盟》《春家小姐是讼师》等就严格遵守了这种"游戏机制"。串珠式成长模式将一次次"升级"或"成长"的契机串联起来,如《御赐小仵作》中楚楚和萧瑾瑜就在一个接一个悬案的破获中证明自己的实力,完成循环性升级。此种叙事结构给改编影视剧的发展注入了新鲜的活力。猫腻也在实践中认可这种叙事结构,他说:"(串珠式叙述模式)和人类的欲望模式、思维模式有不可分割的关系……按照这样的模式(读者)获得的快感最多。"①

克里斯蒂安·麦茨(Christian Metz)说:"叙述的功能之一就是在一个事件框架内再制造出另外一个时间框架。"②热奈特指出:"研究叙事的时间顺序,就是对照事件或时间段在叙述话语中的排列顺序和这些事件或时间段在故事中的接续顺序。"③要将叙述文本按照一定顺序进行排列,顺叙、倒叙、补叙等不同形式的表现方式都会排布。在影视改编中,通常会梳理小说情节发生的时间顺序,调整故事发生时间,将小说的倒叙、插叙等改编为适合观众更好理解影视文本的顺序,以便提升观众的体验感。

例如,《东宫》原著小说便是采用了倒叙、插叙的手法,讲述了西凉国九公主小枫和中原天朝东宫太子李承鄞之间的虐恋。读者读到小说一半才知道女主角和男主角跳下忘川失忆前发生的爱恨情仇。而改编后的影视剧将整个故事线索进行了梳理,第一个镜头就是李承鄞已在忘川水中,然后开始从头叙事。又如《倾世皇妃》,小说讲述的是马馥雅以潘玉之名进亓宫选秀,而后仅在《黯然几回首》一章中插叙故国夏国旧事。电视剧则采用顺序式,改为开篇用长达五集来描述馥雅公主在楚国的前尘往事。这样的改动更有利于按照顺序推进情节,增强剧集的连续性,便于观众理解。

---

① 猫腻、邵燕君:《以"爽文"写"情怀"——专访著名网络文学作家猫腻》,《南方文坛》2015年第5期。
② 罗伯特·艾伦:《重组话语频道》,牟岭译,北京大学出版社,2008,第76页。
③ 热拉尔·热奈特:《叙事话语 新叙事讲译》,王文融译,中国社会科学出版社,1990,第7页。

三、叙事视角：从单性别叙事到中性叙事

按照热奈特的观点，小说的叙事视角分为非聚焦叙事、内聚焦叙事和外聚焦叙事。非聚焦叙事是全知全能的叙事角度；内聚焦叙事是限制叙事，其中又分为固定内聚焦、不定式聚焦、多重内聚焦；外聚焦叙事为纯客观叙事。①

影像文本的复杂性是远远超过文字文本的，除灵活运用以上聚焦方式以外，蒙太奇的运用可以使其轻松应对多变的叙事视角，既有各个人物的视点，也有非人物的客观视点。但总体而言，视点主要分为摄影机视点、叙事视点、观念视点三个层面的意义。②

第一个层面是拍摄者视点，即主要机位注视的发源点，旁观者通过这个视点可以直观感受影视的呈现。

第二个层面是叙事者的视点，即从某一视角出发进行叙事并展现为画面，在一定程度上还原了影视中创作者和角色的关注角度。小说改编影视剧必要的视角转换就是将小说的第一人称叙事视角转换成影视的第三人称或者非人称叙事视角，以及进行单一叙事视角到多重叙事视角的转变。第一人称叙事受到叙述者自身性格的影响，网络小说采用第一人称叙事能够增加代入感，也不需要刻画全部人物。如《甄嬛传》《上阳赋》《东宫》等都是将原著主角第一人称叙事视角进行了必要转变，使叙事格局更加宏大，叙事角度更加客观。在《步步惊心》剧中，第一人称与第三人称进行了交替变化，时而以第一人称强调突出人物的内心活动发展，时而转入第三人称全知叙述方式，为观众扩大感知视域，化单一视角为混合视角，使作品在叙事上转换得更有包容性和灵活性。

第三个层面是影视剧表达主题的观念视角，即表达了叙述者对叙事内容的观点、判断及价值取向。叙事理论家西摩·查特曼提出了"真实作者、隐藏作者、叙述者、受述者、隐藏读者、真实读者"③的著名概念，第三层面的视角就隐含

---

① 易文翔、王金芝：《网络小说影视改编研究》，南方日报出版社，2019，第90页。
② 陈旭光：《当代中国影视文化研究》，北京大学出版社，2004，第52页。
③ 西摩·查特曼：《故事与话语：小说和电影的叙事结构》，中国人民大学出版社，2013，第134页。

在叙述者的视角之下。针对架空历史网络小说而言,最重要的就是将潜藏在叙述者背后的男性向、女性向视角转为中性视角。学者刘思谦指出:

> 性别不同的男作家或女作家基于不同的性别经验和心理功能,一般来说会将他(她)的性别观念或性别无意识自觉不自觉地投射到文学文体中,在一定程度上影响到文本的结构因素和人物塑造、情节设计、人物关系、话语方式等构成文学文本中不同的性别内涵。[1]

网络小说带有明显的性别区分特征。"在影视改编中,'男性向'与'女性向'的小说要在兼顾原著 IP 影响力的同时,进行价值置换与类型改写,从而在更具大众文化规模的媒介生态中体现出社会文化的风向。"[2]男性向、女性向并不是由主角或者读者性别来区分的,而是以它满足哪一个性别的欲望、意志、心理为旨归。女频 IP 往往从女性视角出发,以情感为叙事的核心,围绕情感叙事对影像片段进行排列组合。根据受众的不同情感需求,女频 IP 改编剧有虐恋、甜宠、沙雕(轻喜)等情感模式。男性向小说以男性受众为目标读者,则偏重于外在的物质和功业追求。

在数字阅读核心付费群体中,女性用户占比超过 56%,在"95 后"主流用户群体中,76.6% 的女性愿意进行付费阅读网络小说。[3]虽然影视剧叙事没有明显的性别色彩,但是,在影视剧受众中,女性观众占比为六成,影视剧很大程度上是女性观众寻求生活体验和答案的参照物。并且,女性也更愿意为家居、服饰等实体 IP 周边付费。"她经济"势不可当,"消费社会"已经把女性设立为数量最大、最直接的受众,"得女性者得天下"成为影视圈不变的铁律。女性的审美偏好具有十分重要的参考价值,互联网视频平台也倾向于将年轻女性视为主导受众,在内容上表现出对女性受众的讨好。好莱坞的经典电影是男人作为欲望的主体和行动的主体,女人作为欲望的客体和男性行动、拯救、给予的客

---

[1] 刘思谦:《性别理论与女性文学研究的学科化》,《文艺理论研究》2003 年第 1 期。
[2] 李磊:《次元的破壁:网络小说改编剧的互文性研究》,中国社会科学出版社,2020,第 226 页。
[3] 赵芝华:《网文女频 IP 的繁华与隐忧》,《大众文艺》2019 年第 11 期。

体。时移世易，当女性逐渐成为观看的主体、掌握观看的权力之时，影视剧里就会出现男性的裸身等秀肌肉镜头。这样的反转是女性经济地位提高的直观显现，女性开始消费男性、物化男性，但是从本质上说，这样的消费其实是对父权结构的复制，是对逻各斯中心主义影响下男性观看行为的模仿。

市场决定导向，这也是为什么女性向网络小说比男频小说更容易成功、改编数量更多的原因。男频小说构建的世界观过于庞大，人物众多，修仙、玄幻等类型难以做到视觉呈现。男性向网络小说影视转化成本高，改编为动画、漫画较为合理，此外，广开后宫的种田文不受女性青睐，因此，男频IP常常"扑街"。

总体而言，架空历史网络小说改编影视剧的叙事视角没有明显的性别区分，通常都采用全知全能的上帝视角进行叙事。在进行跨媒介叙事时，单一男频、女频视角会转化为中性视角，要结合媒介特性对人物形象的优缺点、情节等内容进行取舍。

女频小说通常带有强烈的女性意识。在改编的过程中，若要覆盖全年龄段和异性观众，则需要对叙事视角进行适当的调整，打破原著女性私语空间，将其拓展为更加宏大的叙事场面，在风云变化中展现出女性对社会历史变迁的影响和奋斗历程。例如，改编后的《知否知否应是绿肥红瘦》，将故事架构由内宅拓展到前朝，把原著小说中隐藏在主线下的盛明兰父兄事迹显现出来，让皇权之争与庶女成长两条线索交织融合，将女性向励志成长故事镶嵌在封建男权构架下，扩展了受众范围。又如《天盛长歌》原著《凰权》以凤知微的视角展开讲述，情节和情感发展都以凤知微为核心。而改编后的影视剧通过对前朝权谋争斗的着重刻画来加强历史厚重感，使影视剧质感更加庄重、沉稳。

又如《甄嬛传》，为了在"历史真实"与"艺术真实"之间找到平衡点，进行了视角转变的早期有效探索。在历史上，后宫琐事并无详细的记载，有很大的创作空间，前朝朝政却有史可循。因此，在《后宫·甄嬛传》的改编过程中，编导特意扩大了对前朝情况的描写，并巧妙地与后宫诸事联结在一起，营造出前朝后宫相互影响、牵一发而动全身的状态，使后宫诸事显得更为真实可信。例如，雍正对年世兰的态度便与其兄年羹尧的命运交织在一起：

第三章　跨媒介之路——叙事框架的转码与叙事内容的改编

表 3.5　《甄嬛传》年羹尧、年世兰人物事迹关系

《甄嬛传》	前朝年羹尧境况	后宫年世兰境况
第 4 集	雍正元年青海罗卜藏丹津叛乱，皇帝派年羹尧前去平叛。	雍正饶恕年世兰滥杀宫人福子之罪，还嘉奖她协理六宫，办事周到。
第 20 集	雍正二年十月十四，年羹尧还京，雍正、年羹尧、年世兰在养心殿用午膳。年羹尧不守宫中用膳礼仪、御前失仪，还命总管太监苏培盛亲自给自己夹菜。雍正褒奖年羹尧用十五日时间便击败罗卜藏丹津，又用八个月逐步扫清残余敌军，雍正甚是容忍年羹尧的逾矩，说是自己的"恩人"，要和他做千古君臣榜样。协尔苏部落在甘肃庄浪生事，年羹尧举荐次子年富出征。年羹尧参奏直隶巡抚赵之垣庸劣纨绔不能担当巡抚重任，雍正同意革除。雍正又赏赐年羹尧双眼孔雀翎、四团龙补服、黄带、紫辔、黄金千两。	雍正独宠年世兰，夜夜宿其宫中。年世兰凌辱安陵容，在宫中作威作福。
第 21 集	雍正二年冬，张廷玉向雍正弹劾年羹尧，参其赴京途中命都统范时捷、直隶总督李维钧跪道迎送，王府以下官员跪接，结党营私，骄狂过度。	年世兰引荐官员给年羹尧，以收敛钱财。年世兰举荐被年羹尧弹劾的赵之垣面见年羹尧，收了十万两银子。
第 22 集	雍正三年春，年羹尧收受三十万两银子，举荐赵之垣复职做工部通政使。	年世兰月例不多，却因受贿在宫中越发奢侈。
第 24 集	年富平定卓子山叛乱，加封年富世袭一等男爵。	雍正去年世兰宫中用膳，封赏年富，发现年羹尧、年世兰互通消息。
第 28 集	西南战事大捷，雍正封年羹尧一等公，加年遐龄太傅衔，年富承袭一等男世职，封年世兰母为正二品诰命夫人。	雍正许诺端午节后晋年世兰位分。
第 28 集	隆科多参奏年羹尧逾制修建府邸，言官弹劾年羹尧把太医全部请到自己府中，致使皇后头风发作不得诊治，狷狂自傲。	年世兰因此只晋封贵妃而非皇贵妃位。
第 36 集	年羹尧暗中勾结敦亲王，敦亲王上奏追封其母温僖贵妃，年羹尧上奏复华妃位。	年世兰因罚甄嬛跪诵《女戒》而致其流产，雍正废年世兰贵妃之位，降为妃位，褫夺封号，去协理六宫之权。雍正为安抚年羹尧，复年世兰华妃。
第 38 集	诸位大臣弹劾年羹尧及其下属魏之耀中饱私囊，获取暴利，擅用令谕。	雍正迁怒年世兰，不再召见。

· 163 ·

续表

《甄嬛传》	前朝年羹尧境况	后宫年世兰境况
第40集	年羹尧将贺表中"朝乾夕惕"写作"夕阳朝乾",雍正大怒,将年羹尧的亲信甘肃巡抚胡期恒革职,署理四川提督纳泰调回京。众臣弹劾年羹尧,雍正革去年羹尧川陕总督之职,贬为杭州将军,削其太保之位。年羹尧说出"帝出三江口,嘉湖作战场"大逆不道之语,到江苏仪征迁延观望,被雍正贬为杭州城门看守。年羹尧穿黄马褂守城门,雍正大怒,赐年羹尧自尽。	曹贵人供述年世兰利用温宜公主陷害甄嬛、杀死淳贵人等罪状。周宁海供出年世兰毒害甄嬛、收受贿赂、陷害惠贵人等谋害其他妃嫔之事,雍正贬年世兰为答应。后年世兰自尽。

从表3.5可以看出,《甄嬛传》中前朝年羹尧的事迹基本与史实吻合,就连第38集雍正的台词"凡人臣者,图功易,成功难;成功易,守功难;守功易,终功难……若倚功造过,必致反恩为仇,此从来人情常有者"都与历史上雍正朱谕年羹尧字句相同。后宫年世兰的位分经历了两升两降:从华妃晋为华贵妃,从年妃晋为华妃;从华贵妃降为年妃,从华妃降为年答应,而这两升两降都与其兄在前朝的表现息息相关。如此一来,前朝、后宫两条线索交错叙事,人物的行为动机就显得更为可信。后宫情事便披上了政治外衣,导演郑晓龙就能通过崩解爱情神话让观众意识到,在真正的历史中,妃嫔并不如穿越小说、穿越剧中所描述的那般光鲜亮丽,她们战战兢兢、如履薄冰,精神受到极大的压抑。

此外,正如导演郑晓龙所言:"剧中雍正的政治活动线索,基本都是按真实历史改编。"[①] 改编"落地"后的《甄嬛传》作为古装历史剧,虽然并非历史正剧,但既然指名道姓是雍正年间事迹,多多少少就会承担一定意义上普及历史知识的社会功能,有历史记载的情节不能过于失真。前朝重臣隆科多、张廷玉等推动后宫剧情发展的人物塑造得丰满、真实。剧中用大量的政治史实填补爱情亏空,如雍正设立井田、九子夺嫡、圈禁兄弟、设粘杆处、平定西藏阿尔布巴之乱、反对朋党、兴文字狱、用兵准格尔、设立军机处、过继弘时、密旨立储等事件以及河南秀才罢考案、汪景祺案、钱名世案等均为雍正前朝史实的呈现,虽然时间不一定完全吻合,但是对这些事件的描述,大大增加了该剧的历史真实感。

---

① 李君娜:《郑晓龙:古装剧也需要现实批判》,《文摘报》2012年3月27日。

第三章 跨媒介之路——叙事框架的转码与叙事内容的改编

当然，这里的真实性，是编导有选择性的、有倾向性构建出来的历史真实性，是具有片面性的、主观性拼贴、重组的历史镜像。

除了增加对前朝政事的提及，电视剧《甄嬛传》删除了原著中沈眉庄与温实初的儿子继立为帝等情节，虽然削弱了对皇权的讽刺意味，减少了戏剧化与荒诞性，但是既照顾了史实标准与观众的伦理观念，体现了公共媒体的文化社会心理，又回应了乾隆帝的身世之谜。另外，原著叶澜依利用豹子刺杀皇帝情节也改为用朱砂毒害，一来减少了过于夸张失真、难以拍摄的情况，二来又与雍正帝因丹药中毒暴卒的传闻暗合。

男性向架空历史网络小说的受众主要是男性，其目的在于满足男性升级打怪的成长欲望与左拥右抱的男性情欲。而当其改编为影视剧时，基于女性观众在视听服务平台的强势地位，受众则从以男性读者为主转变为以女性观众为主。因此，男性向架空历史IP会减少不合女性期待的男性"YY"的描写，特别是要删减广收后宫、坐享齐人之福等内容设定。这也导致了男性向架空历史IP改编"虽然仍然在讲述以男性为主角的成长故事，却需要将故事中本不存在的女性的情感欲望融入故事之中"[1]。

比如，《庆余年》中男主角范闲在原著中有多名红颜知己，但是在改编后，他只钟情林婉儿一人。《赘婿》改编后更是强调"男德学院"的设定，以反讽手法讨好女性观众，达成从单性别叙事到中性叙事的视角转变。

总体而言，站在叙事框架的转码与叙事内容的转变角度，架空历史网络小说改编影视剧与以往由小说改编的历史正剧、戏说历史影视剧有所不同。特别是在叙事时空的跨媒介转变方面，受到影视剧播出媒介方式变迁的影响，架空历史网络小说改编影视剧在基于虚构程度不同的"半架空""全架空"分类基础上，概括出了半架空戏说型、全架空逼真型、全架空全虚型、半架空模糊型四种叙事时空改编模式。这一对叙事时空转变模式的归纳总结，是架空历史网络小说影视剧改编这一新兴业态自身特性所带来的改编理论革新。

此外，架空历史网络小说影视剧改编在叙事主题、叙事结构、叙事视角的

---

[1] 缪贝：《互联网语境下网络剧创作现状的批评》，《当代电视》2021年第4期。

跨媒介转变方面，也带有强烈的网络文化与消费主义影响下的网生特质。大主角的传奇成长叙事、升级打怪游戏化的类型叙事以及从单性别叙事到中性叙事视角的转变，展现出了架空历史网络小说作为类型化文化商品的鲜明特色，这与以往的历史题材影视剧有着极大的不同。

　　当然，在对情节、人物等叙事内容的改编方面，架空历史网络小说改编影视剧与以往的小说改编影视剧区别不大，仍旧是对原著情节、人物等叙事内容进行不同程度的再现、调整或改写。但是，架空历史网络小说改编影视剧更加注重"以史为经"与"以原著为经"的协调平衡，更加注意历史真实与艺术真实的结合处理方式，以更符合当代受众的观影追剧体验与期待视野为旨规，创作出更加受网生代观众喜爱的视听内容。

第四章

从文字到影像

——视听艺术的转向与呈现

第四章　从文字到影像——视听艺术的转向与呈现

随着媒介技术的更新换代，读图时代已然来临，当代文化的各个层面都经历了视觉转向。美国学者米歇尔（W.J.T. Mitchell）认为："21世纪的问题是形象的问题，我们生活在由图像、视觉类像、脸谱、幻觉、拷贝、复制、模仿和幻想所控制的文化中。"[1]在大众文化、消费主义、后现代主义等因素的生态环境下，视觉化成为当代文化生产、传播和接受活动的重要维度，小说、游戏、歌曲等多文本形态纷纷跨媒介转换为影视作品，构筑拟像社会，满足受众的视听欲望。近年来，在消费文化新历史语境和视觉图像新技术时代到来之际，不论是经典文学作品还是新时代文学作品都呈现出影视化趋势，这一趋势在网络小说的改编中最为明显。

小说与影视的差异主要表现在时空存在和被感知的方式不同和叙事方面。乔治·布鲁斯东认为，小说和影视虽然都是让受众看见内容，但是小说看见的内容是"思想形象所造成的概念"，而影视看见的内容是"视觉形象所造成的视像"[2]，因此二者有本质上的差异。

在时空处理问题上，小说时空更加灵活。这是因为小说的时空是想象的时空，文字虽然对时空进行了描述，但是其呈现还是要靠读者的想象，读者可以任意构建和重组时空。但是影视的时空是假定性的真实时空，影视要将剧本里的时间、空间等元素转换成一目了然的图像，直接呈现在观众眼前。其想象空间就受到了限制，难以如文学一般自如地在不同时空之间跳跃，因此转换的灵活性就不如文字作品。

此外，小说叙事是历时性的，而影视叙事是共时性的。"文学作品结构的基本原则是时间为线、空间成点的原则"，而"影视叙事主要是以空间形象的逻辑关系为链条的"[3]。小说是时间艺术，影视剧则是时间与空间艺术的融合。网络

---

[1] W.J.T. 米歇尔：《图像理论》，陈永国、胡文征译，北京大学出版社，2006，第2页。
[2] 乔治·布鲁斯东：《从小说到电影》，高骏千译，中国电影出版社，1981，第1—2页。
[3] 张宗伟：《中外文学名著的影视改编》，中国广播电视出版社，2002，第129页。

小说以时间为线索进行叙事，影视剧则运用蒙太奇手法实现画面空间场景的交替。改编就是要突破二者的时空界限差异，进行跨媒介叙事。

改编是否成功，其实意味着文字转换影像的过程是否成功，是否将影视艺术手段运用到位。"文学影像转换过程实际上是声音与画面的蒙太奇制作过程。"[1] 影视剧通过蒙太奇手法将一段段镜头拼贴起来，并配上音效，成为视听内容。

改编要运用影视的拍摄技巧和手段，通过画面语言的运用，把纸质的故事还原为立体的、鲜活的人物和动作画面并传播给广大观众。文学是虚构的，但视觉是真实的。

网络小说通常是个人的付出，而影视剧却是编剧、导演、演员、摄影、服化道等部门的合作配合。网络小说作者只需要一台电脑就能进行创作，影视剧主创团队却需要巨大的投资。影视改编具有复杂性和合作性："最后的影片是编剧对小说的改编，演员对编剧的改编，导演对演员的改编，剪辑对导演的改编，最后是工作室剪辑的改编。"[2] 架空历史网络小说在改编中，不得不面对新的创作规则。一方面，要面对从个人化生产到集体化生产的改变。影视创作与接受都是集体行为，与网络小说个人化构思、撰写不同，导演要在有限的预算内，统筹编剧、摄像、美术、剪辑、出品、发行等一系列部门的平衡，寻求最大公约数；另一方面，不管是电影、电视剧还是网络电影、网络剧，都要受到主管部门的影视审查，从选题、报备、成品、播出都要受到层层把关与筛选。

"电影的情绪感染力和说服力首先在于视觉力量。"[3] 在IP时代，从创作流程上看，"视觉先行"就是最大的转变。"视觉先行"即为Previsualization，即前期的视觉化，影视剧的视觉团队会带着导演的思路去解构小说，画出不同的故事板。以往，传统的影视创作通常是编剧先行，美术依赖于剧本，在剧本的基础上创作出"剧本视觉"。而在现今大视觉时代，视觉部门介入创作的阶段提前，

---

[1] 易文翔、王金芝：《网络小说影视改编研究》，南方日报出版社，2019，第52页。
[2] Landon, " 'There's Some of Me in You': Blade Runner and Adaptation of Science Finction Literature to Film", p.76. 转引自庞红梅：《论文学与电影》，人民日报出版社，2015，第50页。
[3] 查希里扬：《银幕的造型世界》，伍菡卿等译，中国电影出版社，1987，第8页。

第四章 从文字到影像——视听艺术的转向与呈现

在编剧之前就以小说为蓝本进行第一轮创作，做出"小说视觉"，从而为编剧的创作提供充足的支持和依据。[①]

架空历史 IP 由于是网络小说改编，情节对观众而言是已知的、缺少悬念的，因此，观众想要看到的是视听叙事维度的补偿，是跨媒介叙事的故事呈现。故而架空历史 IP 尤其注重视听艺术的历史氛围感与意境营造，给观众全新的审美体验。

在改编过程中，影视要对网络小说用文字描绘的、需要读者重构的想象进行呈现，主要的视听造型对象即为情节、环境、人物。架空历史网络小说改编影视剧主要在情节、环境、人物的架构上，用高度还原的逼真性来建构世界，以视听真实同观众身处的现实世界达成互文性的观照。观众虽然清楚架空历史网络小说时空是虚拟的、不真实的时空，但仍旧会陷入视觉的、听觉的逼真性美学迷障之中。

架空历史题材的视觉真实性需要考虑具体历史时期的文化禁忌和审美倾向的制约。架空历史改编从文学虚构性到影视真实性总体呈现"大事虚、小事拘"的特点，为追求历史的假象复归，弥补人物、情节等大事的虚化，以现代人的眼光和需求来挑选和表达历史、讲述当代故事，故意在服化道制作、视觉呈现上进行严格考据还原，越发苛求视效制作水平，即"通过服装、造型、道具、美工、视听语言等视像化内容搭建历史的影像文本的'视觉奇观'式的符号系统"[②]，将历史作为审美"景观"。《琅琊榜》的场景布置、《鹤唳华亭》的服化造型、《知否知否应是绿肥红瘦》的风俗描绘，等等，这些所谓的美轮美奂的据实置景都是"小事拘"的结果，以营造历史氛围感，达到历史真实的假象复归。

[①] 李金辉：《视觉的故事》，中国电影出版社，2016，第 2 页。
[②] 朱婧雯、欧阳宏生：《2019 年历史题材电视剧述评》，《中国电视》2020 年第 5 期。

第一节　情节展现与古典氛围的视听效果补偿

本雅明（Walter Bendix Schoenflies Benjamin）指出："传统艺术是一种经由'凝视'而进行的对对象本质的观照，而现代视觉艺术是一种包括视、听等类感知在内的'触觉体验'在瞬息流动的影像世界中视觉和其他感官'触类旁通'共同参与审美过程。"[1] 对架空历史网络小说影视剧改编而言，创作者要想达成跨媒介叙事，难点在于如何构建一个视听意义上的空间世界。米尔·巴克认为，空间感知"包括三种感觉：视觉、听觉和触觉。所有这三者都可以导致故事中空间的描述"[2]。

网络小说影视剧改编"是一种语图符号间的'顺向性'意义融合的结果，就是直接把文学叙事的'语象世界'转换成电影的镜头语言，进而构建'跨媒介叙事'"[3]。这种"顺向性"转换意味着图像语言对"语象世界"的按次序组合，达到类似小说插图一般"并置叙事"的效果。其中不适合改编的文学叙事元素，会被图像语言重新转码，替换成图像语言的表意方式。

作为集文学、绘画、雕塑、音乐、舞蹈、建筑六大艺术形态于一身的第七大艺术形式，影视艺术形态更加多维。相比网络小说只能用文字符号去描写让

---

[1] 樊文春：《论电视剧改编的人物》，《当代电视》2013年第4期。
[2] 米尔·巴克：《叙述学——叙事理论导论》，谭君强译，中国社会科学出版社，1995，第107页。
[3] 鲍远福、王长城：《语图叙事的互动与缝合——新世纪以来中文网络文学的影视改编现象透视》，《鲁东大学学报（哲学社会科学版）》2015年第4期。

人产生联想的单一手法，影视艺术运用综合视听方法将原著中低维文字语言转换成高维立体化影像。影像话语是影视剧中的叙事话语最主要的表达方式，它通过叙述故事的场景、摄像机、麦克风以及蒙太奇剪辑来完成，具体而言，它包含导演场景设计、画面构图、人物对白、音乐音效，等等。相比现实题材的影视剧，古装作品在时空方面会给观众带来陌生化的审美体验。架空历史网络小说改编影视剧通过视听艺术将历史"真实"地呈现在观众眼前，极大地满足了观众的猎奇心理。

一、视觉效果的古典审美

影视剧的影像语言表现形式多样，有摄影机的运动方式，画面的景别，画面的构图、光效、色彩等，通过影视剧的影像语言传递创作者的构思。在架空历史网络小说改编影视剧的视觉效果方面，主要是体现在画面的视觉呈现上。读者阅读架空历史网络小说，只能在脑海中对场景进行自我幻想，不同的读者对同一场景会有不同的设想。而影视作品则具体呈现画面，将场景固定下来。架空历史网络小说改编影视剧的情节便由一帧帧画面连接起来，展现出鲜明的古典特质。架空历史网络小说改编影视剧的视觉造型古典性主要体现在画面构图、镜头调度、剪辑、光影、色彩等几大方面。

首先在画面方面，画面元素的排列构图会影响画面叙事内容的呈现效果，也会影响观众的观看体验。屏幕空间、银幕空间与画图相似，也需要处理好构图设计。架空历史作品的画面构图要体现架空历史的特性，展现中国文化的古典美。以曾获得"飞天奖"优秀电视剧和优秀导演奖、"白玉兰奖"最佳导演奖的《琅琊榜》为例。该剧导演是摄影师出身，非常重视光线运用、场景布置等画面艺术。在《琅琊榜》中，其画面的线条与几何形构架值得回味。画面中呈现出大量使用对称、黄金分割、斐波那契螺旋线、三分法则、对角线、框架构图等富有审美情趣的构图方式，令人目不暇接，每一帧都仿佛是水墨画，体现了中国古典美学中的蕴藉和诗意。

架空历史作品善于利用场景服务于摄影，体现古风古韵的特质。例如，《知否知否应是绿肥红瘦》为体现宋风的清雅韵致，在搭建澄园之时就注重内廊、外廊、亭台楼阁设计的层次感、纵深感，并特意在画面构图上借用中国园林美学理念，多次采用拱门隔断、月洞门墙等造成隔景、分景、借景的效果。隔断恰如边框，配合光影效果，使画面有了层层的远趣，具有自然和谐的美感，观剧如同观画，充满中国传统文化特有的雅致逸趣。

镜头调度是"导演运用摄影机方位的变化，如推、拉、摇、移、升、降等各种运动方法，俯、仰、平、斜等不同视角和远、中、近、特等各种不同景别的变换，获得不同角度、不同视距的镜头画面，展示人物关系和环境气氛的变化"[①]。摄影表现角度反映出摄影机拍摄时的视点，摄影机方位由拍摄距离、方向、高度三个因素决定。在架空历史改编影视剧中，景别、角度、景深等元素都不可忽视。如在《甄嬛传》第76集皇帝驾崩的情节中，导演就利用景别组合由远及近进行叙事，从远景叠化到近景，又从近景将镜头缓缓拉到特写，远景烘托氛围，特写表现人物内心情绪的复杂状态。甄嬛的三声"皇上驾崩"，与演员越来越高涨的情绪表演相辅相成，极具视觉冲击力。

而《知否知否应是绿肥红瘦》则以营造宋代尚淡的审美趣味为美学原则。剧中采用固定镜头作为主要的镜头语言，辅以推、拉、跟等运动镜头，避免使用大俯拍、剧烈的运动感镜头，营造简淡雅致之美学风格，引导观众更好地沉浸入剧情。

《天盛长歌》是架空历史改编影视剧摄影方面的翘楚，该剧获得第25届"白玉兰奖"最佳摄影奖，成为当年"白玉兰奖"获奖片单中唯一一部古装题材剧集，画面表现力令人折服。为追求极致观感，《天盛长歌》率先应用杜比视界HDR影像呈现，保证了主创团队在制作、拍摄和运镜上的努力得以更好地传达给观众。杜比视界HDR能真实地呈现出布景色彩的质感，避免失真泛白，提高画面真实感。[②] 此外，《天盛长歌》创新性地使用2.35∶1电影宽画幅，更适合观众的生理特征与观看行为。众所周知，在日常生活中，人类的两眼水平视角大于

---

① 《电影艺术词典》编辑委员会：《电影艺术词典》，中国电影出版社，1986，第208页。
② 华策影视微信公众号：《〈天盛长歌〉媒体超前看片，新古典主义开启追剧新体验》，2018年8月10日，https://mp.weixin.qq.com/s/60XrB-mi_3srMPQSzbdOcg，访问日期：2023年4月7日。

第四章 从文字到影像——视听艺术的转向与呈现

垂直视角,并且,目力所及并无限界。因此,展宽影视画面有利于增加视觉真实感,同时有利于增强艺术表现力。

情节的视觉造型主要是通过蒙太奇组接来进行表述。在文字语言转化成视听语言的过程中,分镜头剧本、镜头拍摄程序表等即故事内容视听语言的脚本。"分镜画面让导演有时间和空间将剧本中的对话和情节转换成形象语言。"[1]正是通过分镜头剧本,架空历史影视剧运用叙事蒙太奇、表现蒙太奇、理性蒙太奇等不同的剪辑方式将零散的内容聚集在一起,创造出具有表现力的影视剧改编作品。

如《琅琊榜》劫狱救卫峥的情节,采用了叙事蒙太奇之平行蒙太奇、交叉蒙太奇与表现蒙太奇之心理蒙太奇、象征蒙太奇4种手法进行叙事。该集将分属不同场景的言阙与夏江、夏冬、誉王与梁帝、靖王与梅长苏、药王谷弟兄等角色行动拼贴起来,并用7次对渐渐沸腾煮开的茶壶特写,隐喻映射剧中人物的心理变化,渲染整体气氛,表达创作者的主观思想。

前文提到,影视艺术与文学艺术在时空处理的方式上存在着较大区别。文学叙事是历时性的,可以用"若干年后""冬去秋来"等说明时间前后关系的词句进行叙事,即使是对静态场景的描述,也必须逐一道来。比如要描述小说中场景中的陈设、角色的容貌装扮等,读者需要经历一个线性的时间过程来建构想象,难以瞬时抓取、勾勒全部形象。而影视叙事则主要依靠共时性的空间形象来实现,单一的画面本身难以分清时间的过去、现在和将来的不同时态。

通常影视作品通过蒙太奇剪辑来展现叙事时间的变化。影视作品同文学作品一样有事件时间、叙述时间和感受时间三个基本的时间。由于电影和电视剧时长的规定,影视作品比文学作品更容易受到感受时间的限制,因此必须要调节叙述时间,以展现更为丰富的内容。影视剧改编时最常见的压缩时间的手法是删除原著中描述性内容,并用蒙太奇手法和特写镜头、叠化手法省略时间的过程。春花、冬雪等画面都是时间变化的标志,通过这些标志性画面可以省略真实的时间流逝过程。

---

[1] 贝格莱特:《从文字到影像:分镜画面设计和电影制作流程》,何煜译,人民邮电出版社,2015,第27页。

在架空历史改编影视剧中，岁时节令、娱乐饮宴等设定，不仅能连缀情节、增强诗意，还能侧面告知观众时间进程，在叙事上推动故事情节发展。通常女性向架空历史网络小说偏重情感而疏于世界观的架构，在时间线上容易混乱、碎片化，这不利于观众的观看体验。以《甄嬛传》为例，作为架空历史的连续剧，改编后的《甄嬛传》利用四季更替与节庆变化作为时间线索来开展线性叙事，依年布事。这样的叙事方式带有传统史传中"编年体"叙事的特点，试图在视觉艺术上呈现历史真实。

《甄嬛传》用服装、花卉植物、虫鸣雪声音效等细节来表现春夏秋冬四季的更替，用筵宴、节礼等来表明节庆的变化（见表4.1）。

表4.1 《甄嬛传》重要岁时节令、时间节点

剧中时间	集数	重要岁时节令、时间节点
雍正元年	第1—5集	第2集 甄嬛九月十五日进宫 第4集 沈眉庄承宠后赏菊花 第4集 换上冬装 第5集 除夕夜，甄嬛、雍正倚梅园相遇
雍正二年	第5—21集	第5集 元宵节礼 第6集 春天杏花开时雍正、甄嬛相遇 第11集 夏天太后、皇后叙话要打扇，圆明园避暑 第17集 七夕夜宴 第20集 十月十四日，年羹尧入宫 第21集 赏菊大会 第21集 下雪换冬装、新年宴
雍正三年	第22—36集	第22集 腊八节 第23集 春时疫 第25集 三月，甄嬛怀孕 第27集 四月十七日，甄嬛圆明园牡丹台过生日 第29集 酷暑，甄嬛罚跪翊坤宫流产 第31集 入七月开了石榴花 第32集 菊花开 第34集 换冬装、毓庆宫初雪家宴
雍正四年	第36—42集	第36集 开春听到雪化的声音 第37集 发放夏衣 第38集 圆明园避暑 第39集 入秋圣驾回銮 第40集 换冬装 第41集 过年看戏 第42集 腊月二十五日，年世兰烧碎玉轩

第四章 从文字到影像——视听艺术的转向与呈现

续表

剧中时间	集数	重要岁时节令、时间节点
雍正五年	第43—46集	第43集 二月二日，甄嬛封妃 第45集 甄嬛重阳节向太后献礼 第46集 十月，甄嬛生下胧月，去甘露寺 第46集 换冬装
雍正六年	第46—48集	第46集 换春装 第47集 允礼差阿晋给甄嬛送端午节礼 第47集 十月，胧月公主周岁 第48集 甄嬛入冬咳嗽，被赶出甘露寺
雍正七年	第48—51集	第48集 雪化了，雍正到清凉台看允礼 第48集 三月三日，上巳节甄嬛带节礼去看望舒太妃 第50集 四月十七日，沈眉庄提起甄嬛生日 第50集 夏天虫鸣 第51集 换冬衣，十二月二十三日允礼去滇藏
雍正八年	第52—61集	第52集 允礼去滇藏五十天未归 第53集 二月二日，甄嬛、雍正凌云峰相会 第55集 夏虫鸣 第58集 快入秋，合欢花凋谢 第60集 八月中秋宴 第61集 甄嬛被册封为贵妃，换冬衣
雍正九年	第61—67集	第62集 换春装 第64集 甄玉娆、慎贝勒比赛画春景 第64集 端午后六月四日，浣碧嫁果郡王 第66集 菊花开 第67集 冬日皇太后薨逝，天降大雪
雍正十年	第67—70集	第67集 元宵 第67集 换上春装 第69集 夏天夜晚虫鸣声、弘时选福晋打扇纳凉 第69集 敬妃说九月要折柳枝 第69集 换冬装
雍正十一年	第70—73集	第70集 换春装 第70集 三月十八日，先帝生辰 第72集 夏天，苏培盛让小夏子粘走鸣蝉 第72集 摩格可汗七月七日进京朝觐，允礼离京戍边
雍正十二年	第73集	字幕：三年后
雍正十三年	第73集	字幕：三年后
雍正十四年	第73—75集	第73集 三年后夏天荷花开时，允礼归来 第75集 秋天砍掉凝晖堂合欢花 第75集 十月，雍正万寿节 第75集 换冬装
雍正十五年	第75—76集	第75集 槿汐姑姑说"又是夏天了" 第76集 雍正驾崩，弘历登基，秋天合欢花开

按照表 4.1 的整理推算，《甄嬛传》用了 60 余集来叙述前 8 年的故事，而后 7 年的情节仅用了 15 集左右来叙述。这样既展现出该剧叙事的时间进程，又能用影像的方式来直观感知叙事节奏、速度的快慢。此外，笔者发现《甄嬛传》叙事时序有谬误之处：第 51 集末允礼是十二月二十三去的滇藏，逾五十日未归，甄嬛才被温实初告知允礼的"死讯"，那么此时至少应是第二年二月十三日左右了。随后第 52 集第 9 分钟，皇帝正审理齐妃谋害叶澜依之事，却听苏培盛说张廷玉上报南方秋洪泛滥冲垮堤坝政事，既叙述的是二月，怎会有秋洪泛滥？而后第 53 集，甄嬛设计让雍正来凌云峰相会，来时却还是二月二日，时间逻辑显然有重大纰漏。此外，第 55 集皇后说甄嬛才 22 岁，只大了四阿哥 7 岁，不能做他的额娘。根据剧中岁时节令叙事，此时已是第 8 个年头，而雍正元年甄嬛入宫 17 岁，甄嬛至少应是 25 岁了。第 74 集甄嬛说她"才 27 岁就有白发了"，而到第 74 集叙事都过去 14 年了，甄嬛此时至少应是 31 岁，这样一来，甄嬛年岁不仅不符合钮祜禄氏真正年龄的"历史真实"，亦不符合剧中所叙述的"艺术真实"。另外，根据梳理，该剧剧情至少过了 15 年，而历史上雍正在位仅 13 年，不符合"历史真实"。《甄嬛传》在叙事时间进程上出现这样的谬误，要么是在改编过程中将台词涉及的年限漏改，要么是在前 55 集中的岁时节令叙事剪辑中进行了多余的呈现，造成了历史真实与艺术真实的共同失真，值得架空历史改编影视剧创作引以为鉴。

在光影方面，架空历史改编影视剧注重光的空间引导与时间引导作用。影视剧是光影艺术，不同的布光方式，其明暗的设置、主体与背景的构造方式等，都能影响情绪氛围、展现戏剧冲突。例如在《知否知否应是绿肥红瘦》之中，全剧多采用自然光代替灯光，夜戏选用烛光进行侧面光照明，在地上铺满蜡烛并使用移动的大排烛光照亮演员脸部，辅以大光孔镜头，着力还原古人使用蜡烛产生的光源效果。光效明显偏暗，只能照亮周围一片区域，并且将烛光在跳动的过程中照在人脸、墙上之后形成的影影绰绰的效果原模原样展现出来，使角色所处的环境更具有真实质感，符合古代没有强光从演员头顶射下的真实逻辑，为观众营造古典氛围。

又如在《天盛长歌》中，摄影指导李希在拍摄前期学习了很多伦勃朗、鲁

第四章　从文字到影像——视听艺术的转向与呈现

本斯的画作，对明暗对比画法等用光手法进行了模拟，在人工光的运用上下了很大功夫。①该剧用灯量极大，同时在人工光照明时大多采用低色温、大功率钨丝灯作为主要光源照明。根据场景的不同，会在局部采用有色光为辅助光，甚至在特定的场面气氛上大胆尝试了"高反差、大光比"的运用，充分展现了该剧"新古典主义"的美学特征。

色彩是影视剧视觉表现的重要组成部分，色彩的运用蕴藏着主创人员对影视剧内容的理解及对时代的思考。古人在绘画实践中形成了"随类赋彩"的色彩表现方法，体现在影视剧中，就是根据时代背景的不同与剧情的需要赋予不同的色彩，调整画面的整体色调，更好地为内容服务。在色彩方面，架空历史改编影视剧百花齐放，各有特色。架空历史网络小说改编影视剧的色彩根据朝代审美特色进行想象，如秦汉的古朴典雅、魏晋的飘逸风流、唐朝的雍容华贵、宋朝的简淡清雅、明朝的大气端庄……

传统的历史剧创作受历史真实性的制约，拍摄制作成本极高，而"就虚向"架空历史作品场景设计则有了很大的创新空间。除了前述引例的"趋实向"，小成本网剧也在"架空历史"特性下解放出来，利用前卫摩登的色彩渲染场景氛围、传达角色情绪。例如网剧《太子妃升职记》，其色彩搭配就颠覆了传统的"青绿点金"冷色调，利用玫粉色的纱帘、蒂凡尼蓝的梁柱等营造一种梦幻艳丽的效果，令人耳目一新。虽然剧组预算有限，但是该剧摄影指导白井泉在多番考量后，采用单组双机的方式进行拍摄，并根据该剧色彩绚丽唯美的特点，采用良好的色彩还原度与高饱和度的索尼 F55 进行拍摄。他表示："作为摄影师，高预算的情况下我们当然能拍得更好，但是低成本我们也要做到极致，创造力与用心才是根本。"②

总体而言，就蒙太奇的剪辑组接、摄影机的运动方式与画面的构图、光效、色彩等视觉呈现手段而言，架空历史网络小说改编影视剧与其他小说改编影视

---

① 华策影视微信公众号：《专访摄影师李希：〈天盛长歌〉如何将 2.35 : 1 带上电视荧屏》，2018 年 8 月 16 日，https://mp.weixin.qq.com/s/xH6b6LhI4p5EdajzpZmpGg，访问日期：2023 年 4 月 7 日。
② 王可舒：《〈太子妃升职记〉：古装剧的破与立 专访〈太子妃升职记〉摄影指导白井泉》，《数码影像时代》2016 年第 2 期。

· 179 ·

剧没有太大的区别。这就好比文字语言的构成一样，语句中变化的是词汇，不变的是语法。运用到影视剧的创作之中，则为组成视听语言的方式并没有改变，剪辑拼接画面的手段也与其他影视剧呈现方式大同小异。当然，架空历史网络小说改编影视剧在此方面也有其区别于其他题材影视剧的特色。架空历史题材因其情节等内容真实性的缺失，故而讲求情节展现视觉效果的古典审美补偿。用看似真实的、具有中国传统古典审美特质的画面，营造历史题材的古典氛围感，弥补故事真实性的不足，达成历史真实的视觉假象复归。

二、听觉艺术的古典特性

影视剧声音是"语言艺术、音乐艺术和音响艺术的综合。他们在影视作品中相互配合、相互作用，创造一种综合性的声音效果"[①]。影视剧的听觉艺术主要是由人声、配乐以及音响构成，通过声音语言可以巧妙地营造架空历史改编影视剧的古典气氛，推动剧情的发展。

影视剧语言艺术的古典性主要体现在剧名、台词等方面。架空历史网络小说改编影视剧名称多引用或化用古典诗词、典故。如《知否知否应是绿肥红瘦》引自李清照《如梦令》，《寂寞空庭春欲晚》引自刘芳平《春怨》，《不负如来不负卿》引自仓央嘉措《六世达赖》，《愿我如星君如月》引自范成大《车遥遥篇》，《皎若云间月》引自卓文君《白头吟》，《春闺梦里人》引自陈陶《陇西行》，《鹤唳华亭》化用自《世说新语》典故……其余如《凤归四时歌》《公子何时休》《霜落又识君》《玉面桃花总相逢》《星汉灿烂·月升沧海》《为有暗香来》等剧名，亦注重营造古色古香的韵味。《知否知否应是绿肥红瘦》编剧余飞曾指出："这些剧取名的目的并不是让你看懂这个戏讲什么，只是想传递出某种气质，这种气质来自网络小说，很多时候它就是一种广告。"[②] 温儒敏更是一语道破其中玄机："这些很特别的电视剧剧名，归根到底是网络小说市场细分出的消费群体所

---

① 严前海：《电视剧艺术形态》，复旦大学出版社，2009，第69页。
② 徐颢哲：《"七言诗"剧名 傻傻辨不清》，2017年9月22日，https://www.sohu.com/a/193710878_161623，访问日期：2023年4月12日。

决定的。"[1] 这些剧名体现了架空历史网络小说的唯美特性，影视剧要吸引观众，特别是年轻观众，就要在影视作品名称"网感"上下功夫。

小说作者在构建故事情节时，为了展现人物心理，让叙事艺术更加丰富，通常将人物表述语言隐藏在叙述类语言中。在架空历史网络小说影视剧改编过程中，小说中的人物语言无法直接转化成影视角色间的对白，因此在改编时，应留意人物台词前后渲染的语境，构建历史真实感。在角色台词上，架空历史网络小说改编影视剧擅长使用古色古香的语言，辅以诗词、典故、专用称谓等的运用，构建古典氛围。

例如在《甄嬛传》中，原著作者同样也是电视剧编剧的流潋紫的文风与台词明显受到《红楼梦》的创作影响。她运用诗化语言和古典方言增添了作品的古典气质与历史特性，半文半白的语体、回环往复的语句形成了《甄嬛传》独特的语言风格。流潋紫说："电视剧的语言风格是以《红楼梦》为学习样本，对话中有《红楼梦》里常用的'这会子''我原是''巴巴等了来'。"[2]《红楼梦》的语言风格基本上是以乾隆时期的北京话为基调，夹杂着部分南京、苏州一带的方言。《甄嬛传》中大量使用了"物事""忖度""攀扯""法子""高枝儿"等京味儿词语及"欲""唤""方"等明清白话小说常用词语。改编后的《甄嬛传》基本上维持了原著语言风格，并深入挖掘《红楼梦》语言的精髓，展现悲剧美学的韵味。其对《红楼梦》的模仿正体现了架空转换后对清朝时期人物对白语言的模仿，这也是《甄嬛传》之所以将叙事时空置换到清朝时期的重要原因。

《甄嬛传》的配音有其自身特色，与现代影视作品形成一定对比。语调不急不缓，人声清晰度高，重音顿挫有力，音色婉转有古意。特别是太监等宫人的配音，体现了古装宫廷剧人物特有的风格。如内务府总管黄规全，便吊着嗓子说话，腔调又尖细又亮堂，还不时在转音处破音。不同身份地位的角色音强、音长、语气区别度高，如皇上说话声如洪钟、不容置疑，皇后说话语调偏长、端庄稳重，华妃语气慵懒骄横、盛气凌人，而奴婢说话便气息微弱、柔软轻细，

---

[1] 徐颢哲：《"七言诗"剧名 傻傻辨不清》，2017年9月22日，https://www.sohu.com/a/193710878_161623，访问日期：2023年4月12日。

[2] 王磊：《流潋紫谈甄嬛传的语言：以〈红楼梦〉为样本》，《参花·下》2012年第5期。

带有鲜明的阶层、等级差异。

架空历史网络小说改编影视剧台词中常常直接引用、化用古典诗词、典故等，以情寓景，以景衬情，增添诗意的审美韵味，体现架空历史特色。例如，《甄嬛传》不仅使用了东施效颦、班婕妤却辇、戚夫人成人彘、顺治帝与董鄂妃等典故，还用了大量诗词曲赋、戏文名篇来推动情节发展，提升作品的古典气质，或直接引用，或修改截用，或灵活化用。在原著中，涉及的古诗词从先秦《诗经》一直到清代纳兰容若的《木兰花·拟古决绝词柬友》，多达七十余首，本书对剧集中的引用及其用处进行了不完全统计（见表4.2），发现改编后的《甄嬛传》涉及的光戏曲名就有《游园惊梦》《完璧归赵》《窦娥冤》《刘金定救驾》《鼎峙春秋》《薛丁山征西》《劝善金科》《瑶台》《南柯记》《娘子关》等十余处，运用的诗词曲赋名篇更是数不胜数，增强了该剧的古典意境与"信史"效果。

表4.2 《甄嬛传》涉及诗词曲赋戏文名著出处、用处

集数	涉及的诗词曲赋戏文名著	出处	用处
第1集	嬛嬛一袅楚宫腰	宋·蔡伸《一剪梅·堆枕乌云堕翠翘》	甄嬛回答皇帝自己名字的由来[①]。
第2集	菀菀黄柳丝，濛濛杂花垂。	唐·常建《春词》	皇帝给甄嬛赐封号，皇后言道。
第4集	宁可枝头抱香死，不曾吹落北风中。	宋·郑思肖《寒菊》	皇帝问沈眉庄为何喜欢菊花。
第5集	朔风如解意，容易莫摧残。	唐·崔道融《梅花》	皇帝甄嬛除夕相遇，甄嬛许愿。
第5集	玉楼金阙慵归去，且插梅花醉洛阳。	宋·朱敦儒《鹧鸪天·西都作》	皇帝误寻余莺儿，被果郡王识破。
第6集	杏花疏影里，吹笛到天明。	宋·陈与义《临江仙·夜登小阁忆洛中旧游》	甄嬛出门散心，表明时间的过渡。
第7集	愿得一心人，白首不相离。	化用自汉·卓文君《白头吟》	甄嬛许愿。

[①] 《甄嬛传》此处台词有误，"嬛嬛一袅楚宫腰"中的嬛嬛应念作"xuān"，而不是"huán"。语出《史记·司马相如列传》"柔桡嬛嬛，妩媚姌袅"，形容女子轻柔美貌。

第四章　从文字到影像——视听艺术的转向与呈现

续表

集数	涉及的诗词曲赋戏文名著	出处	用处
第7集	清水出芙蓉，天然去雕饰。	唐·李白《经乱离后天恩流夜郎忆旧游书怀赠江夏韦太守良宰》	皇帝赞甄嬛。
第9集	分明曲里愁云雨，似道萧萧郎不归。	唐·白居易《听弹湘妃怨》	皇帝听甄嬛弹《湘妃怨》。
第13集	缥色玉柔擎。	南唐·李煜《菩萨蛮·寻春须是先春早》	允礼初见甄嬛。
第13集	翩若惊鸿，婉若游龙。	魏·曹植《洛神赋》	曹贵人请甄嬛作惊鸿舞。
第14集	奈何嫉色慵慵，妒气冲冲。夺我之爱幸，斥我于幽宫。	唐·江采萍《楼东赋》	华妃借惊鸿舞陈情。
第14集	月明星稀，乌鹊南飞，绕树三匝，终于有树可依。	化用魏·曹操《短歌行》	甄嬛恳求皇后相助安陵容。
第17集	金风玉露一相逢，更胜人间无数。	化用宋·秦观《鹊桥仙·纤云弄巧》	桐花台甄嬛允礼相遇。
第18集	情不知所起，一往而深。生者可以死，死亦可生。	明·汤显祖《牡丹亭》	甄嬛、允礼泛舟湖上。
第19集	十年生死两茫茫，不思量，自难忘。	宋·苏轼《江城子·乙卯正月二十日夜记梦》	雍正思念纯元皇后。
第20集	何当共剪西窗烛，却话巴山夜雨时。	唐·李商隐《夜雨寄北》	甄嬛、雍正夜话。
第22集	当其同利之时，暂相党引以为朋者……及其见利而争先，或利尽而交疏，则反相贼害。	宋·欧阳修《朋党论》	雍正问甄嬛对朋党的看法。
第22集	眼见他高楼起，眼见他高楼塌。	清·孔尚任《桃花扇》	甄嬛为皇后辩解。
第22集	守得云开见月明。	元·施耐庵《水浒传》	安陵容为皇后辩解。
第25集	庭前芍药妖无格，池上芙蕖净少情。唯有牡丹真国色，花开时节动京城。	唐·刘禹锡《赏牡丹》	甄嬛讽刺华妃尊卑不分。
第29集	鄙人愚暗，受性不敏，蒙先君之余宠，赖母师之典训。年十有四，执箕帚于曹氏，于今四十余载矣。战战兢兢，常惧绌辱，以增父母之羞，以益中外之累。夙夜劬心，勤不告劳，而今而后，乃知免耳。	东汉·班昭《女戒》	甄嬛被年世兰罚跪背诵《女戒》，以致小产。

·183·

续表

集数	涉及的诗词曲赋戏文名著	出处	用处
第 33 集	帘卷西风，人比黄花瘦。	宋·李清照《醉花阴·薄雾浓云愁永昼》	甄嬛丧子。
第 34 集	遣妾一身安社稷，不知何处用将军。	唐·李山甫《代崇徽公主意》	甄嬛感叹朝瑰公主和亲准格尔。
第 37 集	易求无价宝，难得有情郎。	唐·鱼玄机《赠邻女》	甄嬛向其母诉衷情。
第 37 集	含情欲说宫中事，鹦鹉前头不敢言。	唐·朱庆馀《宫词》	甄嬛母亲劝其说话需谨慎。
第 37 集	红颜弹指老，未老恩先断……斜倚薰笼坐到天明……	化用唐·白居易《后宫词》	甄嬛与安陵容叙话。
第 38 集	射人先射马，擒贼先擒王。	唐·杜甫《前出塞》	甄嬛表明要教训芝答应就得先扳倒华妃。
第 45 集	朱弦断，明镜缺，朝露晞，芳时歇，白头吟，伤离别，努力加餐勿念妾，锦水汤汤，与君长诀。	汉·卓文君《诀别书》	甄嬛伤心出宫。
第 49 集	芭蕉不展丁香结，同向春风各自愁。	唐·李商隐《代赠二首·其一》	允礼向甄嬛表达心意。
第 49 集	碧玉小家女，不敢攀贵德。	晋·孙绰《碧玉歌》	甄嬛回绝允礼。
第 49 集	积石如玉，列松如翠，郎艳独绝，世无其二。	乐府神弦曲《白石郎曲》	甄嬛爱上允礼。
第 50 集	一张机，采桑陌上试春衣。风晴日暖慵无力，桃花枝上，啼莺言语，不肯放人归。两张机，行人立马意迟迟。深心未忍轻分付，回头一笑，花间归去，只恐被花知……四张机，咿哑声里暗颦眉。回梭织朵垂莲子，盘花易绾，愁心难整，脉脉乱如丝。五张机，横纹织就沈郎诗。中心一句无人会，不言愁恨，不言憔悴，只恁寄相思……七张机，鸳鸯织就又迟疑。只恐被人轻裁剪，分飞两处，一场离恨，何计再相随？	宋·无名氏《九张机》	允礼进宫侍疾，甄嬛允礼花笺通信。

第四章 从文字到影像——视听艺术的转向与呈现

续表

集数	涉及的诗词曲赋戏文名著	出处	用处
第 50 集	山不在高,有仙则名。水不在深,有龙则灵。斯是陋室,唯吾德馨。	唐·刘禹锡《陋室铭》	弘时背书。
第 54 集	大学之道,在明明德,在亲民,在止于至善。知止而后有定,定而后能静,静而后能安,安而后能虑,虑而后能得。	春秋·曾参《大学》	弘历背书。
第 60 集	但愿人长久,千里共婵娟。	宋·苏轼《水调歌头·明月几时有》	雍正九年中秋宴贺词。
第 60 集	至近至远东西,至深至浅清溪。至高至明日月,至亲至疏夫妻。	唐·李治《八至》	甄嬛叹夫妻情分。
第 61 集	身无彩凤双飞翼,心有灵犀一点通。	唐·李商隐《无题》	灵犀公主封号来由。
第 61 集	掌上珊瑚怜不得,却教移作上阳花。	明·吴伟业《古意》	允礼送甄嬛珊瑚手串。
第 62 集	香中别有韵,清极不知寒……朔风如解意,容易莫摧残。	唐·崔道融《梅花》	皇后赞安陵容冰嬉梅花舞。
第 62 集	渺万里层云,千山暮雪,只影向谁去。	金·元好问《摸鱼儿·雁丘词》	甄玉娆与慎贝勒共赏崔白《秋蒲蓉宾图》。
第 66 集	美淑人之妖艳,因盼睐而倾城。扬绰约之丽姿,怀婉婉之柔情……既惠余以至欢,又结我以同心。交恩好之款固,接情爱之分深。	西晋·张华《永怀赋》	雍正想给甄玉娆赐名甄玉婉。
第 69 集	名花倾国两相欢。	唐·李白《清平调》	弘时称赞瑛贵人。
第 73 集	春日宴,绿酒一杯歌一遍,再拜陈三愿,一愿郎君千岁,二愿妾身常健,三愿如同梁上燕,岁岁常相见。	唐·冯延己《长命女》	皇帝疑心甄嬛和允礼,要让甄嬛去准格尔和亲。
第 73 集	春风不度玉门关。	唐·王之涣《凉州词》	果亲王戍边三年。
第 75 集	婉伸郎膝上,何处不可怜。	晋乐府《子夜歌·其三》	皇帝回忆当初和甄嬛圆明园消暑场景。

· 185 ·

历史是一种布景,如需在台词语言中体现历史感,就需要营造一种古典韵味。架空历史网络小说的语言风格大多细腻华美,古色古香。一般而言,影视剧的影像语言是不能完美传达出原著语言要传达的情思与风致的,而《甄嬛传》的语言对白却古意盎然,隽永多姿,广受称道。电视剧《甄嬛传》为营造出原著的古典意境,许多台词都照搬原著,甚至不少语句比原著更为精美。如甄嬛初见安陵容时,剧中台词就由原著的"人要衣装,佛要金装。姐姐衣饰普通,那些人以貌取人就会轻视姐姐"[1]变成了"先敬罗衣后敬人,世风如此,到哪儿都一样。姐姐衣饰略素雅了些,那些人难免会轻视姐姐"。这样的台词便比原书更有典雅的诗意美。剧中增加的诗句不止这一处,如甄嬛除夕雪中遇见皇帝,念出了崔道融之诗"朔风如解意,容易莫摧残";允礼用"玉楼金阙慵归去,且插梅花醉洛阳"来试探余莺儿是否为梅林里的女子;皇帝听出甄嬛《湘妃怨》里的哀怨,感叹道"分明曲里愁云雨,似道萧萧郎不归",等等,既推动了情节发展,又展现了电视剧《甄嬛传》风格的典丽与对白的脱俗。《甄嬛传》涉及的古诗词曲赋从先秦横跨到明清,改编如果架空在其他朝代,为了历史真实,势必会删除大量的诗词、典故,如此便会降低古典韵味,影响原作表达。

又如《鹤唳华亭》从作者笔名、书名、章节标题到小说内容,无一不频繁用典。作者以"白龙鱼服""棠棣之花""襄公之仁""金谷送客"等作为章节标题,用典故高度概括章节内容,令读者感慨于作者的文字功底与良苦用心。改编后的《鹤唳华亭》采用半文言文作为台词,更是凸显古典精英文化意识。如在第12集中,刺史李明安询问皇帝:"陛下密诏回臣,不单只是为了武德侯之事吧?"皇帝没有直说缘由,只念了一句台词:"微我无酒,以敖以游。耿耿不寐,如有隐忧。"[2]此句出自《诗经·邶风·柏舟》,李明安便立刻反应过来皇帝想要解决的麻烦是中书令李柏舟。剧中未曾对用典有任何解释,"释读"之责被抛给了观众,以至于弹幕上有人评论道:"没点儿语文功底都看不懂剧了。"该

---

[1] 流潋紫:《后宫·甄嬛传》第一册,浙江文艺出版社,2015,第4页。
[2] 杨文军:《鹤唳华亭》第12集,优酷,https://v.youku.com/v_show/id_XNDQyODk4MzE1Mg==.html?s=e438e14b3fa94613a1bb&spm=a2hje.13141534.1_3.d_2_12&scm=20140719.apircmd.240015.video_XNDQyODk4MzE1Mg==,访问日期:2023年4月12日。

剧多次借用古典诗词传递行动指示，拉开了观看的文化间离，需要观众调动文学背景参与释读的过程，进而形成对《鹤唳华亭》古典风格的确认，提升了审美格调。适度的用典与古色古香的语言是有利于展现架空历史特色的，但是用力不当亦会显得矫揉造作，如在《知否知否应是绿肥红瘦》里，为追求台词古雅，故意缩减雅化词语，出现了"手上的掌上明珠""恃宠不骄""款待不周"等语病。

此外，架空历史改编影视剧音乐艺术的古典美，集中展现在配乐中对中华民族乐器的有效运用，箫、笛、琴等具备鲜明音色音调的民族乐器，出现在人物登场、专场等环节之中，可以彰显人物性格特色，加强感情色彩。配合情节播出则可以确立场景、推动故事情节发展，强化影片高潮，烘托古典气氛，抒发核心主题内涵。

《知否知否应是绿肥红瘦》的主题曲《知否知否》歌词改编自《如梦令·昨夜雨疏风骤》。曲调古风古韵，绵长哀婉中又带着不屈和挣扎。在表现盛明兰性格背景音乐的选择上，使用古筝、竖琴、竹笛等作为主奏乐器，完美展现了盛明兰成长过程中的复杂情绪。

《鹤唳华亭》剧组的文化与礼仪顾问团队为了让该剧更富文化感与时代代入感，特意使用雅乐还原宋代音乐，并制作了雅乐乐器，运用在太子冠礼等重要场景，增加听觉艺术的真实感。[①]

《甄嬛传》亦把诗词曲赋与插曲配乐结合，增强艺术感染力与古典意蕴。本书对剧中出现的曲子进行不完全梳理（见表4.3），其中《红颜劫》《凤凰于飞》化用了《诗经》和宋词的词句，《金缕衣》《菩萨蛮》《采莲曲》等曲直接取自乐府、诗词。剧组设置了古曲顾问，配乐在和声、转调、配器等创作方式对古曲有所创新，但是仍旧体现了中国传统音乐的古朴清丽，完美地呈现出了该剧的古典意蕴。

在音响艺术方面，架空历史改编影视剧注重听觉艺术的质感。如《天盛长歌》就创新性采用杜比全景声沉浸式音频播放，杜比全景声沉浸式音频带来更具包围感的声场，音质更接近电影级别，能更好展现台词、配乐等的质感，给

[①] 杨文军：《导演回复网友提问》，优酷，https://v.youku.com/v_show/id_XNDk3MzUyMjczMg==.html?playMode=pugv&frommaciku=1，访问日期：2023年4月13日。

表4.3 《甄嬛传》涉及曲名、曲词及用处

集数	曲名	剧中出现的曲词	用处
第6集	《杏花春雨》	无（借鉴宋·姜夔《杏花天影·绿丝低拂鸳鸯浦》）	甄嬛、雍正倚梅园初遇，甄嬛吹箫。
第7集	宋·张玉娘《山之高三章》	山之高，月出小。月之小，何皎皎。我有所思在远道，一日不见兮我心悄悄。	甄嬛等不到雍正，心情低落。
第9集	宋·曹勋《湘妃怨》	雨潇潇兮洞庭，烟霏霏兮黄陵。望夫君兮不来，波渺渺而难升。	雍正去了齐妃处，甄嬛伤心。
第12集	明·《山居吟》	无	雍正让甄嬛弹琴。
第13集	魏·曹植《洛神赋》	翩若惊鸿，婉若游龙。荣耀秋菊，华茂春松。仿佛兮若轻云之蔽月，飘飘兮若流风之回雪。远而望之，皎若太阳升朝霞；迫而察之，灼若芙蕖出渌波。	甄嬛跳《惊鸿舞》，沈眉庄抚琴，安陵容唱歌。
第16集	唐·无名氏《金缕衣》	劝君莫惜金缕衣，劝君须惜少年时。有花堪折直须折，莫待无花空折枝。	安陵容因唱《金缕衣》得宠。
第20集	唐·温庭筠《菩萨蛮·小山重叠金明灭》	小山重叠金明灭，鬓云欲度香腮雪。懒起画蛾眉，弄妆梳洗迟。照花前后镜，花面交相映。新帖绣罗襦，双双金鹧鸪。	华妃得宠，召安陵容唱《菩萨蛮》。
第20集	宋·秦观《鹊桥仙·纤云弄巧》	纤云弄巧，飞星传恨，银汉迢迢暗度。金风玉露一相逢，便胜却人间无数。柔情似水，佳期如梦，忍顾鹊桥归路。两情若是久长时，又岂在朝朝暮暮。	甄嬛替安陵容弹词《鹊桥仙》。
第31集	汉乐府《江南》	江南可采莲，莲叶何田田。鱼戏莲叶间。鱼戏莲叶东，鱼戏莲叶西，鱼戏莲叶南，鱼戏莲叶北。	安陵容复宠，晋贵人。
第33集	唐·李白《长相思》	长相思，在长安……美人如花隔云端。上有青冥之长天，下有渌水之波澜。天长路远魂飞苦，梦魂不到关山难。	允礼吹奏《长相思》，以解甄嬛丧子之痛。
第48集	唐·李白《长相思》	长相思，摧心肝……日色欲尽花含烟，月明如素愁不眠。赵瑟初停凤凰柱，蜀琴欲奏鸳鸯弦。此曲有意无人传，愿随春风寄燕然。忆君迢迢隔青天。昔时横波目，今作流泪泉。不信妾肠断，归来看取明镜前。	甄嬛、允礼琴笛合奏《长相思》。
第66集	《诗经·国风·淇奥》	无（《甄嬛传》此处配音有误，皇帝误将奥 yù 念作 ào）	甄玉娆弹奏《淇奥》，表明喜欢慎贝勒。
第69集	《高山流水》	无（《甄嬛传》此处有误，剧中配乐为古筝曲《渔舟唱晚》）	瑛贵人弹筝。

观众升级的观剧体验。

如此，架空历史网络小说改编影视剧就能结合语言艺术、音乐艺术和音响艺术，对架空历史听觉艺术的古典特性有更完美的展现。主创团队利用视听艺术的古典特质对架空历史情节的真实性缺失进行补偿，让观众沉浸在创作者设置的逼真历史情境中。

第二节　架空历史的奇观营造：环境的临场感

在消费时代，架空历史 IP 本质上是一种注意力经济，依赖于大众的关注程度。"只有大众对某种产品注意了，才有可能成为消费者，购买这种产品。而要吸引大众的注意力，重要的手段之一，就是视觉上的争夺。"[①]

从电影《英雄》开始，视觉奇观不再是叙事的点缀和附庸。叙事空间的视觉效果比历史空间的真实性更有吸引力，在影视剧中占据着越来越重要的地位。架空历史 IP 要求画面唯美，给人强烈的视觉冲击，注重历史真实与影像美感的结合。近年来，随着《长安十二时辰》《清平乐》等历史作品的热播，服化道的考据工作越发重要，架空历史影视剧也更趋向视觉重史写实。

所谓真实的"历史氛围"，它包罗对官制、礼仪、称谓、服饰、风俗、舆地、器物等丰富的文化意蕴和较强的时代性的事物描绘。环境的历史氛围感营造至少包含工具、饮食、舟车等物质层面与制度、习俗、观念等精神文化层面。架空历史网络小说改编影视剧就是在物质与精神环境的营造中，通过"古风景观"的视听奇观构建，形成系统的"古典表达"，虚构历史真实氛围。

---

① 禾磊、陶东风、贺玉高：《大众文化教程》，广西师范大学出版社，2008，第280页。

一、场景、道具等物质构成的营建

马立新指出:"一部电影是否能实现亚里士多德意义上的内蕴真实并不是最重要的,最重要的是首先要让观众相信眼前的这个影像世界本身是真实可信的。"[1] 架空历史改编既然选择了特定的时代或虚构了未有的时空,就要在展现人物、情节的同时展示那个朝代特定的文化、礼仪、服饰、风俗、饮食,等等,必须符合该历史朝代要求,即使是完全架空的朝代也要将影像落地。

由于影视工业化的到来,视觉化场景的搭建、道具的陈设等制作过程越发产业化。架空历史 IP 改编普遍追求场景宏大壮丽、道具景致唯美精致,具有趋同的审美特质。这样重复的、可复制的审美特质慢慢规束了受众对文本构建的世界的感知方式和审美心理,受众的审美方式也变得越来越媒介化、视觉化。

于主创团队而言,架空历史可以降低创作难度,既可以避免歪曲历史被影视审查机构"枪毙",又可以避免被历史爱好者查证举报。但吊诡的是,往往大制作正剧向架空历史影视作品比非架空的古装影视剧更追求历史真实感,力求营造出令人信服的历史环境,用考证后的细节营造弥补情节、人物的虚构,以达到将观众带入古典氛围之中的目的。因此,有学者认为,架空历史叙事在"形式上是反历史的,但实质却对历史有一种深刻的认同"[2]。但这个认同的本质并不是对历史真实的认同,而是根植于消费社会对二次元网络文化的认同。

在一部影视作品中,特别是古装题材,场景、道具、陈设这三项是观众关注的焦点,也是美术实际操作的难点。要制作一部精美的古装影视作品,场景的搭建至关重要。这也是架空历史影视作品古蕴显现的关键。在视觉先行时代,美术部门会先同导演、投资方做场景的取舍讨论,特别是世界观宏大的架空历史作品,空间逻辑是怎样的?主人公的运动轨迹如何?哪些场景必须再现?这些都是美术设计要集中攻克的地方。

---

[1] 马立新:《奥斯卡艺术研究》,人民出版社,2015,第387页。
[2] 许道军、葛红兵:《叙事模式、价值取向、历史传承——"架空历史小说"研究论纲》,《社会科学》2009年第3期。

《鹤唳华亭》美术指导陈浩忠表示："美术也可以算剧组的灵魂人物，因为我们是视觉艺术，在荧幕上呈现的东西，都是我们美术部门做的。"①美术部门根据不同角色的特质，搭建了不同风格的宫殿，如太子的东府主调黑棕，占地面积大，窗框等布景样式多变，富有多样性；皇后的懿德宫主调在红色之中增加橘红，添加了园林化的布景，体现后宫的生活特色与女性特征；皇帝的晏安宫主调为红色，受宋画启发采取均衡不对称设计，没有过于刻板威严。②

　　搭建的丹凤门广场占地1.5万平方米，城墙高11米，超过了象山襄阳城的高度，亦是《鹤唳华亭》中的浓墨重彩的一笔。③丹凤门在历史上是唐朝大明宫的南门，而《鹤唳华亭》剧组却在宋制的服饰、器物、场景中添加了唐代的视觉样式，体现了"全架空"历史网络小说改编影视剧跨媒介叙事后各朝代元素杂糅的特征。

　　除实景搭建外，特效技术的辅助也让视觉呈现更加真实，带给观众历史真实的虚拟体验。如《天盛长歌》的特效风格偏向于"写实"，即特效服务于实景。为运用好特效而不被观众看出痕迹，制作团队为如何还原写实派网络小说中宏大场面这一问题做出了创新性示范。例如，"水淹府邸的外景拍摄，我们采用了以实际拍摄等比例缩小模型为主、特效建模为辅的拍摄手段，使画面更加真实。因为模型搭建完成后水淹只有一次拍摄机会，我们在摄影机的摆放以及镜头焦距的选择等做了很多工作。在不足20平方米的模型沙盘里，要摆下8台摄影机，而且要做到角度取景接近真实景地的视角"。④

　　此外，趋实向影视作品常模仿古画进行布景。《知否知否应是绿肥红瘦》导演张开宙表示："《知否》小说虽然是古装现实题材，但它毕竟还是一个虚构的故事，所以我们选择相对架空的年代。但是即使再架空，你在美术上或者在造

---

① 采访陈浩忠：《〈鹤唳华亭〉美术特辑，每一个场景都是细心雕琢》，https://v.youku.com/v_show/id_XNDQzNzMwNjU0NA==.html?playMode=pugv&frommaciku=1，访问日期：2023年4月13日。
② 采访陈浩忠：《〈鹤唳华亭〉美术特辑，每一个场景都是细心雕琢》，https://v.youku.com/v_show/id_XNDQzNzMwNjU0NA==.html?playMode=pugv&frommaciku=1，访问日期：2023年4月13日。
③ 第一剧集：《专访陈浩忠：打造扎实传统国风，是一次享受》，2019年11月22日，https://www.sohu.com/a/355458952_120006621，访问日期：2023年4月13日。
④ 华策影视公众号：《专访摄影师李希：〈天盛长歌〉如何将2.35∶1带上电视荧屏》，2018年8月16日，https://mp.weixin.qq.com/s/xH6b6LhI4p5EdajzpZmpGg，访问日期：2023年4月7日。

第四章　从文字到影像——视听艺术的转向与呈现

型上也要有一个风格。"[①] "对美术风格这一块儿,我首先还是基于历史。他们都是经过一两百年或者几百年的摸索,所以说我能把它的味道尽量还原出来,我就觉得已经在体会古人的智慧了。"[②] 美术指导王竞也指出:"我觉得其实对古装戏来说,更多的是一种气质体现。我们这个戏更多是一种对自然质感的追求。"[③] 因此,《知否知否应是绿肥红瘦》场景的营建更多是在参考古画等史料的基础上,模拟北宋市井生活、府宅生活的烟火气息。

例如,《知否知否应是绿肥红瘦》剧组就借鉴张择端《清明上河图》中的文化元素,对宋代的街景布局、市井风貌进行复刻。美术执行傅春旭说:"咱们在实际拍摄的时候,也是分了三到四条街道。这个街道名和店铺名,我们很多其实是按照书上的名字来复原的。"[④] 剧中男主角多次骑马路过同一个街景,旁边的店铺挂着"十千脚店""美禄"等招牌,即为《清明上河图》画中元素的例证体现。

剧中盛家北上回京时所乘坐的船只也是参考了宋画中的汴河船,并"按照画上面的比例,把古船画出来然后推翻,画出来推翻,到最后算是找了一个比较合适的比例,适合拍戏的比例,在横店把这个船给复制出来了"[⑤]。这个全剧组最大的道具,最终被拆分为三个部分,通过拍摄手段打造视觉上三艘船的场景,尽最大力度对宋代场景进行模拟展现。

德斯蒙德曾言,文字描述物质世界具有模糊性,"无论作者使用多么具体和详细的措辞,他的文字语言终究是不确定和未指明的"[⑥]。在从文本叙事到影像叙事的转变改编中,若想要意义的确定与指明,除将场景设定落到实处外,还要对道具、陈设等进行严谨设计,力求做到美学与历史相结合。

[①] 《知否知否应是绿肥红瘦》官方微博:《美术特辑·道具篇》,2019年1月12日,https://weibo.com/6109452047/4327638161654884,访问日期:2023年4月14日。
[②] 《知否知否应是绿肥红瘦》官方微博:《美术特辑·场景篇》,2019年1月26日,https://weibo.com/6109452047/4332742659851352,访问日期:2023年4月14日。
[③] 《知否知否应是绿肥红瘦》官方微博:《美术特辑·场景篇》,2019年1月26日,https://weibo.com/6109452047/4332742659851352,访问日期:2023年4月14日。
[④] 《知否知否应是绿肥红瘦》官方微博:《美术特辑·场景篇》,2019年1月26日,https://weibo.com/6109452047/4332742659851352,访问日期:2023年4月14日。
[⑤] 《知否知否应是绿肥红瘦》官方微博:《美术特辑·道具篇》,2019年1月12日,https://weibo.com/6109452047/4327638161654884,访问日期:2023年4月14日。
[⑥] 约翰·M.德斯蒙德、彼得·霍克斯:《改编的艺术:从文学到电影》,世界图书出版社,2015,第46页。

例如，在《甄嬛传》中，要将场景落实在清朝雍正年间，就要在镜头语言、画面上体现该时代的古典性、历史性。剧中的字画摆件均古色古香、力求真实。剧组请了熟悉清史的陈浩忠做美术指导，专门运送了两大车明清红木家具到横店拍摄，又在景德镇定制了一批清朝宫廷瓷器，"连皇后宫里摆放的砚台都是上百万元的真品"[1]。纳凉取香的风轮、华妃宫中的西洋钟、按脸的玉轮等器物，都符合了该剧所设定的朝代应有的场景陈设。

又如《知否知否应是绿肥红瘦》为了使画面最大限度地还原北宋时期的风貌，主创团队根据历史资料，专门烧制了1600多件瓷器，复刻了900多件家具。剧中的圈椅、官帽椅、松年椅等家具，酒器、碗具等瓷器都能在宋代绘画和文物中找到对应参考。例如，盛华兰定亲时，大娘子手中的五瓣花形酒器就类似现藏于故宫博物院的一款宋白釉花口高足杯。剧组还按照道具的珍贵程度给不同等级的人物家里进行不同的配置，如皇宫中出现汝窑，侯府用钧窑，用以区分等级。

《鹤唳华亭》中所有宋制器物、文房用品、点茶工具等道具，都由美术复原考据，一件件画出来或由瓷器厂定制，筹备拍摄期间画的场景草图、道具细节图都有几十册。[2] 美术指导陈浩忠回忆："《鹤唳华亭》道具设计图就有567种，旗子就达100多种，而每种又会做若干数量。""以文化为切入点是美术的基石，每一件陈设透露的都是文化的底蕴，既要把文化抓准，又要恰如其分地贴切，是影视美术的关键。"为了更加精准，剧组也参考了大量古代绘画作品，如《千里江山图》《潇湘图》《韩熙载夜宴图》《溪山行旅图》《高仕图》《江山万里图》《文会图》《濠濮图》《盥手观花图》……古画不仅可以直接作为道具布景，渲染古典氛围，暗示剧情的发展走向，达到情景相融的效果，还可以提取其中的视觉元素，作为构建架空历史影视作品历史氛围感的参考。陈浩忠也表示：

影视剧不能100%还原历史，只能尽可能地去还原，如果没有相

---

[1] 李璐铭：《〈甄嬛传〉热播的原因浅析》，《科技信息》2012年第33期。
[2] 杨文军：《导演回复网友提问》，优酷，https://v.youku.com/v_show/id_XNDk3MzUyMjczMg==.html?playMode=pugv&frommaciku=1，访问日期：2023年4月13日。

关资料来参考，便会在现有考证后的资料中往前推，推到一个可信的程度。而且影视剧也不能完全按照历史还原，这样会显得有些刻板，也不太适合现在的审美，我们既要让观众看得美、看得舒服，还要像那时的东西，而这个度要靠感觉。①

二、礼仪制度、习俗观念等精神文化展现

在消费主义与后现代语境下，古装剧的"知识考古"制作倾向体现了严肃美学和宏大叙事转向平淡琐碎的日常生活的社会审美心理变化。②在架空历史改编作品中，不断增加有特定朝代特色的视觉符码的冲击，有助于确认历史话语的真实性，打造一个体系化的关于古代世界的想象。叙事日益成为一种构筑世界的艺术手段。在"知识考古"的过程中，对古代世界的体系化打造尤为重要。架空历史作品模拟已有朝代去构建新的历史世界，《琅琊榜》《天盛长歌》《庆余年》等架空朝代背景的影视剧，因为想象设定出了自己独有的、体例完备的古代世界体系架构，因此能给观众带来考究的历史感。③

架空历史影视剧，特别是如《甄嬛传》《天盛长歌》等宫廷剧，共同点之一是以"陌生化"的视觉奇观满足了现代观众对古代世界、封建王朝的窥视心理。媒体奇观指的是"那些能体现当代社会基本价值观、引导个人适应现代生活方式，并将当代社会中的冲突和解决方式戏剧化的媒体文化现象，它包括媒体制造的各种豪华场面、体育比赛、政治事件"④。架空历史网络小说改编影视作品擅长利用繁复的仪式场面、盛大的节庆宴席、拟实的民俗风貌等架空奇观吸引观众。

正剧向架空历史网络小说改编影视剧通常会聘请礼仪与文化团队全程跟组进行指导，以保证剧中礼仪与动作的历史真实性与视觉美感。"中国古代礼仪指

---

① 第一剧集：《专访陈浩忠：打造扎实传统国风，是一次享受》，2019年11月22日，https://www.sohu.com/a/355458952_120006621，访问日期：2023年4月13日。
② 周宪：《"后革命时代"的日常生活审美化》，《北京大学学报》（哲学社会科学版）2007年第4期。
③ 周达祎：《近年来热门古装剧的"知识考古"策略探析》，《当代电视》2021年第11期。
④ 道格拉斯·凯尔纳：《媒体奇观》，清华大学出版社，2003，第2页。

导第一人"张晓龙指导了《甄嬛传》《芈月传》《琅琊榜》《如懿传》等古装剧礼仪,他表示:

> 架空的小说,架空历史的一些故事,放在一个参考年代这样的戏,包括《甄嬛传》放到清朝,是比较实实在在的。其实,最重要的是如果一定要放到某个朝代,一定要把这个朝代的服饰礼仪各方面做到尽量尊重,让观众从这些方面都能相信它,相信道具服饰礼仪各方面的细节,才能相信人物和故事,把自己带入故事里面。其实让观众投入去看一个戏很难,但是要让观众因为一个小细节跳出来就很容易,所以一个戏成功,细节很重要。也就是说架空的戏落实到具体的历史年代,重要的是每一个细节,尽量去尊重,把细节做好。①

架空历史改编影视剧一般会涉及嘉礼、凶礼、吉礼、宾礼、军礼等礼仪。嘉礼是沟通人际关系的礼仪,主要应用在饮宴婚冠、节庆活动之时。例如《知否知否应是绿肥红瘦》对北宋民间礼仪、日常生活中的文化氛围呈现写实具象,具有"人间烟火"气息。在盛华兰订婚宴上,主要体现的是纳采之礼。该剧将回鱼箸和聘雁等细节聚焦呈现,向观众展示了古代的"三书六礼"中"纳征"的过程。盛明兰大婚时主要展现的是亲迎之礼,剧组将迎亲、敬茶、拜堂、合卺礼等古代婚礼细节体现得全面、细致。该剧礼仪指导刘雨眠谈到:"《东京梦华录》和《梦粱录》里面娶妇相关章节提到,比如说娶妇的时候,要用青罗伞,要用镜台等等方面的这些内容。"②主创团队用细致的考证将青罗伞、镜台、"红男绿女"婚服、"十里红妆"、行障和步障等规制进行了设计展现。

《鹤唳华亭》则注重展现宋代宫廷礼仪,对宋代缙笏礼进行了较好的呈现,开拍之前礼仪团队逐段进行了校核。不仅在考据上下功夫,针对不同场景进行了设计,还具有美感,在真实与美感间做到了适度配比。

---

① 牟燕红:《晓龙"议"礼——电视剧幕后故事之礼仪指导那些事儿》,《电视指南》2015年第12期。
② 《知否知否应是绿肥红瘦》官方微博:《光影纪事 知否中的礼仪(下篇)》,2019年2月3日,https://weibo.com/6109452047/4335737576705509,访问日期:2023年4月14日。

第四章 从文字到影像——视听艺术的转向与呈现

《甄嬛传》也向观众展现了清代的宫廷礼仪。导演郑晓龙说:"落地是为了接地气,安排在一个朝代,是为了让故事真实。"[①] 真实除了体现在人物、情节、服化、场景、台词等方面,还需在礼俗、制度、行为动作等细节上下功夫,力求符合朝代特点。为了更好地展现艺术效果、体现历史真实,主创人员专门到故宫向专家学习了清朝礼仪制度。

清朝后宫讲求尊卑有序、恪守宫规,妃嫔都应遵守宫廷礼仪。以行礼请安为例,就包括问安、万福、抚鬓、叩头等诸多形式。众新进小主第一次拜见皇后应行"三拜九叩"礼,因旗头限制,故以抚鬓礼扬三次手帕代替三次扣头。而在后宫日常生活中,妃嫔在正式场合和初次见面时应行长"万福"礼,即在行礼时双手交叠放在腹部左侧,左手放在右手的上面,右膝跪地,左膝弯曲,上身挺直且下颚低垂。剧中有一个重要场景就是甄嬛训教余答应应该如何向她行礼,体现了宫廷礼仪的重要性。

凶礼是同哀悼吊唁、凶丧相关的一系列礼节。在《琅琊榜》中太皇太后的丧礼上,皇帝和皇子在大殿里都做了"九拜"当中的"振动",所谓"振动"即双手相击,振动身体而拜。皇帝携皇子行"振动"大礼时,群臣在大殿之外也要行礼。《甄嬛传》则着重刻画了雍正驾崩后的丧仪:所有后妃臣子均披麻戴孝,行"三跪九叩"、哭丧之礼,演绎了一番清代礼制,让观众沉浸在浓厚的传统文化氛围之中。

吉礼主要是对天神、地祇、人鬼的祭祀典礼。清朝重视祭祀吉礼,《甄嬛传》中除了第29集帝后到天坛祈雨、第54集太后请萨满巫师在宫中祝祷外,还有多处祈福祭祀活动。值得注意的是,《甄嬛传》十分注意细节,第11集初一祭祀和第70集十五祭祀,跪拜的是清宫萨满祭祀神偶:喀屯诺延。此为清宫萨满祭祀供奉的二神偶,放在坤宁宫北炕的连靠黑漆座上,系绸布制神偶,有头、脸、四肢,形状矮而且胖。剧中所拜祭的即是坤宁宫夕祭中的蒙古神。

祠堂是家族活动的中心场所,宗子需要每天到祠堂晨谒,家族成员"有事则告",违反家规、族规就要在祠堂受到教育和惩罚。《上阳赋》中许多重要戏

[①] 李璐铭:《〈甄嬛传〉热播的原因浅析》,《科技信息》2012年第33期。

份就在祠堂拍摄完成，《知否知否应是绿肥红瘦》中各府人物也经常因过被罚跪祠堂。明兰出嫁前也要在祠堂念祷"满门祖宗请听，今朝我嫁，未敢自专……"①，以祈求神明祖宗庇佑。这更是慎终追远的表达与对礼法的敬畏。

架空历史影视作品中的礼仪设计，是艺术性与历史性的结合，观众通过礼仪的细节能够感受到影视剧所展现的历史氛围与文化底蕴，让观众更好地沉浸在架空历史影像奇观中。此外，架空历史改编影视剧也会着重对习俗风化、伦理观念进行刻画。

以《知否知否应是绿肥红瘦》为例，该剧主题是从生活视角出发，展现古代社会家庭的浓郁生活画卷。编剧吴桐表示："因为我们也不是生活在那个时代，古代人怎么生活，我们现在只能根据史料来猜测。史料里面写的这些东西，把它加进去可能就会更有生活气息。"② 因此，该剧着重根据史料介绍中国古代艺术性的生活方式，刻画士大夫家庭的生活质感与烟火气息，对投壶、打马球、点茶、插花、焚香等风俗习惯、文人雅士爱好，与"勾栏瓦肆""南曲""话本""樊楼"等吃喝玩乐娱乐生活场景进行多维度还原。既对剧情的构建和事件的串联起到了锦上添花的作用，又增添了该剧的历史文化色彩，让观众在观剧中体味传统文化之美。

需要指出的是，将"全架空"历史网络小说落地到真实朝代的影像时，要强调影像语言呈现民俗文化的方式，特别要留意原著中的习俗在历史时空改变之后是否也进行了跨媒介的合理转换。如《甄嬛传》集中展现清朝文化，因此要在细节上体现清朝的习俗。第5集中除夕夜崔槿汐提及要打马吊提神守岁，这里的"马吊"是一种具有满族特色的纸牌游戏③，便符合了对原著小说架空的大周朝习俗的合理改编。此外，为了与历史吻合，许多人物涉及的情节均有所改变，如书中安陵容在嗓子毁掉之后，本是跳惊鸿舞而复宠，剧中则改为冰嬉，以符合清朝的习俗。甄嬛在剧中用台词侧面解说："历代大清皇帝都对冰嬉青睐

---

① 张开宙：《知否知否应是绿肥红瘦》第41集，爱奇艺，https://www.iqiyi.com/v_19rqqvitr8.html?vfm=2008_aldbd&amp%3Bfv=p_02_01，访问日期：2023年4月14日。
② 《知否知否应是绿肥红瘦》官方微博：《光影纪事 风雅〈知否〉》，2019年1月10日，https://weibo.com/6109452047/4326927689039195，访问日期：2023年4月14日。
③ 静轩：《〈红楼梦〉中的东北风神》，北方妇女儿童出版社，2006，第361页。

第四章 从文字到影像——视听艺术的转向与呈现

有加,年年都要举办冰嬉演出,钦定冰嬉、摔跤、满语、骑射为大清国俗。"这样的细节改编,有利于呈现真实的习俗文化,加大影视剧的逼真性,使观众在逼真的影像中进一步对故事历史真实性进行确认。

清制规定,凡遇皇帝万寿、春节、除夕及诸节令盛宴,皇帝宝座东设皇后宝座席,左右设皇贵妃及以下妃嫔等筵席。剧中筵宴有9处,众人皆按清制入席,如除夕家宴、七夕夜宴、中秋夜宴、重华宫甄嬛晋封贵妃宴等。用膳制度也颇有讲究,如第1集中皇帝还想再用一碗鸭子汤,皇后即以"老祖宗规矩食不过三"进行劝阻,第20集中年羹尧先于皇帝动筷而惹得雍正大为不快等细节,都展现了剧组对历史真实尽力贴合的努力。

《鹤唳华亭》充分借鉴传统历史文化,形成以宋代文士美学趣味为主体的综合性的视觉奇观。以"点茶"为例,镜头主要聚焦于点茶的动作、使用的器物等,以特写的方式展示出"点茶"过程中"炙茶、碾茶、罗茶、烘盏、候汤、击沸、烹试"[①]等繁复的规程仪式。观众观看的过程也是共享文化符号的集体仪式,强化了对中华民族文化的认同。

此外,架空历史网络小说改编影视剧因描绘表现的是奴隶制度、封建制度时代的故事,不可避免地在观念上体现该时代的印记。例如,《且试天下》中的群雄逐鹿、《上阳赋》中的士庶之争、《锦心似玉》中的男女大防……都将该时代特有的观念融合在情节、礼制之中,以丰富历史的真实性。

以《甄嬛传》为例,为展现封建制度的森严压迫,《甄嬛传》将历史背景构架在清朝。在原著中,妃嫔等级制度借鉴汉、唐、明、清历代的集合,定为八级十六品。清朝后妃等级制度森严,改编后的《甄嬛传》将等级照史实定为皇贵妃一、贵妃二、四妃、六嫔,其余则无定数。宫中严守男女大防,"亲贵男子不到大节庆不得与嫔妃同聚",皇帝将甄嬛抱回碎玉轩时,所有太监均面壁低头,以示回避。清朝中期是中国封建制度中央集权和专制体系达到顶峰的一个时期,后宫的妃嫔制度在历史上也最为严苛,"雷霆雨露皆是君恩"的极端皇权观念压抑人性,对后宫中的女性造成了极大的摧残与戕害。马立新说:"从本质上说,

---

[①] 徐吉军:《宋代风俗》,上海文艺出版社,2018,第43页。

艺术作品对人性的真实表现和再现是一种内容的真实，而内容真实的本质则是理性的真实。"[1]《甄嬛传》将当下性别秩序的反思放置在千年来封建社会女性的历史境遇中，展现了后宫女性的悲剧命运与人性的扭曲，消解了古装宫廷剧中对爱情的浪漫设定，颠覆了受穿越剧影响的少男少女对古代社会的白日梦幻想，具有强烈的批判精神。因此，在一定程度上，架空历史网络小说改编影视剧也能够体现历史的真实性与内容的真实性。

---

[1] 马立新：《低碳人》，山东人民出版社，2015，第122页。

第三节 人物形象的视觉实现:"考据风"服化趋向

琳达·哈琴将改编分为讲述模式、展示模式以及互动模式三种。改编中最常见的即为通过语言描述产生想象的讲述模式,与戏剧、影视等视听展示模式的交互。文学作品等讲述模式无法对人物的形象、表情、动作等进行确定,全依赖于读者在阅读过程中进行头脑想象。而在影视模式下,人物的形象、肢体语言等已被演员定型。在抽象的文字符号转变为视觉符号过程中,人物的声音、造型缩小了假定性,增强了现实性与视听真实性。

"电影文学创作的中心任务就是塑造人物形象。"[1] 不论是在原著网络小说还是改编的影视作品中,人物形象的塑造能够推动故事情节的发展,丰富典型环境的塑造往往决定了改编的成功与否。影视剧塑造人物会比小说难度更高,因为小说中人物的心理活动可以被大书特书,但是影视剧除画外音外,人物心理活动只能被视觉画面呈现。正如美国著名编剧悉德·菲尔德(Syd Field)所言:"电影是一种视觉媒介,剧作家的责任就是选择一个视觉形象或画面,用电影化的方式使他的人物戏剧化。"[2]

架空历史网络小说中人物形象具有不确定性,虽然在文字叙事过程中,姓名、性别、年龄、性格、家庭情况等客观情况是确定的,但是,容貌、行为举

---

[1] 《电影理论基础》编写组:《电影理论基础》,中国青年出版社,1987,第384页。
[2] 悉德·菲尔德:《电影剧本写作基础》,鲍玉珩等译,中国文联出版公司,1985,第25页。

止等因为语言描写的局限性而表现出不确定性，一千个读者有一千个哈姆雷特，小说中人物形象的形成需要读者调动想象力来参与，不同读者会拟想出不同的人物形象，带有强烈的主观色彩。但是当小说中的人物被具象化成影视剧的角色时，就需要演员来扮演角色，导演、投资方等主创团队就代替受众选择了自己脑海中的人物形象。由此，演员就成了除作者、编剧（导演）外第三个创造人物角色的创作者，将自己带入角色之中，将人物的心理活动、情感对白等通过语言、行动等视听元素表现出来，通过直接的视觉内容传递给受众。影视改编将小说人物影像从读者脑海中的想象转换成观众眼前的真实形象，因此改编的过程就是一个由作者笔下的"纸上之人"到读者想象中的"心中之人"再到屏幕前的"像上之人"的过程。

在人物外在还原方面，服化造型为人物形象的具象化影像表达奠定了基础。在塑造人物形象时，除台词语言、说话态度外，角色的面部神态、表情、肢体动作等因素也占有极其重要的比重，因此，如《甄嬛传》《琅琊榜》等影视剧都特设礼仪组进行动作指导。从某种程度上说，精致的人物妆造可以弥补演员演技上的不足。张艺谋说："在电影中加入造型的东西，是为了使形象更加视觉化，假如做不到视觉化，那就根本无法拍电影。"[1]

服装、梳妆是角色重要的造型手段，同表演、台词等其他造型语言一样承担着重要的视觉功效。服化设计既有艺术审美特性与表意象征，能够刻画与塑造人物角色，暗示人物心境与推动剧情发展，营造与烘托场景氛围，在架空历史网络小说改编影视剧中，又能用形制、色彩、面料、纹样等元素直观显示架空历史所处情境，让观众辨别出故事发生的时空。架空历史影视服饰要为架空时空营造良好的历史氛围感，因此在设计时一定程度上要做到将传统真实式样和当下流行的审美有机地结合起来。

正如架空仙侠剧自《三生三世十里桃花》之后开始了白衣"丧葬风"的统治，《长月烬明》后开始了"敦煌风"的流行。总体而言，在古装影视作品领域，服装造型由《宫》《美人心计》时期的高饱和度、鲜艳明亮阿宝色，到《延禧攻

---

[1] 张宗伟：《中外文学名著的影视改编》，中国广播电视出版社，2002，第295页。

第四章　从文字到影像——视听艺术的转向与呈现

略》的莫兰迪色，再到《清平乐》《长安十二时辰》严格考据的风格，这些影视作品一度对视觉风格起了引领作用。在架空历史领域，人物的服化也随着时代的变迁、技术的升级而越发精益求精，既有《甄嬛传》《孤芳不自赏》《锦绣未央》等的浓丽之风，又有《琅琊榜》《鹤唳华亭》《君子盟》的清正之气，诸种风格百花齐放、各有特色。目前，架空历史网络小说改编影视作品服化设计呈现两极化倾向：大制作影视剧倾向往历史真实方向进行"小事拘"的细致考据，小制作影视剧则带有明显的"横店"同质化"古风"倾向。

一、趋实向的服化考据

一方面，对趋实向的半架空戏说型、全架空逼真型架空历史网络小说改编影视剧而言，因为有具体朝代的前置，人物的服装、造型等视觉要素较为容易据实呈现。在中国传统冠服制度之中，不同阶层、地域、年龄、性格、职业等的人物具有严格的服化之分。服化造型能够通过视觉向观众进行历史事件的再现，明晰所处朝代，直接体现历史背景，是特定时代的符号、特定社会背景的符号，其效果无非是考据还原、制作精良与不符史实、粗制滥造的区别。服化设计要结合人物性格、身份、出场场景等因素，设计师根据剧本、资料等绘制出不同角色在不同场景下的效果图。精美且符合时空场景、剧情的服化设计可以帮助演员更快进入状态，提升视觉美感。

以全架空逼真型改编标杆《甄嬛传》为例。《甄嬛传》用仿真的服装尽力还原历史细节，让观众沉浸在剧集营造的古风遗韵和传统文化艺术魅力中。服化造型，特别是清朝的服化造型，是最能让观众直观感受一部影视剧所构置年代的元素。只要剧中人物的辫子头、旗头一出场，观众就能知晓讲述的是清朝年间的故事。《甄嬛传》的服化造型在今日看来或许有些花哨失真，毕竟清朝的服饰在实际上"一反明代官服彩色浓重壮丽，而日趋素雅调和"[1]，但是，在十几年前的同类影视作品中，它仍旧算是精良之作。在改编的电视剧《甄嬛传》中，

---

[1] 沈从文：《中国古代服饰史》，上海书店出版社，1997，第520页。

陈敏正造型设计工作室定制了服装共计800余套，饰品多达350余款。改编后将原著中汉唐风的服饰改为清朝雍正年间的服饰，人物的服装、纹饰、造型根据人物地位、境遇、性格、爱好各有不同。女主人公甄嬛的服装造型也随着剧情由少女时期的娇嫩清纯到得宠时的优雅成熟再到回宫后的华丽阴冷，眉形从弯眉变细、变挑，给人凌厉之感；眼妆从粉色、橙色系，进化到成熟女性的棕色系、金色系；唇色越来越加深、变红，形成了"黑化套路"。《楚乔传》中元淳公主、《锦绣未央》中李未央等角色亦是如此，通过妆造的加浓加重反映角色的心境、地位变化。

剧集在一定程度上尊重了清朝的服饰制度，清朝统一后讲究"男从女不从"，女性仍旧可以延续明式穿着汉族款式服装。如未入宫前，汉军旗的甄嬛着小袄，安陵容着长衫百褶裙，便体现了清朝雍正时期满汉两种服饰混杂的情形。

清代以黄色、香色（次明黄一类）等为贵色，服饰分为礼服、吉服、常服。礼服主要用于朝会祭祀等重大活动，如皇帝祭祀时穿的朝袍，皇太后在选秀时穿的龙褂，都是清代礼服的经典款式。此外，礼服对应的颈饰中的领约、串饰等设计都注重细节，还原历史。皇太后选秀时佩戴了三盘朝珠——东珠一盘、珊瑚两盘，领约压于批领之上，就很符合清代制式规定。

吉服主要用于吉庆节日、筵宴迎銮以及礼仪场合的辅助阶段。甄嬛在剧中有三套吉服，分别出现在温宜公主生辰宴、册封菀妃礼、宴请准格尔可汗等相关剧集。吉服佩戴吉服冠，吉服冠和朝冠一样也有男女和冬夏之分，"秋、冬戴薰貂皮檐的吉服冠；春夏则戴钿子"[①]。皇后在剧中的几款钿子以镂金、珍珠、宝石拼凑图案，配以金钗、步摇，富贵稳重。剧中温宜公主生辰宴等佳节场合下不少嫔妃身着吉服却梳着旗头，显然与史不合。

在常服方面，剧组在参考史料基础上，大胆采用了全新的面料给观众带来新鲜感。剧中后妃常服多为氅衣，有圆领琵琶襟、立领旗装等多种款式。服饰有四季之分，冬装中的坎肩就有对襟、右襟、琵琶襟、一字襟等多种式样，虽

---

① 宗凤英：《清代宫廷服饰》，紫禁城出版社，2004，第109页。

然增加了影视剧效果,但是"氅衣是清代后期才出现的"[1],且"氅衣内必须要穿衬衣"[2]。第13集中甄嬛戏水时不小心落水,直接就露出了中裤,却不见衬衣,于礼不合。

另外,在与常服对应的头饰、配饰方面,剧中女子佩戴的龙华,如皇太后穿常服时佩戴的"福寿"绣纹龙华,做工精细又寓意吉祥,符合制度规定。而剧中最能体现时代感的头饰就是后妃的旗头,如华妃盛宠时头上的点翠凤凰旗头华美繁复,充分显示了她"第二凤凰"的地位。但是,后宫妃嫔如安陵容初期戴的"大拉翅"就有违史实了,这种中间绢花、两侧丝帛的头饰,"大概在咸丰以前是没有的"[3]。有些妃嫔旗头上装饰的是现代玻璃花,更是忽略了传统头饰的原型,以今日观众的眼光来看略显粗糙。

当然,电视剧作为文化产品,要完全符合历史是不现实的。《甄嬛传》的服装造型在参考史实的基础上,为了更好地表达人物性格、推进情节进度进行了现代艺术创新,也无可厚非。艺术是架构在与历史"符"与"不符"之间的桥梁[4],这种在"有度空间里的创造"会给观者带来"视觉新意"[5]。只不过这样的"新意"体现的是"大众对历史的现实性消费,这种消费历史客观性和严肃性的叙事策略是一种非客观的叙述,更是一种非历史的想象,是满足现代人有益的好奇心而营造的流行神话"[6]。

二、就虚向的服化设计

另一方面,对半架空模糊型与全架空全虚型类"就虚型"的架空历史网络小说改编影视作品而言,服化造型可能安置在某个朝代进行考据式制作,也有可能进行朝代杂糅式混合妆造,让观众分辨不清具体年代。更有甚者充分发挥

---

[1] 宗凤英:《清代宫廷服饰》,紫禁城出版社,2004,第170页。
[2] 宗凤英:《清代宫廷服饰》,紫禁城出版社,2004,第168页。
[3] 周天:《中国服饰简史》,中华书局出版社,2010,第142页。
[4] 王受之:《世界当代艺术史》,中国青年出版社,2002,第72页。
[5] 丹纳:《艺术哲学》,曾令先、李群译,重庆出版社,2006,第2页。
[6] 徐瑞清:《电视文化形态论——兼议消费社会的文化逻辑》,中国社会科学出版社,2007,第149页。

主观能动性或根据小说中的描述，原创设计出完全架空、不属于任何朝代的服饰、造型。

这些服化设计服务于人物形象，注重形式美，不承担交代史实的任务，或者直接指明了人物、剧情的虚拟性。架空服化造型主要是向观众传递角色的年龄等自然属性与身份地位等社会属性。全架空影视服饰设计尤其注重观众的直观视觉感受，让角色的服饰随着人物的心境、性格的变化而变化，带给观众暗示。

就虚向架空古风影视服饰的设计除了具有个性张扬、视觉冲击力强外的夸张架空手法外，"模拟法"也是最常见的运用方法。"模拟法"的运用主要体现在借用历史上某个朝代的既有服饰进行仿拟。以全架空全虚型的《琅琊榜》为例，首先，《琅琊榜》借鉴了南北朝时期的服饰形制，主要采用汉代深衣式样，也受北方少数民族影响形成了上衣下裳的穿法。剧中汉族男子所穿大袖衫，全部严格地贯彻了交领右衽的形制。其次，《琅琊榜》中服饰色彩符合礼制，以区分阶层贵贱，深色为贵，浅色为贱，梅长苏的白色、湖蓝、青褐素色长袍便与太子、誉王意含富贵之气的深紫色服饰形成鲜明对比。然而，"混搭"也时常出现在同一画面中，如靖王的盔甲、列战英的锁子甲、霓凰郡主的胸甲就属于不同时期，但这样的"混搭"在架空影视剧中亦属于正常范畴。

自《琅琊榜》之后，正剧向的架空历史网络小说改编影视作品就朝着务实写史的基调发展。架空历史影视剧虽然进行了历史虚构，但是为了补偿历史真实性，反而更注重服化设计的细节真实。比如《天盛长歌》，为了展现故事发生的特定架空历史时空，由张叔平操刀设计唐风造型。因《天盛长歌》的权谋风格让整个服化造型偏向于稳重、传统，在参考了大量唐代用品的历史资料和使用方法的基础上，主创团队采用皮、布等材料打造出历史厚重感、电影品质感和高级感。因此，有专家认为"《天盛长歌》在准确把握历史精神与历史规律的基础上注进了现代人对传统文化的理解，找到了全新展现历史故事的方式"[①]。

《鹤唳华亭》则在此之上做到对美学的极致追求，虽然服化、礼仪、典制未

---

① 张利、张克宣：《略论新世纪以来古装历史剧的审美嬗变》，《中国广播电视学刊》2021年第4期。

能统一成一个朝代，但是古意盎然，耐人寻味。《鹤唳华亭》剧中人物的妆容、衣冠、袍服、鞋履等细节相当考究，清雅、简洁、精致、有韵味，服化设计是仿宋风格，在方方面面深刻体现了宋朝"韵外之致"的美学取向，入围了当年白玉兰奖"最佳摄影""最佳美术"提名，惜败给同样是历史类网络小说改编的《长安十二时辰》。

对就虚向的作品而言，正剧向的人物服装造型的塑造仍旧参考已有的历史造型做素材，即使如《天盛长歌》《鹤唳华亭》等混合型设计，也走上了"考据风"之路，甚至比一些真实历史题材影视剧的服化更加注重对史料的参考。而对"爱优腾芒"大部分架空历史小成本网络影视剧而言，近年来的妆造多为清新淡雅的古风。虽然一眼看上去唯美秀丽，但是同质化严重，缺乏展现故事本身特色的设计感。

近年来，架空历史古装偶像影视剧经历了从《孤芳不自赏》《锦绣未央》等玫红翠绿滤镜过度、色彩饱和度过高、面孔磨皮过量的视觉效果，到《如意芳霏》《春闺梦里人》等较为清新淡雅的横店古偶风格的转变。不得不指出的是，许多架空历史偶像剧妆造雷同，角色有固定妆容。如要表现"单纯无害小白花"则倾向于浅色眼妆、粉嫩口红和半丸子头批发叠加妆造，如要表现"位高权重黑莲花"则必备粗眼线、深色眼影、深红口红及高发冠。此外，造型师或演员本人容易偏信大牌与资历，演员"带妆进组"或者不管演员脸型、五官适不适合，均统一妆造，落入一成不变的窠臼，难有突破。

这些影视作品中女性角色基本是简单盘发、编发或发髻半披发加上现代妆容，男性角色也缺乏古典感，导致"内娱苦古偶丑男久已"。架空历史不是妆造重复、粗糙的借口。2023年3月，《花琉璃轶闻》还未开播便靠妆造出圈。上演时观众在弹幕热烈评论道："终于不是丧葬风了""终于有舍得用发包的剧组了""终于不是千篇一律的造型了"[①]，称赞其造型繁复贵气，连丫鬟的妆造设计也不敷衍，由此可见观众对内娱古偶的服化同质化之不满。

总之，网络小说是以文字为媒介来叙事，而影视剧则是凭借视听艺术来展

---

① 笔者整理自《花琉璃轶闻》第1集弹幕，腾讯视频，https://v.qq.com/x/cover/mzc00200auwca9q/r0045mxxntl.html?ptag=11972，2023年4月7日。

开剧情。二者所使用的媒介不同，网络小说的叙事语言具有想象性与抽象性，而影视剧的影像语言则更具真实性与直观性。正是因为影像的视听真实性，加码了架空历史改编影视剧的逼真性，"其视觉冲击和视觉效果重要性越来越超过内容本身"[①]。

米歇尔认为，"图像转向"是对"图像的一种后语言学的、后符号学的重新发现，将其看作视觉、机器、制度、话语、身体和比喻之间复杂的互动"[②]。消费文化符码的兴盛引发了视听消费的快感体验，在媒介文化主导的影像世界里，大众审美呈现日常生活化的表象。高质量的架空历史网络小说改编影视剧因其人物、情节的虚构性，因而注重在场景、服化、造型等视觉艺术方面在考察史实的基础上进行补偿创作，在听觉艺术上营造古典唯美的意境；在礼俗、制度、观念等方面体现历史细节与史传叙事精神。这种对架空历史的"真实"想象，是通过视听化达成审美体验目的的消费过程，在一定程度上追求了相对真实的历史场景和氛围，力求历史真实与艺术真实的结合与平衡，通过对历史真实的陌生化制造，探究其表现出来的人性真实，具有"逼真性"。

按照新历史主义的观点，包括正史在内的所有历史都是关于真实历史的想象文本。因此，影视剧完全有理由对历史进行虚构叙事及想象性的重构。架空历史网络小说改编影视剧的创作目的不在于是否符合历史真实，观众也没有将它是否符合历史真实作为评判其改编优劣的标准。

罗兰·巴特说："重要的不是我叙事了哪个时代，而是我在哪个时代叙事。"[③] 一切历史都具有当代性，要在现时的思想活动中才能复苏其历史性。架空历史网络小说改编影视剧从当代人文关怀出发，饱含当代精神的反思与观照，折射出的是当代人的真实精神世界。它之所以贴合历史真实、营造古典氛围，目的是在叙事上对作品关于爱情、权力、人性的探讨表达得更加深入。其展现的不是历史的真实性，而是大众文化反映到影视作品中的当代现实真实性与主

---

① 张冲主编《文本城视觉的互动——英美文学电影改编的理论与运用》，复旦大学出版社，2010，第303页。
② W.J.T. 米歇尔：《图像理论》，陈永国、胡文征译，北京大学出版社，2006，第7页。
③ 马瑞芳：《〈红楼梦〉的情节线索和叙事手法》，《文史哲》2003年第1期。

观精神的真实性，实现的是从"虚拟"到"逼真"，再到"超真实"拟像的转变。

值得注意的是，趋实向大制作的架空历史网络小说改编影视剧虽然在视听艺术呈现上更加注重历史真实性的补偿与历史氛围感的营造，但是，大部分就虚向架空历史网络小说改编网络剧、网络大电影极易陷入同质化的怪圈。这些影视剧的服化道、场景、台词等影像语言由于网络小说的同质性、资金投入有限等原因，造成了其视听艺术的拼贴重复，经不起检验推敲。

与传统历史题材影视剧相比较，虽然架空历史网络小说改编影视剧在历史假象真实补偿方面有自己的视听艺术创作特征，但是就拍摄方法、剪辑表演等从文字到影像的转变手段而言，并没有本质的区别。架空历史网络小说改编影视剧的跨媒介叙事差异，主要还是取决于不同主创团队的个性化处理方式，尚未形成标准化的文化工业生产方式。

目前学界对架空历史网络小说改编影视剧的探讨仍处于起步阶段，如何从影视艺术理论角度进行更深入的挖掘、总结及学理升华，还有待于持续不断的努力和探索。

第五章

产业生态
——跨媒介流行背后的发展逻辑

第五章　产业生态——跨媒介流行背后的发展逻辑

在后现代思潮的影响下，大众文化、文化工业迅速发展。文化作为被大众消费的对象，被产业化批量生产出来。"文化工业"一词源于20世纪40年代的德国法兰克福学派。海因茨·斯坦纳特（Heinz Steinert）认为："文化商品的生产具有标准化与统一性特征，在文化工业中，高雅艺术退化，文化追求娱乐化和广告化并迎合受众。"[1] "文化工业"的产生，缘于市场经济的逐步完善与现代科技、大众传媒的飞速发展。传播学批判学派认为，"文化工业"时代是一个文化沦落为商品的时代，在这种工业生产体系中生产出的文化产品具备一切大批量生产和销售的产品特点：商品性、标准性和批发性。[2]

影视剧是大众文化最常见的一种传播方式，当前影视产业与网络文学产业的融合是我国文化产业建圈强链的重要体现。对网络小说改编影视剧这一消费商品而言，也存在着消费社会的典型特征，如娱乐化的文化审美倾向、互联网下的媒介融合以及以受众为中心的粉丝文化。IP改编的创作思维范式、传播方式与接受方式无不融入了互联网基因，体现了数字网络化媒介的力量。"架空历史"这一抽象概念已物化为一种视听表达的文化商品，并以满足大众的审美欲望为最重要的卖点。

---

[1] Heinz Steinert, trans.Sally-Ann Spencer, *Culture Industry*（Cambridge: Polity Press, 2003），pp.71-126.
[2] 参见石义彬：《单向度 超真实 内爆——批判视野中的当代西方传播视野研究》，武汉大学出版社，2003，第30—31页。

第一节　产业联动：流量驱动的审美选择

网络小说的影视剧改编是一种文化生产行为，它的生产过程具有典型的工业化流水线生产特征。霍克海默（Max Horkheimer）和阿道尔诺（Theoder Adorno）将"标准化"视为文化商品化的主要特征，"标准化"体现在"文学改编"中就是"类型化"。[①] 作为类型的架空历史网络小说影视剧改编，就要创立、遵从符合自己特性的创作标准。在第一章中，本书就架空历史网络小说与影视剧的类型互渗进行了探讨，那么，又是什么动机催发架空历史IP类型的产业化呢？

一、被资本追捧的架空历史IP

架空历史网络小说改编影视剧受到各方追捧，背后有其深层次的运作逻辑。资本是架空历史网络小说IP改编的主要动因，但它又折射了当下中国社会反智文化症候、虚无主义历史观等文化现象。首先，就大环境而言，随着当代文化的生存环境发生变化，精英理念正在悄然隐退，"互联网+"背景下新媒体的蓬勃发展，导致受众收看影视剧的载体发生变化。影视剧在不同文化娱乐业态之间迭代开发，"互联网+文化娱乐"业态开始广泛互联并深度融合，影视文化产业呈现出政府、影视企业、互联网平台企业等交互创新的专业化、集群化、规

---

① 苏美妮：《新媒体时代文化工业视野中的"文学改编"研究》，《新闻界》2015年第12期。

第五章　产业生态——跨媒介流行背后的发展逻辑

模化发展模式。

　　文学网站的兴起与繁荣让网络小说进入"产业化营销"时代。文学网站成为网络作家挖掘和培养的摇篮，致力于"产供销"一条龙服务。虽然在跨媒介叙事理论视野下，多种媒介的叙事方式共同建构了故事世界，支撑着全版权运营追求的联合经济，但是，网络小说的内容仍旧是故事核心。网络文学网站通过签约作品运营版权内容，通过用户订阅获取收益，并负责版权的授权开发变现，例如盛大文学就成立了"行业合作部"，而阅文集团则调整了"内容生态平台事业部""影视事业部"等架构，对适合改编的库存作品进行择选、推销，从源头上对网络小说 IP 产业链进行质量把控，形成跨媒介开发与全版权运营的文化娱乐产业。全版权运营是对文化产业的集约化发展，能最大限度发挥 IP 资源的效益。

　　互联网企业布局网络小说 IP，在储备 IP 版权、制播影视剧、开发衍生品等各个环节深度参与，利用大数据影响推动 IP 的迅速发展。例如百度在 IP 产业链条上进行全方位布局，不仅拥有熊猫读书、纵横中文网等小说平台，还投资星美集团、华策影视，成立"爱奇艺"平台。阿里巴巴依靠 UC 书城、新浪阅读、塔读文学等平台，并收购优酷、土豆视频网站，成立阿里影业。腾讯致力于打造"泛娱乐"生态，利用旗下阅文集团、新丽传媒进行网络文学孵化，在影视领域运用各类项目计划，陆续将大量 IP 改编成影视剧。在"互联网+"背景下，互联网企业发挥资源与资本优势，深度布局 IP 储备、制播、衍生品开发全产业链，形成品牌矩阵。

　　其次，架空历史网络小说内容适宜改编，高潮迭起的故事情节暗合影视剧的创作规律。网络小说与影视剧等媒介在本质上都属于大众媒介，是以叙事为主来表达作者思想倾向的艺术形式。侯怡指出，二者"传达的都是相似的平民化、世俗化、寻常化的价值观，是'让人愉快、满足和放松的活动'"[1]。网络小说与影视剧都对内容的基本叙事形态有需求。网络小说故事性强、节奏快、带有强烈的故事画面感，这样"具有网络文化的风格特点和传播规律，具有碎片

---

[1] 侯怡：《中国网络文学改编的电视剧研究》，人民出版社，2018，第37页。

化、感官化、青春化的内容气质,有一定的情节爆点和情感痛点,有较强的用户参与性和体验感"的特征被称作有"网感"①。"网感"是对市场、对年轻人的思维和兴趣的敏锐回应,是后现代流行趋势的重要艺术取向。这样对"网感"的需求使内容得以融合,跨媒介叙事成为可能。

我国有着上下五千多年灿烂的历史文化,架空历史类型拥有丰富广博的创作资源与创作基础。架空历史网络小说的题材丰富多样,数量庞大,体例完备,故事背景设定吸引大众注意力。相较于现实题材的雷同与敏感,历史题材特别是架空历史题材创作自由空间更大,虽带有强烈的现代意识,但是风险更小。相较于抗战、家庭伦理等题材而言,架空历史类型既可以表现严肃的现实主义批判倾向,又可以打造受年轻人关注的古装偶像、浪漫青春、探案传奇等领域内容,受众更广。而对比男性向"升级流"架空玄幻小说而言,架空历史类型网络小说更易改编。掌阅文学总经理谢思鹏认为,"升级流"玄幻小说虽然读起来很有"爽感",但是配角太多,且不具备连续性,往往两三章就下线,不利于改编成影视剧,而"历史类型作品质量好、作者会用心写故事,它的门槛相对比较高"②,作品呈现度就会更加理想。

架空历史网络小说的影视剧改编不仅是中国特有,也是在世界范围内流行的当代潮流。例如韩国《云画的月光》便改编自韩国作家尹伊秀创作的一部宫廷爱情题材网络小说。《步步惊心:丽》更是翻拍自《步步惊心》,讲述了在日全食现象中灵魂穿越到高丽的解树和四王子王昭之间的浪漫爱情故事,并刻画了高丽宫廷的王权斗争。《步步惊心:丽》购买中国小说版权后经过了大量韩国本土化的改编,体现了韩国影视剧的风格特色。翻拍版本画面唯美且更加擅长感情线,不过为了迎合网络一代观众,翻拍后的整体风格轻松明快,权谋争斗略显低幼化。

在跨媒介叙事时代,架空历史 IP 会进行跨界合作,开发不同形态的文艺作品。例如《步步惊心》便实现影剧联动、全产业链共生,不仅有电视剧、电影、

---

① 杨洪涛:《论网络 IP 的影视改编》,《当代电影》2019 年第 1 期。
② 任晓宁:《历史类 IP 价值重估》,《中国新闻出版广电报》2017 年 8 月 16 日第 7 版。

国外翻拍剧,还有话剧、广播剧、越剧等各式各样艺术形态,完美诠释了架空历史大IP的跨媒介叙事的多样性。

优秀的网络小说IP是读者阅读后优胜劣汰的筛选结果。正如中文在线总裁童之磊曾分析的,排名靠前的网络小说都是得到广大读者认可推荐的高质量作品,"而资本看重的就是这份潜在的读者力量"[①]。导演李少红也曾表示,相较于传统小说改编,网络小说"跟社会接触的距离更近,反映时代的速度也最快。我最早在网络上选材的时候,参考的关键是点击率,因为它代表着这些网络文学在市场上经历了一个初级的判断"[②]。现在影视剧剧本需求量大,直接选用先期市场检验过的网络小说进行改编,可以自动获得深厚的观众基础,取得成功的概率更高,影视投资收益更加稳定。

最后,架空历史IP改编是流量驱动下的经济效益的选择结果。在IP改编之初,网络小说可谓是物美价廉,其版权费远远低于市场上编剧尤其是金牌编剧的费用。历史题材由于剧本创作的周期相对较长,在剧本质量和数量上都存在严重不足。传统剧本内容匮乏,题材较为保守单一,但是网络小说以出版界难以望其项背的速度每日更新,海量的网络小说为影视改编提供了丰富的选择。由于作为母文本的网络小说设定了主要的情节线索、人物关系与世界观,从而能够加快创作周期,使编剧在进行跨媒介叙事的时候节省了不少人力与时间。"网络文学改编时只要把原著改编成一个可适用于影视剧拍摄的脚本即可,这样的改编剧一集稿酬最多2万元,相比国内一线编剧20万元一集的价格,绝对是物美价廉。"[③] 初期网络小说的低廉成本诱使各大公司哄抢囤积IP,对头部、中部的网络小说进行版权争夺。由于人力、物力有限,有些公司尚来不及对购买的IP进行转换,但这些公司宁愿版权到期再次续费,也要抢占先机、囤积居奇。

经过几轮倒卖涨价,在动辄几千万的天价IP版权费不断刷新之后,大部分IP价格稳定在百万元。例如在晋江文学城"版权频道",便展示了包括晋江版权

---

① 何晶、郑周明:《网文IP开发:割草机还是孵化器》,《文学报》2015年7月9日第4版。
② 牛艺霏:《从"小说中国"到"视觉中国"——关于〈庆余年〉的再生产》,《文艺争鸣》2020年第12期。
③ 欧阳友权主编《网络文学五年普查》,中央编译出版社,2014,第230页。

改编的影视、游戏、动漫、广播剧等的最新签约动态。在 2023 年 4 月，笔者查询到晋江小说改编影视剧询价区间基本为 100 万元至 500 万元。①

网络小说改编成本大大提高，但是投资方仍旧热衷于"大 IP + 大流量"的套路，就是因为投资虽然大，但是回报也丰厚。除购买版权后会自动引流粉丝观众外，还会加速形成经济效益极高的全产业链，带动上下游发展。

目前，各大互联网影视平台开始启用诸如"云腾计划"等项目培养原创小说 IP，建立自己的小说创作平台，吸引创作者，再挑选优秀的作品进行改编，并由自家签约艺人出演。这样的作品虽然知名度无法与晋江、起点等文学网站的大 IP 相提并论，但是节省版权成本，为影视平台储备 IP 拓宽了渠道。例如作家心千结在爱奇艺小说平台发表的第一部小说《大周小冰人》，便被爱奇艺看中，改拍成网络剧，体现了影视平台新的发展动向。

架空历史网络小说拥有庞大的读者群流量。粉丝是大众文化的接受者、使用者，其生产力、消费力惊人。拥有雄厚粉丝基础的小说在改编时会自动将阅读者转化为观众。被制片方选中的网络小说原著本身便是高话题度，自带相当可观的流量。出于对同为"网生"内容的忠实追随，读者用户会随着媒介形式的变更而迁移，以此形成粉丝经济红利，减少投资风险。

相较于传统文学作品改编，IP 改编更强调流量选择，特别是知名原著、作家、演员等的作用。在产业化的改编实践中，明星效应已经成为整个生产流程中的重要环节。除了赵丽颖等自带流量的艺人，马伯庸、匪我思存、月关、九鹭非香等明星作家也拥有不亚于原著本身的号召力，在传播过程中成为"意见领袖"，保证了影视作品的高收视率、高票房。由此，流量驱动的审美选择因素被 IP 改编一再强化。

二、互动的生产创作机制

琳达·哈琴认为，虽然一部影视剧主创团队人员众多，但是导演与编剧对

---

① 晋江文学城，https://www.jjwxc.net/fenzhan/bq/，访问日期：2023 年 4 月 29 日。

第五章 产业生态——跨媒介流行背后的发展逻辑

前文本负责,共享最初以及最主要的改编主体身份,其他人员对已改编的文本负责,使剧本成为一部完整的作品。

随着互联网背景下消费社会的发展,詹金斯提出了"参与性文化"一词,认为随着媒介技术的发展,普通消费者也能参与到媒介内容的生产、传播过程之中。因此,要注重调动消费者特别是粉丝消费者的积极性,尽可能地争取到更多粉丝的支持。

网络小说改编影视剧有其独立的"生产—评论"方式和强大的"作者—读者"群体。首先在网络小说创作过程中,就有着读者参与的影子。互联网把传统小说的单向线性式的传播方式变为双向互动的交互性生产对话方式。网络小说的创作是一个集创作、发表、修改于一体的过程,许多网络小说故事的走向、结局、人物的情感关系等都是通过读者与作者的互动决定的。从接受美学的理论角度来分析,在网络时代,新的阅读媒介的形成使读者的批评行为和消费行为深刻地融合在一起。读者可以通过评论、收藏、订阅、投票、打赏等反馈方式,影响作者的创作导向。打赏行为、催更行为和盗猎行为等网络小说生产领域的消费行为,就是对"互联网+"时代文艺作品中作者、平台与读者的复杂利益关系的集中体现。

当前环境下的网络小说创作,是互动化的小说创作。从网络小说发布之初,作者就留言与粉丝互动,甚至在上一本小说还未完结之时,作者就在评论"开坑"让粉丝预收藏。随着每一章节的更新,作者会在书评区与读者的反馈留言进行互动,参考读者的思想倾向完成连载。这种互动创作模式迎合了受众的喜好,但同时也会对小说的逻辑性产生一定的影响。在作者和读者互动比较频繁的网络小说作品中,甚至开始出现反故事趋势。比如《兰陵王妃》作者杨千紫在了解许多读者喜欢宇文邕这个角色后,便特意增加了宇文邕的情节。创作者会根据读者的评论等信息重新编码小说,向读者示好,以便获得更多的打赏。网络的开放性和及时性使平民话语权在网络小说的创作过程中得到了最大的施展,这对创作生产周期长、一旦拍摄就无法大改的影视剧来说具有极高的参考价值。

现在影视剧和网络小说"小白化""甜宠化"泛滥化的原因,就是受众的喜好导向发生了变化。晋江文学城创始人 iceheart 说:"这个事我觉得和整体环境也有关系。比如现在甜宠文流行,很多读者说现在我就是一点不想看虐文,我生活这么辛苦,不让我看点甜宠,我怎么活?反正跟以前不太一样。"以前读者喜欢看职场、宫斗、宅斗类型,"追根溯源,原来写网文,是因为你写的东西不是我想象中的,我就开始在网上写。我写的是想象中完美的状态,我梦想生活的体现。早年看职场,可能觉得比较有拼劲,我还有梦想,想进入职场成为女强人。"①

IP 改编创作者和网络用户的界限变得模糊,"受众需求"是架空历史网络小说影视剧改编进行前期策划需要考量的重要指标。在改编之前,就会征求网民意见,做背景调查,利用大数据充分了解用户需求和意见,整理出受众的思维轨迹、消费轨迹、潜在需求,从而构建出受众立体化的特征,为选择合适的原著文本改编、进行精准的内容制作提供数据支持。例如,优酷搭建的智能系统"北斗星",便能获取视频投放周期、播放行为、用户核心特征、视频热度等数据,最终围绕用户观看兴趣和行为来进行影视内容生产。

在改编之时,网友的反馈在一定程度上影响着演员的选取、剧情的走向,使部分参与创作的用户成为 IP 改编的忠实受众,强化了粉丝对作品的认同感和归属感,提高用户黏性。在"互联网+"时代,受众密切参与到 IP 改编的创作之中,实现文本内容和结构形式的不断创新。

例如《琅琊榜》在早期创作过程中就让受众广泛参与到演员征集、主题曲征集等共创活动之中。在《琅琊榜》拍摄之前,胡歌的粉丝纷纷将小说推荐给胡歌,表示希望他能出演梅长苏一角。当山东影视集团买下《琅琊榜》电视剧版权后,书迷便向制作人候鸿亮推荐胡歌,制作团队在网上进行角色投票时,胡歌毫无悬念当选为第一名。又如读者"清彦""冰封"在阅读《琅琊榜》小说后,创作了歌曲《赤血长殷》。电视剧《琅琊榜》通过官方微博和微信,面向全球征集主题曲和插曲,《赤血长殷》便被成功送选采纳为电视剧的歌曲之一。受众在此由单纯的消费者转向生产型的消费者,进行参与式与互动式地创作,实现受众脑海中想象空间的实现,加强受众与影视剧的黏合度,使受众在虚拟的

---

① 《因为"不专业"才走到今天——晋江文学城创始人 iceheart 访谈录》,见邵燕君、肖映萱主编《创始者说:网络文学网站创始人访谈录》,北京大学出版社,2020,第 263—264 页。

人际关系与架空的情节中得到满足。

相较于国外的"边拍边播"的制播模式,国内影视剧制作通常采用"先拍后播"的惯例。而《东宫》则采取"边播边改"的定制模式,不断吸纳受众意见,实时响应受众需求信号。在剧作的播放阶段,剧迷通过微博、豆瓣、弹幕等平台发表意见,制作方及时进行舆情处理。例如在女主角曲小枫跳下忘川的名场面中,本来主创方考虑到此处演员对白太多,没有添加背景音乐,但是受众反馈没有背景音乐缺乏氛围感。制作方在检测到观众意见后,24小时内将原视频下架,连夜更换添加背景音乐《初见》。除此之外,制作方还根据弹幕评论紧急对整部剧的字幕进行调大,对滤镜进行更改,极大地提高了受众的观看体验与参与感,体现出对受众互动反馈的重视。正是这种迅速、积极的双向互动的模式,才让《东宫》获得高热度和高口碑。此外,平台甚至开辟色弱模式使受众可以自由调节画面色彩模式,加之倍速播放、智能跳过情节等功能,为受众打造定制化服务,加强用户互动黏性。

借由此路径,在消费社会视域下,架空历史网络小说改编影视剧创作者与消费者通过互联网新媒介工具建构起了"交互环境",这也形成了影视文本与社会文本的互文关系。受众进行参与性消费,"突破了传统文化语境下单纯的客体身份,成为文化产业链条中的一个环节"[1]。

当下受众的价值取向、审美趋向已经成为影视剧改编的重要导向。需要指出的是,虽然IP在创作时都是利用大数据等互联网技术,对用户数据进行整理分析后展开推进的,但是"受众本位"模式折射出的影视制作者和受众的关系本质是一种买卖关系。大众虽然参与互动生产,但在IP影视生产过程中起关键作用的是资本、商业和市场而不是受众主体,大众永远只是消费者,是文化工业的目标对象。[2]

---

[1] 孙玮志:《网络文学和电影的互动与融合》,《电影文学》2019年第2期。
[2] 李玉:《从文学影视改编的嬗变论受众主体性危机》,《四川戏剧》2019年第1期。

○ 中国架空历史网络小说改编影视剧研究

第二节　架空拟像：多元化、特色化、标准化营销

在媒介融合的环境下，单向传播模式和单一的媒体传播已然不能满足受众的需求。媒体的融合为跨媒介叙事中横跨多个平台内容流动提供了现实的物质基础。亨利·詹金斯认为在媒介融合的背景下，多媒体作为讲述故事、树立品牌以及讨好消费者的重要平台集多种功能于一体。詹金斯指出："我使用的融合概念，包括横跨多种媒体平台的内容流动、多种媒体产业之间的合作以及那些四处寻求各种娱乐体验的媒体受众的迁徙行为等。"[①]

当下 IP 影视剧的传播营销战略层出不穷，已经在虚拟的网络世界和实际的现实世界形成了多媒体、多平台、多形式的信息互动模式，达到信息"多对多"的裂变式传播。目前，架空历史网络小说改编影视剧的营销主要体现在三个阶段：前期制作阶段、播出上映阶段和播出后阶段，并且在不同时期都展现出了对架空历史类型这一商品消费的多元化、特色化、标准化摸索。

一、架空环境的先导议程设置

拟态环境对受众而言是无孔不入、无法避免的，社交平台、视频网站和垂直兴趣类社区是当前影响力最强、使用人数最多的 IP 传播阵地。在播出上映前

[①] 亨利·詹金斯：《融合文化——新媒体和旧媒体的冲突地带》，杜永明译，商务印书馆，2019，第30页。

第五章 产业生态——跨媒介流行背后的发展逻辑

的前期制作、拍摄过程中，剧组主创团队通常都会进行预热，在各类社交媒体、社区上注册官方账号进行动态更新，发起议程设置，不断进行话题预热，持续在微博等平台更新拍摄进程和路透照片，也会借助各平台上的KOL、明星演员或推广账号进行矩阵宣传，引发观众的激烈探讨与强烈期待。

美国传播学家麦克斯维尔·麦库姆斯（Maxwell McCombs）和唐纳德·肖（Donald Shaw）最早提出"议程设置功能"。它的中心思想是：大众传播通过为公众设置"议事日程"的功能，赋予各种"议题"不同程度的显著性的方式，影响着公众的判断。[1]虽然这种设置产生于传统媒体统治下受众弱势的环境，受众注意力很容易被传播者通过话题设置引导到传播者预先设定的方向上。但据研究表明，话题在观众中受重视的程度的确与话题被强调推广的多寡成正比。[2]在新媒体时代，在参与性文化背景下，受众也有权提出议程设置，并且这些自发的、代表群众呼声的议题往往比官方议题更具有真实度，活跃时间也更长。

在上映播出前期，除了进行架空历史网络小说影视化确认、演员选角、配乐征集、发布会、开机仪式等影视剧常规议程外，架空历史网络小说改编影视剧结合自身特色，尤为注重IP营销与视觉营销，结合原著小说曝光概念海报、服化道等设计效果图及先导片、花絮、拍摄日常等物料，以创造富有架空历史特质的拟态环境。

海报作为影视剧宣传环节先入为主的宣传形式，它可以在第一时间向观众传达作品的故事背景、演员、主题等各类信息，获得观众的关注度。优秀的架空历史IP海报善于有效利用中国传统元素，在字体选择、图形处理、色彩运用、构图等方面精雕细琢，为观众带来美的视觉享受。

例如，《寂寞空庭春欲晚》的海报便有工笔画的美感。摄影家孙郡便擅长此种风格，在摄影后将影像转换为黑白色白描底稿，然后对其进行手工上色，采用工笔画渲染方式进行制作。如《孤芳不自赏》《宫锁沉香》《芈月传》《扶摇》等古装影视剧的海报风格皆源于此。为营造东方文化特色和深厚的历史文化底

---

[1] 匡文波：《网络传播学概论》，高等教育出版社，2011，第17页。
[2] 胡正荣、段鹏、张磊：《传播学总论》，清华大学出版社，2011，第115页。

蕴，架空历史网络小说改编影视剧的海报字体多为各式各样的书法，并擅长使用圆形、祥云、仙鹤、印章、建筑、字画、古玩等中国元素图形，体现中国文化和内涵，奠定总体基调。不同设计的构图会呈现出不同的海报视觉效果。在海报构图方面，架空历史网络小说改编影视剧主创团队也会注意运用符合中国特色的框架式、留白式等构图方式进行设计，营造历史氛围质感。如《择君记》就采用了戏台框景塑造画面纵深感、层次感，增强空间关系，并表达出原著《两只前夫一台戏》的人物关系，使海报充满东方韵味和民族特性。

在拍摄阶段，引发粉丝关注最多的就是影视剧的服化造型及场景营造。这是架空历史 IP 相比现当代 IP 更吸引观众眼球、占据优势的地方。架空历史内容充满个性化，通常会使用古风化语言、古色古香的场景照片等进行宣传，具有鲜明的古典特征。

以《知否知否应是绿肥红瘦》为例，该剧从 2017 年 2 月 21 日发出第一条官方微博至 2018 年 12 月 25 日播出前都为预热时期。从表 5.1 可以看出，该剧文案语言颇具古典气息，与台词风格融为一体，自带历史氛围感。

架空历史 IP 擅长采用"知识考古"制作策略，展现题材特色并扩大传统文化影响力，将受众提前代入架空环境。《知否知否应是绿肥红瘦》官方微博自称"节气博主瘦哥"，采用二十四节气来普及传统文化，并用剧中真实搭建的古色古香的建筑景观、陈设布置、道具摆设等作为配图，展现剧中体现的浓郁的古代府宅生活、市井生活画卷，利用"节气营销"与粉丝交流剧组的点点滴滴。

此外，《知否知否应是绿肥红瘦》官方微博在前置宣传期除了逐步创作了《知否见闻录》《"瘦哥"随手拍》《光影纪事》等系列宣传作品，形成宣传矩阵，还抓住两位主演赵丽颖和冯绍峰在 2018 年 10 月 16 日"官宣"结婚契机，利用剧中角色大婚台词进行深度捆绑，引发微博功能瘫痪，为《知否知否应是绿肥红瘦》带来极高热度。而就在该剧热播期间，冯绍峰、赵丽颖更是用"知否体"宣布怀孕消息，再次引爆热搜，充分发挥演员号召力实现影视剧与现实的有效联动，为《知否知否应是绿肥红瘦》再次引流。"炒 CP"历来是影视剧流量关注热点，如《步步惊心》男女主角刘诗诗、吴奇隆修成正果也为该剧带来粉丝滤镜。《长风渡》因男女主角的情侣本色出演，同样也引发了极大关注。

表 5.1 《知否知否应是绿肥红瘦》播出前官方微博部分文案[①]

发布时间	发布内容	微博文案
2017年5月28日	公布女主角	#电视剧《知否知否应是绿肥红瘦》# 稚女初长成，积英巷里有人家。谁家婉转柔肠女儿心事，谁家女儿半生辛劳承起家族荣光。盛家明兰，兰心蕙质，明日之路光明灿烂。你好，盛小六 @赵丽颖 @赵丽颖工作室
2017年6月20日	公布男主角	#电视剧知否知否应是绿肥红瘦# 侯门有顾郎，少年桀骜把名扬。人生逢变故，投身沙场终登天子堂。男儿气壮，上保家国，下护所爱，风雨不惧初衷不改。久等了，顾家二郎 @冯绍峰 @iFengstudio
2017年9月6日	宣布开机	秋意渐浓花似锦，恰是人间好光景。正午阳光影业 #电视剧知否知否应是绿肥红瘦# 正式开机！导演 #张开宙#，编剧 @曾璐编剧 @梧桐-wutong 等主创与部分主演参与了开机仪式，现场揭晓了剧中王氏（王若弗）扮演者为知名演员 @刘琳，盛华兰扮演者为青年演员 @王鹤润rain，二人与 #曹翠芬 #@张佳宁 @刘钧 @王仁君国度 @李依晓 等主演一同亮相开机仪式。
2018年12月20日	宣布定档	#电视剧知否知否应是绿肥红瘦## 知否定档1225# 盛家有女初长成，侯门公府儿郎正。 繁花落进谁家院，冷暖向来只自知。 @赵丽颖 @冯绍峰 @朱一龙 @施诗Kira@张佳宁 12月25日湖南卫视金鹰独播剧场，爱奇艺、腾讯视频、优酷，如约相见！YouTube中剧独播、中国香港地区、中国台湾地区、马来西亚、新加坡同步播出，敬请期待。

二、全渠道多元化营销策略

安吉利·菲利普斯（Andrea Phillips）在《跨媒体叙事创作指南——如何在多平台上吸引观众》一书中把跨媒介叙事实践模式分为"西海岸"和"东海岸"两种。"西海岸"模式注重围绕同一个故事世界进行类型电影、电视剧、游戏、动漫等大型商业娱乐活动的开发。"东海岸"模式则强调受众通过社交媒体进行互动参与，推动故事情节的发展。[②] 在国内IP改编播出时期，这一互动主要体现在演员通过注册角色的微博等账号与观众进行互动，使虚拟世界中的虚构事物存在于现实世界中，丰富了故事内容，推动观众更加积极主动地探索故事世

[①] 整理自《知否知否应是绿肥红瘦》官方微博，https://weibo.com/zhifouzhifou2017，访问日期：2023年5月1日。
[②] 转引自石蓉蓉、董健：《论跨媒介叙事在我国网络IP剧中的应用》，《电视研究》2017年第12期。

界，了解到更多故事信息。例如《甄嬛传》直接以剧中角色的名字开通微博，并根据自身特征与相关情节与粉丝互动沟通。这些虚拟的"角色明星"使角色与观众的交流成为可能。

在上映播出时期，营销策略与传播方式多元化，可总结为两大类：以传统报纸、广播、广告、电视、研讨会为主组成的传统媒体渠道，和以互联网为核心的点映礼、粉丝交流会、直播间观看等一系列新媒体渠道。架空历史网络小说改编影视剧通常采用多媒体融合营销策略，充分打通传播的多种渠道，进行新旧媒体的全媒体互补传播，实现架空历史 IP 传播效果最优化。

例如《琅琊榜》播出初期因节奏慢、噱头少等原因，收视率低迷，但主创方既利用《人民日报》、中央电视台、品牌卫视等传统知名媒体策划多档节目宣传，为自己的"正剧气质"抬咖；又使用视频网站、微博、贴吧、微信等新媒体平台大力互动宣传，促使观众自发进行朋友圈口口相传。伊丽莎白·诺尔－诺依曼（Elisabeth Noelle-Neumann）"沉默的螺旋"理论便可以解释《琅琊榜》口碑逆袭的原因。在大众传播过程中，"少数服从多数"的心理效应左右着受众的收视倾向，大多数普通受众会倾向于更多人认可的观点，当单独持有某些观念被孤立时，"从众心理"就会导致弱势一方渐渐失去话语权。因此，舆论领袖的价值也在这样的社会环境下被放大。[1]《琅琊榜》正是充分利用舆论领袖的作用，拉升关注度与点击率，直至豆瓣评分 9.2 的高分，借助"互联网+观众"这一黄金定律实现低开高走，完美逆袭。

影视剧播出后剧方会上线各种周边、花絮、剪辑视频，频繁制造话题营销，维持讨论热度。与架空历史网络小说改编影视剧相关的热点话题主要集中在演技、服化道、剧情等方面。不论创作者主动设置的还是受众自行挖掘创造的话题热点，都有助于提升 IP 的影响力。比如作为穷得坦坦荡荡的神剧，《太子妃升职记》事先预埋了 300 个槽点，在播出时观察网友在弹幕、微博超话等平台的反应，对感兴趣的槽点进行重点推广。视频网站的弹幕和评论为广大观众提供一个讨论有关剧情的有效渠道，具有实时性、集聚性等特征。影视剧能通过

---

[1] 王展昭、任微：《浅析网络小说改编剧〈琅琊榜〉的热播原因——基于受众心理的研究视角》，《东南传播》2016 年第 1 期。

弹幕等途径抓取年轻群体超高的注意力，《太子妃升职记》便是以刷屏式弹幕的吐槽互动、体验式营销霸占热搜话题多日。

又如《楚乔传》凭借超500亿次的播放量，至今仍稳坐全网累计播放量榜首。该剧播放期间常驻热搜，时至今日影视剧中如遇坠湖情节，仍有网友弹幕提醒"快把宇文玥也一起捞上来"，由此可见该剧的火爆程度。《楚乔传》开启了"IP+品牌"的模式进行"软广告"植入，通过粉丝的聚集，把品牌在各个渠道的营销整合在一个核心之下，实现品牌与IP内容的深度捆绑，线上线下进行"病毒式"宣传。

在热播阶段，社交媒体上口碑评分传播和社群感染"安利"行为发挥着重要作用。粉丝是大众文化的狂热接受者，IP粉互相信任，群体同类人能实现更大效率的有效宣传。粉丝热衷在各个平台分享"卖安利"，推荐自己喜欢的IP，由此获得群体之外的认同感，扩大"自来水（免费水军）"群体数量，提升IP影响力。2020年播放量排行榜首的《庆余年》，便主要利用社交平台建立互动矩阵。《庆余年》官方微博粉丝达到151万，微博阅读量达到120亿以上，超话贴近2万，并在豆瓣设置剧情分析、幕后资讯等版块，在知乎发布＃结局讨论＃＃续集相关＃＃角色故事＃等话题，让受众持续参与讨论。

此外，随着大数据时代的到来，吐槽营销既能让用户在观看中获得参与快感，创作方也会对收视率、话题量等数据进行全程监测，掌握最大数据量和最密集数据等情况，为营销策划提供有效的反馈建议，更全面、更迅速、更精准地进行传播反应。例如《锦衣之下》刚开播时，每周更新三天，更新6集，但受众认为更新太慢，便通过弹幕、微博话题等表达加更的诉求。创作方监测到意见后当即决定每周增加更新两集，并提前更新时间，迅速满足受众的需求，促使受众导向下的传播路径的成功。

三、跨媒介的长尾效应

在架空历史网络小说改编影视剧播出后，剧方仍会在各个媒体平台上进行反复的扩散、宣传。如在各大渠道与观众进行互动和接受采访，加深大众对架空历史网络小说改编影视剧台前幕后的了解，利用综艺节目、杂志拍摄等宣传方式进一步巩固IP知名度，形成品牌文化深植受众心中。从而提升传播效果，促使架空历史IP的影响达到最大化。

例如，被网友戏称为"被盘得包浆"的《甄嬛传》，在播出后十几年，仍旧能登上微博热搜。乐视网充分利用独播权限，获得超高回报率，不仅在播出时推出各种形式的广告、视频进行轮番轰炸，在播出后几年，巧借美版《甄嬛传》再次宣传策划，激起网民对经典台词的英文翻译热潮。在播出十几年后，仍旧能够凭借议程设置，不时重新回到大众视野，让观众再次购买会员、"拿着八倍显微镜"刷剧。

在这一阶段，资方会采用"西海岸式"跨媒介叙事，学习国外《哈利·波特》《权力的游戏》等大IP的做法，加大服饰、文创周边产品、游戏、剧本杀、音乐、动漫、主题公园等衍生品的产业链开发，对IP进行二度开发。不同的跨媒介叙事形态反过来再带动IP影视作品的多次传播，例如《琅琊榜》大热后，利用母片的品牌效应进行《琅琊榜之风起长林》的续集开发；《楚乔传》带动手机游戏、角色扮演类网页游戏的火爆；《庆余年》创新季播的模式，将剧本分成三季播出，为实现剧、游、漫产业的联动提供有力的支持。动漫、手游的产出正好满足季播空档的需求，衍生作品可以反哺后两季的播放热度，形成了良性循环与倍数的经济效益。

此外，架空历史网络小说改编影视剧也逐渐成为对外传播的新内容。有学者认为，中国影视作品在进行国际传播时呈现"三多三少"的状态，即"影视作品产量多，但真正能实现国际传播的少；参加公益性对外交流的多，实现商业价值输出的少；进入国外艺术平台的多，进入国外主流商业播放平台的少"[①]。架空历史网络小说改编影视剧发展至今，虽在出海影视作品中占据大量比例，但是除《甄嬛传》《步步惊心》《琅琊榜》《天盛长歌》等大制作外，走向世界的影视作品仍旧屈指可数，亟待进一步发展。

并且，架空历史IP对外传播主要受众群体主要集中在海外华人群体及东南

---

① 杨雪：《中国IP影视产业国际竞争力提升研究》，博士学位论文，武汉大学新闻与传播学院，2018，第48—50页。

亚国家，欧美等发达国家对此关注度不高。同样是穿越类型，美式穿越题材倾向于未来，崇尚英雄主义，注重将科学理念融入叙事技巧；中式穿越题材则倾向于古代，着眼传奇剧情与爱情叙事，穿越前后古今时空有割裂和脱节，难以符合西方观影审美心理。

近年来，虽然网络小说出海和IP出口率不断提升，玄幻、仙侠类型受到热捧，但是鉴于架空历史IP特有的文化属性，许多令国人赞叹的制作与文化难以得到西方理解，古色古香的台词也翻译困难，东、西方文化交流折扣现象严重，"能见度"仍有待提高。因此，有学者认为，中国IP影视剧对外传播应该利用好以下两个方面实现有效推广：

> 一是利用中国故事、中国文化景观来确认自身形象、生活方式的阐释、辩护与认同，以相异性宣介"中国文化"与"中国形象"，以文化的"共存"实现中国文化与价值的传播。二是利用趋同或者相近文化会降低"文化折扣"并更易为相异文化的受众所接受的原理，充分借助中华民族文化中能够传达趋同文化的符码，讲述人类的共通文化。[1]

即使用国际化表达的叙事方式来讲述中国文化景观，进一步提高架空历史网络小说改编影视剧的国际影响力，巩固IP宣传成效。

---

[1] 郝雯婧、王雪梅、安静：《"剧"说网络小说（IP）：改编剧对外传播研究》，西南交通大学出版社，2017，第15—16页。

第三节　消费主体：显示屏前的受众

随着消费社会的到来，大众文化中市场导向的作用越发凸显。而作为显示屏前的观众，受众逐渐成为 IP 产业的消费者、参与者、反馈者，完成了一个完整的传播活动链条，形成以受众为中心的产业倾向。因此，通过分析受众的类型画像和其对架空历史题材选取的观看行为、偏好及动机，可以反馈架空历史 IP 市场的情况，并通过调动受众能动作用促进影视剧的发展。

一、粉丝经济：用户的类型画像

根据中国互联网络信息中心（CNNIC）报道，截至 2022 年 12 月，我国网民规模达 10.67 亿，互联网普及率达 75.6%，网民男女比例为 51.4∶48.6。20—29 岁、30—39 岁、40—49 岁、50 岁以上网民占比分别为 14.2%、19.6%、16.7% 和 30.8%。我国网络视频（含短视频）用户规模达 10.31 亿，占网民整体的 96.5%，网络文学用户规模达 4.92 亿，占网民整体的 46.1%。[1]

根据云合数据提供的 2020 年四大视频平台独播剧用户画像，女性观众占比大大高于男性观众，"爱优腾芒"四大视频平台女性占比分别为 63%、58%、73%、76%。年龄分层化现象也比较明显，其中 20—29 岁年龄段的受众占 45%

---

[1] 中国互联网络信息中心：《第 51 次中国互联网络发展状况统计报告》，2023 年 3 月 2 日，https://cnnic.cn/n4/2023/0302/c199-10755.html，访问日期：2023 年 5 月 5 日。

左右,用户总体呈现年轻化趋势。①

有学者针对网络小说改编影视剧受众的人口学特征结构调查分析发现,网络小说改编影视剧受众群体中女性比例比男性比例高出16.62%。受众的年龄结构在22—35岁的人群占据了75.59%,整体偏年轻化。在学历层次上,受众教育水平普遍较高,本科以上学历占比76.97%;在职业特征上,企业工作人员和学生是主要群体,占比达65.42%;在收入状况上,因为受众多为学生,年收入集中在3万元以下和3万—8万元两个区间,占比为79.66%,总体来看受众多属于中低收入人群。②

相近的用户群体是跨媒介消费市场定位的基础,架空历史IP受众特征总体上与视频平台用户画像、网络小说改编影视剧受众群体画像近似。架空历史网络小说改编影视剧可将受众分为三大类:原著粉、明星粉、路人粉。调查数据显示,在受众群体中,除其他类型外,"原著粉"占比35.93%,"个人粉"占比27.8%,"路人"群体占比28.47%。③

第一类为原著粉,即从原著读者转变而来的影视剧粉丝。调研显示79.2%的网络文学用户愿意观看改编的影视剧。④原著粉通常对原著小说有着深厚的感情,用户忠诚度高,愿意响应作者的号召支持网络小说的影视化,以唤醒其对原著的集体记忆,获得情感认同,并在过程中擅长监督改编作品是否尊重原著、是否"魔改"。根据调查研究,对原著粉而言,原著还原度是原著粉受众最为关心的问题。⑤就具体改编元素而言,有学者通过问卷调查发现,"从改编的技术角度来说,影响知情受众观看行为的,主要有人物形象的塑造、叙事空间的变

---

① 孟中:《网络文学IP影视剧改编发展报告2019—2020》,中国传媒大学出版社,2021,第181页。
② 赵智敏、高萱萱:《倾向性·交互性·娱乐性:网络小说改编剧受众特征分析》,《新闻爱好者》2020年第1期。
③ 赵智敏、高萱萱:《倾向性·交互性·娱乐性:网络小说改编剧受众特征分析》,《新闻爱好者》2020年第1期。
④ 中国互联网络信息中心:《中国网络文学用户调研报告》,2011年8月19日,https://www.cnnic.cn/n4/2022/0401/c120-908.html,访问日期:2023年5月6日。
⑤ 田新宇:《粉丝经济视角下网络文学IP改编剧的传播策略研究》,硕士学位论文,成都理工大学传播学专业,2021,第17—26页。

化和故事情节的增减"①三大要素。

第二类是明星粉,他们对自己喜好的艺人、导演的作品无条件支持,在追剧的过程中与偶像相接,在虚拟中体验交往的快乐。明星粉会集体组织为自己的偶像做宣传,会自发由明星粉转化为IP改编作品粉丝,为影视剧投票打榜、控评、反黑,以偶像参演角色为中心进行评论转发,不断强化粉丝身份认同,实现粉丝经济的最大化。对明星粉而言,演员阵容、大众评分与服装道具布景是其最为关注的元素。②

第三类是并未阅读过原作的影视剧观众,通常为"路转粉",即从完全无关的路人甲转变为IP影视作品粉丝。这些观众或因为接触了先导片等内容的宣传,或从观看影视剧正片的过程中寻找到了乐趣,或是从众心理,为了与周围的人有共同话题,为了社交需要选择追剧观影。于"路人"群体而言,大众评分与剧情内容是吸引此类群体的关键要素。③

根据调查显示,总体来看,古装历史类是受众最为热衷收看的题材,并且"路人""个人粉"更倾向于观看古装历史类网络小说改编影视剧。除"原著粉""个人粉"类忠实性粉丝外,包括"路人"群体在内的大部分观众都是游离型的受众,如何获得这类人群的关注是架空历史网络小说改编影视剧传播的重点攻占方向。但是,无论是哪一类群体,作为架空历史IP的受众方,都是为了满足自身的某种心理需求。

二、观看行为与市场偏好

互联网视听服务平台的播出方式,解放了用户的观看行为,受众有权点播、任意切换自己喜爱的内容,随时随地、自由选择播放速度。据调查显示,

---

① 黄雯、宋玉洁、林爱兵:《知情受众的视听体验——中国网络小说改编电视剧的受众使用与满足研究》,《中国电视》2018年第7期,第59页。
② 田新宇:《粉丝经济视角下网络文学IP改编剧的传播策略研究》,硕士学位论文,成都理工大学传播学专业,2021,第17—26页。
③ 田新宇:《粉丝经济视角下网络文学IP改编剧的传播策略研究》,硕士学位论文,成都理工大学传播学专业,2021,第17—26页。

82.03%的受众选择移动端即手机、平板电脑、笔记本电脑等收看网络小说改编剧。①受众的观看时间变得碎片化，播放载体更为多元，播放环境更为复杂。

在消费者行为学领域，不论是基于AIDMA模型——引起注意（Attention）、激发兴趣（Interest）、唤起欲望（Desire）、加深记忆（Memory）、促成行动（Action），还是基于AISAS模型——引起注意（Attention）、激发兴趣（Interest）、主动搜索（Search）、促成行动（Action）、信息分享（Share），抑或是基于SICAS模型，即品牌—用户互相感知（Sense）、产生兴趣—形成互动（Interest & Interactive）、用户与品牌商家建立联结—交互沟通（Connect & Communication）、行动—产生购买（Action）、体验—分享（Share）的消费行为。消费者从接触网络小说或改编影视剧信息到最终选择观看、产生购买行为一般会经历五个阶段的心理过程：受众通过大数据抓取信息个性化推送，网络社交媒体、网络社区、网络视频平台推荐，旁人介绍或者主动搜索对某部架空历史网络小说或其改编IP作品开始留意，点击进去产生兴趣，再通过进一步了解，觉得作品有吸引力，产生继续阅读、观看的欲望，再与其他受众进行互动分享，加深记忆。当免费章节试读完毕或免费集数观看完毕时，不得不付费产生实际购买行为，并再次宣传推荐，成为其他消费者下一次消费行为的前数据。

斯图亚特·霍尔（Stuart Hall）认为，只有当受众愿意接收文化产品并具备相应的解码能力，文化和意义才能从文化产品的制作方流向接收方。②架空历史网络小说改编影视剧传播过程是一个"编码—解码"的过程，传播者的编码只有通过受众的解码才能接收其间的象征和意义。按照斯图亚特·霍尔提出的受众对媒介讯息的解读立场理论，大致可分为倾向式解读、协商式解读、对抗式解读三种立场。

受众观看IP影视剧是一种文化消费行为，在这种消费行为中，受众完成了文化批判行为。"公众有着文化消费行为和文化批判者的双重身份。因此，他们在参与网络电视批评时，会或隐或显地带入一定的文化消费意识，有意无意地

---

① 赵智敏、高萱萱：《倾向性·交互性·娱乐性：网络小说改编剧受众特征分析》，《新闻爱好者》2020年第1期。
② 谭玲：《网络文化与电视批评》，中国社会科学出版社，2009，第98页。

提醒电视人尊重以自己为代表的普通受众的文化选择。"[1] 这些批评主要集中在如思想主题批评、伦理道德批评、审美批评、社会批评、学理批评等文本批评以及创作过程批评、创作潮流批评等创作批评之中。

在《网络文学 IP 影视剧改编发展报告 2019—2020》中，北京电影学院中国电影编剧研究院副院长孟中以用户评论为分析对象、以大数据分析为研究方式，立足"社会价值""艺术品质与体验"两个一级指标维度，建立了网络文学、影视剧两大用户评论评价体系。该报告通过对 2018—2019 年各平台公开的播放量或热度最高的、获得有效评论的 47 部 IP 的用户评论数据进行大数据分析发现：用户评分较高的影视剧二级指标为"个体激励""角色""题材"，用户最关注的网络文学二级指标为"个体激励""人物"，最关注的影视剧二级指标为"个体激励""剧情"。改编使用户的关注点发生一定转化：如改编后，用户对"史实史观"的评论量下降超过50%，历史真实不再是关注重点。具体而言，对《庆余年》《天盛长歌》等权谋向架空历史题材作品，用户对基础价值、角色、剧情等二级指标维度的改编更加满意；对《知否知否应是绿肥红瘦》《东宫》等言情向架空历史改编，除在角色、剧情等二级指标上表现较好外，在个体激励、制作、视觉呈现等指标维度上也均位于前列。从多样本的整体趋势来看，如果网络文学作品在"个体激励""人物""情节"上三个指标的综合满意度上表现得较好，那么其改编影视剧后可能有更大的成功率。因此，该报告根据以上三个关键指标的得分，构筑回归方程，得出潜力计算公式：得分 = –2.89131+0.04687*"人物"+0.03492*"情节"+0.03392*"个体激励"[2]，建立了网络小说 IP 改编的受众评价体系，以供研究者与投资方决策参考。

针对叙事内容的三种改编策略，企鹅智酷对 11726 名网友进行网络文学 IP 改编调查研究分析发现，66.01% 的用户可以接受适当改编剧情、角色、结局等，近三成用户倾向于完全尊重原著，而随意改编几乎是不被容忍的。并且，在角色、剧情等的改编中，六成用户接受增加配角，但是超过 95% 的用户反对删减

---

[1] 谭玲：《网络文化与电视批评》，中国社会科学出版社，2009，第 107 页。
[2] 孟中：《网络文学 IP 影视剧改编发展报告 2019—2020》，中国传媒大学出版社，2021，第 6—18 页。

第五章 产业生态——跨媒介流行背后的发展逻辑

主角；剧情亦是宜增不宜减，超过六成的用户可接受增加剧情，特别是古装宫廷类，而八成用户反对删减剧情。① 由此观之，观众对原著故事的第一印象难以突破，首因效应极大地存在于网络小说改编影视剧中，少变的调整型改编和几乎不变的再现型改编更符合架空历史 IP 改编观众期待，而改写型改编式大修大变则不受观众喜爱。

就叙事时空的四种转变模式而言，前文已提到，这是在影视媒介变迁的影响和审查机制的干预下，根据市场导向共同决定的结果。受众的喜好虽然不能成为决定性的因素，但是，对叙事时空四种转变模式的统计分析有助于更进一步了解产业倾向。本书将附录中 126 部架空历史网络小说改编影视剧进行叙事时空转变模式分类（见图 5.1），其中半架空戏说型 18 部、占比 14%，全架空逼真型 13 部、占比 11%，全架空全虚型 91 部、占比 72%，半架空模糊型 4 部、占比 3%。由此可知，在架空历史网络小说改编影视剧叙事时空转变模式之中，全架空全虚型在改编方式中占据主要份额，这种改编模式对叙事时空的转变改动最小，对人物、情节的影响也最小，既能顺利通过审查，又符合观众的期待视野。

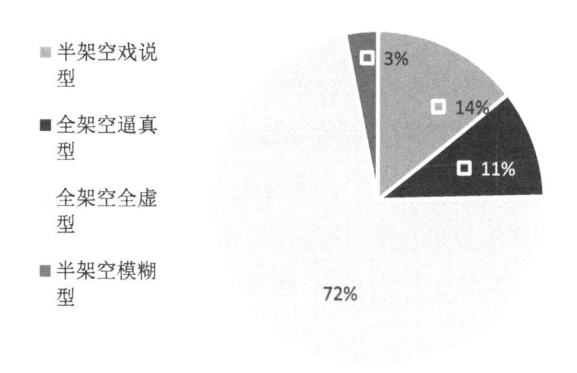

图 5.1 架空历史网络小说改编影视剧叙事时空转变模式占比

---

① 企鹅智酷：《IP 热潮与泡沫：网络文学 IP 价值判断报告》，2016 年 4 月 8 日，https://www.sohu.com/a/68281706_332389，访问日期：2023 年 5 月 7 日。

当然，没有直接证据表明，影视制作公司会依据诸如此类的市场调查结果来调整改编策略，因为每一部架空历史网络小说改编影视剧的生产都有其独特性；我们也不能直接把观众偏好、改编偏好等与改编后影视剧的收视率、播放量直接勾连起来。不过，这样对市场偏好的分析，有助于研究者更加细致深入地掌握中国架空历史网络小说改编影视剧的情况。

三、架空历史的消费满足感

受众的"使用与满足"理论是指"把受众成员看作是有特定'需求'的个人，把它们的媒介接触活动看作是给予特定的需求动机来'使用'媒介，从而使这些需求得到满足的过程"①。卡茨（Elihu Katz）等将大众传媒的功能分为"认知需求、情感需求、个人整合需求、社会整合需求、缓解压力需求"②五大类。有研究者借鉴此分类，将观看网络小说改编影视剧的动机分为社交需求、娱乐需求、认知需求、认同需求四类，并采取调查研究分析发现：从受众观看动机处理结果来看，娱乐动机最为强烈，缓解压力放松身心、消磨时间打发无聊时光等具体指标动机强烈，受众差异性不明显；其次为认知需求，出于对内容的好奇的动机强烈；社交需求、认同需求均值较低，动机不明显。③

学生、白领等作为网络小说改编影视剧主要受众群体，出于对新鲜未知事物的好奇，观看改编 IP 主要目的就在于娱乐身心、逃离现实、满足幻想。对受众而言，最关键需求即娱乐需求。艺术有使人从日常生活中抽离、摆脱压抑情感的作用。在作品产生效果当中，有相当一部分是接受者在阅读和观赏中自己创造的。④ 在架空历史网络小说跨媒介叙事之中：

---

① 郭庆光：《传播学教程》，中国人民大学出版社，2011，第 167 页。
② 沃纳·塞弗林、小詹姆斯·坦卡德：《传播理论——起源、方法与应用》，华夏出版社，2000，第 324 页。
③ 高萱：《我国网络小说改编剧受众研究》，硕士学位论文，郑州大学新闻与传播学院，2020，第 50—51 页。
④ 杜莹杰：《中国历史电视剧审美研究》，中国传媒大学出版社，2016，第 207 页。

第五章 产业生态——跨媒介流行背后的发展逻辑

为了充分体验虚构的世界,消费者必须承担追寻者和收集者的角色,通过各种媒体渠道寻找有关故事的点点滴滴情节,并通过在线讨论组来比较印证彼此的发现,通过合作来确保每一个在这方面投入时间和精力的人在离开时都能获得丰富的娱乐体验。[1]

在改编过程中,影视剧通过改写、扩充、填补、重构来表现故事,将故事的场景和角色人物的语言、行为等构建阐述,使用影视语言弥补文字语言的潜藏缺口,建立架空历史虚构世界的连贯性和合理性,在叙事内容上相互配合、彼此补充。

"影像的功能之一就是满足'观看癖',通过观看获得一种快感。"[2] 影视剧是视觉艺术,而古装剧是展示视觉奇观的重要平台。架空历史网络小说改编影视剧以其精美的服化、恢宏的场景、陌生化的奇观为观众带来视听盛宴,让观众近距离观看古人的日常生活。观众对这种"陌生化"的日常生活场景感到好奇,无论剧情如何发展,观众都会被目不暇接的"复古"画面吸引。影视剧主创团队罗列出这些陌生化奇观,以迎合市场的"窥私"心理,其实质就是消费历史。

其次,架空历史网络小说影视剧改编是受众对现实生活的逃避。IP改编为其提供想象空间,使受众身心获得补偿性满足,其本质是一种补偿心理适应机制。网络小说和影视剧为受众提供了一种重要的,但在日常生活中被禁止的欲望需求释放渠道。

张开运用定性研究法对女性观众之所以沉迷影视剧进行了分析并指出:"电视剧很大程度上是女性观众寻求生活体验和答案的参照物。"[3] 对女性受众而言,渴求逃避为人妻母带来的沉重的责任义务,满足自己对情感上的需要。女性向网络小说的故事核心是,理想型男主人公认识到了女主人公的内在价值并深深

---

[1] 亨利·詹金斯:《融合文化——新媒体和旧媒体的冲突地带》,杜永明译,商务印书馆,2019,第54页。
[2] 劳拉·穆尔维:《视觉快感和叙事电影》,周传基译,北京大学出版社,1998,第91页。
[3] 张开:《女性观众喜爱电视剧成因分析》,《现代传播(中国传媒大学学报)》2009年第6期。

爱上了她，而女主人公从此过上了幸福生活，满足了女性的乌托邦式的爱情渴望。对男性受众而言，目的在于逃避社会现实困境，得到梦想成功逆袭的"爽感"，不断升级打怪，满足征服世界的欲望。总之，网络小说让读者体会到感情得到滋养、理想得到实现的感觉。

那为什么架空历史类型尤受观众喜爱？架空历史或虚构时空，或产生与原有历史不一样的平行分支空间，故事看似发生在古代，但是不拘于史实，有利于增强故事的灵活性与角色结局的未知性，更适合想象力的发展延伸。让历史的轨迹随着作者、编剧和受众的喜好自由前进，描绘出观众理想的架空世界，以其能指与历史真实的疏离、所指与人性真实的暗合而具备了以历史化表述的形态完成欲望满足功能。"虚构世界与日常现实的距离越遥远，读者或观众被引导进入这个世界的兴趣就越浓厚，对情节的关注就越淡化，因为创设一个与现实有差距的世界是想象力大展身手的本领所在。"① 一旦进入浪漫幻想的想象空间之中，读者或观众就不太愿意在未看到叙事文本中的大结局之前回到现实世界。受众沉溺其中，从琐碎、繁忙、焦虑的日常中抽离出来，进入自己独享的满足欲望的私人空间。

童庆炳也指出，历史剧特别是戏说剧使"大众的欲望在幻想中得到替代性的满足"，创作者"细心揣摩观众的心理，了解他们的现实中的欲望和心理，哪怕是根本不可能实现的欲望，然后用历史的外壳把它包装起来，让这些欲望在他（她）所崇拜、同情的'历史'主人公身上得到实现"。②

《阅读浪漫小说：女性，父权制和通俗文学》作者拉德威（Janice A.Radway）曾对沉迷阅读浪漫小说的读者进行深入采访分析，有受访读者表示："书里面的角色不应该和现在的人是一个样子，要是那样的话，你就没法在阅读中逃避现实了……如果那些人所面对的问题和现代人的一样，那我就不想读了。"③ 正如童

---

① 玛丽-劳拉·瑞安：《文本、世界、故事：作为认知和本体概念的故事世界》，《叙事》（中国版）2015年第1期。
② 童庆炳主编《历史题材文学系列研究（第一卷）历史题材文学前沿理论问题》，北京师范大学出版社，2014，第87页。
③ 珍妮斯·A.拉德威：《阅读浪漫小说：女性，父权制和通俗文学》，胡淑陈译，译林出版社，2020，第130页。

第五章　产业生态——跨媒介流行背后的发展逻辑

话故事为儿童创造和滋养了希望一样,架空历史网络小说为读者抽离现实创造和保存了希望,并且滋养了受众的情感,而影视改编则让这样的幻想进行了视听艺术的实在落地。架空历史本身的陌生性和假定性给予了受众欲望更自由广阔的想象空间。窥视心理是人类的天性,架空历史IP改编巧妙运用视觉奇观满足观众对皇权、宫廷的窥视好奇心理,将受众从现实的焦虑、困惑和迷茫中抽离出来。

例如架空历史类"大女主"剧的流行,就在于给现代女性成长提供了一个逃避现实困境的出口、一段虚拟体验的情感历程、一套假想的解决方案。女性向架空历史网络小说以弥补现代人的情感缺失为主旨,以情欲的满足为主要指涉内容。如在《长相守》原著《木槿花西月锦绣》等作品中,女主角就是因为在现代社会遭遇丈夫出轨而遇到车祸穿越到古代,在架空时空得到爱情、友情、亲情的满足。又如《祝卿好》的热播原因在于该剧为女主角赋予了现代人的主动和洒脱,是典型的根据女性受众的需要建构理想世界的架空历史网络小说改编影视剧。受众在观看影视剧时,不自觉地对屏幕上的主人公进行情感投射,从而获得一种高峰体验的替代性满足。

郭敬明曾评价道:"(比之现实题材的沉重、无奈、压抑)穿越剧带给人更多的是很纯粹的东西……一种美好的情怀。人性对爱的向往或对苦难的挣扎,一旦放到架空的环境里时会突显得更加淋漓尽致,因为它已经脱离了现实条条框框的约束,这是穿越剧特别迷人的地方。"[①]

在穿越历史类型网络小说以及改编的IP影视作品中,历史被虚化为现代人欲望释放的消费场所。读者和观众对超出平常认知范围的事物抱有天然的好奇心,将现实生活中长期积存的感情压抑与不满进行短暂的宣泄。穿越类型网络小说改编影视剧是以现代人积累的智慧与知识碾压古代人。在现实生活中再平凡不过的男女穿越回古代都能变得与众不同、出人头地、受尽追捧。如《步步惊心》中若曦能凭借现代晚宴设计理念俘获皇帝、阿哥们的称赞喜爱,《庆余年》中范闲能以唐诗三百首夺得魁首、一鸣惊人,《赘婿》中宁毅能凭借"拼

---

① 周娟娟:《浅析穿越题材历史剧风靡的原因——以〈步步惊心〉为例》,《青春岁月》2013年第8期。

刀刀""苏宁毅购""加盟制"等现代商业模式创业成为江宁首富。从本质上讲，历史类网络小说都可以看作"穿越"网络小说，即使主人公没有"穿越"这个行为动作，他或她仍具备现代思想，或者说，作者本人是从当代穿越回了历史，将现代意识与先进知识经验、对历史与人物结局走向的预知带到穿越后的时空里"开外挂"，以满足作者自己与受众的"后天先知"的优越感与"爽感"，缓解在当下所处时空的焦虑与压力，服务于虚幻的白日梦。黎杨全指出：

> 穿越小说实现 YY 效果的核心秘诀，即必须保证时间的逆向落差，换句话说，不论是历史、架空，还是重生，穿越者在思维方式、知识技能等方面相对来说都应是更"先进"的人——而这也是穿越小说虽然成千上万，但穿越到未来世界的却相当少的根本原因。[①]

对观众而言，所需要的毋宁说是历史真实，不如说是历史想象。当架空历史网络小说更新完结，或者当 IP 改编影视剧播完，受众便从短暂的愉悦中抽离，重新面对自己的真实处境。观者在日常生活中阅读到的架空历史网络小说及其观看到的改编影视剧体验的满足，不仅是间接的体验，而且是暂时的，只存在于自我幻想之中。当安然地满足这些形式的替代性愉悦时，受众不会对他或她的真实情况做任何改变。所以说，消费一本暂时能够满足快感的网络小说及其改编的影视剧，会诱发对另外一部作品的需求和渴望。这种转瞬消逝的愉悦，极大可能会让读者不断地产生重复这一体验的渴望。简言之，消费可能会带来更多的消费。

一言以蔽之，架空历史网络小说可以被称作补偿性小说，因为阅读他们这一行为满足了受众的一些基本心理需求——这些需求是被文化及其社会结构诱导出来的产物。但又由于受众活动所具有的局限性，导致他们的需求在日常生活中通常无法得到满足。创作者在架空历史故事世界中创作符合自己期望的人物形象，构建具有欲望满足意义功能的情节，而观众就在这样的情感投射中获

---

① 黎杨全：《网络穿越小说：谱系、YY 与思想悖论》，《文艺研究》2013 年第 12 期。

第五章　产业生态——跨媒介流行背后的发展逻辑

得更大的满足。大多数网文作者在尝试创作网络小说之前，都曾是狂热的网络小说读者，他们为了强化与网络小说阅读行为相关的幻想体验而转向创作，并且在这样的创作中获得自信，为其他读者书友提供快乐。

再次，知情受众观看网络小说改编影视剧主要源于对原著的期待视野。网络小说跨媒介叙事的过程不仅是艺术形式的转变过程，也是受众期待满足的过程。对原著粉而言，"受众期待的并不是影视剧本身，而是影像化后的叙事空间与自己脑海中想象体的契合程度"[1]。

琳达·哈琴认为，"改编本的吸引力在于重复和差异、熟悉和新奇的混合"，"作为复制的改编明显不是快乐的延宕；它本身就是一种快乐……这种复制品带来舒适感、一种更全面的理解以及随着知道接下来将要发生什么的感觉而来的自信"[2]。通过架空历史网络小说与改编影视剧的互文，受众在文字语言与视听语言之间寻找已知的感觉，发生将期待的作品与实际的改编进行比较的行为，以获得满足。

例如观众在看一部新的原创剧本的影视剧的时候，会对结局产生不确定性。但是当人们情感上、欲望上的需求想要立刻得到满足的时候，收看已知结局的改编IP便会迅速让自己的欲望得到纾解。因为受众十分清楚这个大结局会给他们带来怎样的影响，或者改编作品的某一段会唤起观众怎样的反应。当受众的情感需求、欲望需求非常迫切的时候，他们会寻找几乎没有风险的——看以前看过的，或者知道故事走向的IP改编影视剧作品来满足欲望与情感需求。

架空历史网络小说改编影视剧的原著粉，即为最开始的网络小说原著读者粉丝。原著粉对网络小说改编影视剧的内容有一定的知情体验，观看动机主要源于对荧屏叙事中未知内容的好奇和对已知内容的回忆、探究愿望。原著粉早在阅读网络小说时就获得了既定的审美体验，在观看改编作品时，他们会不自觉地将自己阅读小说时的审美体验与观看影视剧的实际感受进行对比。

---

[1] 张允、姚玉娇：《"互联网+"时代网络IP剧的传播研究》，《现代传播（中国传媒大学学报）》2016年第6期。
[2] 琳达·哈琴、西沃恩·奥弗林：《改编理论》，任传霞译，清华大学出版社，2019，第二版序言，第78页。

原著粉对改编作品的内容与逻辑要求非常严格。他们对原著作品有很高的忠诚度，是连载小说的见证者，对原著的人物、情节有着比"明星粉""路人粉"更深厚的情感，并且只忠于自己所理解的原著内容。改编影视作品对原著的还原程度，直接影响了原著粉对改编作品的接受程度，因此他们提倡对原著"忠实"，反对"滥编魔改"。有研究显示，"改编前后，用户对二级指标的评分都有不同程度的提升，这说明好的改编对 IP 价值的提升有很大帮助。"[①] 如果改编后的影视剧符合原著粉的期待视野，那么他们则会是最忠诚的粉丝；如果拍出来的影视剧与期待视野相差太远，他们则会"期望越大、失望越大"地早早弃剧。

本章以文化产业视角出发，从架空历史网络小说改编的生产、营销、接受的三重发展逻辑入手，指出类型化、产业化背后的资本运行、内容适宜改编、流量选择等发展缘由以及互动的生产创作机制。对架空历史网络小说改编影视剧前期制作阶段、播出上映阶段和播出后阶段三个时期的多元化、特色化、标准化传播营销进行了探讨。作为消费主体的受众是产业的中心，通过探析受众类型画像、观看行为及其逃离现实、满足幻想的补偿性心理，结合数据表明，改编后，全架空全虚型在叙事时空改编方式中占据主要份额，历史真实不再是关注重点。此外，由于首因效应，少变的调整型改编和几乎不变的再现型改编更符合架空历史 IP 改编观众的期待。

---

① 孟中：《网络文学 IP 影视剧改编发展报告 2019—2020》，中国传媒大学出版社，2021，第 23—27 页。

后　记

　　前文已对中国架空历史网络小说改编影视剧的定义、类型、发展历程、现状特点等进行了梳理，又指出了架空历史网络小说影视改编过程中，试图还原历史却又消解历史、试图构建新历史却又被旧历史框束的视听悖论，探讨了从历史事实到历史叙述、从传统历史小说到架空历史网络小说、从主流历史正剧到架空历史网络小说改编影视剧四个维度的三次转变。本书创造性地提出了叙事时空的半架空戏说型、全架空逼真型、半架空模糊型、全架空全虚型四种转变模式，按照叙事内容主流改编方法对情节、人物的改编手段进行再现型、调整型、改写型三类总结，并从叙事主题、叙事结构、叙事视角的转变角度来探讨叙事元素的转变特点。从视觉、听觉两个角度对情节影视化进行了探讨，就场景道具、礼仪制度习俗观念等影视剧改编重点进行了思辨，从趋实向、就虚向的服化造型设计分析了架空历史网络小说改编影视剧中人物形象的呈现特点，探讨了历史氛围感的视听奇观"落地"之法。最后，本书对架空历史网络小说改编影视剧产业流行背后的生产、营销、消费逻辑进行了思考，对流行背后的缘由、多元化传播方法、受众的"接受与满足"等问题进行了讨论。

　　总体而言，架空历史网络小说在对情节、人物等叙事内容的取舍与拍摄方法、剪辑表演等从文字到影像的转变手段方面，与以往的小说改编影视剧区别不大，主要还是取决于不同主创团队的个性化处理方式。但是，架空历史网络小说改编影视剧更加注意网生代受众的观影追剧体验与期待视野，并且在叙事时空转变方面有其自身规律,能够归纳总结出较为清晰的改编框架。在叙事主题、叙事结构、叙事视角等跨媒介叙事方面,架空历史网络小说改编影视剧也展现出了架空历史网络小说作为类型化文化商品的鲜明特色。由于原著小说故事情节、人物形象本身的虚构性,架空历史网络小说改编影视剧更加注重对服化道、场景、配乐、台词、礼仪、风俗等视听元素的史实补偿,力求"以史为经"与"以原著为经"的协调平衡,做到历史真实与艺术真实的有机结合,营造相对真实浓郁的历史氛围感。通过对历史真实的陌生化奇观制造,在一定程度上探究其表现出来的人性真实、当代现实真实与主观精神真实,具有"逼真性"。

需要指明的是,以经验主义为基石的分析是文化研究的一类方法,架空历史网络小说当然不会按照本书所梳理总结的规律来改编,但是研究这样的经验可以更加准确地勘破架空历史网络小说改编背后的运行逻辑。安吉拉·麦克罗比(Angela McRobbie)强调"呈现即是阐释"(Representations are interpretations)。呈现之物绝不可能是部分客观现实(objective reality)的纯粹镜像,存在(exist)总是经过"一系列甄选机制——比如强调、编辑、裁减、转录和变化等"处理后的结果。[①]

毋庸置疑,IP改编革新了我国影视剧的创作、产出、营销模式。随着影视作品的宣传,网络文学作家的知名度进一步提升,反过来将流量引回反哺原著,最终实现了网络小说与影视剧的双赢。架空历史网络小说改编影视剧为当下影视剧创作拓宽了新的表现渠道,丰富了我国想象型、亚真实型历史题材影视剧创作类型。为历史注入了新鲜的话语方式,其中蕴含的古典文化气息也为历史文化的传承起到了推进作用,架空范式中传达的"英雄意识""大国情怀""文化理念"等方面的创作主题,也对当今思想凝聚和社会进步具有推动意义。

当然,我们应该看到,由于架空历史网络小说的类型化特征和创作模式的限制,难免在改编中带来人物塑造单一化、情节重复化、艺术手法模式化、服化道同质化等弊端。传统影视剧是专业编剧创作,讲求故事逻辑性、完整性和人物行为的合理性,但是网络小说讲究"爽"感,注重读者的反应,创作时要

[①] 珍妮斯·A.拉德威:《阅读浪漫小说:女性、父权制和通俗文学》,胡淑陈译,译林出版社,2020,第7页。

后　记

贴标签才能被关注、订阅、打榜。每一种标签风行之后就有成千上万的网络小说作家追爆款，热点从穿越—宫斗—宅斗—重生—探案—种田一波波流行下去，架空历史叙事的新鲜感在不断复制的流行中逐渐隐退，改编的影视剧也就因IP的先天不足而导致雷同。同时，知识产权、版权问题矛盾突出，跟风扎堆，缺乏原创精神，自我革新意识较之现实题材略显不足，抄袭泛滥成为行业常态。

影视创作者依赖经过检验的程式进行制度化、市场化创作。由于互联网平台对播放渠道的垄断和生产主体的主导性渗透，影视制作公司话语权不断缩小，投资者取代导演成为主导人，资本为了经济效益陷入"大IP+大流量""高成本+大制作"的套路，内容"短平快"，导致影视剧创作、营销、衍生等环节缺乏专业性把关，未经打磨、粗制滥造的作品增多。跨媒介叙事衍生周边生产也缺乏持续投入，创新力、影响力有待加强。

此外，架空历史网络小说原著在IP改编导向下会有意无意地进行"剧本化"创作，小说内容的叙事方式、情节安排、人物对白等都会不自觉视听化、浅阅读化，使粉丝难以产生以往阅读网络小说的体验和共鸣，网络小说创作之路受到改编制约后也会越走越窄，有丧失文学性、艺术独立性的风险。

更为重要的是，由于以受众喜好作为创作导向，导致受众本位的过度化，架空历史IP往往热衷于表现权谋宫斗、甜宠虐恋，弱化正面精神引导，改编难免忽视社会责任和文化品格，流于媚俗。受众在观看行为中，或多或少会受到影响。21世纪的观众会不会关心影视作品背后隐藏的文化理念与价值观？会不会通过架空历史题材作品感知真实历史？真实历史会不会在不断架空中走向解构？

对历史常识不足的青少年、对中国历史不熟悉的外国人而言，相较于文字，视听语言更能给人真实的幻觉，影视剧是他们获取中国历史知识最方便、生动的渠道。如果呈现在他们面前的是不断被虚构和想象的历史，那么历史真实就可能被"赝相"遮蔽、置换，受众对历史的认知就会受到不同程度的消解。有学者进行了各变量与"受历史剧影响主观感受强度"的相关性分析，发现电视历史剧对中低学历青年群体历史认知影响显著。经济发展水平越低的地区，其教育、文化发展水平越低，低学历青年的占比就越大，而这类人群对历史相关信息的辨别力相对较低，其历史认知也就更容易受到历史剧的影响。[①] 因此，应格外注意架空历史 IP 影视剧对中低学历青年群体历史认知的引导和塑造作用。当然，"我们更应该认识到，对于历史题材电视剧的种种责难并不应全由其来承担——难道我们国民历史知识的缺乏、历史素质的欠缺以至于会把'戏说'当'正说'，把'野史'当'正史'，这样的问题不应该归于教育者，却反而让区区方寸荧屏来承担的吗？"[②]

面对世界范围内思想文化相互激荡、我国社会思想观念深刻变化的趋势及现状，架空历史 IP 虽不以教化功能为己任，但是，作为当今社会一种备受瞩目的文化现象，也应顺应新时代新征程宣传思想文化工作要求，为担负起新的文化使命作出积极贡献。2021 年 11 月 30 日，国家广播电视总局举办的"历史题材电视剧创作座谈会"为促进历史题材创作发出了积极信号。在这种背景下，历史剧创作如何实现观念创新和艺术突破，如何在新的媒介环境下焕发光彩，是影视剧行业当前需要面对的问题。[③]

近年来，IP 逐渐回归理性，随着《长安十二时辰》《清平乐》《风起洛阳》等影视作品的热播，历史题材影视剧更加注重采取严谨的创作态度进行历史文化氛围感营造，呈现出"知识考古"、减量增质、题材转向等趋势。在摸索"如何处理历史事实、表现古代世界"这一难题上，不断进行调整试验、积累经验。[④]

大众文化的商业模式催生出文化快餐，每一种类型都具有自身的"内在规定性"与固定美学模式，甚至有人认为"创作者只要尽可能地在'意象大辞典'中寻找同类家族中的意象符号——如各种体现出古雅、华美的古礼、词汇意象——即可"[⑤]。作为类型影视剧，架空历史网络小说改编怎样在架空历史中展现中华民族传统文化，而不是仅仅局限在服化道等最基础层面的复刻考据？怎

---

① 黄山、佘稷荣、崔童，等：《电视历史剧对当代青年历史认知影响探究——一个跨学科研究的探索》，《中国公共史学集刊》，2020，第 243—277 页。
② 陶冶：《历史题材电视剧与国家形象建构研究》，中国社会科学出版社，2014，第 62 页。
③ 刘汉文：《在古今对话中体现历史精神与时代主题的契合——新时代促进历史剧发展的思考》，《中国电视》2022 年第 3 期。
④ 李蕾、倪钰：《从〈风起洛阳〉看古装剧的创作转向》，《中国电视》2022 年第 5 期。
⑤ 马晓远：《中国大众文艺中古典意象的同质化问题——以古装电视剧为分析重点》，《文化研究》2018 年第 1 期。

后　记

样将改编影视作品进行跨文化交流传播，赢得不同文化血脉的观众的关注和喜爱？怎样输出正能量、好声音充沛的价值观为推动文化事业和文化产业繁荣发展作出贡献？这些行业发展所面临的难题都亟须展开探索与攻坚。

> 对于 IP 时代的资本来说，网络文学就是一只养了很久的母鸡，从羸弱雏鸡到丰产期，20 余年产了很多蛋，培养了 4 亿多读者，几百万的作者，IP 时代即享受丰收的时候，所以很多资本纷纷伸出手来寻找鸡蛋，期望能孵出一窝鸡仔……网络文学能不能生产更多的蛋，不是取决于资本，而是取决于生产者（网络作家）。利益和财富向头部作家聚集，绝大多数网络作家成为炮灰，这种现象本身对网络文学生态造成了伤害。网络文学以互联网为核心，有 20 余年的用户积累，粉丝变成用户，用户形成社区，社区成为用户的感情依托，如果这个生态被破坏，那么 IP 转化将成为无源之水。[①]

正如马季所言："网络文学 IP 能走多远，关键还在内容建设，没有精品意识，流量越大泡沫自然就越大，'呼唤精品'，将是整个行业二十年后再出发的发令枪。"[②] 有学者也表达了类似的观点："古装剧的长线在于做精品剧，要回暖还要首先回归创作。"古装剧要实现长远发展，应以现实主义为创作理念、以人文价值为精神内涵、以内容品质为艺术生命，减量提质。[③]

相较于其他网络小说类型而言，架空历史 IP 的产出慢、效率低，优质架空历史 IP 需要长期培育。我国架空历史 IP 的主题价值观应反映出作者、编剧、导演等主创团队对中国古代历史以及建构的架空历史的态度，并且能对当代生活有正向的启发作用。通过架空历史故事建构当代价值观，依托深厚的中华传统文化底蕴，充分利用符合当下观众的审美情趣和价值取向的故事阐释中国历

---

① 易文翔、王金芝：《网络小说影视改编研究》，南方日报出版社，2019，第 201 页。
② 马季：《IP 时代：网络文学的生存与发展之路》，《网络文学评论》2019 年第 2 期。
③ 席志武：《在他律与自律之间：试析古装剧的"回暖"现象及其艺术品格》，《艺术评论》2020 年第 5 期。

史文化的合理内核，慎思明辨，取其精髓、去其糟粕，以正确的历史观、进步的文化观为指导进行跨媒介叙事。

架空历史 IP 改编要寻求影视公司与互联网公司的合作平衡点，避免在 IP 开发过程中出现主体功能失调的状况，利用数字信息科技，进一步提高影视剧的制作水平。可以采取分级化理念，针对"趋实向"与"就虚向"两大方向进行不同侧重的改编。在"趋实向"架空历史改编的制作过程中，更加注重历史底蕴、视听艺术的呈现，发挥历史顾问的专业指导作用，对作品的思想性、艺术性进行论证把握。

"文化商品具有文化与经济双重价值。"① 从本质上讲，不论网络小说还是影视剧，它们都"是艺术的产品，而不是经济的产品"②。既然是艺术产品，就要注重文化商品的文化价值，没有文化价值的文化商品是没有消费者愿意付费的。

面对文化全球化的趋势，我国网络小说产业是可与好莱坞电影、日本动漫、韩国偶像剧相提并论的文化符号与"文化奇观"。要利用好网络小说这张王牌，持续进行 IP 产业开发，用跨媒介资源整合助力影视出海，积极参与文化全球化背景下的国际文化竞争。架空历史网络小说改编影视剧的对外传播，最重要在于跨越文化价值观的差异和语言的隔阂，进行翻译的"本土化改造"，在传递中国文化精髓的同时，满足海外受众的文化需要，实现文学语言、视听语言与社会文化的共同转码。③

诚如第五届中国网络文学论坛会上作家阿菩所言：

> 不管我们承认与否，俗文学与俗文化的阵地就在那里，这个阵地永远不可能用雅文学与雅文化去占领。能跟漫威宇宙、哈利·波特争夺市场的只能是孙悟空或者哪吒。如果我们不用我们中国的俗文学与俗文化去占领这个阵地，那么占领它的，就只会是欧美的俗文学与俗

---

① 单世联：《文化大转型：批判与解释——西方文化产业理论研究（中）》，中国社会科学出版社，2017，第 1134 页。
② 骆平：《文学视域下的网络小说影视改编研究》，中国国际广播出版社，2018，第 95 页。
③ 郝雯婧、王雪梅、安静：《"剧"说网络小说（IP）：改编剧对外传播研究》，西南交通大学出版社，2017，前言。

后 记

文化，是变形金刚，是漫威宇宙，是超人与蝙蝠侠，以及隐藏在这些西方通俗作品背后的西方价值观。[①]

中国架空历史网络小说影视剧改编面对新时代的机遇与挑战，前景可期，大有可为！

[①] 阿菩：《网络文学要守好"俗文化"的阵地》，《文艺报》2019年10月28日，http://www.chinawriter.com.cn/n1/2019/1028/c404027-31423499.html，访问日期：2023年5月15日。

参考文献

一、中文文献

1. 专 著

[1] 阿雷恩·鲍尔德温. 文化研究导论 [M]. 陶东风等, 译. 北京: 北京大学出版社, 2006.

[2] 阿诺德·汤因比. 历史研究 [M]. 曹未风等, 译. 上海: 上海人民出版社, 1986.

[3] 阿诺德·汤因比. 历史学家的选择与偏见 [M]. 大学活页文库(第6辑). 武汉: 华中师范大学出版社, 1998.

[4] 爱德华·卡尔. 历史是什么? [M]. 吴柱存, 译. 北京: 商务印书馆, 1981.

[5] 安德烈·巴赞. 电影是什么? [M]. 崔君衍, 译. 北京: 中国电影出版社, 1987.

[6] 贝格莱特. 从文字到影像: 分镜画面设计和电影制作流程 [M]. 何煜, 译. 北京: 人民邮电出版社, 2015.

[7] 波高热娃. 从书到影片 [M]. 北京: 中国电影出版社, 1962.

[8] 曹文轩. 20世纪中国文学现象研究 [M]. 北京: 北京大学出版社, 2002.

[9] 查希里扬. 银幕的造型世界 [M]. 伍菡卿等, 译. 北京: 中国电影出版社, 1987.

[10] 陈定家主编. 网络文学作家论 [M]. 北京: 中国社会科学出版社, 2022.

[11] 陈厚诚. 西方当代文学批评在中国 [M]. 天津: 百花文艺出版社, 2000.

[12] 陈娇华. 当代文化转型中的"断裂"历史叙事: 新历史小说创作研究 [M]. 北京: 中国社会科学出版社, 2012.

[13] 陈平原, 夏晓虹编. 二十世纪中国小说理论资料（第一卷）[M]. 北京: 北京大学出版社, 1997.

[14] 陈犀禾选编. 电影改编理论问题 [M]. 北京: 中国电影出版社, 1988.

[15] 陈旭光. 当代中国影视文化研究 [M]. 北京: 北京大学出版社, 2004.

[16] 程孟辉. 西方悲剧学说史 [M]. 北京: 中国人民大学出版社, 1994.

[17] 丹纳. 艺术哲学 [M]. 曾令先, 李群, 译. 重庆: 重庆出版社, 2006.

[18] 道格拉斯·凯尔纳. 媒体奇观 [M]. 北京: 清华大学出版社, 2003.

[19]《电影艺术词典》编辑委员会. 电影艺术词典 [M]. 北京: 中国电影出版社, 1986.

[20]《电影理论基础》编写组. 电影理论基础 [M]. 北京: 中国青年出版社, 1987.

[21] 丁锡根编. 中国历代小说序跋集 [M]. 北京: 人民文学出版社, 1996.

[22] 董学文, 张永刚. 文学原理 [M]. 北京: 北京大学出版社, 2001.

[23] 杜莹杰. 中国历史电视剧审美研究 [M]. 北京: 中国传媒大学出版社, 2016.

[24] 弗拉基米尔·雅可夫列维奇·普罗普. 故事形态学 [M]. 贾放, 译. 北京: 中华书局, 2006.

[25] 高福安, 张明智, 宋培义. 电视剧制片管理艺术 [M]. 北京: 中国传媒大学出版社, 2006.

[26] 高儒. 百川书志 古今书刻 [M]. 上海: 古典文学出版社, 1957.

[27] 高占祥主编.《二十五史》卷十五《清史稿·下》[M]. 北京: 北京线装书局, 2007.

[28] 葛娟. 亚文学生产与消费研究 [M]. 北京：人民出版社，2013.

[29] 郭沫若. 沫若文集 [M]. 北京：人民文学出版社，1959.

[30] 郭庆光. 传播学教程 [M]. 北京：中国人民大学出版社，2011.

[31] 海登·怀特. 元史学：十九世纪欧洲的历史想像 [M]. 陈新，译. 南京：译林出版社，2004.

[32] 海登·怀特. 形式的内容叙事话语与历史再现 [M]. 董立河，译. 北京：文津出版社，2005.

[33] 郝雯婧，王雪梅，安静. "剧"说网络小说（IP）：改编剧对外传播研究 [M]. 成都：西南交通大学出版社，2017.

[34] 禾磊，陶东风，贺玉高. 大众文化教程 [M]. 桂林：广西师范大学出版社，2008.

[35] 亨利·詹金斯. 融合文化——新媒体和旧媒体的冲突地带 [M]. 杜永明，译. 北京：商务印书馆，2019.

[36] 侯怡. 中国网络文学改编的电视剧研究 [M]. 上海：上海人民出版社，2018.

[37] 胡应麟. 少室山房笔丛 [M]. 上海：上海书店出版社，2009.

[38] 胡正荣，段鹏，张磊. 传播学总论 [M]. 北京：清华大学出版社，2011.

[39] 黄会林. 黄会林影视戏剧艺术论集 [M]. 北京：北京师范大学出版社，2002.

[40] 金丹元. 电视与审美——电视审美文化新论 [M]. 上海：学林出版社，2005.

[41] 静轩.《红楼梦》中的东北风神 [M]. 长春：北方妇女儿童出版社，2006.

[42] 克罗齐. 历史学的理论和历史 [M]. 田时纲，译. 北京：中国社会科学出版社，2018.

[43] 匡文波. 网络传播学概论 [M]. 北京：高等教育出版社，2011.

[44] 拉尔夫·科恩. 文学理论的未来 [M]. 北京：中国社会科学出版社，1993.

[45] 莱辛. 汉堡剧评 [M]. 张黎，译. 上海：上海译文出版社，1981.

[46] 劳拉·穆尔维. 视觉快感和叙事电影 [M]. 周传基, 译. 北京: 北京大学出版社, 1998.

[47] 李金辉. 视觉的故事 [M]. 北京: 中国电影出版社, 2016.

[48] 李磊. 次元的破壁: 网络小说改编剧的互文性研究 [M]. 北京: 中国社会科学出版社, 2020.

[49] 李茂华. 历史题材电视剧创作与中华文化价值观构建研究 [M]. 成都: 四川大学出版社, 2020.

[50] 李春青. 在审美与意识形态之间——中国当代文学理论研究反思 [M]. 北京: 北京大学出版社, 2006.

[51] 李胜利, 肖惊鸿. 历史题材电视剧研究 [M]. 北京: 中国传媒大学出版社, 2006.

[52] 李真瑜, 郭英德主编. 历史题材文学系列研究（第二卷）中国古代历史文学的传统与经验 [M]. 北京: 北京师范大学出版社, 2014.

[53] 廖群. 中国古代小说发生研究 [M]. 济南: 山东教育出版社, 2015.

[54] 林秉林. 电视辞典 [M]. 武汉: 湖北辞书出版社, 1989.

[55] 琳达·哈琴, 西沃恩·奥弗林. 改编理论 [M]. 任传霞, 译. 北京: 清华大学出版社, 2019.

[56] 刘慧英. 走出男权传统的樊篱——文学中男权意识的批判 [M]. 北京: 生活·读书·新知三联书店, 1996.

[57] 流潋紫. 后宫·甄嬛传（第一册）[M]. 杭州: 浙江文艺出版社, 2015.

[58] 流潋紫. 后宫·甄嬛传（第四册）[M]. 杭州: 浙江文艺出版社, 2015.

[59] 卢絜. 新历史主义批评与实践: 基于西方文论本土化的一种考察 [M]. 北京: 中国社会科学出版社, 2016.

[60] 鲁迅. 中国小说史略 [M]. 上海: 上海古籍出版社, 2006.

[61] 罗伯特·艾伦. 重组话语频道 [M]. 牟岭, 译. 北京: 北京大学出版社, 2008.

[62] 罗贯中. 三国志通俗演义 [M]. 毛宗岗评订. 济南: 齐鲁书社, 1991.

[63] 骆平. 文学视域下的网络小说影视改编研究 [M]. 北京: 中国国际广播出

版社，2018.

[64] 吕玉华. 中国古代小说理论发展研究 [M]. 济南：山东教育出版社，2015.

[65] 马克·柯里. 后现代叙事理论 [M]. 宁一中，译. 北京：北京大学出版社，2003.

[66] 马立新. 奥斯卡艺术研究 [M]. 北京：人民出版社，2015.

[67] 马立新. 低碳人 [M]. 济南：山东人民出版社，2015.

[68] 马瑞芳. 中国古代小说构思学 [M]. 济南：山东教育出版社，2015.

[69] 茅盾. 茅盾评论文集（下）[M]. 北京：人民文学出版社，1978.

[70] 孟中. 网络文学IP影视剧改编发展报告 2019—2020 [M]. 北京：中国传媒大学出版社，2021.

[71] 米尔·巴克. 叙述学——叙事理论导论 [M]. 谭君强，译. 北京：中国社会科学出版社，1995.

[72] 倪爱珍. 史传与中国文学叙事传统 [M]. 北京：中国社会科学出版社，2015.

[73] 欧阳健. 历史小说史 [M]. 杭州：浙江古籍出版社，2003.

[74] 欧阳友权主编. 网络文学概论 [M]. 北京：北京大学出版社，2008.

[75] 欧阳友权主编. 网络文学词典 [M]. 北京：世界图书出版公司，2014.

[76] 欧阳友权主编. 网络文学五年普查 [M]. 北京：中央编译出版社，2014.

[77] 庞红梅. 论文学与电影 [M]. 北京：人民日报出版社，2015.

[78] 齐裕焜. 中国历史小说通史 [M]. 南京：江苏教育出版社，2000.

[79] 钱茂伟. 史学通论 [M]. 杭州：浙江大学出版社，2012.

[80] 乔治·布鲁斯东. 从小说到电影 [M]. 高骏千，译. 北京：中国电影出版社，1981.

[81] 秦学人，侯作卿编著. 中国古典编剧理论资料汇辑 [M]. 北京：中国戏剧出版社，1984.

[82] 曲春景主编. 中美电视剧比较 [M]. 上海：上海三联书店，2005.

[83] 让·鲍德里亚. 消费社会 [M]. 刘成富，全志钢，译. 南京：南京大学出

版社，2000.

[84] 让·鲍德里亚.完美的罪行[M].王为民，译.北京：商务印书馆，2002.

[85] 热拉尔·热奈特.叙事话语 新叙事讲译[M].王文融，译.北京：中国社会科学出版社，1990.

[86] 单世联.文化大转型：批判与解释——西方文化产业理论研究（中）[M].北京：中国社会科学出版社，2017.

[87] 邵燕君.网络时代的文学引渡[M].桂林：广西师范大学出版社，2015.

[88] 邵燕君主编.网络文学经典解读[M].北京：北京大学出版社，2016.

[89] 邵燕君，肖映萱主编.创始者说：网络文学网站创始人访谈录[M].北京：北京大学出版社，2020.

[90] 沈从文.中国古代服饰史[M].上海：上海书店出版社，1997.

[91] 盛宁.人文困惑与反思——西方后现代思潮批判[M].北京：生活·读书·新知三联书店，1997.

[92] 史蒂芬·霍金，列纳德·蒙洛迪诺.时间简史[M].吴忠超，译.长沙：湖南科学技术出版社，2006.

[93] 石义彬.单向度 超真实 内爆——批判视野中的当代西方传播视野研究[M].武汉：武汉大学出版社，2003.

[94] 孙书磊.中国古代历史剧研究[M].南京：南京师范大学出版社，2004.

[95] 谭玲.网络文化与电视批评[M].北京：中国社会科学出版社，2009.

[96] 陶冶.历史题材电视剧与国家形象建构研究[M].北京：中国社会科学出版社，2014.

[97] 桐华.步步惊心（上）[M].长沙：湖南文艺出版社，2011.

[98] 童庆炳主编.文学理论教程[M].北京：高等教育出版社，1998.

[99] 童庆炳.历史题材文学创作重大问题研究[M].北京：经济科学出版社，2011.

[100] 童庆炳主编.历史题材文学系列研究（第一卷）历史题材文学前沿理论问题[M].北京：北京师范大学出版社，2014.

[101] 王东，刘媛，刘金华.新媒体时代的网络小说研究[M].镇江：江苏大

学出版社，2020.

[102] 王光祖，黄会林，李亦中主编. 影视艺术教程 [M]. 北京：高等教育出版社，1992.

[103] 王瑾. 互文性 [M]. 桂林：广西师范大学出版社，2005.

[104] 王受之. 世界当代艺术史 [M]. 北京：中国青年出版社，2002.

[105] 王先霈，王又平. 文学批评术语词典 [M]. 上海：上海文艺出版社，1999.

[106] 王昕. 在历史与艺术之间：中国历史题材电视剧文化诗学研究 [M]. 北京：中国传媒大学出版社，2008.

[107] 王岳川. 后殖民主义与新历史主义文论 [M]. 济南：山东教育出版社，1999.

[108] 汪流. 电影编剧学 [M]. 北京：中国传媒大学出版社，2009.

[109] 沃尔什. 历史哲学导论 [M]. 何兆武，张文杰，译. 桂林：广西师范大学出版社，2001.

[110] 沃纳·塞弗林，小詹姆斯·坦卡德. 传播理论——起源、方法与应用 [M]. 北京：华夏出版社，2000.

[111] 吴素玲主编. 电视剧艺术类型论 [M]. 北京：中国传媒大学出版社，2008.

[112] 吴秀明，刘起林主编. 历史题材文学系列研究（第四卷）中国当代历史文学的创造与重构 [M]. 北京：北京师范大学出版社，2014.

[113] 吴玉杰. 新历史主义与历史剧的艺术建构 [M]. 北京：中国社会科学出版社，2005.

[114] W.J.T. 米歇尔. 图像理论 [M]. 陈永国，胡文征，译. 北京：北京大学出版社，2006.

[115] 悉德·菲尔德. 电影剧本写作基础 [M]. 鲍玉珩等，译. 北京：中国文联出版公司，1985.

[116]《戏剧报》编辑部主编. 历史剧论集 [M]. 上海：上海文艺出版社，1962.

[117] 西摩·查特曼. 故事与话语：小说和电影的叙事结构 [M]. 北京：中国

人民大学出版社，2013.

[118] 邢建昌.世纪之交中国美学的转型[M].石家庄：河北教育出版社，2001.

[119] 徐吉军.宋代风俗[M].上海：上海文艺出版社，2018.

[120] 徐瑞清.电视文化形态论——兼议消费社会的文化逻辑[M].北京：中国社会科学出版社，2007.

[121] 徐秀明.遮蔽与显现——中国成长小说类型学研究[M].北京：中国社会科学出版社，2013.

[122] 严建强，王渊明.西方历史哲学[M].杭州：浙江人民出版社，1997.

[123] 严前海.电视剧艺术形态[M].上海：复旦大学出版社，2009.

[124] 易文翔，王金芝.网络小说影视改编研究[M].广州：南方日报出版社，2019.

[125] 约翰·M.德斯蒙德，彼得·霍克斯.改编的艺术：从文学到电影[M].北京：世界图书出版社，2015.

[126] 曾庆瑞.守望电视剧的精神家园（第二辑）[M].北京：中国传媒大学出版社，2005.

[127] 曾庆瑞.守望电视剧的精神家园（第三辑）[M].北京：中国传媒大学出版社，2006.

[128] 詹明信.晚期资本主义的文化逻辑[M].张旭东，编.陈清侨等，译.北京：生活·读书·新知三联书店，2013.

[129] 张澄寰编选.郭沫若论创作[M].上海：上海文艺出版社，1983.

[130] 张冲主编.文本城视觉的互动——英美文学电影改编的理论与运用[M].上海：复旦大学出版社，2010.

[131] 张凤铸.电视声画艺术[M].北京：北京广播学院出版社，1997.

[132] 张进.新历史主义文艺思潮通论[M].广州：暨南大学出版社，2013.

[133] 张京媛主编.新历史主义与文学批评[M].北京：北京大学出版社，1997.

[134] 张宗伟.中外文学名著的影视改编[M].北京：中国广播电视出版社，

2002.

[135] 仲呈祥. 艺苑问道 [M]. 北京：北京广播学院出版社，2004.

[136] 中国大百科全书总编辑委员会. 中国大百科全书·中国文学 [M]. 北京：中国大百科全书出版社，1988.

[137] 中国大百科全书总编辑委员会. 中国大百科全书·戏剧 [M]. 北京：中国大百科全书出版社，1989.

[138] 中国文联网络文艺传播中心. 中国网络文艺发展研究报告 2018—2019[M]. 北京：社会科学文献出版社，2019.

[139] 中国文联网络文艺传播中心. 中国网络文艺发展研究报告 2020—2021[M]. 北京：社会科学文献出版社，2021.

[140] 珍妮斯·A. 拉德威. 阅读浪漫小说：女性，父权制和通俗文学 [M]. 胡淑陈，译. 南京：译林出版社，2020.

[141] 周天. 中国服饰简史 [M]. 北京：中华书局出版社，2010.

[142] 周宪. 20 世纪西方美学 [M]. 南京：南京大学出版社，1997.

[143] 朱立元. 当代西方文艺理论 [M]. 上海：华东师范大学出版社，2005.

[144] 宗凤英. 清代宫廷服饰 [M]. 北京：紫禁城出版社，2004.

[145] 宗俊伟. 电视剧叙事的时间之维 [M]. 北京：中国传媒大学出版社，2014.

2. 期刊论文

[1] 阿丽. 吴雪岚:《甄嬛传》"托"起的才女编剧 [J]. 职业，2012，7：8—11.

[2] 鲍远福，王长城. 语图叙事的互动与缝合——新世纪以来中文网络文学的影视改编现象透视 [J]. 鲁东大学学报（哲学社会科学版），2015，4：50—56.

[3] 卞晓雅. 消费社会中的历史题材电视剧 [J]. 传媒论坛，2020，2：141—142.

[4] 樊文春. 论电视剧改编的人物 [J]. 当代电视，2013，4：11—12.

[5] 付李琢. 论古装剧的"历史超空间"及其现实指向 [J]. 现代传播（中国

传媒大学学报），2021，5：96—101.

[6] 高宪春，张彬琪.网络小说改编电视剧的价值取向研究 [J].现代视听，2022，8：60—63.

[7] 管雪莲.超级 IP 制造时代的"玛丽苏式神话"[J].探索与争鸣，2016，3：70—74.

[8] 郭海荣.网络小说中成长叙事的成因与生产策略 [J].中原文化研究，2020，8：86—90.

[9] 黄山，余稷荣，崔童，等.电视历史剧对当代青年历史认知影响探究——一个跨学科研究的探索 [J].中国公共史学集刊，2020：243—277.

[10] 黄雯，宋玉洁，林爱兵.知情受众的视听体验——中国网络小说改编电视剧的受众使用与满足研究 [J].中国电视，2018，7：56—61.

[11] 杰·瓦格纳.改编的三种方式 [J].陈梅，译.世界电影，1982，1：31—44.

[12] 李磊.网络小说改编传奇剧的叙事建构 [J].当代电视，2018，8：86—87.

[13] 李蕾，倪钰.从《风起洛阳》看古装剧的创作转向 [J].中国电视，2022，5：22—27.

[14] 李璐铭.《甄嬛传》热播的原因浅析 [J].科技信息，2012，33：661.

[15] 李森.论超文本叙事理念的源起 [J].新疆大学学报（哲学·人文社会科学版）43（2），2015，3：100—105.

[16] 黎杨全.网络穿越小说：谱系、YY 与思想悖论 [J].文艺研究，2013，12：34—45.

[17] 李玉.从文学影视改编的嬗变论受众主体性危机 [J].四川戏剧，2019，1：115—119.

[18] 刘思谦.性别理论与女性文学研究的学科化 [J].文艺理论研究，2003，1：9—19.

[19] 刘汉文.在古今对话中体现历史精神与时代主题的契合——新时代促进历史剧发展的思考 [J].中国电视，2022，3：29—33.

[20] 马季. IP 时代: 网络文学的生存与发展之路 [J]. 网络文学评论, 2019, 2: 114—125.

[21] 玛丽-劳拉·瑞安. 文本、世界、故事: 作为认知和本体概念的故事世界 [J]. 叙事 (中国版), 2015, 1: 32—42.

[22] 马瑞芳.《红楼梦》的情节线索和叙事手法 [J]. 文史哲, 2003, 1: 94—100.

[23] 马骁远. 中国大众文艺中古典意象的同质化问题——以古装电视剧为分析重点 [J]. 文化研究, 2018, 1: 238—248.

[24] 马友平. 新历史主义小说创作的文化审视 [J]. 文艺争鸣, 2007, 10: 143—148.

[25] 毛凌滢. 美国改编研究的历史沿革与当代发展 [J]. 现代传播, 2013, 9: 70—75.

[26] 猫腻, 邵燕君. 以"爽文"写"情怀"——专访著名网络文学作家猫腻 [J]. 南方文坛, 2015, 5: 92—97.

[27] 缪贝. 互联网语境下网络剧创作现状的批评 [J]. 当代电视, 2021, 4: 92—98.

[28] 牟燕红. 晓龙"议"礼——电视剧幕后故事之礼仪指导那些事儿 [J]. 电视指南, 2015, 12: 86—89.

[29] 牛艺霏. 从"小说中国"到"视觉中国"——关于《庆余年》的再生产 [J]. 文艺争鸣, 2020, 12: 174—176.

[30] 欧阳友权. 当下网络文学的十个关键词 [J]. 求是学刊, 2013, 3: 125—130.

[31] 戚雪. 电视剧书写历史与时代的文艺华章 [J]. 中国广播电视学刊, 2022, 11: 24—27.

[32] 曲德煊. 从古装剧及相近类型看电视剧类型化发展 [J]. 中国电视, 2007, 3: 33—37.

[33] 尚必武. 叙事学研究的新发展——戴维·赫尔曼访谈录 [J]. 外国文学, 2009, 5: 97—105.

[34] 邵燕君. 传统文学生产机制的危机和新型机制的生成 [J]. 文艺争鸣, 2009, 6: 12—22.

[35] 邵燕君. 网络文学的"网络性"与"经典性" [J]. 北京大学学报（哲学社会科学版）, 2015, 1: 143—152.

[36] 史建国. 网络小说影视改编调查研究 [J]. 当代文坛, 2015, 6: 91—95.

[37] 石蓉蓉, 董健. 论跨媒介叙事在我国网络 IP 剧中的应用 [J]. 电视研究, 2017, 12: 46—48.

[38] 苏美妮. 新媒体时代文化工业视野中的"文学改编"研究 [J]. 新闻界, 2015, 12: 62—68.

[39] 孙玮志. 网络文学和电影的互动与融合 [J]. 电影文学, 2019, 2: 24—27.

[40] 滕乐. "一剧两星"推动内容自制 [J]. 出版人, 2014, 5: 19.

[41] 王可舒.《太子妃升职记》：古装剧的破与立 专访《太子妃升职记》摄影指导白井泉 [J]. 数码影像时代, 2016, 2: 64—67.

[42] 王秋硕. 海外 IP 影视引进的逻辑起点 [J]. 新闻论坛, 2017, 5: 80—81.

[43] 王昕. 中国历史题材电视剧的类型与美学精神 [J]. 当代电影, 2005, 2: 114—118.

[44] 王珏殷, 欧阳宏生. 2017 年历史题材电视剧述评 [J]. 中国电视, 2018, 2: 23—27.

[45] 王展昭, 任傲. 浅析网络小说改编剧《琅琊榜》的热播原因——基于受众心理的研究视角 [J]. 东南传播, 2016, 1: 80—83.

[46] 王子野. 历史剧是艺术，不是历史 [J]. 戏剧报, 1962, 5: 33—37.

[47] 吴秀明. 论历史真实与艺术假定性的类型 [J]. 社会科学研究, 1992, 1: 56—63.

[48] 席志武. 在他律与自律之间：试析古装剧的"回暖"现象及其艺术品格 [J]. 艺术评论, 2020, 5: 135—145.

[49] 许道军, 葛红兵. 叙事模式、价值取向、历史传承——"架空历史小说"研究论纲 [J]. 社会科学, 2009, 3: 171—178+192.

[50] 许道军, 张永禄. 论网络历史小说的架空叙事 [J]. 当代文坛, 2011, 11: 77—80.

[51] 杨洪涛. 论网络 IP 的影视改编 [J]. 当代电影, 2019, 1: 133—136.

[52] 杨雪. 产业演变理论视阈下我国 IP 影视产业发展再思考 [J]. 传媒, 2018, 8: 80—82.

[53] 一申. 用虚构历史书写历史真实——电视剧《天盛长歌》专家研讨会综述 [J]. 中国电视, 2018, 12: 21—23.

[54] 尹鸿, 王旭东, 陈洪伟, 等. IP 转换兴起的原因、现状及未来发展趋势 [J]. 当代电影, 2015, 9: 22—29.

[55] 余秋雨. 历史剧简论 [J]. 文艺研究, 1980, 6: 43—55.

[56] 曾耀农. 新历史主义语境下的中国新时期影视 [J]. 新疆艺术学院学报, 2005, 1: 54—59+86.

[57] 张利, 张克宣. 略论新世纪以来古装历史剧的审美嬗变 [J]. 中国广播电视学刊, 2021, 4: 83—84+97.

[58] 张开. 女性观众喜爱电视剧成因分析 [J]. 现代传播（中国传媒大学学报）, 2009, 6: 65—68.

[59] 张允, 姚玉娇. "互联网 +" 时代网络 IP 剧的传播研究 [J]. 现代传播（中国传媒大学学报）, 2016, 6: 85—89.

[60] 张智华. 论古装剧的主要特征 [J]. 中国电视, 2008, 7: 26—30.

[61] 赵智敏, 高萱萱. 倾向性·交互性·娱乐性: 网络小说改编剧受众特征分析 [J]. 新闻爱好者, 2020, 1: 66—69.

[62] 赵芝华. 网文女频 IP 的繁华与隐忧 [J]. 大众文艺, 2019, 11: 42—43.

[63] 郑丹琪. 从《琅琊榜》热播看电视剧创作的新思路 [J]. 中国电视, 2016, 4: 36—38.

[64] 郑焕钊. 网络文艺的形态及其评论介入 [J]. 中国文艺评论, 2017, 2: 79—83.

[65] 郑铁生. 沉重的话题: 历史真实与艺术真实 [J]. 文艺研究, 2009, 6: 19—26.

[66] 周达祎. 近年来热门古装剧的"知识考古"策略探析 [J]. 当代电视, 2021, 11: 16—20.

[67] 周娟娟. 浅析穿越题材历史剧风靡的原因——以《步步惊心》为例 [J]. 青春岁月, 2013, 8: 134—135.

[68] 周宪. "后革命时代"的日常生活审美化 [J]. 北京大学学报（哲学社会科学版），2007，4: 64—68.

[69] 朱婧雯，欧阳宏生. 2019 年历史题材电视剧述评 [J]. 中国电视, 2020, 5: 19—22.

[70] 左玉河. 历史记忆、历史叙述与口述历史的真实性 [J]. 史学史研究, 2014，4: 9—21.

3. 学位论文

[1] 高萱萱. 我国网络小说改编剧受众研究 [D]. 硕士学位论文，郑州大学新闻与传播学院，2020.

[2] 田新宇. 粉丝经济视角下网络文学 IP 改编剧的传播策略研究 [D]. 硕士学位论文，成都理工大学传播学专业，2021.

[3] 许道军. 历史记忆：建构与模型——中国现代历史小说类型研究 [D]. 博士学位论文，上海大学文学院中国现当代文学专业，2010.

[4] 杨雪. 中国 IP 影视产业国际竞争力提升研究 [D]. 博士学位论文，武汉大学新闻与传播学院，2018.

[5] 张政. 虚拟时空的浪漫传承——中国网络小说中的传奇叙事 [D]. 博士学位论文，东北师范大学中国语言文学系，2019.

4. 报纸文献

[1] 白烨. 文学类型化意味着什么？ [N]. 光明日报，2010-9-7（5）.

[2] 陈颖. 广电总局：暂不批准翻拍"四大名著" [N]. 华西都市报，2011-4-2

（10）.

[3] 何晶，郑周明. 网文 IP 开发：割草机还是孵化器 [N]. 文学报，2015-7-9（4）.

[4] 侯小强，邵燕君."主流化"就是"跨界"，IP 就是网络文学 + [N]. 文学报，2017-11-23（5）.

[5] 李君娜. 郑晓龙：古装剧也需要现实批判 [N]. 文摘报，2012-3-27（5）.

[6] 林艳雯. 古装剧集数受限 黄金时段鼓励"现实"[N]. 青年报，2013-6-5（B12）.

[7] 任晓宁. 历史类 IP 价值重估 [N]. 中国新闻出版广电报，2017-8-16（7）.

[8] 孙菊藜. 文化想象中的历史和历史想象中的文化怎样结合？ [N]. 中国艺术报，2021-2-3（4）.

[9] 夏烈. 网络文学三期论及其演进特征 [N]. 文艺报，2009-11-26（3）.

二、外文文献

[1] Geoffrey Wagner. The Novel and Cinema. Rutherford: Fairleigh Dickson University Press, 1975.

[2] Heinz Steinert. trans. Sally-Ann Spencer. Culture Industry. Cambridge: Polity Press, 2003.

[3] Simone Murray. The Adaptation Industry: The Culture Economy of Contemporary Literary Adaptation. New York: Routledge, 2012.

[4] John Ronald Reuel Tolkien. The Monsters and the Critics. London: Harper Collins Publishers, 1997.

三、网络文献

[1] 阿菩.网络文学要守好"俗文化"的阵地[N/OL].文艺报,2019-10-28. http://www.chinawriter.com.cn/n1/2019/1028/c404027-31423499.html。

[2] 北青网.《卿卿日常》温暖告别 热度口碑"高开疯走"见证暖冬爆款"小日常"[EB/OL]. https://baike.baidu.com/reference/.62177448/8cfdcWBGXA3WsLRpGjw9jTi7AmNLgYfKc8Pd6ejSbSDSixsd38VL7ZK3BbHowcqTjFIG2Fp0MMsteKsC_pp_13Ei6PW1l9Lx4ssskjA.

[3] 采访陈浩忠:《鹤唳华亭》美术特辑,每一个场景都是细心雕琢[EB/OL]. https://v.youku.com/v_show/id_XNDQzNzMwNjU0NA==.html?playMode=pugv&frommaciku=1.

[4] 产业信息网.2019年中国电视剧行业发行情况、政策及市场规模分析[EB/OL]. https://www.chyxx.com/industry/202002/837552.html.

[5] 产业信息网.2020年中国电视剧行业发展现状分析:网络剧发展迅速,已成为具有影响力的艺术形式之一[EB/OL]. https://www.chyxx.com/industry/202103/939649.html.

[6] 第一剧集.专访陈浩忠:打造扎实传统国风,是一次享受[EB/OL]. https://www.sohu.com/a/355458952_120006621.

[7] 国家广播电视总局.电视剧拍摄制作备案公示管理暂行办法[EB/OL]. http://www.nrta.gov.cn/art/2006/4/11/art_2107_37388.html.

[8] 国家广播电视总局.广播电视和网络视听节目制作经营管理规定(征求意见稿)[EB/OL]. http://www.nrta.gov.cn/art/2022/8/8/art_158_61166.html.

[9] 国家广播电视总局.关于推动短剧创作繁荣发展的意见[EB/OL]. http://www.nrta.gov.cn/art/2022/12/26/art_113_63041.html.

[10] 侯鸿亮,李雪.做不到最好,干脆不如不做[EB/OL].搜狐娱乐访谈,2015-10-4. http://ent.sina.com.cn/2015-10-14/doc-ifxirmqc5122341.shtml.

[11] 华策影视微信公众号.《天盛长歌》媒体超前看片,新古典主义开启追

剧新体验 [EB/OL]. https://mp.weixin.qq.com/s/60XrB-mi_3srMPQSzbdOcg.

[12] 华策影视微信公众号. 专访摄影师李希：《天盛长歌》如何将 2.35∶1 带上电视荧屏 [EB/OL]. https://mp.weixin.qq.com/s/xH6b6LhI4p5EdajzpZmpGg.

[13] 晋江文学城. https://www.jjwxc.net/fenzhan/bq/.

[14] 晋江文学城首页. https://www.jjwxc.net/fenzhan/yc/.

[15] 李笑萌. 网络微短剧再火，优质内容才是关键 [EB/OL]. https://baijiahao.baidu.com/s?id=1710280765914744479&wfr=spider&for=pc.

[16] 孟静. 后宫里的历史观 [EB/OL]. 三联生活周刊，2012（1）. http://old.lifeweek.com.cn//2011/1229/36144.shtml.

[17] 起点中文网首页. https://www.qidian.com.

[18] 企鹅智酷. IP 热潮与泡沫：网络文学 IP 价值判断报告 [EB/OL]. https://www.sohu.com/a/68281706_332389.

[19] 徐颢哲. "七言诗"剧名 傻傻辨不清 [EB/OL]. https://www.sohu.com/a/193710878_161623.

[20] 孙晖. 微短剧创作在量质提升中前行 [EB/OL]. 国家广电智库. https://baijiahao.baidu.com/s?id=1750390466611971898&wfr=spider&for=pc.

[21] 魏沛娜. "网络文学＋短剧"，你看好吗？ [EB/OL]. https://baijiahao.baidu.com/s?id=1734885374677916173&wfr=spider&for=pc.

[22] 新浪娱乐.《风中奇缘》后期改三万多处 雪藏成本大 [EB/OL]. http://ent.sina.com.cn/v/m/2014-11-06/11034236425.shtml.

[23] 徐美琳. 白敬亭、田曦薇新剧《卿卿日常》打破爱奇艺热度值破万最快纪录 [EB/OL]. https://baike.baidu.com/reference/62177448/ca76Qrp92SIA5Iy4PuVNmmSHK9FHuqIDB5yPCCgXWyAOP-UumFNOEqIeZxThFgA89n9LwVET3JewmlB1jTViZXF3bWugYhSwKTLjc3fnpfL7InFsQq-0DR44eg.

[24] 杨文军. 导演回复网友提问 [EB/OL]. https://v.youku.com/v_show/id_XNDk3MzUyMjczMg==.html?playMode=pugv&frommaciku=1.

[25] 张开宙.《知否知否应是绿肥红瘦》第 41 集. 爱奇艺. https://www.iqiyi.com/v_19rqqvitr8.html?vfm=2008_aldbd&amp%3Bfv=p_02_01.

[26] 张楠. 最严"限古令"来了？火热的古装剧今年要凉凉？[EB/OL]. 扬子晚报，2019-3-24. https://www.yangtse.com/content/686788.html.

[27] 赵启辰.《卿卿日常》第1集. 爱奇艺. https://www.iqiyi.com/v_1z1joox3i38.html?vfm=2008_aldbd&fv=p_02_01.

[28]《知否知否应是绿肥红瘦》官方微博. https://weibo.com/zhifouzhifou2017.

[29]《知否知否应是绿肥红瘦》官方微博. 光影纪事 风雅《知否》[EB/OL]. https://weibo.com/6109452047/4326927689039195.

[30]《知否知否应是绿肥红瘦》官方微博. 美术特辑·场景篇 [EB/OL]. https://weibo.com/6109452047/4332742659851352.

[31]《知否知否应是绿肥红瘦》官方微博. 美术特辑·道具篇 [EB/OL]. https://weibo.com/6109452047/4327638161654884.

[32]《知否知否应是绿肥红瘦》官方微博. 光影纪事 知否中的礼仪（下篇）[EB/OL]. https://weibo.com/6109452047/4335737576705509.

[33] 中国互联网络信息中心. 中国网络文学用户调研报告 [EB/OL]. https://www.cnnic.cn/n4/2022/0401/c120-908.html.

[34] 中国互联网络信息中心. 第51次中国互联网络发展状况统计报告 [EB/OL]. https://cnnic.cn/n4/2023/0302/c199-10755.html。

[35] 中国知网检查数据来源. 总体趋势 [EB/OL]. https://kns.cnki.net/kns8/Visual/Center.

[36] Henry Jenkins. "The Revenge of the Origami Unicorn: seven principles of transmedia storytelling". http://henryjenkins.org/2009/12/the_revenge_of_the_origami_uni.html.

[37] 21世纪经济报道. "限古令"持续：各影视平台每月限上线一部古装剧 [EB/OL]. https://www.cyzonc.cn/article/567481.html.

附　录

架空历史网络小说改编影视剧统计表
（不完全统计 截至 2023 年 11 月 22 日）

总序号	序号	上映/首播时间	首播平台	原网络小说	作者	影视剧	导演
\multicolumn{8}{c}{2011 年}							
1	1	2011 年 1 月 16 日	上海东方电影频道	《帝锦》	沐非	《帝锦》	金鳌勋、蓝志伟、黑龙
2	2	2011 年 9 月 10 日	湖南卫视	《步步惊心》	桐华	《步步惊心》	李国立、吴锦源、林玉芬、邓伟恩
3	3	2011 年 9 月 30 日	湖南卫视	《倾世皇妃》	慕容湮儿	《倾世皇妃》	梁辛全、林峰
4	4	2011 年 11 月 17 日	绍兴新闻综合频道	《后宫·甄嬛传》	流潋紫	《甄嬛传》	郑晓龙
				2012 年			
5	1	2012 年 10 月 8 日	韩国CineonTV	《刑名师爷》	沐轶	《刑名师爷》	袁晓满
				2013 年			
6	1	2013 年 5 月 22 日	乐视	《唐朝好男人》	多一半	《唐朝好男人》	孙恺凯

续表

总序号	序号	上映/首播时间	首播平台	原网络小说	作者	影视剧	导演
\multicolumn{8}{c}{2015 年}
7	1	2015年2月17日	阳江公共频道	《结缘》	雪灵之	《失宠王妃之结缘》	胡意涓、许珮珊
8	2	2015年3月15日	Netflix	《后宫·甄嬛传》	流潋紫	《甄嬛传》	郑晓龙、林诣彬
9	3	2015年7月9日	PPTV	《纳妾记》	沐轶	《纳妾记》	孙恺凯
10	4	2015年8月7日	中国电影	《步步惊心》	桐华	《新步步惊心》	宋迪
11	5	2015年8月30日	乐视	《调皮王妃》	琳听	《调皮王妃》	兰世宁
12	6	2015年9月19日	北京卫视、东方卫视	《琅琊榜》	海宴	《琅琊榜》	孔笙、李雪
13	7	2015年12月13日	乐视	《太子妃升职记》	鲜橙	《太子妃升职记》	侣皓吉吉
\multicolumn{8}{c}{2016 年}
14	1	2016年7月21日	江苏卫视	《秀丽江山》	李歆	《秀丽江山之长歌行》	林峰、陈权
15	2	2016年9月12日	优酷	《识汝不识丁》	酥油饼	《识汝不识丁》	陈鹏
16	3	2016年9月29日	芒果TV	《兰陵皇妃》	杨千紫	《兰陵王妃》	叶昭仪、林峰
17	4	2016年11月4日	中国电影	《倾城囧妃》	张琳涵	《我的野蛮囧妃》	豪仲
18	5	2016年11月11日	东方卫视、北京卫视	《庶女有毒》	秦简	《锦绣未央》	李慧珠
19	6	2016年11月28日	优酷	《极品家丁》	禹言	《极品家丁》	王为
\multicolumn{8}{c}{2017 年}
20	1	2017年1月2日	湖南卫视、乐视	《孤芳不自赏》	风弄	《孤芳不自赏》	鞠觉亮
21	2	2017年4月20日	爱奇艺	《花间提壶方大厨》	耳雅	《花间提壶方大厨》	李小江
22	3	2017年5月5日	爱奇艺	《假凤虚凰》	叶笑	《假凤虚凰》	何佳男

续表

总序号	序号	上映/首播时间	首播平台	原网络小说	作者	影视剧	导演
23	4	2017年6月5日	湖南卫视	《11处特工皇妃》	潇湘冬儿	《楚乔传》	吴锦源
24	5	2017年7月10日	腾讯	《爆笑宠妃：爷我等你休妻》	梵缺	《双世宠妃》	元德
25	6	2017年10月25日	优酷、PPTV	《将军在上我在下》	橘花散里	《将军在上》	文杰、霍耀良
26	7	2017年10月30日	腾讯	《独步天下》	李歆	《独步天下》	邵警辉
27	8	2017年12月27日	优酷	《艳骨》	梦魇殿下	《艳骨》	蒋家骏、谭友业、綦小卉
28	9	2017年12月20日	腾讯	《不负如来不负卿》	小春	《不负如来不负卿》	李云亮
				2018年			
29	1	2018年1月14日	湖南卫视、芒果TV、爱奇艺	《凤囚凰》	天衣有风	《凤囚凰》	李慧珠
30	2	2018年4月23日	腾讯	《萌妻食神》	紫伊281	《萌妻食神》	赵锦焘、张进庆
31	3	2018年6月25日	爱奇艺	《天才小毒妃》	芥沫	《芸汐传》	林健龙、刘镇明
32	4	2018年8月14日	湖南卫视、爱奇艺、芒果TV	《凰权》	天下归元	《天盛长歌》	沈严、刘海波
33	5	2018年10月29日	爱奇艺	《唐砖》	孑与2	《唐砖》	祝东宁
34	6	2018年11月1日	优酷	《回到明朝当王爷》	月关	《回到明朝当王爷之杨凌传》	徐进良
35	7	2018年11月5日	爱奇艺	《医妃难囚》	枇杷花开	《医妃难囚》	探花
36	8	2018年12月25日	湖南卫视、爱奇艺、腾讯、优酷、YouTube	《知否知否应是绿肥红瘦》	关心则乱	《知否知否应是绿肥红瘦》	张开宙
				2019年			
37	1	2019年1月12日	爱奇艺	《唐砖》	孑与2	《唐砖之地狱花谷》	郑凯君

附 录

续表

总序号	序号	上映/首播时间	首播平台	原网络小说	作者	影视剧	导演
38	2	2019年2月14日	优酷	《东宫》	匪我思存	《东宫》	李木戈
39	3	2019年3月15日	爱奇艺	《大周小冰人》	心千结	《大周小冰人》	管健雄
40	4	2019年5月15日	爱奇艺、腾讯、优酷	《白发皇妃》	莫言殇	《白发》	李慧珠
41	5	2019年11月12日	优酷	《鹤唳华亭》	雪满梁园	《鹤唳华亭》	杨文军
42	6	2019年11月26日	腾讯、爱奇艺	《庆余年》	猫腻	《庆余年》	孙皓
43	7	2019年12月14日	腾讯	《梦回大清》	金子	《梦回》	李国立
44	8	2019年12月23日	爱奇艺	《推官君无咎》	苏桥	《诡府神宫》	王栓宝
		2020年					
45	1	2020年1月18日	优酷	《陛下请自重》	酒小七	《萌医甜妻》	柯翰辰
46	2	2020年1月27日	优酷	《食味记》	熙禾	《人间烟火花小厨》	李小江
47	3	2020年2月14日	爱奇艺	《锦心记》	韩雪菲	《少主且慢行》	周彤、代梦颖
48	4	2020年2月14日	优酷、腾讯、爱奇艺	《大唐女法医》	袖唐	《大唐女法医》	吴天戈、叶田
49	5	2020年2月21日	爱奇艺	《两世欢》	寂月皎皎	《两世欢》	余翠华、刘镇明
50	6	2020年3月4日	芒果TV	《深宫丑女》	冰瑟	《手可摘星辰》	罗至中
51	7	2020年3月22日	爱奇艺	《金主大人请自重》	陶罐	《公子，我娶定你了》	史梁
52	8	2020年4月25日	优酷	《调笑令》	酒小七	《师爷请自重》	麦田
53	9	2020年5月15日	优酷、爱奇艺、腾讯	《木槿花西月锦绣》	海飘雪	《长相守》	吴锦源
54	10	2020年5月17日	芒果TV	《冒牌太子妃》	水笙	《山寨小萌主》	秦榛
55	11	2020年6月15日	爱奇艺	《皇帝中二病》	搞定小鲜肉	《愿我如星君如月》	马云宇

续表

总序号	序号	上映/首播时间	首播平台	原网络小说	作者	影视剧	导演
56	12	2020年6月17日	腾讯	《妃上不可》	闻情解佩	《凤归四时歌》	孙恺凯
57	13	2020年7月10日	爱奇艺	《替嫁公主》	空空	《替嫁医女》	杨小波
58	14	2020年7月20日	优酷	《到开封府混个差事》	欧阳墨心	《实习女捕快》	探花
59	15	2020年8月13日	腾讯	《女世子》	左墨阳	《女世子》	游达志、李宏宇
60	16	2020年8月17日	湖南卫视、芒果TV、爱奇艺	《宫学有匪》	吾玉	《青青子衿》	徐飞
61	17	2020年9月9日	爱奇艺	《三嫁惹君心》	明月听风	《三嫁惹君心》	黄伟杰
62	18	2020年9月16日	优酷	《王妃不靠谱》	晚霞	《偷心画师》	柯政铭
63	19	2020年9月22日	爱奇艺、芒果TV	《凤唳九天》	晓云	《凤唳九天》	刘海波、沈阳
64	20	2020年9月28日	腾讯	《十国千娇》	西风紧	《浮世双娇传》	蓝志伟、黄家辉
65	21	2020年10月9日	优酷	《将军家的小娘子》	烟波江南	《将军家的小娘子》	吴强
66	22	2020年10月21日	爱奇艺	《宠后之路》	笑佳人	《如意芳菲》	林健龙、陈国华
67	23	2020年11月26日	中国电影	《帝王业》	寐语者	《修罗新娘》	李铖坤
68	24	2020年12月16日	爱奇艺	《我在六扇门的日子》	安小野	《我在六扇门的日子》	刘丰鸣
2021年							
69	1	2021年1月9日	优酷	《帝王业》	寐语者	《上阳赋》	侯咏、程源海
70	2	2021年1月18日	腾讯	《我就是这般女子》	月下蝶影	《我就是这般女子》	陈伟祥、杨小波
71	3	2021年1月27日	湖南卫视、优酷	《大唐明月》	蓝云舒	《风起霓裳》	陈家霖、何振华、王烛明
72	4	2021年2月14日	爱奇艺	《赘婿》	愤怒的香蕉	《赘婿》	邓科
73	5	2021年2月25日	爱奇艺	《通天书院》	述蓝	《通天书院》	黄祖权、吴俊贤

附 录

续表

总序号	序号	上映/首播时间	首播平台	原网络小说	作者	影视剧	导演
74	6	2021年2月26日	腾讯	《庶女攻略》	吱吱	《锦心似玉》	温德光、杨小波
75	7	2021年4月29日	腾讯	《御赐小仵作》	清闲丫头	《御赐小仵作》	楼健
76	8	2021年5月2日	优酷	《冷傲皇叔，爆宠小狂妃》	贰爷	《绝品王妃》	文鸿毅
77	9	2021年5月19日	优酷	《坑爹儿子鬼医娘亲》	森森	《清落》	刘镇明
78	10	2021年5月26日	爱奇艺	《这个丫鬟，我是用不起了》	云九	《这丫鬟我用不起》	马成成
79	11	2021年6月11日	爱奇艺	《推官君无咎》	苏桥	《夜凛神探》	苏飞
80	12	2021年8月18日	爱奇艺	《一生一世美人骨》	墨宝非宝	《周生如故》	郭虎
81	13	2021年8月31日	爱奇艺	《春来枕星河》	程饭饭	《春来枕星河》	麦田
82	14	2021年9月7日	优酷	《君九龄》	希行	《君九龄》	谢泽
83	15	2021年9月22日	腾讯、优酷	《国子监来了个女弟子》	花千辞	《国子监来了个女弟子》	许珮珊
84	16	2021年10月4日	优酷	《纨绔世子妃》	西子情	《皎若云间月》	郭虎、任海涛
85	17	2021年10月9日	优酷	《公子何时休》	喧宜	《公子何时休》	王淑志
86	18	2021年10月17日	腾讯、爱奇艺	《慕南枝》	吱吱	《嘉南传》	智磊
87	19	2021年11月22日	爱奇艺	《妾身要下堂》	之淼	《许纯纯的茶花运》	吴强
2022年							
88	1	2022年1月14日	爱奇艺	《盛世妆娘》	荔箫	《潇洒佳人淡淡妆》	曲荣达
89	2	2022年3月7日	腾讯	《坑货系统：丹医王妃很彪悍》	西楼有月	《霜落又识君》	九木
90	3	2022年4月1日	湖南卫视、芒果TV	《屠户家的小娘子》	蓝艾草	《玉面桃花总相逢》	毛鲲宇
91	4	2022年4月16日	爱奇艺	《我的锦衣卫大人》	伊人睽睽	《祝卿好》	朱少杰

续表

总序号	序号	上映/首播时间	首播平台	原网络小说	作者	影视剧	导演
92	5	2022年4月18日	腾讯	《且试天下》	倾泠月	《且试天下》	尹涛、于永刚、石占利
93	6	2022年4月22日	优酷	《浴火毒女》	心静如蓝	《独女君未见》	刘爱东
94	7	2022年6月18日	喜马拉雅、芒果TV	《陆医生，你家夫人又上热搜了！》	爱哲哲的小楠楠	《传闻中的陆神医》	杨显明
95	8	2022年7月5日	腾讯	《星汉灿烂，幸甚至哉》	关心则乱	《星汉灿烂·月升沧海》	费振翔
96	9	2022年7月26日	芒果TV	《惹不起的公主殿下》	容楠	《惹不起的公主殿下》	杨显明
97	10	2022年11月10日	爱奇艺	《清穿日常》	多木木多	《卿卿日常》	赵启辰、郭锋
98	11	2022年12月26日	腾讯	《娘子在上，夫君别闹》	小钟姑娘	《谷远山上有书院》	任江涛
99	12	2022年12月27日	爱奇艺	《浮屠塔》	尤四姐	《浮图缘》	吴强
2023年（截至2023年11月22日）							
100	1	2023年1月5日	搜狐	《夜郎自大》	熄歌	《夜城赋》	罗志刚
101	2	2023年1月11日	腾讯	《两只前夫一台戏》	电线	《择君记》	吴强
102	3	2023年1月30日	腾讯	《张公案》	大风刮过	《君子盟》	杨帆、贾小熊
103	4	2023年3月15日	腾讯	《造作时光》	月下蝶影	《花琉璃轶闻》	周家文
104	5	2023年3月21日	腾讯	《春闺梦里人》	白鹭成双	《春闺梦里人》	谢泽
105	6	2023年3月24日	爱奇艺	《美人谋律》	柳暗花溟	《春家小姐是讼师》	张睿、羽凌旭
106	7	2023年4月5日	优酷	《戏精王妃养成记》	阿楚姑娘	《戏精王妃养成计》	李鹏午
107	8	2023年4月20日	腾讯	《我是旺夫命》	五贯钱	《战斗吧，娘子》	文文、雷影
108	9	2023年4月26日	腾讯	《佳偶天成》	薇薇一点甜	《佳偶自天成》	刘晓东
109	10	2023年4月30日	腾讯	《神医毒妃不好惹》	姑苏小七	《我的医妃不好惹》	傅闻玮

附 录

续表

总序号	序号	上映/首播时间	首播平台	原网络小说	作者	影视剧	导演
110	11	2023年5月22日	优酷	《奋斗在新明朝》	随轻风去	《在下李佑》	胡明凯、陈旻
111	12	2023年6月13日	腾讯	《薛小苒的古代搭伙之旅》	千墨	《薛小冉的古代搭伙之旅》	张其铝
112	13	2023年6月18日	爱奇艺	《长风渡》	墨书白	《长风渡》	尹涛
113	14	2023年7月3日	腾讯	《谋妻》	小柒崽子	《让一让，公主》	戴希帆
114	15	2023年7月12日	优酷	《帝皇书》	星零	《安乐传》	成子瑜、李宏宇、马华干、苏飞
115	16	2023年8月19日	腾讯	《曾风流》	随宇而安	《灼灼风流》	温德光
116	17	2023年8月27日	腾讯	《狂女重生：纨绔七皇妃》	红果果	《皇妃为何那样》	唐万里
117	18	2023年9月4日	腾讯	《贵妃你又作妖了》	十里长街	《贵妃生存法则》	吴骁栩
118	19	2023年9月15日	腾讯	《九义人》	李薄茧	《九义人》	臧溪川
119	20	2023年9月16日	优酷	《后宫开挂人生》	沉默的方便面	《后宫开挂人生》	长安
120	21	2023年10月7日	腾讯	《王妃万福》	大漠酒鬼	《王妃万福》	宋子月
121	22	2023年10月13日	优酷	《洗铅华》	七月荔	《为有暗香来》	白云默、国浩
122	23	2023年10月14日	爱奇艺	《重生小地主》	弱颜	《田耕纪》	洪泠
123	24	2023年11月1日	芒果TV	《皇家金牌县令》	板面王仔	《金牌主簿》	王琪
124	25	2023年11月4日	浙江卫视、优酷	《大唐明月》	蓝云舒	《风起西州》	杨小波、林继东
125	26	2023年11月6日	腾讯	《乐游原》	匪我思存	《乐游原》	郑伟文
126	27	2023年11月7日	爱奇艺	《坤宁》	时镜	《宁安如梦》	朱锐斌

·275·